KB058805

숲 변두리의
꼬마 마녀
Little witch at the edge of the forest.
[저자] 야나기 YANAGI
[일러스트] 히하라 요우

목차

CONTENTS

제1장 ※ 숲속의 작은 집 [005]

1 숲에서 보내는 나날 [006]
2 부상 소식~숲 밖으로~ [018]
3 치료 행위 (전) [028]
4 치료 행위 (후) [042]
5 한 명의 약사로서 [056]
6 레이어스의 회상 [086]
7 갑작스러운 비극 [102]
8 잃은 것과 남은 것 [116]
9 새로운 만남 [132]
10 단죄와 그 너머의 미래 [150]

제2장 ※ 여행 [167]

1 소매치기 소년과 몸이 아픈 노부인 [168]
2 노부인 진찰과 수상한 기운 [184]

16 작별에서 이어지는 미래 [368]

15 푸른빛 세계 [354]

14 단서를 찾아서 [340]

13 사라진 아이리스 [324]

12 미란다와 교류 [312]

11 '숲의 백성' 미란다 [302]

10 길동무 지원자 [290]

9 새벽 햇살 속에서 [280]

8 용신에게 바치는 춤 [268]

7 '숲의 백성'과의 만남 [252]

6 처음 보는 바다 [244]

5 작은 목숨과 붉은색과 하얀색의 추억 [216]

4 구원의 손 [202]

3 구하고 싶은 마음 [194]

추가 번외편 꼬마 늑대 렌의 마음 [387]

후기 [396]

권말 보너스 캐릭터 인터뷰 [400]

[일러스트] 히하라 요우

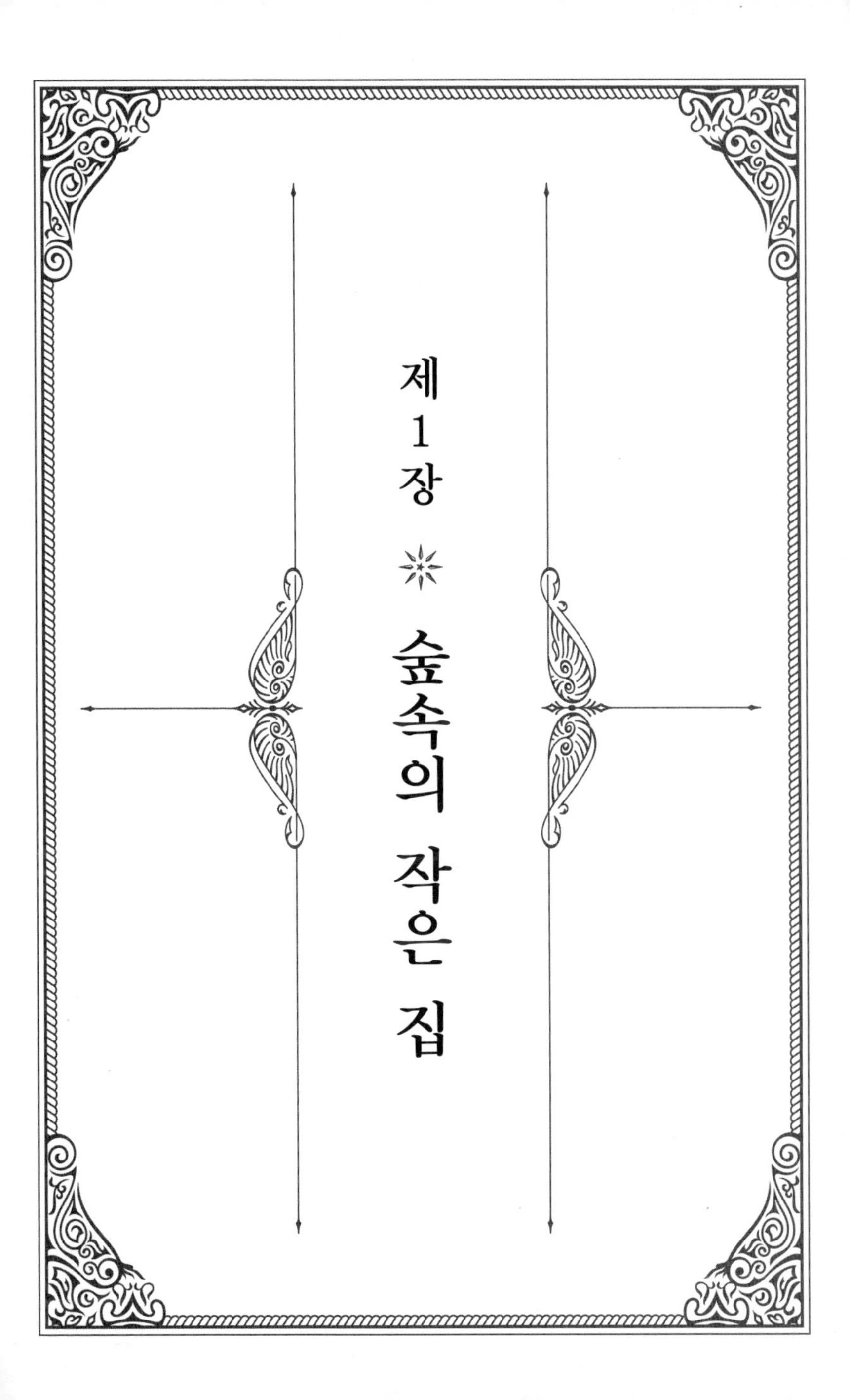

제1장 숲속의 작은 집

1 숲에서 보내는 나날

울창하게 우거진 나무 사이를 재빠르게 달려가는 인영이 있었다.

나이는 12~13살 정도일까.

소박한 원피스를 입은 소녀는 그 가느다란 몸을 기민하게 움직이며 놀라운 속도로 쓰러진 나무를 뛰어넘고 덤불을 빠져나갔다.

풀어헤친 긴 머리카락이 바람에 나부끼며 주위에 금빛 반짝임을 흩날렸다.

숲의 녹음을 그대로 옮겨놓은 듯한 눈동자도 즐겁게 반짝여서 소녀가 1인 경주를 마음껏 즐기고 있다는 걸 보여주었다.

그 모습을 보는 사람이 있다면 분명 숲의 정령으로 비유했을 게 틀림없다.

설령 그 등에 덩굴로 엮은 바구니를 메고 있다고 해도.

이윽고 시야 저편에 작은 통나무집이 보이기 시작하자 소녀는 속도를 늦췄다.

문 앞에서 멈춰 거칠어진 호흡을 가다듬은 뒤 흐트러진 치맛자락을 정리했다.

그리고 등에 멘 바구니를 가볍게 고쳐 맨 뒤 씩씩하게 문을 열었다.

"다녀왔어, 엄마! 아침에 말했던 약초 찾아왔어. 그리고 버섯도. 항상 나는 곳에 자라있길래 캐왔어. 올해도 많이 수확할 수 있을 것 같아."

들어오자마자 보이는 테이블 위에 등에 멘 바구니를 내려놓으며

안쪽을 향해 소리치자, 어이없다는 얼굴의 여성이 나왔다.

짙은 녹색 드레스를 입은 여성은 그 질린 표정조차 아름답다는 말이 튀어나올 정도로 묘령의 미녀였다.

"미샤도 참, 큰 소리로 말하는 건 시끄럽다고 했잖니. 게다가 어딜 달려온 거야? 머리카락이 헝클어졌어."

딸과 색이 같은 눈동자를 가늘게 흘기며 어쩔 수 없다는 듯 쓴웃음을 지으면서도 미샤의 머리카락을 손으로 다듬어주었다.

"에헤헤~."

옷차림을 정돈해서 숨기려고 했던 자신의 행동이 완전히 들통났다는 걸 웃으며 얼버무리면서도 머리카락을 빗겨주는 부드러운 손길에 미샤는 눈을 휘었다.

"동쪽에서 치토 군생지를 발견했어. 이제 진통제를 만들 수 있어!"

"와! 잘했어, 미샤. 그이가 약이 떨어져서 난감하다고 했던 참이었거든."

화제를 바꾸려고 오늘의 성과를 보고하자 어머니의 얼굴이 기쁘다는 듯 풀어졌다.

"그것도 그렇지만, 엄마가 쓸 분량도 꼭 남겨놔야 해. 아파서 힘든 건 엄마니까!"

옛날에 다쳤다는 어머니의 다리는 어떻게든 걸을 수 있는 정도까진 회복했으나 계절이 바뀔 무렵이나 무리한 날에는 심한 통증을 느끼고 있었다.

어머니는 비가 오는 걸 알 수 있어서 편리하다고 웃지만.

"알다마다. 움직이지 못하게 되면 미샤에게 폐를 끼치는걸."

"그게 아니라!"

생긋 웃으면서 대답하는 어머니의 말에 미샤는 미간을 찌푸리며 부정했다.

'알기는 뭘 알아. 그냥 엄마가 아파서 힘들어하는 게 싫은 것뿐인데.'

최근 몇 년 동안 숲 밖이 뒤숭숭하다는 건 어린 미샤도 막연히 눈치채고 있었다.

진통제와 상처약을 만드는 빈도와 양이 점점 늘어났기 때문이다.

그만큼 약이 필요하다는 건 다치는 사람이 늘어났다는 뜻이다.

어머니도 생각하는 바가 있는 건지 사자가 가지러 올 때마다 약을 전부 줘 버린다.

그 결과 비가 내리는 날은 창백한 얼굴로 일어나게 되었다.

말은 안 하지만 틀림없이 아파서 잠을 못 잤을 것이다.

'엄마가 쓸 약은 몰래 빼놔야지.'

한숨을 삼키며 마음속으로 맹세했다.

확실히 우리는 약사 집안이지만 자기를 뒷전으로 미룰 이유는 없다고 본다.

'아파서 집중을 못 하면 약도 못 만들잖아!'

어머니가 그런 일로 조합에 실패하지 않는다는 건 익히 알지만, 그걸 변명 삼아 자신을 설득했다.

숲에서 자라는 약초는 무한하지 않다.

이번에는 어떻게든 원료인 치토를 찾아낼 수 있었지만, 미샤는 슬슬 채집 한계량이 왔다는 걸 눈치채고 있었다.

식물은 뿌리째 캐 버리면 그 뒤에는 자라지 않게 된다.

약을 조합하면서 동시에 그런 균형을 가늠하는 것도 약사의 중요한 역할이다.

다리가 안 좋아서 그리 오래 걷지 못한다고 하나 미샤보다 이 숲을 잘 아는 어머니가 그걸 눈치채지 못했을 리가 없었다.

그렇기에 자기에게 필요한 양을 줄이면서까지 양을 확보하는 거겠지.

"……빨리 예전으로 돌아가면 좋겠어."

무심코 흘린 혼잣말에 어머니는 난처하다는 듯 고개를 기울이며 웃었다.

깊은 숲속에 있는 작은 통나무집.

미샤는 그곳에서 어머니와 단둘이 살고 있다.

찾아오는 사람도 거의 없는 생활은 외롭기도 하지만, 어릴 때부터 여기밖에 모르는 미샤는 원래 그런 거라고 이미 받아들이고 있었다.

한 달에 한 번은 아버지가 선물을 들고 찾아오기 때문에 그리 불편하지 않고, 숲으로 나가면 미샤의 관심을 끄는 것들이 여기저기에 넘쳐났다.

무엇보다 현명하고 자상한 어머니가 항상 옆에 있는 생활에 미샤는 충분히 만족하고 있었다.

더 어릴 때는 왜 아버지와 같이 살지 않는 거냐고 어머니에게 물어본 적이 있었다.

며칠 전에 찾아온 아버지가 선물로 가져온 그림책에 가족은 같이 사는 거라고 적혀있었기 때문이었다.

어머니는 조금 미안하다는 듯 말해주었다.

어머니는 이 나라보다 더 북쪽에 있는 나라의 약사 일족에서 태어났다.

견문을 넓히기 위해 여행하던 젊은 시절의 아버지를 만났고 사랑에 빠져서 일족의 반대를 뿌리치고 이 나라로 시집왔다.

하지만 계속 숲속에서 조용히 살던 어머니는 도시 생활에 도저히 적응할 수 없었다.

숲을 그리워하며 점점 기운을 잃어가는 어머니를 걱정한 아버지는 애끓는 마음으로 영지 변두리에 있는 이 숲에 어머니를 데려오기로 결단했다.

같이 살고 싶었지만, 아버지는 이 나라의 공작으로서 중요한 책임을 짊어지고 있다.

따라서 같이 살 수는 없었기에 지금 같은 형태가 되었다.

"너를 생각하면 아버지와 저택에서 살게 하는 게 좋았겠지만."

조금 슬퍼 보이는 어머니에게 미샤는 고개를 힘껏 도리질했다.

"엄마가 건강한 게 더 좋아! 아빠는 만나러 와 주니까 쓸쓸하지 않은걸! 나도 이 숲이 좋고!"

소중한 어머니의 슬픈 얼굴은 보고 싶지 않아서 미샤는 두 번 다시 그 이야기를 꺼내지 않게 되었다.

게다가 어머니와 숲에서 사는 건 정말로 즐거웠다.

하지만 그날 이후 어머니는 '만약을 위해서'라며 미샤에게 귀족으로서 행동거지를 가르쳐주게 되었다.

다른 나라에서 왔는데 왜 그렇게 잘 아는 거냐고 물어보자 어머니는 아버지의 체면에 먹칠하지 않도록 필사적으로 배웠다고 가르쳐주었다.

"결국, 헛수고가 된 줄 알았는데, 미샤에게 가르칠 수 있게 되었으니 의미가 있었네."

솔직히 딱딱한 예법이나 공부에 진저리가 났던 미샤였지만 기쁘다는 듯 웃는 어머니의 미소를 보고 불만을 삼키게 되었다.

사랑하는 어머니가 웃어준다면 이 정도의 고통은 참자.

그런 타산이 훗날 미샤를 크게 도와주었으니 세상의 이치란 참 교묘한 모양이다.

물론 당시 미샤는 그런 건 조금도 알지 못했지만.

숲으로 거처를 옮긴 어머니는 바로 건강을 회복했고 자신이 아는 약초가 이 숲에도 많이 자란다는 걸 깨달았다.

모처럼 주위에 약초가 있으니 약을 만들어서 아버지에게 맡기자 통상적인 약보다 더 효과적이라며 기뻐했고, 어머니는 이 숲에서 본래의 생업인 약사로서의 일을 되찾았다.

그리고 태어난 딸에게도 자신이 지닌 지식을 전수했다.

이론뿐인 지식이 아니라 눈앞의 재료를 기반으로 실시한 교육은 어린 딸에게는 놀이 중 하나로 받아들여졌고, 괜한 잡념도 없다는 시너지 효과를 얻어 10살이 되기 전에 초보 약사로서 재료 확보부터 조합까지 훌륭히 해낼 수 있게 되었다.

지금은 다리가 안 좋은 어머니 대신 즐겁게 숲속을 뛰어다니며 약초와 그 외 필요한 것들을 모아오는 나날을 보내고 있다.

"그런데 아빠는 다음 달 초에는 올 수 있어?"

무거운 막자를 돌리며 미샤는 별것 아닌 척 어머니에게 물었다.

아버지는 미샤가 어릴 때부터 한 달에 한 번씩 꼬박꼬박 방문했는데 최근에는 두 번이나 오지 않았다.

짧은 편지를 든 사자만 바쁘게 찾아와서 약을 가지고 돌아간다.

"모르겠어. 멀리 나간 뒤로 아직 돌아오지 않은 것 같으니……."

가마솥 앞에서 약을 달이고 있던 어머니가 쓸쓸하게 대답하는 말에 미샤는 혀를 차고 싶었다.

물론 실제로 혀를 찼다간 바로 어머니에게 혼날 것을 알고 있었기에 어떻게든 참았지만.

아버지를 좋아하는 어머니가 말은 안 해도 쓸쓸해 한다는 건 알고 있었고, 그 이상으로 걱정하는 것도 알기 때문이다.

이런 숲속에서는 조금이라도 도움이 되길 바라면서 열심히 만드는 약이 제대로 전달되고 있는지조차 알 수 없다.

지금까지도 바깥 정보는 한 달에 한 번 오는 아버지와 부정기적으로 날아오는 '전서조'에만 의지하고 있었다.

"'전서조' 날려 볼래?"

무심코 그렇게 말하자 어머니는 조금 망설인 뒤 고개를 저었다.

"그건 긴급용이니까. 지금 써도 될 것 같지는 않아."

'전서조'란 이 세계의 통신수단으로, 두 개의 거점을 오가도록 훈련받은 새의 다리에 편지를 묶어서 전달하게 만든다.

무척 똑똑하고 간단한 명령이라면 통한다는 희귀한 종류의 '전서조'는 가격이 비싸서 대귀족 가문에서도 몇 마리만 소유하고 있을 만큼 보급률이 낮았다.

종의 개체수 자체가 적은 데다, 서식지는 험준한 산속.

심지어 도도하고 인간을 잘 따르지 않으므로 알일 때 데려와서 사람 손에서 부화하고 키우는 게 이상적인 만큼 희소가치도 알만 한다.

걱정 많은 아버지가 아무리 숲속 생활에 익숙하다고는 해도 긴급 사태가 일어나지 않는다는 보장이 없다며 그 귀중한 '전서조'를 한 마리 주었다.

정확하게는 심심함을 달래라며 태어나기 직전의 알을 가져왔다.

다행히 어머니가 동물을 잘 다루는 사람이라 무사히 자랐지만, 그때는 정말로 난리였다.

아버지는 나름 사랑하는 아내와 딸이 숲속에서 곤경에 처하면 어떡하나 걱정되어 견딜 수 없었던 것이겠지만, 기본적으로 자급자족이고 다소의 병이나 상처는 직접 조치할 수 있는 실력이 있다 보니 어머니는 사용할 기회가 없는 모양이다.

결과 카인이라고 이름을 붙인 귀중한 '전서조'는 오늘도 자유롭게 숲속을 날아다니며 지금은 먹이사슬의 정점에 서려 하고 있었다.

"카인은 똑똑한걸. 집에 없어도 괜찮아."

놀랍게도 카인은 처음 날려 보냈을 때 깜빡 저택이 아니라 '아빠에게 전해줘'라고 말했더니 어떻게 찾아낸 건지는 알 수 없어도 각지를 시찰하던 아버지를 찾아가서 전해준 강자다.

미샤의 말에 어머니는 쓴웃음을 지었다.

기본적으로 '전서조'는 정해진 루트로만 날아다닌다.

새끼일 때부터 키워낸 새를 다른 장소에 데려가 그곳에서 풀어놓고 귀소본능에 따라 길을 기억하게 만든다. 그걸 여러 번 반복한다.

풀어줄 때 그 장소를 가리키는 말을 들려주면 새는 그 장소를 말과 함께 기억한다.

똑똑한 새라서 두세 장소를 기억할 수 있지만, 카인에게는 아버지가 사는 저택만 가르쳤다.

그때는 편지 내용도 그렇지만 카인이 찾아온 데 놀란 아버지가 어떤 방식으로 키운 거냐고 달려왔을 정도다.

같이 온 새 훈련사에게도 시시콜콜 질문을 받았지만, 원리를 전혀 알아내지 못해서 결국 특별히 똑똑한 개체였다는 결론을 내렸다.

"……게다가 일정 정도는 물어봐도 되잖아? 나도 궁금한걸."

조금 더 부추겨봤지만, 어머니는 어두운 표정으로 고개를 저을 뿐이었다.

미샤는 아버지가 저택에서 어떤 생활을 하는지 모른다.

태어났을 때부터 여기에 있었고 저택에 간 적도 없다.

숲 주변의 작은 마을에는 몇 번 간 적이 있으나 그게 전부다.

지식으로는 배워서 알지만, 이 나라도 아버지의 영지도 성에서의 생활도 전부 부모님의 이야기와 책으로만 접했다.

그러나 총명한 미샤는 어렴풋이 눈치채고 있었다.

어머니는 측실이다.

아버지에게는 어릴 때부터 약혼자가 있었고, 그녀가 정처 자리에 앉아있다.

어머니는 타국의 일반 서민이다. 도저히 공작가의 안주인 노릇을 맡을 수 있는 그릇이 아니다.

실제로 도시 생활에 적응하지 못하고 숲에 틀어박혀 있으니 그건 어쩔 수 없다.

하지만 서글서글한 어머니의 성격을 생각하면 단순히 '도시 생활'

에 적응하지 못했던 것뿐인지 의심스러운 지점도 있다.

예를 들어 저택에 있는 가족 이야기를 하지 않으려는 아버지, 절대 미샤를 성에 보내고 싶어 하지 않는 어머니의 태도…….

'뭐 상관없어. 많은 사람 사이에 있는 건 긴장될 것 같고 숲 생활은 즐거우니까.'

미샤는 저택 생활에 관심이 없고, 복잡하고 까다로운 예법에도 어깨가 뻐근해진다.

어머니에게 배운 귀족의 행동거지는 숲을 자유롭게 뛰어다니며 자란 미샤에게는 갑갑했다. 또래 소녀들이 흔히 그렇듯 예쁜 드레스를 동경하지 않는 건 아니지만 그걸 매일 입고 얌전하게 지내라고 한다면 상상만으로도 진저리가 난다.

사람에게는 적성이 있다고 미샤 본인도 받아들이고 있다.

다만 이럴 때는 조금 답답해진다.

걱정되는데, 만나고 싶은데도 사양, 아니, 두려움마저 보이면서 절대 직접 움직이려고 하지 않는 어머니를 볼 때마다.

'무언가'가 있었던 걸까?

"……뭐, 아빠는 공작님이고 후방에서 지휘하긴 해도 전선에 나서는 일은 없잖아? 분명 괜찮을 거야. 나는 벌써 다 빻았는데 바로 냄비에 넣을까?"

하지만 그런 속마음은 조금도 드러내지 않고 화제를 바꾸는 건 이 이상 어머니의 어두운 얼굴을 보고 싶지 않았기 때문이다.

근본적으로 해결하지 않는 한 계속 반복하리라는 걸 알고는 있지만 당사자가 아닌 만큼 아무래도 미샤의 대응도 둔해진다.

"음. 한 번 냄비에 있는 걸 식힌 뒤에 넣는 게 효과가 잘 나오니까 거기 탁자 위에 놔 줄래?"

그리고 딸이 화제를 바꾸자 어머니도 어깨에서 힘을 빼고 그 화제 전환을 따라주기로 한 모양이다.

"일단락됐으면 점심 먹자. 육포가 잘 됐는지 확인하는 김에 조금 먹어봐도 돼?"

어머니의 지시를 따라 가루가 된 약초를 탁자 위 공간에 올려둔 미샤가 제안했다.

며칠 전 함정에 걸려든 토끼는 통통하게 살이 쪄서 무척 컸다.

그날은 다른 수확도 있었으니 다 먹지 못하고 오래 보관할 수 있도록 가공했다.

갓 말린 고기는 아직 부드러움이 남아있어서 무척 맛있기 때문에 미샤가 아주 좋아하는 음식이다.

설렌 딸의 얼굴을 보고 어머니는 웃으며 고개를 끄덕였다.

"조금만이야. 너무 많이 먹지 마~."

"네~."

어머니의 당부에도 건성으로 대답하는 미샤의 머릿속은 이미 사랑하는 육포로 완전히 점령당했다. 덕분에 방에서 나갈 때 어머니가 한숨을 쉬는 소리도 눈치채지 못했다.

2 부상 소식 ~숲 밖으로~

그것은 갑작스러운 소식이었다.

먼저 저택에서 날아온 '전서조'.

이 숲 전부를 영역으로 삼은 카인과 함께 날아온 새의 편지를 습관처럼 어머니에게 건넸다.

슬슬 월초니까 이번에야말로 아버지가 온다는 사전 연락이거나, 혹은 역시 오지 못한다는 사과의 편지거나…….

별생각 없이 지켜보던 미샤는 편지를 읽던 어머니의 얼굴에서 순식간에 핏기가 사라지는 걸 보고 놀라서 달려갔다.

"엄마, 왜 그래?!"

무너지는 어머니를 허둥지둥 부축하며 예의가 아니라는 걸 알면서도 편지를 훔쳐보았다.

거기에는 짧은 문장으로 아버지가 크게 다쳐서 저택에 돌아왔고, 사람을 보낼 테니 치료하러 와 달라는 내용이 적혀있었다.

순간 머리가 새하얗게 날아갈 뻔했지만 미샤는 가까스로 정신을 차리고 멍하니 주저앉은 어머니를 서둘러 흔들었다.

"엄마, 정신 차려! 사람을 보낸다고 적혀있어! 아빠는 아직 살아있다고!! 약 준비해야지."

아버지 일행이 저택에 도착하자마자 바로 새를 보냈고, 동시에 사자가 출발했다고 친다면 몇 시간 뒤에 도착할 것이다.

주저앉아있을 여유는 없다.

"그, 그래. 준비해야지!"

정신을 차린 어머니가 벌떡 일어나 조합을 마친 약을 관리하는 방으로 달려갔다.

그 등을 지켜본 뒤 미샤도 서둘러 움직였다.

약과 관련된 건 어머니에게 맡긴다고 해도 집을 며칠이나 비우게 될지 알 수 없다. 갈아입을 옷가지와 자잘한 생활용품도 가져가는 게 좋을 것이다.

순식간에 2시간 정도가 지났고 누군가가 밖에서 문을 거칠게 두드렸다.

"네! 지금 갑니다!"

서둘러 달려가 문을 열자 얼굴을 아는 기사의 모습이 보였다.

아버지의 측근 중 한 명으로, 여기 올 때 자주 같이 오는 사람이었다.

하지만 평소에는 부드러운 미소를 머금던 얼굴은 험악했고 옷도 먼지와 피로 더러워져 있었다.

전장에서 돌아와 그 길로 여기에 달려온 것이리라.

미샤는 몰랐지만, 이 집의 장소를 자세히 아는 사람은 측근 일부뿐이다.

"준비 다 끝나셨습니까?!"

조급해하는 표정에서 한시의 유예도 허락하지 않는다는 게 전해지자 미샤는 심장이 꽉 움츠러드는 걸 느꼈다.

편지를 본 것만으로는 어딘가 남 일처럼 느꼈는데, 갑자기 현실이 되어 들이닥쳤기 때문이다.

아버지가 생사를 헤매고 있는 사실이.

"다 되어있습니다. 제 말은 있나요?"

안쪽에서 회색 로브를 걸친 어머니가 등에 커다란 가방을 메고 나왔다.

안색은 아직 안 좋지만 침착해 보이는 어머니는 약사의 얼굴이었다.

"……엄마."

뭐라 말을 걸어야 하는지, 무슨 말을 하고 싶은지조차 알 수 없는 채로 어머니를 부른 목소리는 무척이나 연약하게 울렸다.

그 목소리에 미샤를 돌아본 어머니는 짧게 주저한 뒤 색소가 옅은 입술을 꾹 깨물고 다시 기사에게 몸을 돌렸다.

"딸도 데려가겠습니다. 빨리 달려야 하는 상황에 제 뒤에 태우는 건 힘들 테니 누군가 태워줄 사람은 있을까요?"

"엄마?!"

어머니의 발언에 비명처럼 소리친 사람은 미샤뿐이었다.

"처음부터 그럴 생각이었습니다. 젊은 기사 한 명을 더 데려왔으니 그자의 뒤에 타시면 됩니다. 서두르세요!"

바로 떨어진 허락에, 이번에야말로 미샤의 머리가 새하얘졌다.

심정적으로는 무척이나 먼 장소였던 저택에 이런 일로 방문하게 될 줄은 생각지도 못했기 때문이다.

"미샤, 5분 내로 준비해. 시간이 없어."

하지만 상황은 미샤의 복잡한 마음을 기다려주지 않았다.

단호하고도 엄한 어머니의 말을 듣고 반사적으로 방으로 달려갔다.

적당히 갈아입을 옷과 약사로서의 개인 도구를 가방에 쑤셔 넣으면 미샤의 준비는 끝이다.

서둘러 현관으로 돌아오자 다들 이미 밖에서 기다리고 있었다.

"이쪽으로."

짧은 부름에 얼굴도 보지 않고 달려가자 그곳에는 20살이 될락 말락 해 보이는 젊은 기사가 있었다.

"승마 경험은?"

"없어요."

숲속에선 자기 발로 달리는 게 더 편리하고, 애초에 말을 키울 수 있는 환경도 아니다.

미샤의 대답은 지극히 타당했으나 기사에게는 실망스러웠던 모양이다.

"그럼 제 앞에 타시죠. 혀를 깨물 우려가 있으니 절대 입을 열면 안 됩니다. 실례합니다."

빠르게 설명한 뒤 기사는 먼저 말에 탄 후 몸을 기울여 미샤의 팔을 잡고 세게 끌어올렸다.

"흐악!"

다소 맥없는 비명과 함께 어느새 미샤도 말 위에 올라타 있었다.

'뭐야 이거, 높아!'

말 위에서 보는 광경은 상상했던 것보다 훨씬 높은 데다 몸을 지탱하는 게 다리 사이의 안장과 허리에 감긴 팔 뿐이라는 불안정함에 숨을 삼켰다.

"제게 등을 기대시면 됩니다. 대신 절대 버둥거리지 마세요."

뒤에서 침착한 목소리가 들리더니 몸을 꽉 끌어당겼다.

등에서 자신이 아닌 다른 사람의 체온이 전해진다.

10살을 넘긴 뒤로 어머니와도 이렇게 가깝게 밀착한 적이 없다.
반사적으로 앞으로 도망치려고 한 몸은 강한 팔에 가로막혀서 살짝 꿈틀거린 게 고작이었다.
"버둥거리지 말라고 했잖습니까. 말이 놀랍니다. 아무것도 안 해도 되니까 입을 다물고 가만히 계세요."
등 뒤에서 혀를 찰 것 같은 말투가 날아왔다.
'하지만!'
성인이 아닌 어린 나이라고 해도 순진한 아가씨에게 이 거리는 견디기 힘들었다. 하지만 미샤의 냉정한 이성은 지금은 그런 일로 아우성칠 때가 아니라고 침착하게 주장했다.
결과.
미샤는 소소한 짐이 들어있는 가방을 꽉 끌어안고 입술을 깨물었다.
"간다!"
구령이 들리자 말이 달리기 시작했다.
'으아아아~~ 흔들려! 떨어진다!! 무서워어어어!!!'
그 순간 위아래로 격렬하게 흔들리는 시야에 미샤는 마음속으로 절규했다.
기사가 지시할 것도 없었다.
이런 상황에서 입을 열었다간 순식간에 피투성이가 될 게 뻔했다.
그래서 미샤는 마음속으로만 목 놓아 외쳤다.
'꺄아아악~~!!!'

이렇게 소식이 전해진 지 고작 2시간 만에 미샤는 그동안 나고 자랐던 집과 숲을 뒤로했다.

설마 다음 이곳에 발을 들여놓는 때는 상황이 격변한 뒤일 줄은 상상도 못 한 채…….

저택 안은 소란으로 가득했다.

영주의 측실이기도 한, 숲속에 사는 '마녀'가 찾아온다고 했기 때문이다.

크게 다쳐서 전장에서 귀환한 영주의 상태는 한눈에 봐도 좋지 않았다.

상처로 독이 들어가 곪아버려서 아무리 시간이 지나도 상처가 아물지 않았다.

기분 나쁜 색의 진액이 질금질금 흘러나왔고, 거기서 기인하는 열이 영주의 의식과 체력을 빼앗아 갔다.

숲속에 사는 '마녀'의 약은 효능이 탁월하다.

그녀라면 혹시 영주의 부상과 관련해 유용한 지식을 지니고 있을지도 모른다.

영주를 따르는 사람들에게 그건 마지막 희망이었다.

물론 남편의 사랑을 빼앗긴 아내로서는 묘한 기분이었다.

이대로는 남편이 죽어버릴 게 틀림없다. 하지만 남편의 사랑을 빼앗은 여자에게 머리를 숙일 수는 없다.

아주 어릴 때부터 동경하던 사람이 약혼자가 되었을 때는 하늘을 찌를 듯 기분이 좋았다.

나이를 먹고 정열적이지는 않아도 약혼자로서 예의 바르게 자신을 에스코트하며 미소 짓는 남자의 태도에 주변에도 콧대가 높았다.

남자는 왕의 동생이자 차기 공작이자 사교계에서 동경의 대상이었으니까.

그가 견문을 넓히기 위해서라며 여행을 떠났을 때는 쓸쓸했지만 그 여행에서 돌아오면 드디어 결혼식을 올린다고 생각하면 마음도 들떴다.

설레는 마음으로 준비하며 가끔 받는 편지를 끌어안고 잠들었다.

설마 그 여행에서 여자를 데리고 돌아올 줄도 모르고.

여자는 확실히 아름다웠다.

옅은 금빛으로 빛나는 머리카락에 푸른빛이 도는 녹색 눈동자는 신비로웠고 더불어 이국의 약 지식까지 있다고 했다.

아쉬운 부분은 서민 출신이며 이 나라의 예법에 대해서는 아무것도 몰랐다는 점.

귀족에게 결혼은 계약에 가깝다.

정식 절차를 따라 맺은 혼약은 '진심으로 사랑하는 사람을 만났다'는 안이한 이유로는 뒤집을 수 없다.

쌍방에게 그것이 행운인지 불행인지는 별개로.

그녀는 자신이 상상하던 미래에 고집했다.

약혼을 파기해달라며 머리를 숙이는 약혼자에게도 다른 사람을 사랑하는 남자와 맺어져도 행복해질 수 없다고 설득하는 어머니에게도 절대 고개를 끄덕이지 않았다.

결혼은 계약.

게다가 곁에 있다면 분명 그런 시골뜨기에겐 금방 질려버릴 것이다.

완강한 그녀의 의사와 왕가와 연을 맺고 싶은 아버지의 의사가 결합된 결과 그녀는 정처, 약혼자가 데려온 여자는 측실이 되었다.

어릴 때부터 약혼자로서 함께 지냈던 그녀에게 사랑은 아니어도 친애의 정을 안고 있던 그는 두 사람을 평등하게 대하려고 노력했다.

하지만 그녀는 그런 걸로 만족하지 못했다.

이 나라에서는 고위 귀족이 여러 명의 아내를 들이는 건 당연하다.

정처는 측실을 지도하며 가문을 잘 꾸려나가는 것을 요구받는다.

귀족으로서 태어나고 자란 그녀는 그런 건 익히 알고 있었다.

실제로 그녀의 어머니가 그렇게 하는 걸 봤고, 측실에게서 태어난 동생들과도 대외적으로는 차별 없이 동등하게 자랐다.

하지만 이건 아니다.

결혼하기 전부터 원했던 건 그 여자고, 나는 규율에 따라 떠안은 아내.

그건 강력한 열등감이 되어 그녀를 완강하게 만들었다.

만약. 그녀는 몽상한다.

하다못해 결혼한 뒤였다면. 아이가 생긴 뒤였다면. 남편이 데려온 여자의 존재도 조금 더 평온한 마음으로 받아들였지 않았을까.

하지만 현실은 그렇지 않았고, 질투에 미쳐버린 그녀는 의지할 곳 없는 여자를 남편 몰래 철저히 괴롭혔다.

그리고 여자가 남편에게 괴롭힘을 호소하지 않고 견디는 바람에 사태는 점점 심각해졌다.

교양이 없고 예법을 모르는 걸 헐뜯으면 여자는 교사에게 가르침을 청하여 노력했다.

생트집에 가까운 그녀의 각종 요구에도 어떻게든 맞추려고 했다.

결국 그녀는 할퀴던 손톱을 거두는 타이밍을 놓쳐버렸다.

그리고 그날.

여느 때처럼 비아냥을 던지던 그녀는 안색이 나빠지긴 했지만 고개를 숙이고 견디는 여자에게 참을 수 없이 짜증이 치밀어 들고 있던 부채를 던졌다.

다들 불행이 겹쳐졌다고 말한다.

던진 부채가 여자의 눈에 맞은 것.

놀란 여자가 비틀거린 것.

그곳이 우연히 계단 위였던 것.

그 결과 여자는 저택의 계단에서 굴러떨어져 크게 다쳤다.

사뿐사뿐 달리고 춤추듯이 걷던 그녀의 다리는 처참하게 부러져서 다시는 똑같이 움직일 수 없게 되었다.

그로부터 얼마 후 여자는 저택을 떠났다.

영지 변두리에 있는 험준한 산속에 거처를 마련하고, 그 후로 다시는 그녀 앞에 모습을 드러내는 일이 없었다.

결혼한 뒤 처음으로 그녀의 생활에 평온이 찾아왔다.

남편은 여전히 예의 바르고 온화한 사랑을 쏟아주었고, 주변의 하인들도 그녀 앞에서 여자 이야기를 하는 일은 없었으니까.

설령 한 달에 한 번.

며칠간 남편이 돌아오지 않는 날이 있다거나, 그때마다 효능이 좋은 약을 가지고 돌아온다거나.

그런 부분에 눈을 감는다면 평온은 지켜졌으니까.

하지만 그건 낫지 못한 상처에 뚜껑을 덮고 숨기고 있었을 뿐이었다.

가려진 상처는 그 세월만큼 곪아서 욱신욱신 통증을 호소했다.

그리고 지금.

십수 년의 시간이 지나 여자가 눈앞에 나타나려 하고 있다.

심지어 빈사의 남편을 구하기 위해…….

그녀의 마음이 어지럽게 흐트러진다고 해도 아무도 비난하지 못할 것이다.

3 치료 행위 (전)

전력으로 말을 달리고, 중간에 지쳐버린 말을 갈아타서 또 달렸다.

말에 익숙하지 않은 미샤는 이미 녹초였다.

하지만 서두르는 이유를 아는 몸으로서는 우는 소리를 내지도 못했다.

물론 우는 소리를 냈다고 해도 거칠게 흔들리는 말 위에서는 혀를 깨물기만 할 뿐 헛수고로 끝났겠지만.

처음에는 긴장해서 딱딱하게 굳었던 몸도 지금은 힘이 쭉 빠져 기사의 가슴에 등을 맡기고 있다.

그 자세가 자기에게도 상대에게도 가장 편하다는 걸 말을 탄 지 한참이 지난 뒤에야 간신히 깨달았다.

처음 보는 남성과 밀착한 상황도 미샤는 시간과 함께 받아들였다.

……단순히 피곤한 나머지 수치심 같은 걸 계속 느낄 여력도 체력도 없어졌다고도 할 수 있다.

그 자세를 하고 나자 간신히 미샤의 머릿속도 조금은 돌아가기 시작했다.

역시 처음에 생각난 건 아버지 문제였다.

'다쳤다니 어떤 상태일까? 다친 지 얼마나 지났지? 다치고 바로 전장에서 떠났다면…… 사흘 정도?'

편지에는 심하게 다쳐서 빈사 상태라고만 적혀있었다.

미샤는 실제 부상 치료에 관여한 적은 거의 없었으나 지식만큼은 어머니가 철저히 주입해놨다.

그렇게 배운 기본적인 사항 중 하나로 '시간이 지나 악화한 상처를 치료하는 건 쉽지 않다'는 게 있었다.

초기 대응, 소독 등 적절한 조치를 하지 않았다면 상처로 들어간 나쁜 물질이 살을 썩게 하고 피를 오염시킨다.

그렇게 되면 약사의 기술로 목숨을 구할 수 있을지는 반반. 본인의 체력과 운에 달렸다.

'제발 늦지 않았기를.'

말 위에서 미샤가 할 수 있는 일은 오직 하나.

신에게 기도하는 것뿐이었다.

그리고.

미샤의 체감으로는 영원이라고도 할 수 있는 시간이 지나 드디어 아버지의 저택에 도착했다.

대문을 통과해 평상시라면 말도 안 되지만 현관까지 말로 쭉 달려갔다.

그리고 간신히 말 위에서 미끄러지듯 바닥에 선 미샤는 안타깝게도 다리가 말을 듣지 않아 그 자리에 주저앉았다.

엉덩이가 아프다. 다리가 덜덜 떨려서 힘이 들어가지 않는다.

승마 초보에게는 흔한 증상이다.

애초에 첫 승마라면 갤럽으로 승마장을 한두 바퀴 도는 게 고작일 것이다.

현실은 기사가 조종하는 군마를 타고 2시간 이상 전력 질주.

기절하지 않은 것만으로도 용했다.
하지만 다들 태연한 가운데 주저앉아있는 건 민망했다.
필사적으로 일어나려고 꿈틀거렸지만, 하반신이 마치 제 것이 아닌 양 도저히 힘이 들어가지 않는 미샤를 여기까지 데려온 기사가 번쩍 안아 들었다.
"울지 않은 건 훌륭했습니다. 잠시 지나면 감각도 돌아올 테니 그때까지 어딘가에서 쉴 장소를 마련해달라고 하죠."
비명을 지르려고 한 미샤였으나, 퉁명스러워도 배려가 느껴지는 기사의 말에 꾹 삼켰다.
"미샤, 그렇게 해. 엄마는 먼저 상황을 보고 뭐가 필요한지 생각할 테니까. 움직일 수 있게 된 뒤에 데려다 달라고 해."
다소 창백하긴 하지만 든든한 말을 남긴 어머니는 재빨리 안내를 받아 저택 안으로 들어갔다.
"이쪽으로 오십시오."
어머니와 떨어져서 멍한 미샤에게(정확하게는 미샤를 안고 있는 기사에게) 나이가 많은 시녀가 짧게 말하며 앞장섰다.
그렇게 안내해준 곳은 1층 안뜰과 인접한 객실이었다.
차분한 인테리어와 청결감이 느껴지는 방은 인상이 좋았다.
기사가 중앙에 있는 소파 세트 위로 미샤를 살며시 내려주었다.
솔직히 거칠게 툭 던질 줄 알고 긴장했었기에 무척 의외였다.
"차를 내오겠습니다."
부드러운 소파에 몸을 맡긴 미샤에게 시녀가 그렇게 선언하더니 구석에 있는 간이 부엌에서 차를 준비하기 시작했다.
미샤는 아직 흔들리는 듯한 감각을 견디며 그 광경을 바라본 뒤 이번에는 옆에 서 있는 젊은 기사를 올려다보았다.
자신은 아직 마시지 못할 것 같지만 이 사람은 괜찮겠지.
오히려 전장에서 돌아와 쉴 새도 없이 몇 시간을 강행군했다. 몸을 위해서는 수분 보충이 필수다.
"저기 앉으세요."
어떻게든 맞은편 소파를 가리키자 젊은 기사는 잠시 망설인 뒤 앉았다.
그리고 차가 나올 때쯤엔 약간이나마 움직일 기력을 되찾은 미샤는 옆에 있던 가방을 향해 끙끙 손을 뻗었다.
'어디 보자…… 위의 불쾌감하고 현기증, 다리와 허리의 통증?'
개인용 약초 주머니에서 환약과 가루를 뒤적뒤적 꺼냈다.
필요한 걸 적정량 덜어서 막자사발로 가볍게 빻았다.
"죄송합니다. 뜨거운 물 남는 게 있을까요?"
미샤가 시녀에게 부탁하자 그녀는 거의 바로 뜨거운 물을 담은 컵을 내밀었다.
감사히 받아서 조합한 약을 녹이고 단숨에 마셨다.
"지금 그 약은?"
입에서 퍼지는 쓴맛에 얼굴을 찌푸리는 미샤를 향해 일련의 행동을 가만히 관찰하던 기사가 질문했다.
입가심으로 홍차를 마시던 미샤는 살짝 고개를 기울이고 잠시 생각했다.
"위약과 진통제요. 그리고 마음을 상쾌하게 해주는 허브도 조금."
약초의 이름으로 대답해도 의미가 없을 테니 간단하게 대답하자 기사는 조금 놀란 듯한 얼굴이 되었다.

"너도 약사야?"

탁자에 놓여있는 다양한 도구는 보통 사람에게는 무척 이질적으로 보였다.

게다가 미샤가 꺼낸 다양한 가루가 들어있는 주머니는 기사의 눈엔 전부 같은 것으로 보였다.

안에서 나오는 것도 약간 녹색이 돈다거나 조금 갈색이 도는 등 약간씩 차이는 있지만 분간이 갈 정도로 확연하게 차이가 나 보이진 않았다.

"간신히 견습 딱지를 뗀 정도지만요."

미샤는 기사의 놀란 얼굴에 내심 고개를 갸웃거리면서도 가볍게 대답했다.

그리고 탁자에 놓여있던 설탕 과자 하나를 입에 넣었다.

자연의 과일이나 꿀맛에 익숙한 혀에는 너무 달아서 눈썹을 살짝 찌푸렸다.

미샤는 입안에 남는 단맛을 차로 헹군 다음 천천히 일어나봤다.

아직 약간 비틀거리긴 하지만 많이 개선된 모양이다. 몇 번 발을 디뎌서 확인한 뒤 고개를 끄덕였다.

"……이제 괜찮은 것 같습니다. 어머니에게 안내해주실 수 있을까요?"

원래 매일 숲속을 뛰어다니며 자란 튼튼한 몸이다.

익숙하지 않은 말의 상하 운동에 놀라긴 했으나 부활도 빠른 듯했다.

하지만 조금 전까지 자력으로 서지도 못하고 새파란 얼굴로 주저앉아있던 미샤를 본 두 사람에게는 놀라운 일이었다.

기사는 부활할 때까지 적어도 1~2시간은 걸릴 것이라 예상했고, 시녀는 침대에서 쉬라고 권유할 타이밍을 재던 중이었다.

그런데 방에 들어와서 바로 뭔가 약을 조합하더니, 그걸 먹고 일어나서는 이제 괜찮다고 선언하다니.

처음 만난 사람이 보기에는 지극히 경악스러운 일이었다.

무슨 약을 먹은 건지 놀라기도 했고, 이렇게 어린 소녀가 그런 약을 만들어냈다는 사실에 전율했다.

"……저기요?"

파리한 얼굴로 침묵하는 두 사람을 보며 미샤는 의아한 얼굴로 고개를 갸웃거렸다.

설마 자신의 행동이 두 사람을 혼란과 미약한 두려움에 빠트렸을 줄은 상상도 못 하는 모양이었다.

"……아, 네. 다른 분들은 영주님께 가셨을 겁니다. 안내하겠습니다."

먼저 정신을 차린 건 시녀였다.

당황한 듯 다시 앞장서서 안내역을 자처했다.

미샤는 가방을 들고 빠르게 걸어가는 시녀의 뒤를 쫓아갔다.

시녀가 안내해준 방에서 먼저 독특한 냄새를 맡은 미샤는 무의식 중에 눈썹을 찌푸렸다.

약과 피와 고름 냄새. 그건 죽음의 냄새였다.

여러 사람 사이에서 어머니의 등을 찾아낸 미샤는 조용히 달려갔다.

최대한 발소리를 내지 않는 독특한 걸음걸이는 숲을 산책하다가 자연스럽게 익힌 것이었으나, 기척도 없이 나타난 소녀의 모습을 보고 눈치채지 못했던 어른들은 몸을 움찔했다.

그런 가운데 뒤도 돌아보지 않고 집중해서 막자를 돌리던 어머니가 시선도 들지 않고 미샤에게 지시를 날렸다.

"소독액을 만들어서 상처를 씻을 거야. 지금 물을 끓여달라고 했으니까 미샤는 라이 열매를 으깨."

군말이 없는 어머니의 목소리에 숨어있는 긴장감을 미샤는 똑바로 짚어냈다.

이 방에 들어왔을 때부터 막연히 눈치채고 있었다.

아버지는 정말로 죽음을 앞두고 있다.

어머니의 모습이 그건 현실이라고 알려주고 있다.

미샤는 울고 싶은 걸 꾹 참고는 어머니가 지시한 물건을 약초 주머니에서 꺼냈다.

갈색의 딱딱한 열매를 물에 녹이면 강한 살균작용을 얻을 수 있다. 다만 너무 진하게 만들면 살까지 녹여버리는 위험이 있기 때문에 주의해야 한다.

"얼마나?"

"우선 한 움큼."

살며시 물어본 미샤에게 돌아온 건 여전히 짧은 대답이었다.

차갑게 느껴지는 태도였지만 미샤는 지금 어머니가 머릿속을 필사적으로 뒤지며 아버지를 구할 방법을 찾는 중이라는 걸 알고 있었기에 신경 쓰지 않았다.

무언가에 집중하는 어머니는 항상 이런 느낌이었으니까.

물론 그 대화를 듣고 있던 사람들은 다르게 느낀 모양이었지만.
집중하며 단단한 열매를 드륵드륵 으깼다.
'너무 빠르게 문지르면 점성이 생겨서 변질돼. 최대한 열이 나지 않도록 천천히 신중하게…….'
어머니에게 배운 라이 열매 처리법을 입속으로 중얼거리며 가르침에 충실하게, 그러면서도 신속하게 으깼다.
어느 정도 으깬 뒤엔 섬유가 촘촘한 자루로 걸러서 껍질을 제거하고, 남은 하얀 가루를 다시 곱게 빻았다.
드디어 만족스러운 수준까지 잘 갈고 나자 뜨거운 물이 도착했다.
"미샤, 이거 네가 마저 해. 소독액은 내가 만들 테니까."
어머니는 미샤의 손에서 가루를 가져가더니 저택 사람이 가져다 준 커다란 냄비로 향했다.
그 등을 잠시 눈으로 좇아간 뒤 미샤는 서둘러 조금 전까지 어머니가 서 있던 장소로 이동했다.
중간까지 혼합된 막자사발 안을 확인하고 뭘 만들고 있었는지 판단했다.
어머니에게 확인할 수도 있지만 집중하는 걸 방해하는 것도 미안했다.
철들기 전부터 약초를 장난감 삼아 어머니 흉내를 내던 미샤에게 어머니의 작업 흔적을 읽는 건 숨 쉬는 것보다 더 쉬웠다.
새삼스럽게 이 정도를 틀릴 리가 없다.
그건 모녀와 딸 사이의 깊은 신뢰 관계를 보여주는 것이지만, 대화를 나누지 않고 묵묵히 작업하는 두 사람의 모습은 문외한에게는 불가사의하게 비쳤다.

그리고 역시 숲의 '마녀'라며 두려움을 느낀다.

마치 인간이 아닌 걸 보는 것처럼.

"미샤, 약액 준비가 끝났어."

어머니의 부름에 미샤는 막자사발에서 고개를 들었다.

"……영주님의 상처를 보여달라고 해."

그 말에 침대 옆으로 다가가자 방에 떠돌던 독특한 냄새가 한층 강해졌다.

항상 활발하게 웃던 아버지는 고통스러운 표정으로 얼굴을 일그러트리고 파리한 안색으로 엎드려있었다.

의식은 없다고 하지만 이따금 갈라진 신음을 흘린다.

옆에 서 있던 시종이 위에 덮여있던 시트를 슥 거두었다.

조금 전 어머니가 진찰한 모양이었다.

몸에서 옷과 붕대를 벗겨 환부가 노출되어 있었다.

등을 대각선으로 가로지르는 절상. 상당히 깊은 그것은 아직 질금질금 진액을 흘리고 있고 상처 주위의 피부는 검붉게 썩어 있었다.

"부상에서 나흘이 지났다고 해. 독을 사용한 흔적은 없는데 상처는 아무는 기색이 없고 오히려 곪아서 썩어가고 있지."

어느새 옆에 선 어머니가 담담히 이야기하는 정보에 얼굴을 찌푸렸다.

"상처를 낸 칼이 녹슬어있었거나 오물이 묻어있었거나……. 상처로 나쁜 게 들어갔다고 봐. 그 후에 상처를 적절하게 씻지도 않은 거지?"

어머니에게 배운 지식에 따라 추측을 늘어놓자 긍정이 돌아왔다.

"더불어 그때 피를 너무 많이 흘렸어. 그래서 외부의 침입에 져버린 거지."

미샤의 말에 고개를 끄덕인 어머니는 고개를 들고 주변을 둘러보았다.

"지금부터 상처를 씻고 썩은 살을 도려내겠습니다. 현재 약해진 영주님의 몸에는 목숨을 건 치료가 될 테지만, 이대로 내버려 두었다간 확실하게 죽습니다. 고통 때문에 발버둥 칠 우려도 있으니 팔과 다리를 침대에 묶고 몸을 누를 사람을 두 명 준비해주세요."

담담하게 설명하는 말에 주변이 술렁거렸다.

"목숨을 걸어야 한다니……."

"그냥 두면 확실하게 죽는다고 하잖습니까? 그렇다면 할 수 있는 건 해야죠."

"그 치료를 받으면 영주님께선 사실 수 있습니까?"

"……모릅니다. 상처를 입고 시간이 너무 지났어요. 솔직히 아직 영주님의 목숨이 붙어있는 것도 기적에 가깝습니다."

잇달아 날아오는 질문에 대답하는 어머니의 말에 절망에 찬 목소리가 오갔다.

"……아무것도 하지 않는다면 확실히 죽을 목숨이라면, 치료해주게. 그래서 살 수 있다면 잘된 일이지."

쉰 목소리가 울려 퍼졌다.

"……전 영주님."

열려있는 문에서 들어온 사람은 지팡이를 짚은 노인이었다.

얼굴에는 깊은 주름이 새겨져 있고, 지팡이를 짚은 손의 반대쪽도 다른 사람이 부축해주지 않으면 제대로 걸을 수도 없는 모양이었지만 그 눈동자엔 강한 빛이 깃들어 있었다.

'전 영주……. 저분이 내 할아버지.'

미샤는 부모님 말고는 처음 보는 혈연에 눈을 살짝 크게 떴다.

"우리 사정으로 숲속으로 쫓아낸 자네들에게 부탁하는 것도 한심한 일이지만, 방법이 있다면 부디 살려주게나. 이 늙은이라면 모를까, 이 녀석은 아직 죽으면 곤란하다네."

뚜벅뚜벅 지팡이 소리가 가까워진다.

"……숲은 제가 가고 싶어서 간 겁니다. 제 부족함을 사과드린다면 드렸지, 아버님께서 신경 쓰실 일은 아무것도 없습니다."

앞에 선 노인 앞에 무릎을 꿇고 예를 취하는 어머니의 모습을 보고 미샤도 서둘러 머리를 숙였다.

"……그 아이가 딸인가. 많이 자랐구나. 전부 끝나고 나면 그동안 있었던 일을 이 늙은이에게 가르쳐주게."

목소리에서 묻어나는 자상한 느낌에 미샤는 저도 모르게 굳어있던 몸에서 힘을 뺐다.

저택에 대해서는 완강히 말하려 하지 않던 어머니의 태도를 보고 어느새 여기를 적의 소굴처럼 느꼈던 모양이었다.

적어도 이 노인은 적으로 느껴지지 않는다.

할아버지로서 친근감을 느끼는지는 별개지만.

"전부 레이어스의 말대로 해라. 이건 영주 대리로서 하는 말이다."

노인의 선언에 웅성거림이 퍼져나갔고 이어서 사람들의 눈이 어머니와 미샤에게 쏟아졌다.

강렬한 시선에 겁을 집어먹을 뻔한 미샤와는 다르게 어머니는 가슴을 펴고 그 시선을 받아냈다.

"여기서부터는 심약한 사람에게는 잔인한 광경이 됩니다. 쓰러져도 곤란하니 필요하지 않은 사람은 밖으로. 제가 하는 조치에 불안이 있다면 남아도 상관없지만, 방해만은 하지 말아주십시오."

당당하게 단언한 뒤 이어서 미샤에게 몸을 돌렸다.

"상처를 씻고 썩은 부분을 도려낼 거야. 조수로서 도와. 도구 소독은 꼼꼼히. 손에 상처는 없지?"

엄한 표정을 보고 전신에 긴장감이 감도는 걸 느끼며 미샤는 고개를 끄덕였다.

우선은 상처에 진통제를 바른다.

하지만 괴사해가는 상처에는 효과가 약하다는 건 뻔히 알고 있었다. 거의 임시방편이다.

팔과 다리에 추가 상처가 나지 않도록 천을 두껍게 동여매서 침대에 고정하고, 그 위를 건장한 남자들이 누르게 했다.

의식이 없는 상태이기 때문에 무심코 힘을 발휘하기도 한다.

어머니의 지시로 준비를 갖추는 사이에 미샤도 분주히 도구를 준비했다.

지식으로서는 알고 있다.

더 작은 상처라면 비슷한 치료를 하는 것도 실제로 본 적이 있다.

하지만 자신이 직접 관여하는 건 처음이다. 미샤는 긴장해서 떨리려는 몸을 의지의 힘으로 필사적으로 눌렀다.

치료하는 약사가 겁먹으면 치료를 받는 환자에게 괜한 두려움이

나 불신을 줄 수 있다.

"자신감이 없을 때야말로 당당해야 해."

본격적으로 약사를 지망하겠다고 맹세했을 때 어머니에게 가장 먼저 배운 마음가짐이었다.

때로는 허세도 필요한 기술이라고.

'나는 할 수 있어. 살릴 수 있어. 괜찮아. 괜찮아.'

미샤는 마음속으로 중얼거리며 자신을 고무했다. 부디 아무도 이 떨리는 손을 눈치채지 못하기를 기도하면서.

"미샤, 준비됐어?"

"네."

냉정한 어머니의 시선이 몸을 찌른 순간, 미샤는 자기 안의 스위치가 달칵 눌린 것을 느꼈다.

머릿속이 사악 맑아지며 손의 떨림도 멈췄다.

"그럼 상처에 약액을 부어."

지옥 같은 시간의 개막이었다.

숲 변두리의
꼬마 마녀
Little witch
at the edge of the forest.

4 치료 행위 (후)

미샤는 간신히 해방된 긴장에서 오는 피로로 인해 소파 위로 풀썩 쓰러졌다.

가까스로 목욕해서 피와 고름으로 더러워진 옷에서는 해방되었지만, 젖은 머리카락까지 말릴 여유는 없었다.

처치하는 동안 침착했던 반동인 건지 머릿속이 포화상태라 아무 생각도 할 수 없었다.

'엄마는 너무 대단해.'

경험의 차이라고 하면 그렇긴 하지만, 같이 목욕한 어머니는 순식간에 끝내고 아버지의 상태를 보러 갔다.

'조금만, 더…….'

미샤는 무거운 몸에서 힘을 빼고 눈을 감았다.

하지만 피곤한 몸과는 정반대로 고양된 정신은 미샤를 해방해주지 않았고, 뇌리에는 조금 전까지 보던 광경이 플래시백했다.

체온만큼 식힌 약액을 상처에 붓고 표면의 더러움을 씻어낸 것까지는 좋았다.

어머니가 은으로 만든 납작한 숟가락 같은 것으로 상처에 고여있던 고름과 핏덩어리 및 기존에 발랐던 약을 긁어내기 시작했을 때, 의식이 없는 아버지가 마치 짐승처럼 신음하며 버둥거리기 시작했다.

팔과 다리를 단단히 묶어놨으니 대단한 저항은 못 할 줄 알았는데, 몸을 비틀듯이 버둥거리면 처치하는 손도 튕겨내서 치료에 방해가 되었다.

상처 위치상 몸통까지 묶어놓을 수도 없으니 남자들에게 움직이지 못하도록 눌러 달라고 할 수밖에 없었다.

하지만 죽어가던 몸 어디에 그런 힘이 남아있었는지 놀라울 정도로 의식이 없는 몸은 계속 발버둥 쳤다.

겁을 먹은 남자들을 호령하며 마지막에는 버둥거리려는 몸에 올라타 상처를 후비는 어머니의 모습에선 무시무시한 기백이 느껴졌다.

단도로 썩은 살을 도려내는 행위는 붉은 피가 나올 때까지 이어졌다.

그리고 붉은 속살이 드러난 상처에 상처약을 듬뿍 채워 넣고 깨끗한 천으로 둘둘 말고 나자 1시간 이상은 너끈히 지나간 뒤였다.

너무도 처참한 광경에, 마지막에는 남아있던 귀족 중 절반이 넘게 퇴실했다.

구토하는 사람이 없었던 것만으로도 잘 버텼다고 할 수 있을 것이다.

처음 미샤를 안내해준 나이 많은 시녀가 욕실로 안내해줄 때, 그녀의 안색도 안 좋았던 걸 보면 문밖에서 소리만이라도 들은 건지도 모른다.

상당히 과격한 처치였지만 아버지는 어떻게든 견뎌주었다.

창백한 얼굴은 변함이 없고 의식도 돌아오지 않았지만 적어도 심장은 계속 움직인다.

우선 고비는 하나 넘겼다.

이후 경과에 따라서는 또 같은 처치를 해야만 한다는 사실은 잠시 눈을 감고 눈치채지 못한 걸로 쳤다.

미샤는 거기까지 생각한 뒤 기절하듯 찰나의 잠에 들었다.

“……미샤, 일어나.”

어머니의 자상한 목소리에 미샤의 의식이 떠올랐다.

멍하니 눈을 뜨자 안색은 조금 안 좋지만 기가 막힌다는 듯한 어머니의 얼굴이 보였다.

“머리 제대로 안 말리고 잔 거지? 엉망이잖아.”

‘아, 항상 보는 엄마다.’

익숙한 표정에 조금 안도하며 느릿느릿 몸을 일으켰다.

몸이 무척 나른했다.

“차야. 마셔.”

미샤는 친숙한 향기에 안도하며 어머니에게서 컵을 받아 차를 마셨다.

그리고 조금 맑아진 머리로 잠들기 전의 일을 떠올렸다.

“……아빠는?”

우선 가장 큰 걱정거리를 물어보자 어머니의 얼굴이 확 어두워졌다.

“지금은 별다른 변화가 없어. 다만 체온이 돌아오지 않아. 몸에서 피가 너무 빠졌기 때문이야. 그래서는 상처에서 나쁜 것을 제거해도 상처가 아물지 않지. 게다가 핏속에 독소가 얼마나 도는지도 알 수 없고…….”

어머니의 말에 미샤는 울 것 같은 기분이 들었다.

상처가 아물지 않으면 또 똑같은 일이 반복된다. 애초에 이대로 의식이 돌아오지 않으면 죽음만이 기다린다.

"……어떡해? 엄마."

매달리듯 바라보는 딸을 향해 어머니는 고민하는 표정으로 입을 열었다.

"방법이 없는 건 아니야."

"그게 뭔데?!"

어머니의 말에서 희망을 보고 소리친 미샤를 보며 어머니는 고개를 저었다.

"엄마의 고향에서 만들어낸 새 방법이야. 하지만 엄마는 중간에 여기에 와 버려서 오래된 정보밖에 없어. 무척 어려운 방법이고 위험하기도 해."

"삼촌에게 물어볼 수는 없어?"

머나먼 어머니의 고향.

이 나라 사람들은 연이 끊어졌다고 생각하는 모양이지만, 실제로는 소소하긴 해도 교류가 있다.

'숲의 백성'이라고 불리는 어머니의 고향 사람들은 일단 나라에 속해있긴 하나 호기심이 왕성하고 자유분방한 사람들이다.

관심이 있는 걸 발견하면 국경 같은 건 아랑곳하지 않고 어디든 간다고 한다.

삼촌도 그중 한 명으로, 몰래 어머니를 찾아온 적이 여러 번 있었다.

몇 년에 한 번 찾아오는 삼촌은 다양한 선물이나 재미있는 이야기를 가져와서 미샤는 그를 아주 좋아했다.

"……문외불출의 비법으로 취급하니까 그리 쉽게 가르쳐주지 않아."

"어떤 방법인데?"

중간에 왔다고 한 걸 보면 어머니도 개요 정도는 알고 있으리라 생각해서 물어보자, 어머니는 긴 침묵 후에 입을 열었다.

"피가 부족하다면 더해주면 된다는 발상이야. 하지만 입으로 피를 먹여봤자 흡수하지 못하지. 그래서 직접 몸에 주입해봤어. 전에 다치면 안 되는 큰 혈관 이야기는 했지?"

무척 뜬금없는 어머니의 말에 미샤는 어안이 벙벙해지면서도 고개를 끄덕였다.

몸속에 뻗어있는 혈관 중에서도 커다란 통로. 거기를 다치면 피가 멈추지 않아서 죽어버린다.

숲에서 함정에 걸린 동물의 숨통을 끊을 때 배웠다.

"그 큰 혈관 중 하나에 속을 뚫은 가느다란 바늘을 꽂아서 건강한 사람의 피를 넣었어."

"그럼 아빠에게도 똑같이 하면!"

"……세 사람 중 한 명은 죽었어. 내가 고향을 떠날 때는 한창 그 원인을 찾는 중이었고."

어머니는 심각한 얼굴로 고개를 저었다.

애초에 실험 상황이 까다롭다.

심한 출혈로 죽어가는 사람이 많이 있는 장소는 전장 정도밖에 없다.

하지만 한창 목숨이 오가는 와중에 이런 섬세한 실험을 시도하는 건 쉽지 않다.

건강한 사람에게 일부러 상처를 내는 것도 논외다.

어디까지나 목숨을 구하기 위해서인데 그것을 위한 실험으로 목숨을 빼앗으면 의미가 없으니까.

"……하지만. ……그래도."

"게다가 설령 이유가 해명되었다고 해도 지금부터 오빠를 찾아서 교섭할 시간도 없어. 각국을 자유롭게 여행하는 오빠를 찾는 것도 지극히 어렵고, 그렇다고 해서 거점까지 여행했다가 돌아올 때면 그 사람의 목숨이 사라진 뒤겠지."

미샤는 할 말을 잃고 입을 다물었다.

어느새 그 뺨에는 눈물이 흐르고 있었다.

소리 없이 우는 딸을 바라본 뒤 어머니는…… 레이어스는 한숨을 쉬었다.

견문 여행 도중에 다쳐서 움직이지 못하게 된 남자를 구한 장본인이 레이어스였다.

상처가 나을 때까지 한 달.

고작 그 한 달 만에 자신을 지금까지 키워준 고향도, 평생을 바친다고 맹세한 약사로서의 길도 버리겠다고 결심하게 만든 상대.

계속 곁에 있지는 못했으나 무척 행복했다.

시아버지의 말대로 다른 사람이 보기엔 불쌍한 신세였을지도 모르지만, 레이어스는 충분히 행복했다.

'오빠는 어리석은 선택이라고 황당해할까? 화를 낼까?'

뇌리에 떠오르는 건 남자를 따라가겠다고 결심한 레이어스에게 끝까지 기가 막혀 하던 오빠의 모습.

지금까지 쌓아 올린 모든 걸 내던져놓고 정말로 후회하지 않겠냐고 걱정했다.

곧이곧대로 일족의 규율에 묶이지 않아도 우회할 방법은 얼마든지 있다고 음흉하게 웃는 오빠의 말에 저도 모르게 웃어버렸다.

'오빠처럼 요령이 좋지는 못하니까'라고 말하고 떠난 레이어스를, 난처한 표정을 지으면서도 웃으면서 보내주었다.

일족의 규율을 따른다면 그게 평생의 마지막 만남이 되었어도 이상하지 않았다.

그런데 이 나라에 와서 몇 년 만에 레이어스가 숲에 틀어박히자 소문을 들었다며 먼 이국의 숲속까지 찾아와준, 하나뿐인 소중한 오빠.

천재지만 변덕스럽고, 그래도 무엇보다 레이어스를 아껴주었다.

처음에는 계속 같이 고국에 돌아가자고 권유했는데 요즘은 포기한 건지 정기적으로 얼굴을 보러오기만 했다.

드디어 인정해준 거라며 무척 기뻐했던 것이 어제 일처럼 생생하다.

'이럴 줄 알았다면 괜한 고집을 부리지 말고 오빠의 이야기를 들어둘걸.'

사실 몇 년 전, 오빠가 피의 수수께끼를 알았다고 보고했다.

자세히 설명하려는 오빠에게, 일족을 떠난 자신에게 일족의 비밀을 밝히려고 하면 어떡하냐며 황급히 입을 틀어막았지만.

그런 동생에게 자기가 고생한 결정체라고, 하다못해 이것만은 받아달라고 건넨 작은 주머니의 존재를 떠올린 레이어스는 눈을 꾹 감았다.

딸에게는 무리라고 했지만, 이젠 그것 말고는 그를 구할 방법이 떠오르지 않았다.

'만약 실패한다면, 모든 죄는 내가 짊어질 테니까…….'

"아버님께 말씀드리러 가야겠어. 다시 낮은 확률에 걸어주실지, 아닐지."

잠시 눈을 감고 침묵한 어머니는 무언가를 결심한 표정으로 일어났다.

당황하며 뒤를 쫓아간 미샤는 나중에 왜 그때 조금 더 자세한 이야기를 듣지 않았던 건지 자신을 죽도록 원망하게 될 줄은 생각지도 못했다.

새로운 치료법과 위험성을 설명하자 영주 대리로 일하던 시아버지는 잠시 침묵한 뒤 질문을 하나 건넸다.

"그 치료법은 자네의 나라에서는 일반적으로 실시되고 있는 건가?"

"지금은 어떤지 모르지만, 제가 그 나라에 있을 때는 아직 연구 중이었습니다. 그렇기에 위험이 큽니다."

조용히 대답하는 레이어스의 말에 시아버지는 작게 고개를 저었다.

"소문으로는 들었지만 정말 그 나라의 약사는 특출난 기술을 지니고 있군. 아까운 짓을 했어……."

레이어스의 고향은 너무 멀고, 특히 '숲의 백성'에 대해서는 많은 부분이 숨겨져 있기 때문에 정보가 거의 없는 상태다.

이 인연을 더 소중히 대했다면 다른 미래도 있었을지 모른다는 생각을 레이어스가 고개를 저어 부정했다.

"그이를 따라간다고 정한 시점에서 일족과 인연을 끊었습니다. 달라질 건 없습니다."

어머니의 부정에 미샤는 내심 고개를 갸웃거렸다.

확실히 가끔 밖에 찾아오지 않지만, 삼촌과는 관계가 양호해 보였다. 어째서 비밀로 하는 걸까?

"좋네. 전부 자네에게 맡긴다고 한 선언은 유효하네. 해 보게나."

"……감사합니다."

시아버지의 말에 레이어스는 머리를 숙인 후 미샤를 데리고 방에서 나왔다.

그대로 남편에게 향했다.

안색은 안 좋지만 진통제가 효력을 발휘하는 건지 평온한 표정이었다.

"미샤, 똑바로 봐 두렴. 분명 이건 지금 거의 알려지지 않은 귀중한 기술일 테니."

살며시 속삭이는 레이어스는 약사의 얼굴을 하고 있었다.

"그건?"

미샤는 어머니가 가죽 주머니에서 꺼낸 낯선 도구를 보고 고개를 갸우뚱거렸다.

"특별한 도구야. 시집올 때 몰래 건네주더라."

레이어스는 약간의 거짓말을 섞으며 주머니를 들여다보는 딸에게 제대로 보여주었다.

조금 굵은 바늘 두 개가 끈 같은 것으로 연결되어 있다.

"이건 속이 뚫려있어. 이걸로 피를 옮기는 거야."

"이렇게 가느다란 바늘을 어떻게 뚫은 거야?"

"글쎄? 엄마가 만든 게 아니라서 모르겠어. 그보다 소독해야 하니까 물을 끓여줄래?"

방구석에 설치된 작은 난로에 불을 피우고 냄비를 올렸다.

그러는 사이 레이어스는 남편의 옷을 풀어헤치고 만약을 위해 수면제를 맡게 했다.

그리 큰 통증은 없을 테지만 갑자기 움직이면 큰일이다.

'디노, 부디 내 피를 받아들여 줘.'

레이어스는 마음속으로 남편을 부르며 창백한 뺨을 손끝으로 살며시 더듬었다.

그 얼굴은 기억 속에 있는 모습보다 훨씬 야위어 보였다.

"엄마, 준비 다 했어."

문득 정신을 차리자 상당한 시간이 지났던 건지 마포를 깐 쟁반 위에 바늘과 관을 올려놓은 미샤가 서 있었다.

심호흡을 한번 크게 한 뒤 레이어스는 머리를 전환했다.

십수 년 만에 하는 시술이다. 감이 둔해졌을 테니 집중해야만 한다.

"먼저 조금만 넣어볼게."

그렇게 말하며 레이어스는 자신의 위팔을 끈으로 동여맸다.

햇볕에 그을린 흔적조차 없는 희고 가느다란 팔에 푸른 혈관이 도드라졌다.

"큰 혈관은 여기하고 여기. 하지만 이쪽은 최대한 쓰면 안 돼. 피의 흐름이 너무 거세다 보니 피가 좀처럼 멈추지 않거든."

자신의 팔에 보이는 혈관을 가리키며 딸에게 세심히 가르쳐주었다.

진지한 얼굴로 듣는 미샤를 보며 레이어스는 이런 상황인데도 희미한 미소를 지었다.

새 지식을 탐욕스럽게 흡수하려는 모습은 어린 시절의 자신을 쏙 닮았다.

'그 무렵엔 모르는 걸 아는 게 무척 즐거웠지.'

그리운 추억을 떠올리면서도 바늘 한쪽을 빼고 관이 달린 쪽 바늘을 자신의 팔에 신중히 찔러넣었다.

툭, 작게 꿰뚫는 감각이 느껴진 뒤 바늘구멍을 타고 피가 분출되었다.

아무래도 생각했던 것보다 감이 둔해지진 않은 모양이라 안도의 한숨을 내쉬었다. 직후 관을 타고 핏방울이 조금 떨어진 걸 보고는 관 끄트머리를 꺾어서 그 이상 피가 흐르지 않도록 막았다.

다음으로 침대 위에 힘없이 늘어진 남편의 팔을 잡았다.

마찬가지로 묶어봤지만, 맥동이 약해서 그런지 레이어스처럼 혈관이 불룩하게 도드라지지는 않았다.

하지만 경험이 풍부한 레이어스의 눈에는 자신이 원하는 걸 정확하게 포착했다.

망설임 없는 손놀림으로 바늘을 재빨리 꽂자 곧바로 바늘구멍에서 피가 흘러나왔다.

그 구멍에 즉각 자신의 팔에서 늘어진 관을 연결했다.

레이어스는 피가 높은 곳에서 낮은 곳으로 천천히 흐르는 걸 느꼈다.

"1, 2, 3……."

천천히 100을 센 뒤 레이어스는 남편의 팔에서 바늘을 빼고 청결한 천으로 눌렀다.

"미샤, 여기를 누르고 있어."

그리고 빼낸 바늘 끝에서 핏방울이 흐르는 걸 확인한 뒤 고개를 끄덕이고 자신의 팔에서도 바늘을 뺐다.

"……아빠는 괜찮은 거야?"

미샤는 자신의 목소리가 떨리는 걸 느끼면서 어머니를 올려다보았다.

마포 위에 떨어진 붉은색이 어쩐지 무척 무섭게 느껴졌다.

"……모르겠어. 조금 더 시간이 지나서 몸에 아무런 변화가 보이지 않는다면 피를 받아들였다는 거야. 그러면 안심이지."

"변화라니?"

"많이 있어. 발열, 몸의 통증, 황달……."

미샤는 어머니가 꼽는 증상을 똑바로 기억하면서 아버지를 바라보았다.

아주 작은 징조도 놓치지 않도록.

그것 말고는 지금 자신이 할 수 있는 일이 아무것도 없다는 걸 깨달았기 때문이다.

아버지의 방에 놓인 소파에서 번갈아 쪽잠을 자며 관찰하기를 약 반나절.

드디어 레이어스가 피를 받아들였다고 판단을 내리자 미샤는 안도로 가슴을 쓸어내렸다.

아직 방심할 수 없는 상황이지만 일단 치료의 전망이 보였다.

상처의 상태를 다시 한번 확인하고 시녀에게 무슨 일이 있으면 사소한 일이라도 부르라고 지시한 후 레이어스는 미샤를 데리고 자신들이 받은 객실로 돌아갔다.
"아직 앞이 길어. 쉴 수 있을 때 쉬고 먹을 수 있을 때 먹자."
미샤는 너무 많은 일이 일어나서 식욕이 없었으나 어머니의 말에 고개를 끄덕이고 억지로 음식을 입에 넣었다.
확실히 지금 자신들이 쓰러질 수는 없다.
'그나저나 전서조가 온 뒤로 정말 긴 하루였어. 아니, 아직 하루밖에 안 지났다니 믿어지지 않아!'
닭고기 구이를 뜯으며 한숨을 삼켰다.
조용한 숲속에서는 일어날 일이 없을 만큼 온갖 일이 한꺼번에 일어나자 미샤의 머리는 뻥 터질 것 같았다.
"피곤하지? 오늘은 이만 자자."
미샤는 침대에 눕자마자 바로 꿈도 꾸지 않을 만큼 깊은 잠에 삼켜졌다.

숲 변두리의
꼬마 마녀
Little witch
at the edge of the forest.

5 한 명의 약사로서

눈을 뜨자 방에 레이어스의 모습은 없었다.

미샤가 어린아이라 잠을 많이 자야 한다고 생각한 건지, 경험의 차이인 건지.

'엄마는 대단해.'

막 잠에서 깨어나 몽롱한 머리를 누르며 이미 온기도 남아 있지 않을 빈 침대를 바라보았다.

미샤는 잠시 멍하니 있다가 느릿느릿 침실을 나와 옆방에 가 봤다. 방을 한 바퀴 둘러 보고 테이블 위에 하얀 냅킨으로 덮인 것을 발견했다.

냅킨을 치우자 평소 먹는 샌드위치가 놓여있었다.

어머니가 아침 식사로 만들어둔 모양이다.

"차 끓여야지."

구석에 있는 간이 부엌으로 가서 불을 피우고 물을 끓였다.

이 또한 어머니가 준비해놓은 듯한 티포트에 물을 부어서 테이블로 가져갔다.

아버지의 상태가 궁금하지만 어머니가 곁에 있을 테고, 무엇보다 아침은 든든하게 먹지 않으면 힘이 나지 않는다.

약사는 체력 승부. 약초를 찾아 산과 들을 뛰어다니는 미샤의 지론이다.

샌드위치를 먹으려고 손을 뻗었을 때, 미샤는 같이 놓여있던 편지의 존재를 그제야 알아차렸다.

『아빠와 함께 많은 환자가 돌아와 있어. 아빠는 엄마가 볼 테니까 그쪽을 부탁해. 약사로서 실전 훈련이라고 생각하고 열심히 하렴.』

"그렇구나……. 환자가 아빠만 있을 리가 없지."

오히려 전선에는 나가지 않고 후방에서 지휘하는 아버지가 다쳤을 정도니까 상당한 사상자가 나왔어도 이상하지 않은 상황이었을 것이다.

그런데도 아버지 생각만 하고 다른 건 조금도 떠오르지 않았던 자신의 미숙함에 미샤는 어깨를 축 떨궜다.

정말 자신은 약사로서의 생각도 경험도 너무 부족하다.

배운 지식을 실제로 활용하지 못한다면 아무런 의미도 없다.

"……힘내자."

미샤는 작게 중얼거린 뒤 샌드위치를 깨물었다.

아무튼 배부터 채워야 한다.

음식을 모두 배에 저장한 뒤 약사의 도구와 약초를 넣은 가방을 멘 미샤는 방에서 나와 현관으로 향했다.

우선 어머니의 지시를 따라 환자가 있는 곳에 안내해 달라고 할 생각이었다.

환자가 어디에 있는지 모르니 지나가는 사람에게라도 물어볼 수밖에 없다.

가다 보면 누군가를 만날 거라고 걸어가자 금방 사람을 마주쳤다.

아니, 아무래도 상대도 미샤를 만나러 방으로 향하던 도중이었던 모양이다.

"아, 어제 그 기사님."

본 적이 있는 얼굴에 미샤는 발을 멈췄다.

"……카이트 다이애슨입니다. 레이어스 님의 부탁으로 안내하러 왔습니다."

짤막한 말은 상당히 퉁명스럽게 들렸지만, 어제 함께 시간을 보내면서 상대에게 악의는 없다는 걸 눈치챘기에 미샤는 딱히 신경 쓰지 않고 고개를 끄덕였다.

"잘 부탁드립니다."

내심 이제 환자를 찾느라 헤매지 않아도 된다고 폴짝거린 미샤는 살짝 무릎을 굽혀 인사한 뒤 움직이려하지 않는 상대를 물끄러미 바라보았다.

'왜 그러지? ……사실 이 사람도 환자?'

어제 말을 타고 달리는 걸 보면 가능성은 작다고 생각하면서도 새삼 약사의 눈으로 상대를 바라보았다.

'팔과 다리의 움직임에 부자연스러운 느낌은 없었고 지금은 피 냄새도 안 나. 안색도 좋고…… 응. 괜찮은 것 같아.'

만족스러운 결론에 고개를 끄덕였다가 이어서 옆으로 갸우뚱했다. 그렇다면 왜 그는 움직이려 하지 않는 걸까?

"저기~ 카이트 씨?"

결국 알 수 없는 건 본인에게 물어봐야 한다며 미샤는 살며시 상대방을 불렀다.

그 부름에 카이트는 퍼뜩 정신을 차리고는 발걸음을 돌렸다.

"이쪽으로."

짧은 말을 남기고 멀어지는 등을 미샤는 허둥지둥 쫓아갔다.

카이트가 데려온 곳은 별관에 있는 넓은 방이었다.

다른 가구는 전부 철거하고 침대만 가득 놓여있었다.

이따금 들리는 신음과 뚜렷하게 느껴지는 피와 고름, 그리고 약 냄새.

"여기는 중상자만 모은 방입니다. 약을 바르고 진통제를 먹여 안정을 취하고 있습니다. 그 외에 할 수 있는 일은 있을 것 같습니까?"

"……의사 선생님은 안 계시나요?"

"담당 의사는 전장에 따라갔고 그곳에서 전사했습니다. 제자는 전장에서 분주히 일하는 중이죠. 여기에는 전문 지식을 지닌 사람이 없으므로 돌아올 때 지시한 방법을 계속 이어가는 상황입니다."

지시를 내릴 의사의 부재.

평상시라면 길을 알려주는 어머니도 여기에는 없다.

아무래도 모든 판단을 자신이 직접 보고 생각하고 행동해야만 하는 모양이다.

그 사실을 깨닫고 미샤의 몸에 전율이 흘렀다.

자신의 판단이 상대의 목숨을 좌우할지도 모른다.

약사가 되겠다고 결심한 그 날의 각오가 어느 정도인지 시험당하는 느낌이 들어 미샤는 입술을 꾹 깨물었다.

'약사가 된다고 정한 이상 이런 상황은 언젠가 오는 법이야. 그게 예상보다 일찍 왔다고 도망칠 거야?!'

겁먹을 것 같은 자신에게 물어보자 답은 바로 돌아왔다.

'아니'라고.

"이곳의 책임자는 있을까요?"

"네. 뤼시안나라고 합니다."

미샤의 질문에 한 시녀가 앞으로 나와 무릎을 꿇고 인사했다.

시녀복 위에 앞치마를 두른, 20대 후반 정도로 보이는 여성이었다.

조금 긴장한 모습으로 이쪽을 바라보는 눈동자에는 큰 당혹이 번져 있었다.

소문으로 '숲의 마녀'가 약사를 한 명 더 데리고 왔다는 건 들었지만, 미샤가 너무 어리다 보니 정말 소문 속 약사가 맞는지 의구심이 들었기 때문이다.

게다가 그 소문으로는 '숲의 마녀'와 함께 빈사의 영주님을 훌륭히 치료했다고 했는데 눈앞의 소녀는 아무리 봐도 10대 초반. 도저히 그런 대단한 일을 한 사람처럼 보이지 않았다.

한편 미샤는 뤼시안나의 얼굴을 보고 눈썹을 찌푸렸다.

백분을 발랐어도 검게 죽은 눈 밑은 채 가려지지 않았고, 삼각 두건 틈새로 보이는 머리카락도 많이 흐트러지고 기름져 보였다.

날씬하다기보다는 명백히 야위어 보이는 그 얼굴은 뤼시안나가 얼마나 피로한지 무엇보다 여실히 호소하고 있었다.

"뤼시안나 씨, 실례지만 며칠 동안 목욕하지 않은 거죠? 그리고 제대로 침대에서 잔 게 언제죠?"

영락없이 환자의 용태를 물어볼 줄 알고 그쪽을 대비하던 뤼시안나는 생각지 못한 질문에 순간 머리가 새하얘졌다.

"……어, ……그게, 목욕은 사흘 정도고. 침대는…… 언제였더라? 다들 교대로 대기실 소파에서 쪽잠은 자고 있습니다."

반사적으로 너무 솔직하게 말해버리고 말았다. 그 대답에 미샤의 얼굴이 험악해졌다.

"먼저 간호를 담당하는 분들을 불러 모아 주세요."

그렇게 소집된 건 10대에서 30대까지 연령대가 다양한 네 명의 시녀였다.

다들 안색이 나쁘고 옷도 구깃구깃했다.

"두 명이 더 있지만 자는 중입니다."

험악한 표정인 미샤에게 뤼시안나가 쭈뼛거리며 보고했다.

소문으로 들은 약사가 맞는지에 대한 의문보다 눈앞의 소녀가 만들어내는 분위기가 더 무서웠다.

말을 잘못했다간 불호령이 떨어질 것 같은 분위기에 뤼시안나는 본가에 있는 어머니를 떠올렸을 정도였다.

다른 시녀들도 마찬가지인지 살짝 고개를 숙이고 몸을 웅크리고 있었다.

"그분들은 그대로 재워도 괜찮…… 잠깐, 혹시 소파에서 주무시는 거예요?"

고개를 끄덕이려고 한 미샤는 문득 처음 뤼시안나가 했던 말을 떠올리고 말을 멈췄다.

시녀들의 시선이 민망한 듯 미샤를 피했다.

미샤는 어안이 벙벙해진 뒤 커다란 한숨을 한 번 내쉬며 어떻게든 자신을 진정시켰다.

"이 자리는 제가 맡겠습니다. 여러분은 내일 아침까지 쉬세요."

"네?!"

놀라서 소리친 시녀들을 미샤가 천천히 타일렀다.

"여러분이 잘 모르는 상황에서나마 열심히 해주신다는 건 압니다. 하지만 이대로는 여러분마저 쓰러질 것 같아요. 방으로 돌아가서 목욕하고 침대에서 주무세요."

미샤는 마음을 담아 뤼시안나를 바라보았다. 조금이라도 걱정하는 마음이 전해지도록.

아름답게 반짝이는 녹색 눈동자가 응시하며 어린아이를 다독이듯 부드러운 목소리로 건네는 말은 동요했던 시녀들의 마음속에 천천히 퍼져나갔다.

"여러분이 필사적으로 지키던 목숨은 제가 책임을 지고 맡겠습니다. 이래 봬도 스승님에게 제대로 한 명의 약사로서 이 자리를 지휘하라는 지시를 받았는걸요. 믿어주시지 않을래요?"

등을 똑바로 세우고 가슴을 펴는 모습은 자신감으로 넘쳐나서 미샤의 가녀린 몸을 두세 배는 더 크게 보여주었다.

당황하면서도 미샤의 말에 고개를 끄덕이는 시녀들을 보고 미샤는 포근하게 웃었다.

"그럼 오늘은 푹 쉬고 내일은 씩씩한 모습으로 돌아와 주세요. 기다리겠습니다."

'다행이다~. 다들 순순히 돌아가 줘서. 갑자기 나타난 어린애가 하는 말을 그렇게 얌전히 따라주다니, 정말로 피곤이 극에 달했던 거겠지.'

떠나가는 시녀들의 등을 배웅한 뒤 미샤는 살며시 한숨을 내쉬었다. 그 시선 끝에 곤혹스러운 얼굴의 카이트가 서 있었다.

카이트는 지금 자신이 느끼는 감정을 어떻게 표현해야 하는지 알 수 없어서 망설였다.

피곤해서 어딘가 날이 서 있는 분위기를 내던 시녀들이었는데, 미샤가 바라보고 말을 걸자 마치 망집이 떨어진 것처럼 어깨에서 힘이 빠지더니 안심한 표정을 지었다.

그건 무척 신기한 광경이었다.

눈앞에 있는 건 성인도 되지 않은 어린 소녀다.

하지만 확실히 그곳에 서 있는 소녀에게서 신비한 위엄 같은 게 갖춰진 것처럼 보였다.

문득 카이트는 처음 소녀를 만났을 때를 떠올렸다.

그날.

빈사의 주인을 구하기 위해서 존경하는 상사가 말을 타고 달려갔을 때, 카이트는 반쯤 억지를 부려서 따라간 것이었다.

전부터 주인이 가져오는 수많은 약은 일반적인 약보다 더 효능이 좋다는 소문이 자자했고, 카이트도 몇 번 신세 진 적이 있다.

상처약을 바르자 통상의 두 배 속도로 아무는 걸 경험하고 호기심에 출처를 물어봤더니, 의사는 자기 일인 양 가슴을 펴고 '숲의 마녀'가 만든 특제약이라고 대답했다.

호기심에 마녀의 정체를 파헤치자 주인이 머나먼 북쪽 나라에서 데리고 돌아온 '측실'이자 '정처'와의 권력 싸움에 져서 영지 변두리에 있는 숲속으로 쫓겨났다는 사실을 쉽게 알아낼 수 있었다.

터무니없이 야만적인 시골뜨기였다는 악의 어린 소문과 반대로 꾸밈없이 친절하고 똑똑한 사람이었다는 호의적인 소문.

악의는 고위 귀족에게서, 호의는 사용인 등 평민이 주류였다. 측실의 존재를 싫어한 정처 쪽에서 일부러 퍼트린 소문이리라는 건 심리전에 둔한 카이트라고 해도 쉽게 상상할 수 있을 만큼 참으로 노골적인 구도였다.

그리고 어떠한 문제가 일어나 같은 집에 살 수 없는 두 사람이 이 이상 싸우지 않도록 아무도 모르는 장소에 측실을 숨겼다.

그게 어떤 '문제'였는지 진위는 알 수 없었다. 어째서인지 그 부분만큼은 당시를 알고 있을 사람 모두가 입을 열려고 하지 않았기 때문이다.

확실한 건 한 달에 며칠 동안 주인은 측근과 함께 어딘가로 사라졌다가 돌아올 때마다 효능이 뛰어난 약을 가지고 오며, 어디에 갔는지 자세한 장소는 한정된 사람밖에 모른다는 점이었다.

그 소문 속 '숲의 마녀'를 데리러 간다.

심하게 다쳐서 죽음을 앞둔 영주를 구해주리라는 한 줄기 희망에 다들 매달렸다.

그게 자기들이 쫓아낸 여자라는 건 뒷전으로 미뤄놓고…….

다친 주인을 지키며 전장에서 후퇴한 소대에 있던 카이트도 미약한 희망에 매달린 사람 중 한 명이었다.

망설이는 상사에게 매달리고 애원해서 반강제로 따라간 곳은 깊은 숲속에 있는 조촐한 오두막. 그 안에서 수수한 로브를 걸친 여자가 나왔다.

확실히 마치 숲의 정령이 나타난 것 같은 아름다움이긴 했으나 '마녀'라는 흉흉함과는 거리가 먼 분위기였다. 게다가 딸이라는 아이도 어리고 약한 소녀로, 익숙하지 않은 승마에 새파란 얼굴로 품속에서 작게 떠는 존재였다.

오는 동안 상당한 시간을 말 위에서 밀착한 상태로 보냈지만 색기라고는 제로. 떨어지지 말라고 딱딱하게 굳은 몸을 품속으로 끌어당기긴 했으나 아무런 야릇함도 느끼지 못했다.

이런 어린 소녀가 '마녀의 딸'이라는 거창한 딱지를 달고 있다는 사실에 웃음이 나왔을 정도로.

하지만 지금.

눈앞에 선 소녀는 무척 아름다워 보였다.

소문으로는 소녀가 어머니의 조수를 맡아서 저세상으로 떠나기 직전이었던 영주의 영혼을 훌륭히 잡아두었다고 한다. 어른도 겁을 먹을 정도로 처참한 치료에도 안색 하나 바꾸지 않고 침착하게 대처했다고.

말 위에서 떨던 모습을 생각하면 쉽게 믿기 힘들었지만, 그러고 보면 그 후에는 당장에라도 쓰러질 것 같던 상태에서 자작 약을 제조해 순식간에 회복했던 걸 떠올렸다.

금방 죽어버릴 사람처럼 축 늘어져 있었는데, 약을 먹고 잠시 가만히 있더니 순식간에 안색이 좋아져서 총총 걸어갔다.

그리고 여기서도 처음 온 장소임에도 어른을 상대로 당당히 설득하고 자기 말을 따르게 했다.

그건 마치 신비한 힘을 사용하는 것처럼 대단한 수완이었다.

가만히 자신을 바라보는 카이트의 시선에 민망함을 느낀 미샤는 얼버무리듯 웃으며 어깨를 으쓱했다.

"……조수가 없어졌네요."

살짝 장난기 어린 동작에 정신을 차린 카이트는 한숨을 쉬고는 검과 겉옷을 벗고 소매를 걷어붙였다.

우선 카이트는 자신의 당황한 마음은 뒷전으로 미루기로 했다. 눈앞에는 환자가 있다. 그리고 미샤에겐 이들을 치료할 힘이 있다는 것도 알고 있으며 적어도 적이 아니다.

좋은 의미로 실력주의인 기사단에서 단련하고 전장에서 지옥을 본 카이트는 더없이 현실주의자였다.

수상한 술수를 부리든 말든 동료가 살 수 있다면 됐다.

불이익이 생긴다면 설령 나중에 죄를 묻는다고 해도 이 손으로 베어버리겠다며 카이트는 몰래 과격한 맹세를 했다.

"힘을 쓰는 일이라면 거들게. 의료 지식은 하나도 없으니까 그건 기대하지 말고."

다소 위험한 생각을 하고 있다는 걸 깔끔하게 숨기고 제안하는 카이트에게 미샤는 웃는 얼굴로 머리를 숙였다.

"감사합니다. 그럼 따라와 주세요."

미샤는 카이트에게 창문을 열어달라고 부탁한 뒤 자신도 움직이기 시작했다.

봄이라기에는 아직 조금 쌀쌀한 계절상 굳게 닫혀있던 커튼과 창문이 열리자 부드러운 햇살과 바람이 들어왔다.

실내에 고여있던 공기가 날아가는 걸 느끼고 환자 옆에 있던 몇몇 가족이 고개를 들었다.

미샤는 자기를 향하는 지친 얼굴을 향해 부드럽게 웃었다.

뇌리에는 어머니의 '허세도 중요해'라는 말과 미소가 맴돌았다.

"안녕하세요, 여러분. 저는 미샤라고 합니다. 여기에는 약사로서 왔습니다. 지금부터 환자의 치료를 담당할 겁니다. 순서대로 돌아볼 테니까 협력해주실 분은 부디 도와주세요."

"……네가, 약사님?"

아직 젊은 여성에게서 당황한 듯한 목소리가 돌아왔다.

틀어 올린 머리카락과 복장을 보아 기혼자라는 걸 알 수 있었는데, 아마도 아직 신혼인 듯했다. 젊음과 풋풋함이 보였다.

옆에 있는 침대에는 얼굴의 절반을 붕대로 둘둘 감은 남자가 누워 있고, 굳게 닫힌 입가만이 가까스로 보이는 정도였다.

붕대는 피가 얼룩져 있는데 색이 변색된 걸 보니 오랫동안 그대로 두고 있었다는 걸 알 수 있었다.

거기까지 본 미샤는 일그러지려는 입술을 가까스로 참았다.

물자가 부족한 건지, 적절한 지시를 내릴 수 있는 사람이 없어서 그런 건지……. 아무리 봐도 해야 할 일이 산더미였다.

'한 명 정도는 현장 상황을 잘 아는 사람을 남겨놔야 했나.'

문득 뇌리에 후회가 스쳤지만 이미 늦었다.

차마 새삼 불러올 수도 없다고 머리를 전환한 뒤 미샤는 자신을 바라보는 눈동자에 시선을 맞추며 천천히 고개를 끄덕였다.

"맞아요. 붕대를 교환하는 김에 상처의 상태를 보여주세요. 깨끗한 헝겊과 물이 있을까요?"

"……네. 준비하겠습니다."

반신반의하면서도 괴로워하는 남편의 손을 잡을 수밖에 없었던 아내는 자신들을 향해 내미는 손에 매달리기로 한 모양이었다.

짐 속에서 하얀 헝겊을 꺼내 어딘가로 달려갔다.

아마도 물을 뜨러 간 모양이다.

미샤는 그녀를 지켜본 뒤 살며시 머리맡으로 다가가 환자에게 속삭였다.

"지금부터 붕대를 풀겠습니다. 피가 응고된 부위가 있으니 아플지도 몰라요. 참지 못할 것 같다면 말씀해주세요."

부드러운 목소리는 상처에서 나는 열로 몽롱한 환자에게도 전달된 모양이다.

미약하게 머리가 움직이며 동의를 표했다.

"카이트 씨는 물을 끓여주세요. 최대한 큰 냄비에 해주시고요. 그리고 깨끗한 천과 붕대가 필요해요."

사이드테이블 위에 몇몇 도구를 빠르게 늘어놓으며 옆에 서 있는 카이트에게 지시를 내렸다.

"알았어."

카이트는 바로 발을 돌려 가까운 문으로 사라졌다.

그곳에 필요한 게 있는 모양이다.

미샤는 돌아온 여성에게서 물이 담긴 통과 헝겊을 받은 뒤 그 안에 몇 종류의 가루약을 넣고 섞었다.

물이 옅은 녹색에서 보라색으로 바뀐다.

"살균작용을 합니다. 상처를 만지는 데 손이 더러우면 의미가 없으니까요."

불안한 듯 옆에 서 있는 여성에게 설명한 뒤 미샤는 젖은 손으로 붕대를 풀기 시작했다.

피와 기타 등등으로 달라붙은 부분을 통 안의 물로 적셔서 불려가며 제거한 뒤 상처를 침착하게 관찰했다.

정수리에서 오른쪽 귀 윗부분에 걸친 상처.

상당히 깊지만, 다행히 뼈에 이상은 없는 듯했다.

다만 피부가 벗겨진 듯한 부분이 있어서 회복에는 시간이 걸릴 것

이다.

"방해되니까 머리카락은 자르겠습니다."

적나라한 상처에 안색이 나빠진 여성에게 일단 양해를 구한 뒤 미샤는 상처가 드러나도록 머리카락을 잘랐다.

이어서 소독액으로 상처와 주변에 달라붙은 피와 더러움을 깨끗하게 씻어냈다.

상처가 깊은 부분을 봉합하고 약을 바른 뒤 붕대를 감으면 끝.

망설임 없는 손놀림은 멈추지 않고 움직여 순식간에 모든 작업을 마쳤다.

마지막으로는 방에 돌아온 카이트의 도움을 받아 환자의 몸을 일으켜 화농증 약과 해열제와 진통제를 먹였다.

"이대로 상태를 지켜봐 주세요. 땀을 흘렸으니 뜨거운 물에 담갔다가 짠 천으로 몸을 닦아주면 좋습니다. 수분을 자주 챙겨주시고요. 약은 저녁 식사 때 뜨거운 물에 녹여서 먹여주세요."

몇 가지 지시를 내리고 다음 환자에게 향하는 미샤를 향해 여성은 깊이 머리를 숙였다.

자기보다 어리고 작은 소녀가 무척 든든해 보였다.

언제 사신이 데려갈지 두려워하며 곁에 있는 게 고작이었던 남편의 상태는 조금 전보다 개선된 것처럼 보였다.

받은 약 덕분인지 괴로운 듯 굳게 다물려 있던 입술이 살며시 풀어지고 편안하게 잠든 숨소리가 들렸다.

여성은 남편이 돌아온 이래 처음으로 안도감에 마음이 풀어지는 걸 느꼈다.

잠든 남편의 얼굴을 가만히 바라보던 여성은 입술을 꾹 깨물고 다음 환자로 향하는 작은 등을 쫓아갔다.

약 지식은 없지만 무언가 도와줄 수 있는 건 있을 것이다.

이 방에는 아직 괴로워하는 사람들이 많이 있으니까.

"저기, 뭔가 도와드릴 수 있는 건 없을까요?"

달려온 여성에게 미샤는 생긋 미소 지었다.

"감사합니다. 그러면 뜨거운 물을 가져다주실 수 있을까요?"

깊게 베인 상처는 봉합하고.

곪은 상처는 고름을 긁어낸 뒤 소독하고 약을 바른다.

고정해둔 골절 부위는 한 번 붕대를 풀어서 상태를 확인한 뒤 재고정.

해열제와 진통제, 가벼운 수면제 등 증상이나 체형에 맞춰서 조합하고 처방한다.

그 움직임은 침착하고 재빠르며, 또한 문외한의 눈으로 봐도 적확했다.

왜냐하면, 미샤가 지나간 뒤엔 고통에 일그러졌던 환자들의 표정이 확연하게 편안해지기 때문이다.

처음에는 당황한 듯 보기만 하던 가족들은 점점 협력을 자청했다.

그럴 때면 미샤는 기뻐하며 인사하고 할 수 있는 일을 부탁했다.

물 끓이기.

더러워진 시트 교환.

영양가 있는 식사 지시.

누구든 할 수 있지만 꼭 필요한 잡일.

선불리 건드렸다가 상처가 악화하는 게 아닌지 두려움이 앞서서 그저 괴로워하는 소중한 사람의 손을 붙잡고 기도밖엔 못 했던 가족들은 기꺼이 지시를 따랐다.

피와 고름의 냄새로 가득하고 신음이 울리는 침울한 공간은 순식간에 소독액과 약초 냄새가 맴도는 청결한 공간으로 변모했다.

어쩐지 돌아다니는 가족들의 표정도 생기가 돌면서 밝았다.

카이트는 바쁘게 침대와 침대 사이를 오가는 미샤를 따라다니면서도 그 변화를 놀라워하며 지켜봤다.

중상자만 모여있던 이 방에는 카이트가 아는 기사도 많이 있었다.

죽음을 기다리기만 하는 게 아닌지, 이렇게 괴로워할 바에야 차라리 편하게 해주는 게 나은 건지도 모른다는 생각마저 들었던 동료들이 고통이 누그러져 안도한 듯 잠들었다.

그건 감동마저 느껴지는 광경이었다.

'정말 마법 같아.'

계속 피가 질금질금 흐르던 상처에 미샤가 신기한 색의 가루를 뿌리면 피가 천천히 굳는다.

잠시 기다린 뒤 닦아내자 검게 변색되었던 살이 연분홍색으로 바뀌어 있었다.

거기에 연고를 바르고 거즈로 덮은 뒤 붕대를 감는다.

"그 약도 직접 만든 거야?"

자기도 모르게 입 밖으로 튀어나왔다.

미샤는 붕대를 감는 손을 멈추지 않고 선뜻 고개를 끄덕였다.

"이건 지혈과 세포 재생을 촉진하는 작용이 있는 약이에요. 전쟁이 시작하고 엄마의 지시로 많이 준비해놨죠. 설마 제 손으로 쓰게 될 줄은 생각지 못했지만요."

환자 옆에 있는 여성에게 환약을 몇 개 건네고 먹이라고 부탁한 미샤는 다음 침대로 이동했다.

그곳은 상반신을 베개에 기대듯 몸을 일으킨 남자가 앉아있었다.

단추를 전부 풀어헤친 셔츠 사이로 붕대에 둘둘 감긴 상반신이 보였다.

짧게 친 머리카락은 멋들어진 빨간색이고 눈동자는 붉은 기가 강한 갈색. 이쪽을 똑바로 바라보는 시선은 즐겁다는 듯 휘어져 있다. 나이는 30살을 조금 넘긴 정도일까.

머리카락과 같은 색의 수염을 대충 기르고 있지만 이목구비는 반듯해 보였다. 입에는 불을 붙이지 않은 담배를 물고 심심한 듯 까딱거렸다.

"오, 아가씨. 너 쪼끄만데 대단하잖아."

침대 바로 옆에 선 미샤에게 남자는 가벼운 어조로 말을 건넸다.

"샤이딘 대장님, 또 그런 걸 물고 계셨습니까."

하지만 그 말에 인사를 돌려주려고 한 미샤보다 먼저 잔걸음 뒤에 있던 카이트가 어느새 앞으로 나와 남자의 입술에서 담배를 빼앗았다.

"뭐냐, 카이트. 여전히 고지식하긴. 불은 안 붙였잖아?"

샤이딘이라고 불린 남자는 장난치려다가 들킨 어린아이 같은 얼굴로 웃더니 어깨를 으쓱했다.

"그런 문제가 아니잖아요. 정말이지."

질린다는 얼굴이긴 해도 빼앗은 담배를 구기지 않고 옆 테이블에 내려놓는 카이트의 행동이 조금 편안해 보여서 미샤는 내심 고개를 갸웃거렸다.

이 대화를 보면 친한 사이인 모양이다.

미샤의 시선을 받은 카이트가 자세를 바로 했다.

"이분은 샤이딘 루스벨. 중대 대장직을 맡은 몸이지만 지난 전국에서 부상을 입고 요양을 위해 돌아와 있습니다. 제 상사이기도 합니다."

절도 있고 정중한 어조는 카이트를 어엿한 기사로 보여주었다.

기본적으로 편한 반말로 대화했기 때문에 어쩐지 이상한 느낌이 들어서 미샤는 살짝 눈썹을 찌푸렸다. 왠지 몸 어딘가가 간질간질하다.

그건 침대 위에 앉은 샤이딘도 마찬가지인 건지 이쪽은 얼굴을 성대하게 구겼다.

"집어치워. 징그러워. 그렇게 대단한 인간도 아닌데. 실수해서 팔 한 짝 날려 먹은 얼간이라고."

어딘가 자조가 섞인 익살스러운 어조에 카이트가 입술을 깨물었다.

"그건! 저희 신병을 감싸는 바람에……!"

"그래봤자 한심스럽게도 반쯤 죽어버렸고, 나도 병사로서는 이미 쓸 수 없어진 상태지. ……그런 표정 짓지 마. 목숨은 붙어있으니까 앞으로는 다른 일을 찾으면 돼."

분해 보이는 카이트를 보고 조금 난처한 표정을 지으며 달래는 샤이딘을 향해 미샤는 살며시 손을 뻗었다.

"상처를 보여주실 수 있을까요?"

"그래. 자."

샤이딘은 거리낌 없이 어깨에 걸친 셔츠를 당겼다.

오른팔이 팔꿈치 조금 아래에서 사라지고 없었다.

단단히 감긴 붕대는 피와 삼출액(滲出液)이 굳어 변색되어 있었다.

익살스러운 말투에 속아버릴 뻔했지만, 안색은 상당히 나쁘다. 피를 많이 잃은 모양이었다.

"팔을 잘릴 때 몸도 같이 베였거든. 다행히 체인메일을 입고 있었던 덕분에 몸통 깊이 파고들진 않아서 살았지."

팔과는 별개로 몸에 감겨있는 붕대를 풀자 오른쪽 옆구리에서 왼쪽 가슴을 향해 대각선의 상처가 뻗어있었다.

미샤는 그 봉합 자국을 보고 얼굴을 살짝 찌푸렸다.

조금 전부터 보는 봉합 자국마다 영 어설프고 초보자 같다.

한 명 한 명 시간을 들일 여유가 없을 만큼 바쁜 건지, 담당한 의사가 미숙한 건지.

그래도 소독은 꼼꼼히 한 건지 곪지는 않은 모양이었다.

다시 소독하고 상처를 확인한 뒤 약을 바르고 붕대를 다시 감았다.

단련된 몸은 두꺼워서 끌어안듯이 팔을 뻗어도 좀처럼 등에 손이 닿지 않는다.

자신의 작은 몸에 내심 혀를 차면서도 악전고투하고 있었더니 보다 못한 카이트가 도와주었다.

다음으로 팔을 보자 절단면이 화상으로 짓물러 있었다.

"출혈이 영 멈추지 않아서 상처를 지졌거든."

아무렇지도 않게 튀어나온 너무도 원시적인 지혈법에 미샤는 결국 눈썹을 확 찡그렸다.

'야만인도 아니고! 믿을 수 없어!!'

다행히 정말로 절단면에만 화상을 입은 거라 각종 위험은 적지만, 무지한 것도 정도가 있다.

조용히 분노하면서도 손은 멈추지 않고 적절한 조치를 해나갔다.

"너, 소문으로 들은 숲의 마녀의 딸이지? 마녀의 딸은 어려도 마녀구나. 솜씨가 참 좋아."

"……정말로 마녀라면 신기한 힘으로 이 팔을 재생시켜줄 수 있었겠지만요."

평범한 상처약이 아니라 화상에 잘 듣는 연고를 급히 만들면서 미샤는 툭 대답했다.

그리고 완성된 보라색 연고를 상처에 듬뿍 바른 후 다시 거즈와 붕대로 동여맸다.

"아쉽게도 평범한 인간이라서 약밖에 못 바릅니다."

"아니, 충분해."

샤이딘은 조금 서늘한 약의 감촉을 느끼며 부드럽게 눈을 휘었다.

"덕분에 여기 있는 녀석들은 내일로 목숨을 이어나갈 수 있게 되었어. 고맙다."

"……천만에요."

샤이딘의 감사 인사에 미샤는 조금 놀란 표정을 지은 뒤 살며시 웃었다.

이렇게 고맙다는 말을 들은 것만으로도 멀리 숲속에서 나온 보람이 있다.

"진통제와 해열제를 두고 갈 테니까 제대로 드세요. 담배로 회피하려고 해도 안 되니까요."

그렇게 말하고 테이블 위 담배를 살짝 노려보자 샤이딘은 어깨를 으쓱했다.

"의외로 효과 좋은데. 독하게 만들었거든."

""안 됩니다.""

샤이딘의 대답에 미샤와 카이트의 목소리가 일치했다.

놀라서 서로를 쳐다보는 두 사람을 보며 샤이딘이 웃었다.

"사이가 참 좋은데? 호흡이 딱 맞아."

즐거워하는 샤이딘을 보고 한숨을 한 번 쉰 다음 미샤는 일부러 얼굴을 찡그렸다.

"누구든 같은 반응일 걸요? 아무튼 담배와 술은 자중해주세요. 상처에 안 좋으니까요."

"알겠습니다, 마녀님."

익살스럽게 경례하는 샤이딘의 가슴 주머니에서 카이트가 인정사정없이 담배를 빼앗았다.

"앗, 너."

"허락이 떨어질 때까지 책임지고 맡아두겠습니다. 다음 환자로 가죠, 미샤 님."

천연덕스러운 얼굴로 그렇게 말한 카이트는 미샤의 등을 가볍게 밀어 그 자리를 뒤로했다.

등 뒤에서 날아오는 원망 어린 시선을 싹 무시하는 카이트를 보며 미샤는 참지 못하고 쿡쿡 웃었다.

"사이가 참 좋네요."

"……저래 봬도 전장에서는 존경스러운 상관이거든요."

다음 환자에게 가기 전에 약초를 보충하려고 세정실로 돌아가며 문득 말하자, 한참 침묵한 뒤 대답하는 카이트의 표정이 미묘해서 미샤는 한층 더 크게 웃어버렸다.

그런 미샤를 말없이 바라본 뒤 카이트는 불쑥 미샤 앞에 무릎을 꿇었다.

"생김새만으로 어리고 미숙하다며 얕잡아보고 지금까지 무례한 태도를 거듭한 것을 부디 용서해주십시오. 당신 덕분에 많은 목숨을 구할 수 있었습니다."

고개를 숙이는 카이트를 보고 미샤는 눈을 크게 떴다.

자기보다 나이가 많은 남성이 무릎을 꿇고 사과하다니, 미샤의 인생에서는 처음 있는 일이라 어떻게 반응해야 하는지도 알 수 없었다.

"어…… 저기, 고개 드세요. 카이트 씨의 언동을 무례하다고 생각한 적도 없고, 제가 어린 것도 사실이고……. 저기…… 그게…… 난감한데요."

횡설수설하며 어떻게든 고개를 들게 하려는 미샤의 행동에 카이트는 그제야 숙이고 있던 고개를 들었다.

똑바로 자신을 바라보는 카이트의 눈동자가 머리카락과 똑같은 검은색인 줄 알았는데, 사실은 짙은 남색이라는 사실을 그때 문득 깨달았다.

빛의 각도에 따라 다양한 농도의 파란색이 보였다.

'예쁘다.'

무심코 눈을 들여다본 건 미샤의 어린 호기심의 산물이었다. 반대로 카이트는 영문을 알 수 없어 무릎을 꿇고 올려다보는 자세로 가만히 있었다.

그 결과 말없이 서로를 쳐다보게 된 두 사람은 누군가가 '크흠' 하고 의도적인 헛기침 소리를 내서 정신을 차렸다.

어째서인지 세정실에 있는, 도와주겠다고 나선 환자 가족들의 주목을 받고 있었다. 한층 더 말하자면 그 시선이 무언가 하고 싶은 말이 있다는 듯 히죽거리는 것처럼 보였다.

"어…… 그, 계속 진찰, 할게요."

어쩐지 민망해서 어색한 미소를 지은 뒤 미샤는 도구를 담은 왜건을 밀며 부리나케 환자들이 있는 방으로 돌아갔다.

"……피곤해라."

간신히 방으로 돌아온 미샤는 비틀비틀 소파 위로 쓰러졌다.

중상자가 모여있다고 했던 넓은 방을 가득 채운 환자를 전부 회진하고 나자 점심시간이 한참 지난 시각이었다. 그동안 제대로 쉬지도 못했다.

눈앞에 환자가 있을 때는 느끼지 못했던 피로감이 방에 돌아오자마자 미샤의 작은 몸에 확 닥쳐들어 손가락 하나 까딱하는 것도 힘들었다.

무엇보다…….

"……무서웠어."

미샤는 떨리는 몸을 꼬옥 끌어안으며 작게 웅크렸다.

지식으로는 알고 있었다.

그리 빈번하지는 않아도 어머니와 함께 몰래 기슭에 있는 마을을 돌며 환자를 치료한 적도 있다.

하지만 전부 어머니의 조수로서 거든 것이었기에 혼자서 환자와 대치하는 건 처음이었다.

심지어 그런 중환자를 가까이서 본 건 어제 아버지 말고는 없었고, 인간의 몸에 바늘을 찔러서 봉합하는 것도 처음이었다.

사냥한 동물 상대로는 많이 해봤지만 살아있는 몸, 하물며 인간.

어린 미샤가 긴장하지 말라는 게 무리다.

하지만 그 불안을 상대에게 보여줄 수는 없었다.

치료하는 사람이 불안을 보이면 치료받는 상대는 그보다 더 큰 불안에 휩싸인다.

게다가 미샤는 아직 13살 어린아이라, 그렇지 않아도 외모에서 주는 허세가 통하지 않는 걸 넘어 마이너스 스타트다.

자칫 치료를 거부당할 수도 있었다. 아니, 미샤 말고 다른 의사나 약사가 있었다면 확실하게 그녀가 나설 차례는 없었을 것이다.

그런 자신의 처지를 알고 있었기에 미샤는 불안도 망설임도 보여줄 수는 없었다.

“괜찮아. 잘했어. 틀린 것도 하나도 없었고 어떻게 대응해야 하는지 모르는 사람도 없었어. 제대로 했어. 괜찮아…… 괜찮아.”

떨리는 몸에 팔을 감고 작게 중얼거렸다.

계속, 계속.

얼마나 그러고 있었을까.

문을 노크하는 소리에 미샤는 서둘러 자세를 바로잡았다.

다행히 안색은 조금 안 좋지만 떨림은 잦아든 뒤였다.

“실례합니다. 식사를 가져왔습니다.”

왜건을 밀고 들어온 사람은 어제부터 신세 지고 있는 나이가 많은 시녀였다.

무표정으로 테이블 위에 빠르게 식사를 늘어놓았다.

"드시지 못하는 게 있다면 말씀해주십시오."

조금 전까지 손가락 하나 움직이는 것도 귀찮았던 미샤였지만 김이 모락모락 올라오는 요리를 앞에 두자 급격히 치솟는 허기를 느끼고 침을 꼴깍 삼켰다.

부드러워 보이는 빵에 따뜻한 포타주. 먹는 맛이 있어 보이는 커다란 고기는 향초와 함께 노릇하게 구워져 있다. 거기에 과일이 세 종류나 예쁘게 잘려서 곁들여져 있었다.

"전부 맛있어 보여요. 잘 먹겠습니다."

미샤는 예의에 어긋나려나 생각하면서도 대답을 기다리지 않고 요리에 손을 댔다.

굶주린 몸이 환희하며 음식을 받아들인다.

하다못해 우악스럽지 않도록 조심하면서도 연신 입으로 가져갔다.

식사에 집중하던 미샤는 적확하게 급사하는 시녀의 얼굴이 살짝 풀어져 있다는 걸 눈치채지 못했다.

"잘 먹었습니다."

빵 한 조각 남김없이 싹싹 비운 미샤는 만족스러워하며 식후의 차를 한 모금 마셨다.

재스민 향기가 은은하게 피어오르자 무심코 한숨이 흘러나왔다.

'배불러……. 행복해…….'

편안해진 몸에 노곤노곤한 졸음이 밀려든다.

피곤한 정신에 배부른 몸. 마무리로 릴랙스 효과가 있는 차가 더해지자 졸음에 저항하는 건 어려웠다.

"주무신다면 침대로 이동해주세요."

끄덕끄덕 컵을 든 채로 노를 젓기 시작한 미샤의 귀에 조금 난처해하는 시녀의 목소리가 들렸다.

하지만 반 이상 꿈나라로 떠나버린 미샤가 그 지시를 따르는 것은 무척이나 어려웠다.

"조금…… 만. ……조금 자…… 면, ……다른 사람도…… 볼…… 테니…… 깨…… 워……."

가까스로 그 말만 남긴 뒤 바로 남은 의식까지 놓아버린 미샤는 행복한 잠으로 빠져들었다.

"……고생하셨습니다."

기적적으로 흘리지 않은 홍차를 살며시 거둔 시녀는 작은 몸을 소파에 눕히고 위에 덮어줄 것을 가져오기 위해 침실로 향했다.

아무리 어린 소녀라고 해도 나이가 많은 시녀의 몸으로는 안아 들어서 옮겨주는 건 불가능해 보였기 때문이었다.

얇은 이불을 들고 돌아오자 소파 옆에 선 기사를 보고 눈썹을 찌푸렸다.

"카이트, 여성의 방에 함부로 들어오다니 매너 위반이잖니."

"……고모님."

소곤거리는 목소리로 혼나자 카이트는 뒤를 돌아보았다.

"노크는 했습니다. 대답이 없길래 무슨 일이 일어난 건지 불안해져서요."

변명 같은 말을 입에 담자 시녀의 찌푸려진 미간 주름이 조금 풀어졌다.

"그래, 좋아. 마침 잘 됐으니 침대로 데려다주렴."

아마도 한숨을 쉬는 걸로 그 이상의 잔소리를 삼킨 고모의 재촉에 카이트는 잠시 망설인 후 소녀의 몸을 안아 들었다.

힘이 축 빠진 몸은 너무 가볍고 가냘파서 카이트는 그 왜소함에 신기한 기분을 느꼈다.

가슴을 펴고 당당한 태도로 잇달아 환자를 치료하던 미샤는 무척 크고 강해 보였기 때문에 그 격차에 당황한 것이다.

이렇게 보면 가냘픈 몸도 어우러져서, 도저히 조금 전까지 대단한 기백으로 환자들을 보던 인물과 같은 사람으로 보이지 않았다.

"그렇게 많은 사람을 치료하셨으니까. 피곤하겠지."

미샤를 옮기는 카이트 뒤를 따라가며 카이트의 고모이기도 한 시녀는 작게 중얼거렸다.

치료하는 소녀를 지켜본 사람이기도 한 고모는 자신과는 다른 무언가를 느낀 모양이었다.

침대에 내려놓은 미샤 옆에 선 카이트는 항상 엄한 사람이 자애로운 표정으로 머리카락을 정돈해주고 이불을 덮어주는 모습을 멍하니 바라보았다.

"잠시 가만히 두자. 너는 이쪽으로 와."

고모는 우두커니 서 있는 카이트에게 단호한 어조로 재촉한 뒤 발걸음을 돌렸다.

반쯤 반사적으로 그 목소리를 따라 카이트도 침실을 뒤로했다.

"그러고 보면 너는 여기에 뭘 하러 온 거지?"

고모의 질문에 카이트는 어물거렸다.

이쯤이면 식사가 끝났을 테니 다시 치료실에 가려고 데리러 온 것이었다.

방에 데려다줬을 때는 아무렇지도 않아 보였기에 설마 그렇게 잠들어버렸을 줄은 생각지도 못했다.

'조금만 생각하면 알 수 있는 일이잖아. 기사인 나와 같은 페이스로 움직일 수 있을 리가 없지.'

하지만 솔직히 대답했다간 배려심이 부족하다며 고모에게 혼날 것이 뻔히 보였다.

아버지의 여동생인 고모는 결혼한 뒤 남편을 일찍 보내고 자식도 없었지만, 어딘가의 후처로 들어갈 마음은 없다며 냉큼 공작가의 시녀로 일하기 시작한 여장부였다.

엄하면서도 예의를 중시하는 사람으로 어릴 때부터 이래저래 돌봄을 받아온 몸으로서는 아무래도 여전히 저자세가 되고 만다.

물론 어물거린 시점에서 다 들통난 모양이었다.

"한 시간 정도 지난 뒤에 깨워볼게. 그때 다시 와."

한숨과 함께 바로 방에서 쫓겨나고 말았다.

무정하게 닫힌 문 앞에서 잠시 서 있던 카이트는 한숨을 쉬며 발걸음을 돌렸다.

'뭐, 지금은 한시를 다투는 중상자도 없으니까.'

아마도 만반의 준비를 마치고 기다리고 있을 치료실에 조금 더 기다려달라고 전달하러 간 카이트는 치료실에 있던 가족들에게마저 황당해하는 얼굴로 너무 성급하다는 말을 듣게 되었다.

숲 변두리의
꼬마 마녀
Little witch
at the edge of the forest.

6 레이어스의 회상

두근, 두근, 두근, 두근.

이어진 관 속으로 흘러가는 맥동을 느끼며 레이어스는 사랑하는 남편의 얼굴을 가만히 바라보았다.

사람을 물린 심야, 머리맡의 램프 불빛밖에 없는 실내는 어둑하다.

작게 흔들리는 불빛 아래에서 바라보는 얼굴은 야위어 있고 조금 괴로워 보였다.

자유로운 쪽의 손을 살며시 뻗어 미간과 뺨의 주름을 더듬었다.

만난 지 15년.

어느새 흐른 세월을 돌아보며 레이어스는 살짝 쓴웃음을 지었다.

"나이를 먹었구나……. 당신도…… 나도."

아직 눈을 뜰 기색이 없는 남편에게 살며시 속삭이는 목소리는 자애로 가득했다.

가느다란 손가락이 열이 옮기를 바라듯이 차가운 뺨을 거듭 어루만졌다.

누워 있던 몸을 살그머니 움직여 남편의 커다란 몸에 밀착해보았다.

"이런 때를 맞이하다니, 그때는 생각지도 못했어……."

중얼거림을 듣는 사람 없이 그저 어둠 속으로 허무하게 사라져 간다.

그 사실에도 쓴웃음을 지은 레이어스는 눈을 감았다.

"……조금만, 더……."

두근두근 울리는 생명의 고동을 헤아리며 레이어스는 그리운 나날을 떠올렸다.

'숲의 백성'이 숨어 사는 마을이 있는, 영봉(靈峯) 트랜드류스의 겨울은 길고 혹독하다.

짧은 여름도 수확의 가을도 숲에 사는 사람에게는 겨울을 대비하는 중요한 시기였다.

레이어스는 그날 겨울 보존식을 모으기 위해 바닷가에 와 있었다.

같이 온 오빠 라인과 친구들이 생선을 잡기 위해 망을 설치하는 와중에 수영을 못하는 레이어스는 모래사장으로 떠밀려온 해조류를 모으기 위해 해안선을 따라 걸어 다녔다.

이틀 정도 전에 바다가 거칠어진 적이 있었는데, 그때의 영향으로 찢어진 해조류와 표류물이 많이 올라와 있었다.

개중에는 어디서 흘러온 건지 커다란 나무토막이며 나무상자 같은 것도 있었다. 그녀들은 그것도 자연의 선물이라며 감사히 이용했다.

그런 표류물 사이에 사람이 쓰러져있는 걸 발견한 레이어스는 숨을 삼켰다.

허둥지둥 달려가자 젊은 남성이었다.

"저기, 당신. 괜찮아?!"

무심코 어깨를 흔들자 작은 신음과 함께 남자가 희미하게 눈을 떴다.

'아, 여름 하늘이다.'

높고 푸른 하늘의 색. 레이어스가 가장 좋아하는 색이었다.

마치 굳어버린 것처럼 움직이지 못하고 그저 서로를 바라보았다.

레이어스는 그때 자신 안의 무언가가 바뀌는 걸 분명하게 느꼈다.

그건 아주 찰나의 일로, 남자의 눈동자는 바로 눈꺼풀 뒤에 숨어버렸지만.

인상적인 파란색이 가려지자 굳어있던 레이어스는 간신히 정신을 차리고 남자의 목에 살며시 손을 가져가 맥박을 확인했다.

어째서인지 다시 남자에게 말을 거는 건 저어되어 손끝에서 확실한 맥동을 느낀 뒤에는 도움을 요청하기 위해 오빠와 일행이 있는 곳으로 돌아갔다.

기절해서 힘이 없는 몸은 무겁다.

그걸 제외해도 남자의 몸은 레이어스보다 훨씬 크니까, 자기 혼자 힘으로는 움직이는 것도 쉽지 않다고 판단했기 때문이었다.

부리나케 돌아온 레이어스에게서 이야기를 들은 오빠이자 그 자리의 리더이기도 한 라인은 같이 온 동료에게 어른들을 불러서 들것을 가져오도록 부탁한 뒤 젖은 몸을 닦기 위해 준비해온 천을 최대한 들고 다시 달려가는 동생의 뒤를 쫓아갔다.

결론부터 말하자면 기절했던 남자의 상처는 심각한 수준은 아니었다.

머리에 네 바늘 정도 꿰매야 하는 상처가 있었지만 뼈에는 이상이 없었고, 다른 곳은 찰과상 정도였다.

기절했던 건 오랫동안 바다에 빠져있어서 탈수증상과 저체온증을 일으켰기 때문이라고 진단을 내렸다.

따뜻하게 해주면 조만간 깨어날 거라는 어른의 진단대로 남자는 약 반나절 뒤에 눈을 떴다.

자신과 관련된 기억을 모조리 잃어버리고.

소지품은 몸에 걸친 심플하면서도 고급스러운 옷감을 사용한 옷 뿐.

생활에 필요한 지식은 있는데 자신에 대한 것만 깨끗하게 잊어버렸다.

이름도 가족도, 어째서 해안으로 흘러들어온 건지조차…….

「체계적 기억상실.」

그것이 남자에게 닥친 증상의 이름이었다.

극도의 스트레스로 인해 발생하며, 기억 속 특정 카테고리만을 잊어버린다.

남자의 경우는 그게 자기 자신이었던 거라고 연민 어린 말을 들었다.

주머니에 들어있던 손수건의 이니셜로 디르라는 이름이 붙은 남자는 그대로 레이어스의 집에서 같이 살게 되었다.

작년에 아버지가 죽어 방에 여유가 있었고, 첫 번째 발견자였던 레이어스가 수수께끼의 사명감을 발휘해서 손을 들었기 때문이었다.

라인도 다소 귀찮아하는 표정을 지으면서도 반대하지 않고 받아들였다. 덕분에 위축되면서도 같이 살기 시작한 남자는 상당히 유능했다.

원래 크게 다친 것도 아니었고 가장 큰 문제는 장기간의 표류로

인한 저체온과 쇠약이었다.

단련된 건강한 몸은 금방 회복했다.

기력을 회복하고 나자 디르는 놀기만 하는 건 미안하다면서 집에서 레이어스를 돕기 시작했다. 방 청소부터 요리 준비까지 디르는 뭐든 솜씨 좋게 잘 해냈다. 더불어 몸 상태가 좋아지자 집 밖으로 나가 망가진 정원 울타리며 비가 새는 곳을 수리하기 시작했다.

"대단해! 디르는 뭐든 잘하는구나!"

"별거 아니야. 전문가가 아니니까 어설픈 곳도 있고."

그런 쪽에는 도움이 안 되는 라인과 다소 불편한 건 어쩔 수 없다고 포기했던 레이어스는 기뻐했다.

반짝반짝 빛나는 미소와 함께 쏟아지는 칭찬해 디르는 부끄러운 듯 머리를 긁적였다.

기억이 없는 외부인을 흔쾌히 받아들여 준 남매에게 도움이 되고 싶다는 마음 하나로 한 일이었기에 이렇게 기뻐할 줄은 몰랐기 때문이다.

"그렇지 않아! 전에 오빠에게 부탁했더니 비가 새는 구멍을 틀어막기는커녕 더 넓혀버리는 바람에 난리였다니까!"

"어쩔 수 없잖아. 인간에게는 적성이 있다고."

놀리는 동생의 말에 어깨를 으쓱하는 라인.

그리고는 서로를 바라보며 웃음을 터트린 남매를 보며 디르도 덩달아 웃었다.

"와! 디르가 웃는 거 처음 봤어! 더 많이 웃으면 좋을 텐데!!"

그런 디르를 보고 눈이 휘둥그레진 뒤 레이어스가 기뻐하며 말했다.

그 말에 디르는 자기가 웃고 있다는 걸 깨달았다.

아니, 지금까지 웃지 않았다는 걸 깨달았다.

그 사실에 놀라면서도 디르는 어쩐지 기분이 좋았다.

기억을 잃고 무일푼이 된 데다 좋은 일 같은 건 하나도 없을 텐데, 어쩐지 무척 개운한 기분이었다.

"이런 거라도 괜찮다면 말해줘. 얼마든지 할게."

그래서 생각하기도 전에 그런 말이 튀어 나간 건지도 모른다.

하지만 말을 취소할 새도 없이 이웃집에서도 도와달라고 부름을 받게 되어 어느새 디르는 마을의 심부름꾼 같은 포지션이 되었다.

집수리부터 방해되는 거목 벌목, 나아가 길 수선까지.

부탁하면 얼굴 한 번 찡그리지 않고 바로 움직여주는 디르는 연구직이 많고 힘을 쓰는 일을 버거워하는 마을 사람에게 큰 칭찬을 받았다.

아침 해가 뜰 때 같이 일어나 밭에 물을 주고 레이어스가 만드는 아침 식사를 다 함께 먹은 뒤에는 부탁받은 일이 있으면 처리하러 간다.

아무 일도 없다면 레이어스와 함께 겨울 대비 식량을 확보하러 갔다.

먹을 수 있는 식물을 배우면서 채집하고 쓰러진 나무에서 장작을 만들기 위해 집으로 날라 도끼를 휘두른다.

그리고 종일 일해서 녹초가 되면 목욕하고 식탁에 앉아 오늘 있었던 일을 이야기하고 해가 저물면 침대에 눕는다.

단순하지만 충실한 나날 속에서 디르와 레이어스는 조금씩 거리가 가까워졌다.

높은 나뭇가지에 핀 꽃을 문득 꺾어서 머리카락에 장식해주는 디르에게 기쁘다는 듯 뺨을 붉히며 인사하는 레이어스.

너무나 순수한 교류에 오히려 그 광경을 본 주변 사람이 더 부끄러워져서 몰래 몸을 비틀거나 자기를 돌아보고 어째서인지 침울해지는 신기한 현상이 자주 발생했지만, 다행인지 불행인지 두 사람만은 눈치채지 못했다.

그렇게 천천히 두 사람의 속도에 맞춰 행복해질 거라고, 라인을 비롯한 주변 마을 사람이 흐뭇하게 지켜보았다.

작고 은밀한 마을이지만 의외로 결혼을 위해 밖에서 들어오는 사람도 많다.

작은 마을이라 피가 너무 진해지지 않기 위한 대책이다.

비밀이 새어 나가지 않도록 다양한 제약이 있고, 기본적으로 외부와의 교류는 끊게 된다.

그런 의미에서 기억이 없는 디르는 이상적이라고 할 수 있었다.

외부와의 인연이 불명이니까.

임시 거주민인 디르가 정식으로 이 마을의 일원이 되는 날을 다들 기대하고 있었다.

하지만 행복한 시간은 오래 가지 않았다.

첫 징조는 연합국의 대표가 보낸 편지였다.

멀리서 오는 손님이 이곳으로 향하는 배 여행 도중 바다에 빠져 행방불명이 되었다고 한다.

금발 벽안. 올해 19살이 되는 남성. 키는 180 정도의 단련된 체형과 반듯한 이목구비.

짐작 가는 바가 넘쳐나는 인물상에, 연락을 받은 촌장은 먼저 라인에게 전달했다.

"그 녀석이 지금껏 살아온 인생을 우리 사정으로 마음대로 숨길 수는 없죠."

잠깐 고민한 뒤 라인은 바로 마음을 정하고 두 사람을 불러 이야기하는 걸 제안했다.

그리고 두 사람은 그 이야기에 똑같이 곤혹스러운 표정을 지었다.

그동안 보낸 나날이 너무 평온한 행복으로 가득해서 잃어버린 기억 너머에 있는 존재를 완전히 잊고 있었기 때문이다.

단순하지만 고급스러운 옷을 생각하면 디르가 일정 수준 이상의 생활을 보낼 수 있는 신분이라는 건 쉽게 상상할 수 있었는데도…….

"아직 우리 쪽에서는 아무런 답신도 하지 않았는데, 어떻게 할래?"

외부와 교류가 지극히 제한된 숨겨진 마을이기 때문에 연락이 도착했을 때는 디르가 발견된 지 이미 두 달이 지난 뒤였다.

짐작 가는 바가 없다고 대답하고 이대로 숨어 살 수도 있다.

망설이는 디르의 등을 떠민 사람은 의외로 레이어스였다.

"찾는 사람이 있다면 만나는 게 나아."

조금 파리한 얼굴로, 그래도 웃으면서 단호하게 말했다.

"하지만……."

찾는 사람이라고 해도 디르의 기억 속에 있는 건 레이어스를 비롯한 마을 사람들의 얼굴뿐이다.

그런 자신이 돌아간다고 해도 발목만 잡게 될 테고, 애초에 어떤 환경에 있었는지도 모른다. 망설이며 우물거리는 디르의 손을 레이어스가 단단히 잡았다.

"만약 만나보고, 도저히 받아들이지 못한다면 돌아오면 돼. 만약 혼자서 돌아오지 못하게 되면 데리러 갈게."

생각지도 못한 말에 디르의 눈이 휘둥그레졌다.

다음 순간, 옆에서 같이 이야기를 듣던 라인이 웃음을 터트렸다.

"포로로 잡힌 공주님을 구하러 가는 왕자님 같은데, 레이아!!"

라인의 폭소에 팽팽하던 분위기가 누그러졌다.

놀림당한 레이어스가 뺨을 부루퉁하게 부풀리며 라인의 어깨를 때렸다.

"……돌아와도, 돼?"

디르가 어딘가 멍한 얼굴로 중얼거렸다.

"물론이지. 디르는 이미 우리 가족이잖아?"

어리둥절한 얼굴로 고개를 갸웃거리는 레이어스 옆에서 라인이 히죽히죽 웃으며 끼어들었다.

"우리가 맞아? 레이아."

"아 진짜! 오빠!!"

레이어스는 그런 오빠를 한 번 더 때리려고 새빨간 얼굴로 팔을 들어 올렸다. 그러나 그 팔을 휘두르기 전에 디르의 단단한 품속에 붙잡히고 말았다.

"돌아올게. 내가 돌아올 장소는 여기니까. 레이아, 사랑해."

강하게 포옹에 놀라기도 하고 치미는 애정에 얼굴을 한층 붉힌 레이어스는 자신을 껴안은 몸에 살며시 팔을 감았다.

"……나도. 사랑해, 디르."

그리고 디르는 어른들과 함께 마을을 뒤로했다.

외부인을 간단히 마을에 들이는 건 규정으로 금지되어 있으므로 이쪽에서 만나러 간 것이다.

아직 준성인도 되지 못한 레이어스는 마을의 규정에 따라 밖으로 나가지 못한다.

"대신 보고 올게."

그렇게 말하며 라인이 강제로 일행에 끼어든 덕분에 레이어스는 불안해하면서도 얌전히 마을에서 기다릴 수 있었다.

한 달 뒤, 디르가 마을에 돌아왔다.

하지만 정확하게는 디르가 아니었다.

오렌지 연합의 귀빈실에서 기다리던 일행을 만났을 때, 디르는 극심한 두통을 느끼고 쓰러졌다.

그 후 눈을 떴을 때 디르는 잃어버린 기억을 천천히 되찾아갔다.

"설마 디르가 왕자님이었다니……."

그리고 그 정체가 터무니없었다.

옷 말고도 몸에 밴 동작에서 유복한 가정에서 자랐을 거라고 예상하긴 했으나, 디르는 블루하이츠 왕국의 왕자였다.

아카데미를 졸업한 뒤 견문을 넓히기 위해 여행을 떠났고, 그 도중에 조난해버렸다고 했다.

구해준 마을 사람 모두에게 꼭 인사하고 싶다고 마을에 돌아오는 일행을 따라 돌아온 디르는 화려한 정복을 입고 있었다. 그 모습은 무척 아름다웠지만, 레이어스에게는 왠지 멀게 느껴졌다.

그걸 견딜 수 없어서 레이어스는 마중 나간 사람들 사이에서 슬쩍 도망쳤다.

원래 준성인이 되지 않은 아이는 밖에서 온 손님 앞에 모습을 드러내지 않는다.

다만 레이어스는 앞으로 한 달 정도 뒤엔 준성인 의식을 치르며, 가족으로서 같이 살았던 당사자였기에 특례로 그 자리에 있는 걸 허락받았다. 그래서 사람들 뒤에 숨어 뒷문 근처에 있었기에 몰래 도망칠 수 있었다.

집에 돌아가면 바로 누군가가 데리러 올 것 같아서 도망치듯 발을 향한 곳은 숲속에 있는 작은 샘이었다.

"포로가 된 공주님이 아니라 왕자님이었구나…… ."

오빠의 농담을 떠올린 레이어스는 피식 웃었다.

"……데리러 갈 수 없어. 너무 머니까…… ."

휘황찬란한 옷을 입고 사람들에게 둘러싸여 웃는 디르는 레이어스의 머리카락에 꽃을 꽂아주던 사람과는 완전히 다른 사람처럼 보였다.

레이어스의 뺨을 타고 눈물이 뚝뚝 굴러떨어졌다.

"뭐야. 납치하러 안 와 줄 거야?"

불현듯 들린 목소리에 놀라서 돌아본 레이어스는 숨을 삼켰다.

그곳에는 디르가 서 있었다.

조금 전까지 입고 있던 겉옷은 어딘가에 벗어둔 건지 하얀 셔츠 차림인 디르는 조금이지만 마을에 있을 때와 가까워 보였다.

"왜…… ."

"집에 갔더니 없어서 여기인가 했지. 옛날부터 무슨 일이 있으면 여기로 도망친다고 가르쳐줬잖아?"

떨리는 목소리로 물어보는 레이어스에게 디르는 조금 난처한 얼굴로 대답했다.

"기억이 돌아왔다고, 들었어."

"그래. 하지만 여기 있을 때 일도 다 기억해."

깔끔하게 넘긴 앞머리를 헝클어트린 디르는 천천히 레이어스에게 걸어갔다.

"진짜 왕자님이라고 들었어."

"……그래."

그만큼 레이어스는 천천히 뒤로 물러났다.

디르에게서 도망치듯이.

무언가에게 붙잡히는 게 무섭다는 듯이…….

"이제, 돌아오지 않을 줄 알았어."

"돌아왔어. 약속했잖아?"

디르의 발이 멈췄다.

레이어스의 바로 뒤에 샘이 있기 때문이다.

서로를 바라보는 두 사람의 시선이 뒤엉키고 레이어스의 얼굴에 다시 한줄기 눈물이 흘렀다.

"돌아왔지만, 다시 가야만 해. 기억과 함께 짊어져야 하는 책임 또한 떠올렸으니까. 나는 그걸 내던질 수 없어."

디르의 미간에 깊은 주름이 파였다.

그걸 보고 레이어스는 문득 떠올렸다.

처음 디르를 봤을 때도 그 미간에 희미한 주름이 남아 있었다는 것을.

'이 사람은 항상 이런 얼굴로 지냈던 걸까.'

눈을 뜬 뒤로 디르의 미간에 주름이 파인 걸 본 적은 없었기에, 그런 흔적이 있었다는 것도 완전히 잊어버렸다.

어쩐지 신기한 기분으로 살며시 손을 뻗어 미간을 만졌다.

어느새 주름을 펴듯 미간을 꾹꾹 주무르고 있었다. 놀란 듯 눈이 휘둥그레진 디노가 견디지 못하겠다는 양 얼굴 전체로 웃었다.

디르는 레이어스의 작은 손을 잡고 살며시 뺨으로 잡아당겼다.

"사랑해, 레이아. ……기억이 돌아와도 이 마음은 사라지지 않았어."

손에 뺨을 가져가 작게 비비는 디르를 보고 레이어스의 뺨 위로 다시 눈물이 흘렀다. 어리광을 부리는 듯한 동작에 마음이 아팠다.

'나보다는 연상이지만 디르도 이제 막 성인이 된 나이잖아. 그런데 벌써 사라지지 않는 주름이 생긴 이 사람은 대체 어떤 나날을 보냈던 걸까?'

"나는 여기 있을 수가 없어. 그러니까 레이아가 같이 와 주지 않을래? 고생하게 될 테지만……. 곁에 있고 싶어."

속삭이듯 애원하는 디르의 말에 레이아스는 작게 숨을 내쉬었다.

앞으로 한 달 뒤면 준성인이 되고 의식을 치른 후엔 마을 밖으로 나가는 권리를 얻는다.

그러면 약사로서 각국을 돌며 곤경에 처한 사람을 돕겠다는 어린 시절의 꿈을 이룰 수 있는 첫걸음을 내디딜 수 있다.

그러기 위해 노력했고, 준비도 했다.

계속하고 싶은 연구도 있고, 앞으로도 알고 싶은 지식은 산더미처럼 늘어날 것이다.

'그 모든 걸 버려야 해.'

일족 밖으로 나가 결혼한다는 건 그런 뜻이다.

다시는 이 마을에 돌아오지 못하게 되고, 소중한 친구와도 하나뿐인 핏줄인 오빠와도 만나지 못하게 될지도 모른다.

'나는 뭘 원하지?'

곤란할 때는 자신의 마음에 물어본다.

그건 어릴 적 어머니에게 배운 습관이었다.

어떤 어려운 문제도 답은 자신 안에 있다.

레이어스는 자신을 바라보는 디르의 눈동자를 응시했다.

레이어스가 가장 좋아하는 여름 하늘을 옮겨놓은 눈동자.

'생각해 보면 처음 이 색을 봤을 때 사로잡힌 건지도 몰라.'

레이어스는 눈물이 맺힌 눈동자로 생긋 웃었다.

"사랑해, 디르. 당신의 진짜 이름을 가르쳐줄래?"

문득 정신을 차린 레이어스는 두 사람을 이어주는 관을 눌렀다.

생각보다 오래 회상에 잠겨있었던 모양이다.

레이어스는 재빨리 바늘을 빼고 작은 구멍을 깨끗한 천으로 눌렀다. 그리고 정리하기 위해 일어났다가 아찔한 현기증을 느끼고 다시 의자에 앉았다.

'피를 너무 흘렸나 봐.'

처치 도중에 방심해서 실수하다니, 오빠가 알면 혼날 거라고 레이어스는 쓰게 웃었다. 게다가 치료를 위해 자신의 건강이 상했다는 걸 알면…….

"당신에게도 혼나겠네, 디노."

결국 깊게 파여버린 채 돌아오지 않은 미간의 주름을 살며시 더듬은 뒤 레이어스는 이번에야말로 도구를 정리하기 위해 다시 일어났다.

"이 몸 상태로 미샤를 만났다간 꿰뚫어 보겠지……. 조혈제와 영양제……. 식사도 제대로 해야겠어."

레이어스는 스스로를 타이르듯 중얼거리며 방을 나섰다.

아무도 없어진 방 안, 침대에 누워 있던 디노아크의 손가락이 살짝 움직였다.

숲 변두리의
꼬마 마녀
Little witch
at the edge of the forest.

7 갑작스러운 비극

"야 너! 숲의 마녀의 딸이지?"

불쑥 뒤에서 날아온 목소리에 미샤는 몸을 돌렸다.

그곳에는 밝은 갈색 머리카락의 소년이 다리를 벌리고 서서 미샤를 노려보고 있었다.

『숲의 마녀』.

그것이 어머니에게 붙은 별명이라는 건 지난 이틀 사이에 미샤의 귀에도 들어왔다.

물론 이런 식으로 증오에 차서 부르는 건 처음이었지만.

"로즈마리아 님의 장남인 하이드진 님이십니다."

방으로 안내하던 메이드가 몰래 귓속말로 알려주었다.

로즈마리아 님이 아직 만나본 적이 없는 아버지의 정실 부인의 이름이라는 건 알고 있었다.

즉 이 소년은 미샤의 배다른 동생인 모양이다.

미샤는 처음 보는 이복형제를 무심코 빤히 관찰하고 말았다.

밝은 갈색 머리카락에 파란 눈동자. 입술을 앙다물고 험악한 표정을 짓고 있지만 않았다면 귀여운 이목구비의 남자아이였다.

'조금 연하인가?'

멍하니 그런 생각을 하고 있었더니 그 시선이 거슬렸던 건지 소년의 눈동자가 한층 험악해졌다.

"나는 너희들 같은 거 인정 못 해! 아버지께 무슨 일이 있으면 너희를 처형해주겠어!"

미샤는 일방적으로 소리친 뒤 달려가는 뒷모습을 어안이 벙벙한 얼굴로 쳐다보았다.

"……뭐야? 저거."

저도 모르게 나온 말에 옆에 있던 메이드가 난처한 듯 시선을 아래로 내렸다.

"……평소에는 무척 밝고 친절한 분이십니다. 지금은 이런저런 일로 동요하고 계신 거겠죠. 부디……."

소녀, 하이드진을 감싸는 메이드의 말에 미샤는 고개를 저었다.

"신경 안 쓴다고 하면…… 거짓말이지만, ……안 쓰려고 할게요. 애초에 무슨 말을 하고 싶었는지 영 모르겠고."

가슴속 깊은 곳에 있는 답답함을 못본 척하며 미샤는 생긋 웃었다.

처음 만난 이복동생은 아무래도 자신과 어머니를 싫어하는 모양이라는 건 알았지만, 그 이유는 전혀 짐작 가는 바가 없었다.

세간 일반적으로 측실은 미움받는 존재일지도 모르나 이 나라에서는 귀족이란 여러 명의 아내를 두는 것도 드물지 않다고 책에 적혀있었던 것 같다.

즉 공작이 두 명의 아내를 두는 건 비난받을 만한 일이 아닐 터이다. 게다가 평소엔 멀리 떨어진 산속에서 살며 모습도 보이지 않는 측실은 사소한 존재에 불과할 텐데…….

'아, 역시 좀 열 받아. 왜 생사를 헤매는 아빠나 기사들을 구하러 와서 노력하고 있는데 처형이란 소리까지 들어야 해?'

생각의 바다에 가라앉아버린 미샤는 눈치채지 못했지만, 입을 다문 소녀의 표정이 점점 험악해지는 걸 보고 역시 분노를 산 것 같다며 불쌍한 메이드가 안절부절못하고 있다는 광경이 복도 한구석에서 전개되고 있었다.

"그런 곳에 서서 뭘 하는 거지?"

그래서 우연히 지나가던 카이트가 의아한 얼굴로 말을 건네자 메이드가 안도의 표정을 지은 것도 미샤는 당연히 눈치채지 못했다.

"어, 카이트 씨."

바로 옆에 선 카이트의 존재를 지금 알아차렸다는 듯 어리둥절해서 눈을 동그랗게 뜨는 미샤의 반응에 카이트는 쓰게 웃었다.

"이틀만에 영주님의 방에 가는 거 아니었어?"

그 말에 미샤는 퍼뜩 정신을 차렸다.

중상자 방에 간 뒤로 연신 전장에서 돌아오는 환자 대응에 쫓기다 보니, 아버지의 상태를 살피러 가기는커녕 같은 방을 쓰는 어머니와도 최근 이틀 동안 얼굴을 보지 못했다.

조금 전 점심을 먹을 때 시간이 있다면 오라고 메이드가 부르러 와 줘서 서둘러 이동하던 중이었다.

"잠깐 미지와 마주쳐서……."

미샤는 뭐라 말해야 할지 생각나는 말이 없어 애매모호하게 표현하며 헤실 웃었다.

"기다리게 해서 죄송합니다. 안내해주세요."

그 미묘한 표정에 덩달아 이상한 표정을 지은 카이트를 보지 못한 척하며 미샤는 조금 떨어진 장소에서 가만히 서 있던 메이드를 향해 꾸벅 머리를 숙였다.

그리고 안내받은 방에서 미샤는 이틀 전과는 비교가 되지 않을 만큼 안색이 좋아진 아버지의 모습을 보았다.

아직 의식은 돌아오지 않았지만 상처도 조금씩 회복을 향해간다고 했다.

살며시 만진 손끝은 따듯했고, 맥박도 힘을 되찾았다.

'엄마의 치료가 성공한 거야.'

안도하며 어깨에서 힘이 빠졌다.

아마 가장 위험한 고비는 넘겼다. 이대로 어지간한 일이 없는 한 차도가 있을 것이다.

"……엄마는?"

안심한 미샤는 그제야 이 자리에 어머니의 모습이 없다는 걸 알아차렸다.

의아해서 메이드에게 물어보자, 조금 전까지 있었지만 부족한 약초를 발견하고 뒤뜰로 향했다고 했다.

옛날에 어머니가 이 저택에서 살았던 시절에 심심풀이로 만든 약초원이 반쯤 야생 상태가 되긴 했어도 아직 남아 있다고 한다.

우연히 타이밍이 나빴던 모양이다. 그렇게 생각하고 싶었지만, 미샤는 어쩐지 안 좋은 예감이 들었다.

'나를 불러놓고 약초를 캐러 갔다니……. 마치 피하는 것 같잖아.'

한번 그런 생각이 들자 불안이 끓어올랐다.

안색이 좋아진 아버지. 명확하게 강해진 맥동. 그리고 딸의 눈을 피하는 어머니. 그 정보가 가리키는 바는 하나밖에 떠오르지 않았다.

"잠깐 엄마를 마중하러 갈게요."

일방적으로 선언한 뒤 미샤는 말리는 목소리를 무시하고 방을 뛰쳐나왔다.

지난 이틀 동안 거의 정해진 길로만 다녔으나, 아무런 표식도 없이 산속을 걸어 다녔던 미샤는 대략적이나마 저택의 구조를 파악하고 있었다.

뒤뜰로 가는 최단 거리를 예측하고 저도 모르게 반쯤 달리듯이 그곳으로 향하던 미샤의 귀에 여성의 날카로운 목소리가 파고들었다.

복도 막다른 곳, 아래층으로 내려가는 계단 앞.

어머니와 마주 보고 있는 여러 명의 여성이 보였다.

일방적으로 몰린 어머니의 안색이 화장으로 숨기고 있긴 하나 상당히 창백하다는 걸 눈치챈 미샤는 눈썹을 찡그렸다.

미샤의 상상대로 어머니는 그 후에도 아버지에게 계속 피를 나눠준 모양이다.

그게 얼마나 많은 양이었는지는 알 수 없지만, 안색을 보면 심한 빈혈 상태로 보였다.

"빨리 숲으로 돌아가라고! 당신이 있어봤자 아버지는 눈을 뜨지 않고 불쾌하기만 할 뿐이야!!"

선두에 선 소녀가 조금 전부터 혼자 소리치는 모양이었다.

복장으로 보아 주인과 시녀들인 걸까.

앞에 선 레이어스는 조금 고개를 숙이고 입을 다물고 있지만, 미샤에게는 그게 빈혈 때문에 상태가 좋지 않은 걸 참는 것처럼 보였다.

하지만 소리치는 소녀에게는 자신의 말을 무시하는 것처럼 느껴진 모양이었다.

"뭐라고 말 좀 해!"

소리치면서 뻗은 손이 레이어스의 어깨를 밀었다.
"앗!"
누구의 외침이었을까.
어깨를 밀린 레이어스가 균형을 잃고 뒤로 비틀거렸다. 그리고…….
"엄마!!"
계단 저편으로 어머니가 사라지는 게 마치 슬로 모션처럼 미샤의 눈에 파고들었다.
무언가를 붙잡으려는 듯 뻗은 손은 허무하게 허공을 가르고, 추락하는 레이어스의 시선이 놀라서 부릅뜨면서도 미샤의 모습을 응시한 것 같았다.
""""꺄아아악~~!!!""""
여러 개의 비명이 울리는 가운데 미샤는 그 옆을 지나쳐 계단을 내려갔다.
그리고 계단 아래에 쓰러진 어머니 곁에 도착하자 절망감에 발이 멈췄다.
"……엄…… 마."
굳게 닫힌 눈. 입술 사이로 주륵…… 한줄기 피가 흐르고…… 목이, 불가능한 각도로 꺾여 있었다.
아마도 머리부터 떨어져서 몸을 제대로 보호하지 못한 것이리라.
다리에서 힘이 빠져 옆에 털썩 주저앉았다.
숨이 멈췄다는 건 일목요연했으나 그래도 미샤는 느릿하게 손을 뻗어 레이어스의 호흡을 찾았다.
하지만 손끝에 닿는 숨결이 없고, 이어서 무의식중에 확인한 목

에서도 맥박을 잡을 수 없었다.

아무리 약사로서 지식이 있다고 한들 목뼈가 부러져서 숨이 멈춘 사람의 목숨을 구하는 방법은 없었다.

설령 그 몸이 아직 온기를 잃지 않았어도 레이어스는 이미 죽었다.

그 사실은 미샤의 마음을 꺾어버렸다.

"무슨 일이냐!"

"무슨 소리지?!"

소란을 듣고 달려온 사람들은 계단 위와 아래에 펼쳐진 광경에 숨을 삼켰다.

계단 위에서 울부짖는 소녀와 그녀를 지키듯이 끌어안은 두 명의 시녀.

계단 아래에서 숨을 거둔 어머니와 옆에 주저앉은 딸.

정과 동. 생과 사.

잔혹한 대비가 그곳에 있었다.

"미샤, 무슨 일이야?!"

달려온 사람 중에 있던 카이트는 굳어버린 듯 움직이지 않는 미샤의 어깨를 거칠게 흔들었다.

"……어."

어머니에게서 눈을 떼지 못한 채 고개를 도리질하는 미샤의 입에서 희미한 목소리가 새어 나갔다.

"미샤?"

그 기이한 분위기에 카이트가 다시 한번 그녀의 이름을 조심스레 불렀을 때, 목소리가 터졌다.

"싫어어어~~!!!"

눈앞의 현실을 받아들일 수가 없는, 받아들이고 싶지 않은 소녀의 비명.

그 외침은 그 자리에 있던 사람들의 마음을 찌르고 움직임을 멈추게 했다.

계단 위에서 울부짖던 소녀조차 숨을 삼키고 침묵했다.

"아아아아아아아아아아아아~~~~~."

모든 소리가 사라진 공간에서 그저 미샤의 통곡만이 길고 무겁게 울려 퍼졌다.

미샤는 침대에 눕혀진 레이어스를 옆에 놓인 의자에 앉아 하염없이 바라보고 있었다.

입술의 피를 닦고 목을 똑바로 돌려놓은 어머니는 그저 잠들어있는 것처럼 보이기도 했다.

하지만 미샤가 지닌 약사의 눈은 그런 달콤한 꿈을 꾸게 해주지 않았다.

핏기가 사라진 하얀 피부도 움직이지 않는 흉부도 전부 눈앞의 죽음을 미샤에게 들이밀었다.

'왜……. 왜 이렇게 된 거야?'

다시는 뜨일 일 없이 감긴 눈을 바라보며 미샤는 벌써 몇 번째인지도 모르는 질문을 되풀이했다.

계단 앞에 멈춰있지 않았다면.

빈혈로 몸에 힘이 없지 않았다면.

다리가 나쁘지 않았다면, 버틸 수 있지 않았을까.

애초에 피를 나눠주는 치료를 하지 않았다면.

하다못해…… 하다못해 자신이 옆에 있었다면.

수많은 가정이 떠올랐다가 사라진다.

하지만 이제 와서 그런 생각을 해 봤자 돌이킬 수 없다.

'엄마는 죽었으니까.'

미샤의 뺨을 타고 눈물이 뚝뚝 떨어진다.

아무리 울어봤자 눈물이 마르는 일은 없다고, 미샤는 어딘가 신기한 기분으로 그런 생각을 했다.

얼마나 오래 그러고 있었을까.

미샤는 잘 알 수 없었다.

한 시간일지도 모르고, 반나절일지도 모른다.

어머니의 죽음을 확인한 그때부터 시간의 흐름이 몹시 애매모호했다.

"미샤 님, 하다못해 이것만이라도 드세요. 몸에서 수분이 다 빠져버립니다."

처음으로 이 저택에 왔을 때부터 계속 곁에 있어 준 나이 많은 시녀가 살며시 잔을 내밀었다.

반사적으로 받아서 입에 머금자 희미한 단맛과 상큼한 민트향이 느껴졌다.

바싹 마른 목에 그 물은 부드럽게 퍼져나갔다.

"……맛있어."

중얼거림이 툭 굴러 나온다.

그건 조용한 방에 의외로 크게 울려 퍼졌다.

"……이런 때에도 맛있다는 걸 느끼기도 하는구나."

"사람은 살아야만 하니까요."

아무 생각 없이 중얼거린 말에 대답이 돌아오자 미샤는 놀라서 어머니를 향해있던 시선을 들었다.

익숙한 시녀복을 입은 시녀가 살짝 눈을 내리뜨고 그곳에 서 있었다.

"아무리 괴로운 날이라도 사람은 뛰어넘어야만 합니다. 그것이 산다는 것이니까요."

"……산다?"

미샤는 멍하니 완만한 머리에 시녀의 말이 구석구석 파고드는 걸 느꼈다.

"네."

단 한마디. 고개를 끄덕이는 시녀를 보고 미샤는 눈을 꾹 감았다.

"……한 잔만, 아무거나 주실래요? 이번에는 따뜻한 걸로."

미샤가 쥐어 짜낸 말에 시녀는 조용히 고개를 끄덕이고 발걸음을 돌렸다.

그 등을 바라본 뒤 미샤는 다시 한번 침대로 시선을 옮겼다.

"……살, 게. 나는. ……엄마."

아버지의 의식이 돌아왔다는 연락을 받은 건 미샤가 따뜻한 홍차를 다 마셨을 때였다.

암흑 속에서 우두커니 서 있었다.

'여기는…… 어디지? 나는, 왜 여기에 있지? ……기억나지 않아.'

애초에 서 있는 건지 누워 있는 건지, 그것조차 애매모호해서 자신의 존재조차 잃어버릴 것 같았다.

다만 그곳이 얼어버릴 것처럼 춥다는 것만은 막연하게 느꼈다.

'왜 이렇게 추운 걸까. 이상하네…….'

살며시 몸을 문지르고 완만한 동작으로 주위를 둘러보자 저 멀리 빛 같은 것이 보였다.

무언가가 부르는 것처럼, 그토록 꿈쩍도 하지 않던 다리가 움직이기 시작한다.

'그래. 저기에 가면 되는 건가.'

자신의 의사와는 상관없이 걸어가는 다리를 신기해하지도 않고 몸을 맡겼다.

분명 저기는 따뜻할 것이다. 저렇게나 부드러운 빛이 보이니까…….

조금씩 빛에 가까워진 그때, 갑자기 심장이 크게 뛰는 소리를 들었다.

그렇게 생각한 순간, 얼어붙어 있던 몸이 따뜻해지는 걸 느꼈다.

두근, 두근, 두근…….

자신의 고동에 맞추듯 누군가의 생명의 소리가 들린다.

그리고 얼어있던 몸이 내부에서부터 따뜻해지는 것과 동시에 아무런 생각도 할 수 없었던 머리가 움직이기 시작했다.

'그래, 나는 전장에서 다쳤는데……. 왜 이런 곳에? 여기는 어디지?'

끝없는 암흑 속에서 보이는 것은 저 멀리 희미한 빛 뿐.

그 빛은 따뜻하고 아늑함으로 가득한 느낌이 들었지만, 본능적으로 가면 안 된다고 강하게 느꼈다. 저기에 가면 자신은 두 번 다시 사랑하는 사람들을 만나지 못하게 될 것이다.

'하지만 어디에 가면 돼?'

망설이는 귀가 자신을 부르는 희미한 목소리를 포착했다.

그건 누구보다도 무엇보다도 소중한 사람의 목소리.

어차피 아무것도 보이지 않는 암흑이라며 눈을 감고 목소리가 들리는 쪽을 향해 발을 옮겼다.

걱정하듯, 불안하다는 듯 울리는, 자신을 부르는 목소리.

그 목소리에 매달려 무거운 다리를 필사적으로 움직였다.

'……괜찮아. 지금 바로 돌아갈 테니까, 그런 목소리 내지 마. 레이어스.'

숲 변두리의
꼬마 마녀
Little witch
at the edge of the forest.

8 잃은 것과 남은 것

의식이 돌아온 아버지는 아직 몽롱하니 꿈과 현실을 배회하는 것 같았다.

아무런 말도 하지 못하고 몇 가지 질문에 눈 깜빡임과 손에 힘을 주는 것으로 의사소통하는 게 고작일 뿐, 다시 힘이 다한 듯 잠들었다.

하지만 미샤는 그 모습에서 분명한 회복의 징조를 보았다.

적어도 자신의 이름이나 미샤의 얼굴을 판별할 수 있었으니 뇌에 심각한 타격은 남지 않았다고 판단했다.

그 사실을 옆에서 지켜보던 집사에게 전달하자 안도한 듯한 얼굴에 눈물이 글썽거렸다.

상처의 상태를 확인하고 약과 붕대를 교체한 뒤 미샤는 그 자리를 떠났다.

약도 보충하고 싶었고, 무엇보다 어머니 곁에 조금이라도 오래 있고 싶었기 때문이다.

복도를 빠르게 걸어가자 맞은편에서 여성이 걸어오는 게 보였다.

어머니와 비슷한 나이로 보이는, 고급스러운 드레스를 입은 여성.

누가 알려주지 않아도 미샤는 그 여성의 정체를 알아차렸다.

'이 사람이 로즈마리아 님.'

밝은 갈색 머리카락은 갑자기 시비를 걸었던 소년과 같은 색이었다. 눈동자는 조금 더 연한 색인 걸 보면 소년의 눈동자는 아버지에게서 물려받은 색인 모양이다.

괜히 복도 구석으로 피해서 여성이 지나가길 기다렸다. 스쳐 지나갈 때 그녀가 힐끗 시선을 던졌지만 말을 걸지는 않았다.

미샤는 그 사실에 안도하며 살며시 숨을 내쉬었다.

무슨 말을 듣는다고 해도 뭐라 대답해야 할지 떠오르지 않았기 때문이다.

여성의 딸이 어머니를 죽음으로 몰아넣었다.

고의는 아니고 불행한 우연이 여럿 겹친 결과일지도 모르지만, 마지막 쐐기를 박은 사람은 틀림없이 그 소녀다. 미샤는 도저히 그녀를 용서할 수 없었다.

'적어도 지금은 아직 무리야. 얼굴도 보기 싫고 목소리도 듣기 싫어.'

입술을 꾹 깨물고 멈춰있던 발을 움직였다.

흐르려는 눈물을 삼키는 건 쉽지 않았지만, 이렇게 누가 볼지 알 수 없는 장소에서 울고 싶지는 않았다.

결국 지금 상태의 아버지에게 어머니의 죽음을 알리지 못하고 레이어스의 시신은 조용히 공작가의 무덤에 들어갔다.

보내는 사람이 거의 없는 장례식은 무척이나 쓸쓸했다.

미샤는 숲으로 데리고 돌아가고 싶었지만, 아직 불안정한 상태인 아버지에게서 오래 눈을 뗄 수도 없었기에 우선은 포기했다.

그래도 하다못해 이것만큼은 가져가고 싶어서 미샤는 레이어스의 머리카락을 한 움큼 잘라 소중히 종이에 감싼 뒤 약상자의 숨겨진 서랍 안에 보관했다.

장례식 때 할아버지가 미안하다며 미샤의 어깨를 안고 사과했다. 그때 흘린 눈물을 마지막으로 미샤는 더는 울지 않기로 했다. 계속 울기만 하면 어머니가 걱정할 테니까.

다행히 해야 할 일은 산더미처럼 많았다.

아침부터 밤까지 환자 사이를 오가며 밤에는 기절하듯 잠들었다.

그렇게 다른 일에 집중하면 어머니의 죽음에 대해 깊게 생각하지 않을 수 있었다.

일종의 현실도피라는 건 알지만 지금의 미샤는 달리 방법을 몰랐다.

그래서 걱정하는 눈으로 자신을 바라보는 사람들도 눈치채지 못한 척했다.

그렇게 함으로써 어떻게든 서 있을 수 있었다.

'이렇게 조금씩 태연해지고, 기운을 되찾는 거야.'

미샤는 자신을 그렇게 타일렀다.

하지만 그건 낫지 않은 상처를 억지로 천으로 감아서 가려놓는 행위에 불과했다.

설령 아픔을 동반한다고 해도 제대로 상처를 씻고 약을 바르지 않으면 아무리 시간이 지나도 계속 욱신거린다는 걸 알지만, 지금의 미샤는 이 이상 어떻게 해야 좋을지 정말로 알 수 없었다.

그리고 시간이 흘러 아버지가 어떻게든 침대에서 상반신을 일으킬 수 있게 되었을 때, 마침내 전쟁이 끝났다.

미샤는 자세한 건 몰랐지만, 아무래도 전쟁하던 나라와 반대쪽에 있는 대국과 손을 잡아 세력을 키워서 어떻게든 종전으로 끌고 간 모양이었다. 완전히 호랑이의 위세를 빌린 여우였다.

물론 그런 동맹이 대등한 관계가 될 리 없었기에 거의 속국 같은 신세가 되는 모양이었지만, 패전해서 타국에 삼켜지는 것보다는 일단 나라의 체재는 유지할 수 있는 게 낫다는 듯했다.

그 무렵 드디어 아버지에게 어머니의 죽음을 전달했다.

레이어스가 모습을 보이지 않아서 어렴풋하게 진실을 느끼고 있었긴 하나, 딸의 손에 의한 '사고사'였다는 걸 안 아버지는 땅속까지 파고 들어갈 기세로 침울해했다.

"나 대신 레이아가 죽은 거나 마찬가지야."

작게 중얼거린 뒤로 입을 다물어버린 아버지가 무엇을 느꼈는지는 미샤는 알 수 없었다.

하지만 어머니를 잃고 진심으로 슬퍼해 주는 사람이 늘어났다는 게 어쩐지 기뻤다.

살며시 아버지 곁에 가자, 아버지는 약해진 몸으로도 끌어안아 주었다.

완전히 야위어버렸지만 그래도 품속은 따뜻했다. 미샤는 오랜만에 어머니를 생각하며 울었다.

어째서인지 그 눈물은 혼자 흘린 것보다 따뜻했고, 가슴에 응어리진 무언가가 조금씩 풀어지는 것 같았다.

부당하게 어머니를 빼앗겼다는 마음도 원한도 사라지진 않았지만, 미샤는 간신히 거기에서 눈을 돌리는 걸 멈출 수 있는 용기가 생겼다.

자신이 누군가를 원망한다는 걸 인정하는 건 어머니가 죽은 사실과 마주 보는 것과 마찬가지로 미샤에게는 괴로운 일이었지만.

"엄마는 아빠를 구해서 행복했을 거야. 그러니까 살아있는 걸 후회하지 마."

의기소침한 아버지가 이대로 다시 쓰러져버릴 것 같아서 걱정이었다.

그래서 미샤는 아직 눈물이 고인 눈으로 아버지를 바라보며 분명하게 전했다.

레이어스의 마음이 헛수고가 되는 건 바라지 않았고, 더는 가족을 잃는 건 싫었기 때문이다.

"……그렇, 지. ……그래."

눈물이 맺힌 눈을 감은 아버지는 스스로를 타이르듯 거듭 그렇게 중얼거렸다.

불빛이 꺼진 방 안에서 남자는 어둠 속 무언가를 가만히 바라보고 있었다.

생사의 경계를 오가던 몸은 아직 생각대로 움직일 수 없어 남자의 초조함을 자극했다. 하지만 여기서 억지로 버둥거려봤자 아무런 소용도 없다는 건 뻔히 알고 있었다.

'……레이아. 너는 무슨 생각을 하고 죽었을까. 못난 나를 원망했어? 두고 가는 딸을 불쌍해했어?'

아무리 생각해도 모든 것이 허무했다.

그날.

불편한 다리를 감싸면서도 배 속에 있는 제 아이를 지키기 위해 숲에 틀어박히는 걸 선택한 레이어스를 떠올렸다.

로즈마리아와 이혼하려고 한 자신을 막은 건 레이어스였다.

어찌할 수 없이 누군가를 사랑하는 마음도, 독점하고 싶은 마음도 이해한다면서.

“원래 도시 생활에는 적응하지 못했으니까 숲에 가는 게 오히려 기뻐. 나로서는 공작인 당신의 힘이 되어주지 못하는 데다, 나중에 튀어나와서 끼어든 것도 나인걸. 이 아이도 있으니까 외롭지 않아.”

살짝 부푼 배에 손을 대고 생긋 미소 짓는 얼굴을 바로 어제 일인 양 떠올릴 수 있다.

그 후로의 나날도 표면상으로는 평화롭게 흘러갔다.

눈앞에서 레이어스가 사라지자 로즈마리아의 마음도 진정된 건지 공작 부인으로서 훌륭히 사교 활동을 수행해주었다.

바쁘게 각지를 돌아다니는 자신 대신 내부의 일이나 아이들 교육도 꼼꼼하게 해준 것처럼 보였다.

레이어스에게 느끼는 감정과는 다르지만 동지 같은 친애의 정도 분명히 있었고, 전해지고 있다고 생각했는데.

꽉 깨문 입술이 뜯어지며 피가 맺혔다.

도저히 용서할 수 없을 것 같았다.

멋대로 배신당한 기분에 빠진 거라고 한다면 그 말이 맞을 테고, 로즈마리아에게도 주장은 있을 것이다.

하지만 아무것도 듣고 싶지 않았다.

한 번은 삼켰다.

하지만 그 결과 기다린 건 상실과 실망이었다.

이제 같은 잘못을 반복하고 싶지는 않다.

지켜야 할 사람이 아직 한 명, 남아있다.

'지금은 아직 그때가 아니야.'

생각대로 움직이지 않는 몸으로는 지시를 내리는 것도 힘들다. 먼저 몸을 만전의 상태로 돌려놔야 한다.

입술의 피를 핥고 필사적으로 스스로를 타일렀다. 사랑하는 사람과 맞바꿔 남은 목숨을 헛수고로 만들 수는 없다.

"그날 나라 같은 건 버려버릴걸……."

툭 흘러나온 중얼거림은 허무하게 어둠 속으로 녹아 사라졌다.

아버지의 상처가 아물어갔다.

다른 환자들도 순조롭게 회복되어 미샤의 지시가 없어도 문제는 거의 없어졌다.

무엇보다 전쟁이 끝나 전장에서 의사(전직 조수)도 돌아왔기 때문에 인수인계만 끝나니 미샤가 해야 할 일은 거의 사라졌다고 해도 된다.

'어떻게 할까…….'

마지막 인수인계를 마치고 마침 점심시간이라 방으로 돌아온 미샤는 멍하니 창가에 앉아 밖을 바라보았다.

'숲으로 돌아가는 것도 좋지만…….'

혼자 숲에서 살 수 있는 기술은 가지고 있고, 아버지에게 부탁하면 정기적으로 물자를 받을 수도 있다.

대신 약을 제공한다면 일방적인 관계가 아니게 되니까 사양하지 않아도 된다.

숲속 생활은 적성에 맞았다.

다만…….

'혼자 숲에 틀어박히면, 뭐가 좋을까?'

지금까지는 어머니가 있었고 정기적으로 아버지도 만나러 왔기 때문에 외로움을 느끼지 않았다. 하지만 이젠 어머니가 없고, 그러면 아버지도 여태 그랬던 것처럼 다니지 않을 것이다.

애초에 미샤가 보기에 아버지의 몸은 회복해도 말을 오래 타는 건 어려울 것이다.

노력하면 일상생활에 지장이 없는 수준까지는 회복할 테지만 이전처럼 달리거나 심한 운동을 하면 통증을 느낄 것이다.

'아빠의 몸이 조금 더 회복될 때까지는 여기에 머물러도 괜찮겠지만, 계속 있을 마음은 안 드는데…….'

망설이면서 하늘을 올려다보았다.

많이 안정되기는 했으나 어머니를 빼앗겼다는 마음은 사라지지 않았고, 저쪽도 정신적으로 싫을 것이다.

실제로 그 소녀는 방에 틀어박혀 나오지 않는다는 모양이다.

그때 불현듯 미샤의 뇌리에 한 명의 얼굴이 떠올랐다.

"……삼촌, 지금 어디 있을까?"

탐구심에 따라 다양한 나라를 방랑하는 삼촌은 정기적으로 숲에 놀러 왔다.

정확하게 정해진 건 아니지만 대체로 1년 반에서 2년에 한 번꼴로 찾아왔던 것 같다.

"전에 왔던 게 11살 생일이 조금 지난 뒤였으니까, 슬슬 오지 않을까?"

일족 중에서도 뛰어나고, 그만큼 특출난 괴짜라고 하지만 미샤를 이래저래 귀여워해주었다.

"데려가 주지 않으려나?"

스승으로 따르던 어머니는 없어졌지만, 자신이 아직 약사로서 미숙하다는 건 이번 일로 실감했다.

삼촌의 여행을 따라다니며 경험과 지식을 쌓는 건 약사로서 무척 매력적이다. 가능하다면 어머니가 자란 숲에도 가 보고 싶고 데리고 돌아가고 싶다.

절대 입 밖에 내지는 않았지만, 어머니가 고향의 숲을 그리워한다는 걸 미샤는 알고 있었다.

"우선 숲속의 집으로 돌아가서 삼촌이 오는 걸 기다렸다가 같이 데려가 달라고 부탁해보자. 그래도 안 된다고 거절하면 그때 다시 생각하고."

마음이 정해지자 망설임은 사라졌다.

우선 숲속의 집으로 돌아가는 계획을 세우려고 일어난 미샤는 아버지의 방으로 향했다.

아버지를 면회하려고 방을 찾아간 미샤를 기다리고 있었던 건 못마땅한 얼굴의 사람들이었다.

아직 침대 위에서 상반신을 일으키는 게 고작인 아버지를 에워싸듯 아버지의 측근들과 할아버지, 그리고 웬일로 정처인 로즈마리아의 모습도 있었다.

"그 아이를 내세우면 되지 않겠습니까. 측실의 소생이라고는 하나 그 아이도 공작가의 딸이니까요."

차갑게 또렷한 목소리와 함께 뾰족한 시선이 날아오자 상황을 이해하지 못한 미샤는 고개를 갸웃거릴 수밖에 없다.

"……이런 때만 공작가의 딸이라. 이기적이군."

하지만 침대 위에서 아버지가 작게 중얼거린 말은 그보다 더 싸늘했다.

그 차가움에 자신을 향한 것도 아닌 미샤의 어깨마저 움찔 튀었다.

"어디서 굴러먹었던 건지도 알 수 없는 인간의 피가 섞인 아이를 이 저택에 들이고 싶지 않다고 말하고 다녔잖아, 로즈마리아. 덕분에 미샤는 13살이 되었는데도 데뷔조차 하지 못했지."

담담하게 쏘아대는 말과 차가운 시선에 로즈마리아의 시선이 동요한 듯 흔들렸다.

적어도 결혼한 뒤로 지금까지 남편에게 직접 이런 시선을 받은 적은 없었다.

차갑게 얼어붙은, 마치 다른 사람을 보는 것 같은…….

"물론 데뷔 문제는 미샤의 어머니도 본인도 바라지 않았으니 큰 문제는 아니었지만. 뭐, 그 덕분에 이번 일도 선택의 여지가 없어."

슥 시선을 돌리고 어깨를 으쓱한 뒤 자신을 에워싼 사람들을 한 바퀴 둘러보았다.

"사교계에 데뷔도 하지 않은 아이를 이 집의 딸로서 시집보낼 수는 없지. 처음 예정대로 라일라를 시집보낼 거야."

"그 아이는 아직 14살입니다!"

남편의 말을 덮어버리듯 로즈마리아는 비통하게 소리쳤다.

"거기 있는 미샤는 13살이지."

"라일라는 상심해서 앓아누웠다고요!"

"미샤도 불행한 **사고**로 어머니를 잃은 직후인데?"

가족 모두가 알고 있으면서도 일부러 언급하지 건드리지 않았던 **사고**를 언급하자 로즈마리아는 입을 다물고 부채 뒤로 고개를 숙였다.

"우리 공작가만이 아니라 나라의 대표야. 명예로운 일이잖아? 운이 좋다면 대국의 국모도 될 수 있으니까."

비아냥거리는 말에 끝내 눈시울을 적시며 말없이 퇴실하는 로즈마리아를 사용인들이 쫓아갔다.

로즈마리아의 친정의 입김이 닿은 사용인들이니, 서둘러 이후 대책을 짜려는 모양이었다.

그녀들을 지켜본 뒤 아버지는 한숨과 함께 등 뒤에 쌓여있던 쿠션에 몸을 기댔다.

"……아빠?"

영문을 알 수 없었지만 아무래도 자신과도 관련이 있는 화제임을 짐작한 미샤는 침대로 다가가 살며시 아버지를 불렀다.

눈을 감고 있던 아버지는 그 목소리에 피곤한 듯한 시선을 던지며 쓰게 웃었다.

"그런 표정 짓지 마. 별일 아니니까. 신경 쓰지 않아도 돼."

"하지만……."

로즈마리아의 심상치 않은 모습과 '나라의 대표', '대국의 국모'라는 단어에서 불길함을 느낀 미샤는 눈썹을 찡그렸다.

"……동맹국에 측실이 될 신부를 한 명 보내게 되었어. 하지만 왕가에는 현재 적절한 나이의 왕녀가 없어서 우리에게 넘어왔지. 양자로 들어갔다고 하나 나는 현 국왕의 친동생이니까."

수긍하지 못한 미샤의 반응에 아버지는 마지못해 사정을 이야기해주었다.

그 설명에 미샤의 미간에 한층 깊은 주름이 파였다.

동맹이라는 건 이름뿐이고 실질 속국이 된 국가에서 신부를 보내는 건, 요컨대 인질인 셈이다. 하지만 왕족이라면 모를까 공작가의 딸이라면 여차할 때 버려질 확률이 무척이나 높다.

부모라면 그런 곳에 자식을 보내고 싶을 리가 없다.

'그렇다고 대역이 될 마음도 없지만…….'

라일라라면 그때 레이어스에게 일방적으로 소리치던 소녀일 것이다. 14살치고는 체격이 좋았지만 행동은 무척 어렸다.

아마도 어머니나 시녀들에게 극진히 떠받들어지면서 자란 거겠지.

그런 소녀가 타국의 왕가로 인질처럼 시집간다니, 행복해질 수 있는 미래가 전혀 보이지 않았다.

"미샤는 신경 쓰지 않아도 돼. 지금까지 나라나 공작가의 은혜를 받으며 아무런 부족함 없이 자랐으니까. 그런 이상 이건 귀족으로서 당연한 의무야."

그렇게까지 말하니 미샤도 할 말이 아무것도 없었다.

"나, 슬슬 숲속의 집으로 돌아가려고 상담하러 왔어."

아버지를 찾아온 본래의 목적을 떠올린 미샤는 작게 말했다.

정처 쪽에서는 대환영일 줄 알았던 선택이 참으로 미묘한 의미가 되고 말자 미샤는 영 떨떠름해서 고개를 숙였다.

"……혼자 숲에 틀어박히는 건 외롭지 않겠어? 여기 있으면 되잖아."

"내 집은 거기인걸. 급하게 나와 버렸으니까 어떻게 되었는지도 궁금해.”

염려하는 아버지를 향해 미샤는 조금 망설이면서도 생각한 바를 전했다.

“……외로워질지도 모르지만……. 그때는 만나러 올게.”

미샤는 사실 조금 더 저택에 머물러서 아버지의 재활 훈련을 도울 생각이었다. 그러나 오래 있다간 귀찮은 일에 휘말릴 뿐이라는 걸 깨달아 버렸다.

아버지도 할아버지도 자신을 시집보낼 마음은 없어 보였지만 로즈마리아의 그 반응을 보면 무언가 수를 쓸 거라고 생각하는 게 타당하다.

아버지도 같은 걱정을 한 모양이었다.

건강한 상태라면 모를까 지금 자신은 침대에서 혼자 내려오는 것도 쉽지 않다.

레이어스를 똑 닮은 딸을 물끄러미 바라보더니 깊은 한숨을 쉬었다.

숲의 녹음이 깃든 눈동자는 흔들림 없이 아버지를 바라보고 있었다.

거기에는 아주 작은 망설임도 없었다.

“……기사 중 누군가를 시켜서 바래다주라고 할게. 무슨 일이 있으면…… 아니, 무슨 일이 없어도 정기적으로 편지를 써서 근황을 알려줘. 나도 빨리 회복해서 만나러 갈 테니까.”

“응, 아빠. 약속할게.”

아버지의 양보에 미샤는 생긋 웃으며 고개를 끄덕였다.

"싫어. 이런 건 인정할 수 없어."

도망치듯 방으로 돌아온 로즈마리아는 들고 있던 부채를 바닥에 내동댕이치고는 허공을 노려보았다.

소중한 딸이 인질로 타국에 끌려가는 건 인정할 수 없었다.

심지어 그 나라의 왕은 화려한 걸 싫어해서, 딸에게 붙이는 시녀도 소지품도 최소한으로 줄이라고 했다.

이 나라 공작가의 딸로서 행복한 미래를 걸어야 하는 딸이 그런 비참한 상황을 견딜 수 있을 리가 없다.

뇌리에 조금 전에 본 소녀가 스쳤다.

녹색 눈동자가 무례할 정도로 자신을 똑바로 바라보고 있었다.

그게 어머니와 너무 똑같아서 로즈마리아의 마음을 어지럽게 휘저어놓았다.

동시에 남편의 차가운 눈동자와 말을 떠올렸다.

말을 하지 않아도 알 수 있다.

그 눈은 절대 용서하지 않겠다고 외치고 있었다.

'죽어서까지 지독하게 방해한다니까.'

로즈마리아가 봤을 때 여자가 죽은 건 불행한 사고에 불과했다.

애초에 아직 14살인 딸이 살짝 어깨를 밀친 정도로 그렇게 비틀거리며 계단에서 떨어질 줄 누가 알았겠는가.

그런데 다들 마치 딸이 일부러 그 여자를 밀쳤다는 듯한 눈으로 쳐다보는 바람에, 딸은 그날 이후 방에서 한 걸음도 나오려 하지 않게 되었다.

"라일라도 피해자잖아. 이런 건……."

하지만 그 차가운 눈을 보면 결정을 그리 쉽게 바꾸지 않는다고 생각하는 게 좋을 것이다.
“귀여운 딸을 사지로 쫓아내려고 하다니 믿어지지 않아. 그 사람은 죽다 살아나서 변해버린 거야.”
한탄하며 카우치에 몸을 던지자 시녀들이 염려하듯 다가왔다.
“계획이 하나 있습니다.”
딸의 미래를 한탄하며 슬퍼하는 로즈마리아의 귀에 은밀한 속삭임이 흘러들어왔다.
그건 본가에서 시집왔을 때부터 마치 그림자처럼 곁을 지켜준 호위의 목소리였다.
“그 상태로 보아 공작님께서 전언을 철회하실 일은 없을 겁니다. 그렇다면 더 위를 움직이면 됩니다.”
“……더 위?”
고개를 갸웃거리는 로즈마리아에게 호위는 고개를 끄덕인 뒤 무릎을 꿇고 머리를 조아렸다.
“마님께선 아무런 걱정하지 않으셔도 괜찮습니다. 여느 때처럼 전부 제게 맡겨주십시오. 반드시 근심을 해결해드리겠습니다.”
눈앞에서 무릎을 꿇고 공손히 머리를 숙인 남자를 향해 로즈마리아는 너그럽게 고개를 끄덕였다.
“그래……. 맞아. 네게 맡기면 안심이지. 너희는 항상 내 편을 들어주었는걸.”
호위를. 그리고 방에 있는 시녀들을 스윽 둘러본 뒤 그렇게 중얼거렸다.
여기 있는 건 시집올 때 아버지가 자신에게 붙여준 사람들이다.
항상 든든한 아군이 되어주었다.

"부탁할게. 내 딸을 구해줘."
"말씀 받들겠습니다."
다시 한번 깊이 머리를 숙인 뒤 호위는 재빨리 방에서 나갔다.

9 새로운 만남

아버지에게 숲으로 돌아간다고 선언한 뒤 며칠이 지났지만 미샤는 아직 저택에 머물러 있었다.

흥분한 게 안 좋았던 건지 밤이 되자 아버지의 열이 올라가서 상태가 다시 나빠졌기 때문이었다.

해열제를 먹이고 몽롱한 아버지에게 물을 마시게 하며 밀착 간병한 보람이 있어 이틀 정도 지나자 열은 내려갔지만, 이번에는 상처의 염증이 재발하고 말았다.

아버지의 상처가 회복되는 걸 확인하고 미샤는 안도의 숨을 내쉬었다.

이제 상처가 곪지 않고 새살이 돋아나기 시작했다.

원래 기사로서 단련된 몸이다. 회복하기 시작하면 빠른 모양이다.

아직 붕대에 피와 땀이 묻어나긴 하지만 투명에 가까운 수분은 세포가 활성화했다는 증거다. 나쁜 징표는 아니다.

'아예 봉합하는 게 더 빨리 나을까? 하지만 나중 일을 생각하면 이대로 두는 게…….'

상담할 수 있는 상대가 없다는 게 무척 답답했다. 지식은 있어도 경험이 적은 미샤는 최선의 치료법을 골라내는 게 무척 어려웠기 때문이다.

'……카인에게 삼촌을 찾아달라고 할까? 일단 얼굴은 봤고 슬슬 찾아올 무렵이라는 걸 생각하면 이 나라에 있거나 근처에 있을

텐데…….'

어머니 말고 의지할 수 있는 유일한 존재를 떠올렸다가 고개를 저었다.

어머니가 고향과 연이 끊어졌다고 말한 건 무언가 의미가 있을 것이다.

그 의미를 알지 못하는 이상 섣부른 행동은 삼가는 게 좋을 것이다.

미샤는 자신이 지닌 지식과 기술이 이 나라에서는 이질적인 것임을 깨닫기 시작했다.

전장에서 돌아온 의사와 아버지의 치료에 대해 상담했는데, 좀처럼 대화가 안 통했기 때문이다.

애초에 상처의 후유증을 대비해 무언가를 한다는 개념이 없는 모양이었다.

목숨이 건졌으니 다소 불편한 건 어쩔 수 없다거나. 다쳤으니 걷지 못하는 건 어쩔 수 없다거나.

등에 난 상처는 확실히 깊었지만, 다행히 하반신 불구가 될 정도로 신경을 다치진 않았다. 지금 걷지 못하는 건 오랫동안 침대에 누워 움직이지 않았기 때문에 근육이 약해진 게 더 크다.

최대한 빨리 근육을 풀어줘서 걷는 연습을 하지 않으면 정말로 걷지 못하게 된다.

아연해하면서도 설명한 뒤 이해하게 만들기까지 정말 고생이었다.

'숲의 백성이란 뭘까?'

삼촌을 봤을 땐 자유로운 여행자라는 이미지였다.

여행 이야기를 재미있게 들려주기도 했고, 어머니와 새로 발견한 약초에 대해 밤을 새워 토론하기도 했다.

밝고 덜렁거리는 성격. 하지만 약이나 치료에 관해서는 진지. 의외로 고집이 세지만 새로운 것에 관심을 보이는 너그러움도 있다.

삼촌이 이야기해준 경험담은 미샤의 귀중한 지식 중 하나로 축적되었다.

더불어 어머니가 이따금 흘린 이야기를 정리하면 약사로서 지식을 갖추고 산속 깊은 곳에서 은밀히 약초와 의료 기술을 연구하며 사는 일족이라는 모양이었다.

'그렇다면 자유롭게 각지를 돌아다니는 삼촌은 특이한 경우인 건가?'

선인(仙人) 같은 이미지인 '숲의 백성'과 실제로 만나본 삼촌의 이미지가 맞지 않아서 미샤는 무심코 웃어버릴 뻔했다.

'가 보고 싶어.'

이번에 아버지에게 사용한 미지의 기술.

피의 비밀이란 뭘까? 어째서 똑같아 보이는 붉은 액체가 사람에 따라서는 약이 되기도 하고 독이 되기도 하는 걸까? 미샤 안에서 호기심이 들끓었다.

아무도 모르는 비밀스러운 마을.

미샤를 키우고 사랑해준 어머니가 그 풍부한 약 지식을 키워낸 장소이기도 하다.

'그곳에 가면 더 많은 병과 부상 치료법을 배울 수 있을까? 엄마가 모르는 것도 많이 있겠지?'

스승이기도 했던 레이어스를 잃은 미샤는 '숲의 백성'이 산다는 그 장소에 대한 동경이 커져갔다.

멍하니 생각의 바다에 잠기면서도 미샤의 손은 정확하게 움직여 아버지를 치료해나갔다.

마지막 붕대를 감았을 때 다급한 노크 소리에 미샤는 정신을 차렸다.

실내에 대기하고 있던 메이드가 재빨리 문을 열어 대응해주는 걸 시야 구석으로 보면서 미샤는 침대에서 내려가 흐트러진 의복을 가다듬었다.

조금은 움직일 수 있게 되었다고 하나 자기보다 몸이 큰 사람에게 붕대를 감는 건 아주 힘들기 때문이다.

조수가 되겠다고 나선 종자의 도움을 받아 두 명이나 매달려야 했다.

"디노, 왕이 보낸 편지를 들고 사자가 왔다. 아무래도 급한 용건이라 답장이 필요하다고 대기하고 있구나."

지팡이를 짚으면서 들어온 사람은 영주 대리인 할아버지로, 그 손에는 봉랍된 봉서가 들려 있었다.

모로 누운 채 편지를 받은 아버지의 눈이 편지를 읽는 사이에 놀란 듯 크게 뜨였다.

"이게 뭐야! 왜 미샤를 이웃 나라에 보내야만 하는데?!"

소리치는 말에 미샤는 놀라서 숨을 삼켰다.

'내가 이웃 나라에?'

뇌리에 아버지와 로즈마리아의 대화가 되살아났다.

이복언니가 가기로 했던 그 일인 걸까?

"그 건은 라일라가 간다고 대답하지 않았느냐. 어째서 미샤에게?"

뜬금없는 소식이라는 건 할아버지도 마찬가지였던 건지 괴이쩍은 듯 고개를 갸우뚱거렸다.

"아무래도 미샤가 약사로서 능력을 지니고 있다는 게 전해져서 이웃 나라가 관심을 보인 모양입니다."

아버지가 눈썹을 찌푸리면서 편지를 내밀었다.

그걸 받아서 읽은 할아버지가 이번에야말로 놀라 소리쳤다.

"편지를 전달한 사자와 함께 등성하라니! 이 무슨 무모한 소리란 말이냐!"

"그건 안 돼요!"

그 말에 미샤는 반사적으로 앞으로 나왔다.

많이 좋아졌다고 하지만 아버지는 아직 움직일 수 있는 상태가 아니다. 지금 무리했다간 모처럼 아물어가는 상처가 다시 벌어질 게 명백했다.

무엇보다 약해진 몸은 아직 똑바로 서지도 못한다.

울상으로 막는 미샤의 외침에 두 사람은 서로를 쳐다봤다가 고개를 저었다.

"그건 아니다. 디노가 움직일 수 없다는 건 주지의 사실이니 그렇게까지 억지를 말하는 건 아니야. 오라는 건 나와 자네다, 미샤."

할아버지는 그렇게 말하더니 미샤에게 편지를 보여주었다.

거기에는 이웃 나라에서 온 사자가 '숲의 백성 약사'를 만나게 해달라고 했고, 진짜라면 자기들에게 보내라고 주장한다는 내용이 적혀있었다.

"……이거 엄마 아닌가?"

무심코 중얼거리자 할아버지가 난처한 듯 고개를 끄덕였다.

"아마도 어딘가에서 정보가 섞여버린 거겠지. 레이어스의 죽음은 그 녀석에게도 전달해두었거늘."

"……저는 반대입니다. 무슨 일이 있을지도 모르는 장소에 미샤를 보내라니."

단호한 아버지의 말에 할아버지가 눈썹을 찌푸렸다.

아무리 왕의 동생이라고 해도 왕의 소집을 쉽게 거부할 수는 없었다.

애초에 이웃 나라의 사자가 원하는 이상 입장이 약한 이쪽에서 무시하고 거절할 수도 없다.

"……제가 갈까요? 저쪽에서 원하는 게 '숲의 백성 약사'라면, 제가 만나서 엄마가 돌아가셨다고 말하면 포기하지 않을까요?"

서로를 노려보다시피 하는 두 사람의 분위기를 견디지 못하고 미샤는 스스로 제안했다.

미샤에겐 '숲의 백성'의 존재 가치가 영 알 수 없었지만, 아무래도 대국의 왕이 관심을 보일 정도라는 건 알아차렸다.

확실히 미샤도 아버지의 치료 문제로 이야기할 때 의사와 지식 차이에 당황했을 정도다. 많은 백성을 거느린 위정자에게 그런 지식이 매력적이라는 건 상상할 수 있었다.

그리고 미샤를 발판 삼아 '숲의 백성'과 연결고리를 갖고 싶은 건지도 모른다.

하지만 미샤는 정말 '숲의 백성'에 대해서는 아무것도 모른다.

어머니는 자신이 지닌 치료 지식을 가르쳐주긴 했으나 태어나고 자란 장소에 대해서는 사람들이 사는 곳과는 멀리 떨어진 숲속이라는 정도밖에 말하지 않았다. 지금 생각해 보면 부자연스러울 정도로 그 화제를 피했는데, 그때 미샤는 의문을 느끼지도 않았다.

어린 미샤에게는 숲속이 세상의 전부였고, 자란 뒤에도 어머니의 사랑으로 충분해서 불만이 전혀 없었기 때문이다.

모르는 건 대답할 수 없다.

어쩌면 레이어스는 이렇게 될 걸 예상하고 일부러 가르쳐주지 않았던 건지도 모르지만, 지금 와서는 진상을 알 수 없다.

아무튼 어떤 위인이라고 해도 죽은 사람과 대화할 수는 없으니까.

할아버지만 가서 설명할 수도 있지만, 이리저리 오가면서 논쟁하기보다는 아예 미샤가 직접 가서 이야기하는 게 빠를 것이다.

'애초에 엄마가 가르치긴 했지만 아직 공부 중인 몸이니까 나 자신에겐 가치가 없을 거야. 당연히 마을이 어디 있는지도 모르고.'

더욱 말하자면 '숲의 백성'이라는 거창한 간판 뒤에서 실제 미샤를 본다면 '이런 어린아이가?' 하고 맥이 빠질 것이다.

무엇보다 간신히 몸 상태가 좋아진 아버지가 그런 일로 번잡스러워져서 다시 상태가 악화하는 게 걱정이었다.

어머니에 이어 아버지까지 사신이 데려가는 건 보고 싶지 않았다.

"하지만……."

망설이는 아버지에게 형식상일 뿐이지만 이제 막 동맹을 맺은 대국이 싫어하는 소녀를 그 자리에서 강제로 끌고 가는 일은 없을 거라며 할아버지와 함께 설득했다.

더불어 그렇다면 자기도 가겠다고 고집부리는 아버지를, 만약 상처가 벌어져서 죽었다간 자기도 살 수 없다고 눈물 공격으로 허락을 얻어내고 나자 상당한 시간이 지나버렸다.

결국 흥분한 게 상처에 안 좋았던 건지 힘이 빠져버린 아버지를 의사에게 맡긴 뒤 미샤는 자기가 가지고 온 옷 중에서 가장 괜찮은 걸 입었다.

심플한 삼베 드레스지만 최근에 맞춘 옷인 데다 심심풀이로 어머니와 함께 수놓은 자수가 나름 화사한 인상을 주었다.

"무슨 말을 듣는다고 해도 이것밖에 없는 게 사실이니까 어쩔 수 없지."

사실은 급하게라도 드레스를 마련해주겠다는 제안을 받았지만, 명백하게 라일라가 입던 옷이라는 걸 알 수 있는 아름다운 옷을 몸에 걸칠 마음은 들지 않아서 고개를 저었다.

'그걸 입을 바에야 꼴사납다고 욕을 듣는 게 나아.'

그건 양보할 수 없는 마음이었다.

최소한의 치장으로 머리카락 일부를 느슨하게 땋아 머리 장식 대신 꽃을 몇 개 꽂고 완료.

현관에서 기다리던 할아버지의 에스코트를 받아 마차에 탄 뒤 숨을 한 번 내쉬고 창밖을 바라보았다.

머릿속에서는 어머니에게 배운, 윗사람을 만났을 때의 예법을 필사적으로 복습하고 있었다.

'왜 내가 왕의 측실 후보를 구경하러 와야 하는 건데.'

지올드는 기분이 몹시 언짢았다.

그는 대국에서 일단 근위병을 맡고 있다. 하지만 본래 용병 출신인 평민이다. 어떤 전장에서 우연히 왕을 구해주면서 왕의 눈에 들어 채용된 인간이었다.

이번에 경사스럽게 새로운 동맹국(이라는 이름의 속국)이 늘어났다는 소식도, 그 나라에서 새로 바치는 측실이라는 이름의 인질에도 정말로 관심이 없었다.

기본적으로 하루하루 무사하게 보내면 그걸로 문제없다. 출세욕도 없고 귀찮아서 훈련도 최소한으로 때우는 타입이다. 소소한 오락과 입맛에 맞는 술이 있으면 만족이다.

그런데 뭐가 서러워서 소문의 진위를 확인하기 위해 굳이 이웃 나라까지 와야만 하는 건지.

게다가 소문이 진짜라면 타국에 빼앗기기 전에 냉큼 채어오라는 무모한 요구까지.

조금 재미있다는 얼굴로 그런 명령을 내리는 왕에게 진심으로 덤빌 뻔했다.

주변에 다른 사람도 있어서 가까스로 참았지만, 둘만 있는 자리였다면 틀림없이 불만을 쏟아내며 거절했을 것이다.

애초에 일개 근위병에 불과한 지올드에게 왜 이런 귀찮은 일이 넘어오게 되었냐면, 용병 시절에 진짜 '숲의 백성'을 만나서 목숨을 건진 경험이 있었기 때문이다.

만난 적이 있다면 진짜인지 아닌지 판단하기도 쉬울 거라는 말이었다.

억지라며 한탄하는 지올드에게 동료 근위병은 상당히 동정적이었지만, 대신 가겠다는 친절을 발휘하는 사람은 끝내 나타나지 않았다.

심지어 도착한 뒤에 '숲의 백성 약사' 이야기를 꺼내자 어째서인지 몹시 미지근한 반응이 돌아왔다.

그 존재를 파악하고 있지 않을 리가 없는데 영 입이 무거웠다.

대국의 힘을 전면에 내세워서 입을 벌리게 하자, 확실히 동생의 측실이었지만 얼마 전 불행한 사고로 죽었으며 딸이 있긴 한데 그 소녀가 어떤 존재인지는 잘 모른다고 했다.

사람들이 사는 마을을 떠나 숲속 깊은 곳에서 조용히 살고 있었기에 조카이긴 해도 한 번도 만난 적이 없다고 했다.

그 시점에서 지올드에게는 막막한 느낌이었지만, 이쪽도 일단 왕의 명령을 받고 온 몸이었다.

어떻게든 그 소녀를 만나게 해달라고 고집을 부려서 현재 등성을 기다리는 중이었다.

마음을 달래기 위해 홍차를 마시면서 머릿속으로는 멍하니 차가운 에일을 마시고 싶다고 중얼거렸다.

집에 돌아가면 바로 단골 가게에 달려가야겠다고 맹세한 그때, 드디어 기다리는 사람이 나타났다고 시종이 알리러 왔다.

'빨리 끝내야지.'

지올드는 남은 홍차를 단숨에 비운 뒤 무거운 엉덩이를 들었다.

애초에 '숲의 백성'이란 어떤 존재인가.

미샤가 사는 나라는 너무 먼 나라라서 그리 자세히 전해지는 게 없지만, 특히 전쟁이 많은 나라에서는 유명한 존재였다.

영봉 트랜드류스.

카마인 대륙 북쪽 끝에 우뚝 서 있는 산으로, 꼭대기 부근은 1년 내내 눈으로 덮여있으며 깎아지른 절벽과 울창하게 우거진 거목의 숲이 지켜주는 그곳은 인간이 살아가기에는 도저히 적합하지 않은 장소였다.

하지만 지금으로부터 약 200년 전, 본래 살던 땅에서 쫓겨나 도망치듯 산에 들어와 뿌리를 내린 일족이 있었다.

어떻게 가혹한 환경에 적응한 건지 말해줄 수 있는 사람도 없었기에 자세한 경위는 모른다.

그러나 그 일족은 분명히 그 땅에 머무르면서 마을을 만들고 몰래 살아남았다.

본래 약사를 생업으로 하던 그 일족은 남들 몰래 마을에서 오랜 세월에 걸쳐 기술과 지식을 연마하고, 변덕스럽게 다양한 장소에 나타나 솜씨를 발휘했다.

불치병을 치료하고, 사신의 손에 잡혀있던 부상자를 구하고, 방대한 사망자를 낸 전염병을 물리쳤다.

'약사'라고 이름을 대고 있긴 하지만 그 실력은 의사도 능가하며, 또한 아무도 모르는 독자적인 기술을 지니고 있었다.

기본적으로 어느 나라도 섬기지 않고, 설령 금은보화를 가져가도 마음이 내키지 않으면 그 실력을 발휘하는 일은 없다.

또한 잡으려고 해도 은밀한 행동에 능하기 때문에 쉽게 종적을 쫓을 수가 없으며, 운 좋게 잡는다고 해도 전술한 대로 마음이 내키지 않으면 손가락 하나 까딱하지 않는 철저함을 자랑했다.

목숨을 건진 사람들은 그 기술을 신의 기적이라고 숭상하며 자신들 밑에 머물러 달라고 애원했다.

부자도 가난한 자도 차별하지 않고 대가를 요구하지도 않으며 사람들을 죽음에서 구해주기 때문이다.

의사에게 줄 돈도 없는 빈민은 물론이고 돈은 있어도 의사가 방도가 없다고 두 손을 들어버린 부자에 이르기까지 도움을 받은 사람은 많았고, 한마디로 표현할 수 없는 깊은 감사를 느끼며 숭상하려고 했다.

하지만 그 애원을 모두 뿌리치고 훌쩍 모습을 감춰버리곤 했다.

이름을 밝히지도 않고, 그저 온화하게 미소 지으며 환자를 치료하는 그들은 하나같이 마치 달빛을 옮겨놓은 듯한 백금색 머리카락과 빨려 들어갈 듯 아름다운 녹색 눈동자를 지니고 있었다.

인간을 거부하는 영봉에 살며 나무의 색이 눈동자에 깃든 그 일족은 어느새 '숲의 백성'이라고 불리며 조용히 그 이름과 존재를 알려 나갔다.

그리고 소문을 들은 왕후·귀족이 자신을 섬기라고 해도 고개를 끄덕이지 않아서 무례하다고 목숨을 빼앗긴 자도 적지 않았다.

어떻게든 목숨을 구하고자 거짓말이라도 좋으니 받아들이라고 애원하는 옛 환자에게, 그 숲의 백성은 역사를 반복할 수는 없다고 슬프게 고개를 저었다고 한다.

개중에는 마을을 찾아내면 비전을 얻을 수 있으리라 생각하고 고문해서 비밀을 알아내려고 하는 사람도 있었다.

하지만 결코 입을 여는 사람은 없었고, 입을 다문 채 미소마저 지으며 가혹한 고문을 견디고 죽어갔다.

다만 죽기 직전.

우아한 미소와 함께 '우리 일족을 해치는 자는 그에 따른 보복을 받으리라'라는 말을 남겼다.

그리고 그 말대로.

'숲의 백성'을 해치고 목숨을 빼앗은 사람들에게 신비한 병이 닥쳤다.

남녀노소 구분 없이, 신분도 상관없이.

어떤 일족은 몸의 말단에서부터 썩어들어갔고, 또 다른 일족은 전신에서 고름을 흘리는 습진에 괴로워하다가 죽어갔다.

신기하게도 그 병은 사용인이나 주변 주민에게 옮는 일 없이 일족의 이름을 지닌 자만을 말 그대로 '근절'시켰다.

감염원도 치료법도 불명. 굳이 꼽으라면 여자와 어린아이는 그리 괴로워하지 않고 죽는 것에 비해 남자가 받는 고통은 눈 뜨고 보지 못할 정도였다고 한다.

한 번은 우연이라 생각할 수 있어도 같은 일이 두 번, 세 번 반복되자 무언가의 의도가 보이게 된다.

마지막으로 어떤 소국 왕족의 핏줄이 끊어지자 '숲의 백성'에 대한 불가침 조약 같은 것이 암묵적으로 형상되었다.

손을 댄 자만이 아니라 눈도 뜨지 못한 갓난아기까지 목숨이 날아간다.

제대로 된 정신상태를 지닌 사람이라면 손을 대지 못하게 될 만도 하다.

생명 연장의 비밀을 알기 위해 누가 제 목숨을 내놓고 싶겠는가.

무엇보다 무시무시한 건 그 소국의 왕은 비밀리에 명령했을 뿐, 손을 댄 건 다른 인간이었다는 점이다.

그 무렵에는 '저주'와도 같은 '숲의 백성'의 보복이 알려지기 시작했기 때문에 사자의 코털을 뽑고 싶어 하는 사람도 없었다.

처음 명령을 받은 귀족도 거절하지 못하는 약자에게 하청을 주었고, 최종적으로 명령을 실행한 건 가족의 목숨을 인질로 잡힌 말단 기사였다.

불가능한 소원이라는 걸 알면서도 가족을 구하기 위해 필사적으로 찾아낸 '숲의 백성'에게 마을의 장소를 물었다. 그리고 거절당하자 자기에게만 벌을 내려달라고 애원하더니 그 '숲의 백성'이 말릴 새도 없이 자결했다. 자신의 죽음으로 '숲의 백성'에게 손을 대면 죽을 뿐이라는 걸 알려서 어떻게든 가족을 구하려고 한 모양이었다.

그러자 모든 중간 다리를 건너뛰어 왕족에게 기병(奇病)이 닥쳤다.

처음에는 팔다리의 가벼운 마비. 다음으로 말단의 혈류가 정체되며 천천히 썩어간다.

처음엔 독을 의심했으나 어떤 해독약도 통하지 않았다. 병을 의심하여 아무리 문헌을 뒤져봐도 같은 증상은 보이지 않았다. 그러는 사이에 증상은 천천히, 그러나 확실하게 그 몸을 좀먹어갔다.

그리고 짐작 가는 바가 있어 벌벌 떨던, 처음 명령을 받은 귀족에게 어떤 이가 한밤중에 몰래 찾아와 '숲의 백성'임을 밝히고 전말을 설명했다.

"당신은 운이 좋아. 처음 명령을 내린 게 아니었으니까. 이 이상 어리석은 왕을 만들지 말도록 해. 부당하게 우는 사람을 늘리는 건 내키지 않거든."

그 후 귀족은 동료를 모집하여 쿠데타를 일으켰다.

본래 악정을 펼치던 왕에겐 아군이 적었다. 더욱이 '숲의 백성'의

분노를 샀다는 게 알려지자 불똥이 튀는 걸 두려워한 주변국에서도 지원해주지 않았고, 그 왕조는 허무하게 멸망했다.

그리고 '숲의 백성'에게 손을 대는 것이 얼마나 위험한 일인지 알려지며 부당하게 유린당하는 일도 사라졌다.

비밀스러운 기술은 손에 넣고 싶지만, 자칫 나라가 멸망할 위험을 저지르고 싶은 사람은 없기 때문이다.

이렇게 그들은 오늘도 자유롭게 마을에서 그 지식을 연마하고 어딘가에서 그 기술을 발휘한다.

참고로 그 기술을 실험하기 위해서인지 전장에 자주 나타나기 때문에 '녹음의 사신', '구원의 천사'라는 별명도 많은 게 실정이었다.

지올드가 만난 것도 전장이었다. 막 용병이 되었을 때 방심해서 배가 찢어져 의식이 몽롱해졌던 차에 도움을 받았다.

의식을 되찾은 뒤, 제 옆에 조금 전까지 적대하며 서로 죽이려 들던 병사가 마찬가지로 치료받고 누워 있었을 때는 몹시 놀랐다.

나중에 하다못해 장소를 분리해달라고 투덜거리자 치료 효율에 따른 배치였다고 가르쳐주었다.

그 남자에게는 적도 아군도 없었으니 당연한 주장이었고, 그래도 싸우려고 하는 사람은 가차 없는 손속이 날아왔다.

남자는 '모처럼 내가 구한 목숨을 내 앞에서 날리지 마. 죽일 거면 안 보이는 곳에서 해'라면서 진심으로 그 자리에서 쫓아냈다.

어안이 벙벙해진 주변 사람들을 보며 '싸울 수 있을 정도로 회복했으면 내 손은 필요 없겠지. 나머진 알아서 하든가'라고 시원스레 선언했다.

어쩐지 그 주장에 묘하게 수긍해버린 지올드는 상처가 나은 뒤에는 그 남자를 돕겠다고 자청했다.

더욱이 어디선가 조금이라도 그 탁월한 치료 기술을 손에 넣으려고 모여든 의사와 약사로 인해 소소한 치료단이 만들어졌다.

하지만 남자는 전쟁이 진정되자 어느 날 갑자기 모습을 감췄다.

편지 하나 남기지 않고 튀어버린 데 놀라는 지올드에게, 그 자리에 있던 의사 중 한 명이 원래 그런 사람들이라고 가르쳐주었다.

속박당하는 걸 무엇보다 싫어하는 일족이라고.

황당해하면서도 남자와 나눈 대화를 떠올려 보면 그럴 만한 사람이었다는 느낌이 들었다. 그러고 보면 구해줘서 고맙다고 인사하는 걸 잊었다는 걸 깨달은 것은 전쟁이 끝나고 집에 도착한 뒤였다.

뭐, 전장에 자주 출몰하니까 인연이 된다면 또 만나겠지. 그때 보답으로 술이라도 한잔 사면 될 거라고 가볍게 생각하는 사이에 어느새 상당한 세월이 흘러갔다.

그런 와중에 새로 동맹국이 된 나라의 죽어가는 왕제(王弟)를 '숲의 백성 약사'가 구했다는 정보가 들어왔다.

심지어 왕제와 결혼한 여성으로, 딸이 있다고 한다. 본래 그 딸의 이복 자매가 측실로 내정되었다고 했지만, 기왕이면 부가가치가 있는 쪽을 바라는 게 좋지 않겠냐고 진언했다.

딱히 원하지 않았던 측실이지만 그 정보가 사실이라면 바라 마지않는 일이다.

그 나라에서는 가치를 충분히 파악하지 못했기 때문에 그런 진언을 한 것일 테니, 진짜라면 눈치채기 전에 후딱 데려오라는 것이 왕의 주장이었다.

무시무시하게도 나라의 중진들도 동의하며 지올드를 보냈으니, 얼마나 '숲의 백성'을 공경하는지 알 수 있었다.

뭐, 지올드에게는 역시나 '귀찮은 일'일 뿐이었지만.

확실히 남자의 치료술은 신들린 것처럼 대단했지만, 살리지 못하고 스러져간 목숨도 있었다.

결국 신이 아닌 몸으로는 모든 사람을 구하지는 못하고 기적도 일으킬 수 없다.

여러 개의 전장을 거치며 살아남은 지올드에게 결국 모든 건 본인의 운에 달려있으며, 그 행운을 붙잡을 확률을 남들보다 조금 올려줄 뿐이라고 생각했다.

인간은 죽을 때는 죽는다.

애초에 진짜일 경우, 설령 데려온다고 해도 상대방이 원하지 않는다면 곧바로 돌려보내 주고 끝이다.

그 경우 자칫 잠자는 사자의 코털을 건드리는 셈이 되는 게 아닐까?

'혹시 그것도 포함해서 '나'인 거야? ……돌겠네.'

나쁜 가능성이 떠오른 순간, 목적지에 도착해 문이 열렸다.

그때 시야에 들어온 색채를 보고 지올드는 입 밖으로 나오려던 한숨을 삼켰다.

백금색의 긴 머리카락은 일부를 땋아 장식으로 분홍색 꽃을 꽂았다. 그리고 자신을 바라보는 짙은 숲속의 색이 깃든 커다란 눈동자.

그건 둘 다 먼 기억 속에 있는 색채와 일치했다.

'하지만 어린애잖아.'

심플한 삼베 원피스를 입은 가냘픈 몸은 도저히 성인으로 보이지 않았다.

이 나라에서도 성인이 되어 사교계에 데뷔한 소녀는 발목까지 가리는 드레스를 입고 머리카락을 틀어 올리는 관습이 있다.

눈앞의 소녀는 종아리보다 조금 위까지 오는 길이의 원피스에다 반묶음 헤어스타일이었다.

'숲의 백성'의 특징은 지녔지만 한눈에 봐도 성인까지 한참 남은 어린 소녀.

요정을 떠올리게 하는 가냘픈 몸과 오밀조밀한 이목구비는 보호본능을 자극했으나, 이런 애를 측실로 데려가 손을 댄 시점에서 불명예스러운 칭호가 붙을 것 같았다.

"만나서 영광입니다, 사자님. 뤼시온 드 린드버그라고 합니다. 불초 아들이 거동하지 못하는 몸이기에 대리로서 찾아뵙게 되었습니다. 나이를 먹어 보기에 편치 않은 곳도 있을 테지만 양해 부탁드립니다."

예에 맞지 않게 응시해버린 지올드의 시선을 가로막듯이 한 걸음 앞으로 나선 노인이 우아하게 예를 갖추며 이름을 댔다.

그제야 지올드는 그 자리에 소녀 말고 다른 사람이 여럿 있다는 걸 간신히 알아차렸다.

당황하며 자세를 바로잡고 인사를 돌려주었다.

"지올드 클라크입니다. 무례한 부탁을 들어주셔서 감사합니다."

10 단죄와 그 너머의 미래

“네가 그 정도로 어리석은 줄은 몰랐어, 로즈마리아.”

침대에서 몸을 일으켜 앉은 남자는 옆에 서 있는 로즈마리아에게 싸늘한 시선을 던졌다.

“네가 한 짓은 나에게…… 나아가 이 나라에 불이익을 가져온다는 걸 이해하고 있는 건가?”

시아버지와 함께 그 여자의 딸이 성의 부름을 받았다는 이야기를 들었을 때, 로즈마리아는 환희에 젖은 나머지 춤이라도 추고 싶은 기분이었다.

호위가 어떻게 움직였는지는 잘 모르지만, 분명 이대로 그 아이는 자신의 눈앞에서 사라져줄 것이다.

아마도 이웃 나라에 인질로 보내져서. 로즈마리아의 소중한 딸 대신.

그리고 원래의 가족뿐인 생활로 돌아가면 분명 남편도 진정하고 다정한 사람으로 돌아와 줄 것이 틀림없다.

“아아, 잘 됐어. 정말 너희들 덕분이야.”

생긋 미소 지으며 옆에 있는 시녀들에게 말을 건네고 향긋한 홍차에 입을 가져갔을 때, 문을 노크하는 소리와 함께 집사가 나타났다.

“공작님께서 부르십니다. 바로 방으로 와 달라고 하십니다.”

무표정으로 담담하게 하는 말에 로즈마리아는 고개를 갸웃거리면서 들고 있던 찻잔을 살짝 들어 올렸다.

"지금 차를 마시는 중입니다. 다 마시면 찾아가도록 하죠."

여느 때라면 아무 문제 없는 대답이었다.

하지만 집사는 평소처럼 인사하고 떠나가는 대신 표정을 바꾸지 않은 채 입을 열었다.

"죄송하지만 공작님께서는 지금 당장 불러오라고 말씀하셨습니다. 티타임은 나중에 다시 하시기 바랍니다."

입구에 선 채 이쪽을 물끄러미 응시하는 집사의 태도에 불쾌감이 치밀었다.

이 집사는 항상 공작을 따라다니면서 집을 비우는 주제에, 돌아오면 사소한 일로 시끄럽게 굴어서 로즈마리아는 그를 아주 싫어했다.

'그이의 총애를 등에 업고 오만하게 굴기는. 다음에 오라버니에게 상담해볼까.'

내심 비난하면서도 로즈마리아는 그제야 무거운 엉덩이를 들었다.

문 앞에 선 집사는 자신이 움직일 때까지 저 자리에서 꿈쩍도 하지 않을 것이다.

'오늘은 몸 상태가 괜찮으신 걸까? 요즘은 항상 그 아이가 그이 곁에 있어서 짜증 났었는데. 기뻐라.'

어쨌거나 방해꾼 없이 둘만의 시간은 오랜만이니, 로즈마리아는 잘 됐다고 생각을 바꾸기로 했다.

집사의 강경한 태도는 마음에 들지 않지만, 한시라도 빨리 오라고 부른다는 걸 생각하면 기분은 좋아졌다.

"머리카락이 흐트러지진 않았고? 이상한 곳 없어?"

시녀에게 확인하고 입술에 연지를 살짝 다시 바른 로즈마리아는 앞서 걷는 집사의 뒤를 따라 사뿐사뿐 걸어가기 시작했다.

"……이해하지 못하겠어요, 여보. 제가 뭔가 하면 안 되는 일이라도 해 버린 건가요?"

얼어붙은 듯한 시선과 목소리에 들떠있던 기분이 급변하여 벌벌 떠는 로즈마리아는 눈에 눈물이 맺히는 걸 느꼈다.

눈가에 눈물을 가득 머금고 매달리듯 자신을 바라보는 로즈마리아를 보고 디노아크는 한숨을 한 번 내쉬었다.

이 눈물 젖은 눈에 마음이 움직이지 않게 된 게 언제부터였더라.

생각해 보면 그 무렵부터 무리가 있었다.

"네가 이웃 나라에 미샤의 정보를 흘렸지?"

"……무슨 말씀인지, 저는……."

갑작스러운 말에 로즈마리아는 고개를 저었다. 정말로 이해할 수 없었기 때문이었다.

"그렇다면 이 자는 알고 있고?"

그렇게 말하며 디노아크가 가볍게 손뼉을 치자 기사가 밧줄에 묶인 남자 한 명을 끌고 왔다. 그 얼굴을 본 로즈마리아는 눈을 크게 떴다.

"제 호위예요. 어째서 밧줄로 묶어놓은 거죠?! 지금 당장 풀어!"

항상 자신을 그림자처럼 모시며 모든 것으로부터 지켜준 호위가 손을 뒤로 묶여 서 있었다. 한쪽 뺨은 부어 있고 입술도 찢어진 건지 핏자국이 남아 있었다.

그러고 보면 최근 며칠 동안 모습이 보이지 않았는데, 어째서 이런 모습으로 이런 곳에 있는 걸까?
로즈마리아는 놀라움과 분노로 얼굴을 붉히며 기사에게 날카로운 목소리로 명령했다.
"그 남자가 널 위해 이웃 나라의 간첩에게 미샤에 대해 이야기했다더군. 그래서 관심을 보인 이웃 나라의 왕이 미샤를 내놓으라고 했고."
"어머나!"
반사적으로 나온 목소리에선 희색이 묻어났다.
그렇다면 역시 라일라는 끔찍한 운명에서 도망칠 수 있게 된 것이다.
숨기지 못한 기쁨에 얼굴이 환해진 로즈마리아를 보고 디노아크는 기어이 혐오로 표정을 일그러트렸다.
"어리석다고는 생각했지만 정말로 아무것도 몰랐구나."
"무슨 말씀이시죠? 그 아이도 상대 쪽에서 원해서 가는 것이니 불행해지진 않을 텐데요. 라일라도 익숙하지 않은 환경에 고생하지 않아도 되고. 장점뿐이잖아요?"
노골적인 멸시에 로즈마리아는 분개하며 반론했다.
그리고 입 밖에 내고 보니 그건 정말로 훌륭한 결말처럼 느껴졌다.
'그런데 이런 간단한 것도 모르다니, 부상으로 열이 올라서 정말 이상해져 버리신 건가?'
하지만 이어서 들린 말에 로즈마리아의 안색이 바뀌었다.
"그래. 덕분에 라일라는 수도원에 갈 수밖에 없어졌지."
"어째서 그렇게 되는 거죠?!"

비명 같은 로즈마리아의 목소리에 디노아크는 냉소를 돌려주었다.

"고의는 아니었다고 하나 사람 한 명을 죽여버렸어. 당연한 조치잖아?"

"아니…… 하지만, 그건……."

로즈마리아는 다음으로 이어질 말을 찾아 입을 우물거렸다.

"……하지만, 저 때는."

그리고 가까스로 쥐어 짜낸 말은 누가 들어도 해서는 안 되는 말이었다.

그 말에 디노아크는 한층 진한 냉소를 지으며 차라리 다정하게 들리는 목소리로 설명했다.

그건 로즈마리아가 모르는 과거였다.

"그건 그때 피해자인 레이아가 옹호했기 때문이야. 당시 출산을 앞둔 너와 앞으로 태어날 내 아이를 배려해서. 그래도 나는 이혼할 생각이었지만, 네 아버지가 머리 숙여 간청하셨지. 지금 딸은 홑몸이 아니라 예민해져서 이상해진 것이라고. 말 못 하는 짐승조차 제 새끼를 지키려고 하는 것처럼 모든 게 적으로 보인 것이라고. 한 번만 자기 얼굴을 봐서 참아달라고."

"……아버지가…… 그런."

"……처음 레이아가 옹호했다는 건 무시하고? 뭐, 좋아. 알다시피 우리 형제는 네 아버지에게 크나큰 은혜를 입었지. 형님까지 머리를 숙이니 나도 포기할 수밖에 없었어."

그때를 떠올린 디노아크는 하늘을 올려다보며 눈을 감았다.

좋은 대신이었지만, 늦둥이로 얻은 막내딸에게는 지독하게 무른 남자였다. 그 점만 아니었다면 정말로 존경할 수 있는 사람이었는데.

"후회해. 아무리 은혜를 입었다고 해도 그때 헤어졌다면 지금 이렇게나 너와 나 자신을 원망하지 않을 수 있었는데. ……레이아도 소중한 자식을 두고 죽지 않았겠지."

중얼거리는 말에 로즈마리아는 눈을 부릅떴다.

그 말은 그날 이후 쌓아온 세월을 모조리 부정하는 말이었다.

"여보, 그건…… 너무……."

신음하는 듯한 로즈마리아의 목소리는 제대로 말을 엮어내지 못했다. 이 방에 온 뒤로 이어진 노도와도 같은 전개에 머리가 터질 것 같았다. 차라리 기절해버리면 편했겠지만, 한시도 떨어지지 않는 차가운 시선이 그것을 허락해주지 않았다.

"설령 수도원에 가지 않는다고 해도 라일라와 결혼해준다는 귀족은 없을 거야. 저택 한구석에서 동생의 짐이 되어 평생을 보내는 게 더 비참하지 않겠어?"

"그럴 리가, 그 아이는 공작가의 딸입니다. 무슨 집안이든……."

"고의가 아니었다지만 사람을 죽인 딸을? 게다가 그 어머니는 귀족의 정처이면서 측실을 괴롭혀 크게 다치게 한 끝에 쫓아냈지. 아무리 핏줄이 좋아도 그런 여자와 결혼하는 건 어지간한 괴짜거나 돈이 궁하거나 둘 중 하나일 거야. 그 자존심 센 아이가 그런 결혼을 원할까? 조금이라도 현명하다면 이웃 나라에 가는 이야기가 사라졌다는 걸 알자마자 자발적으로 수도원을 선택하겠지."

로즈마리아의 얼굴은 이보다 더할 수 없을 만큼 새파랗게 질려서 그대로 바닥에 주저앉아버렸다. 다리에서 힘이 빠져서 서 있을 수가 없었다.

그럴 때는 바로 부축해주는 시녀의 손이 없다는 걸 의아하게 여긴 로즈마리아는 뒤를 돌아보았다.

여느 때라면 반걸음 뒤에 서 있을 시녀들의 모습이 보이지 않는다.

이상해하는 로즈마리아를 향해 디노아크는 피식 웃었다.

"네 **뛰어난** 시녀들도 포박하라고 했어. 조사해보자 수상한 지출이 산더미처럼 나오더군. 다른 방에서 자세한 이야기를 듣기로 했지."

구원의 손은 없어졌다.

로즈마리아는 소리 없이 떨 수밖에 없었다.

그런 그녀에게 디노아크는 최후통첩을 들이밀었다.

"마지막으로 너에게도 선택권을 줄게. 라일라와 같이 수도원에 갈지, 이혼하고 친정으로 돌아갈지, 별채에 은둔할지……. 자, 어떻게 할래?"

차가운 미소에 대답하는 목소리는 없었다.

미샤는 흔들리는 마차의 창문으로 멍하니 하늘을 바라보았다.

넓고 푸른 하늘은 구름 한 점 없었다. 반사적으로 약초를 말리기에 최적인 날씨라고 생각했다가 쿡쿡 웃어버렸다.

지금 미샤는 나고 자란 나라를 떠나 이웃 나라로 향하고 있다.

여섯 마리의 말이 끄는 훌륭한 마차로, 긴 여행을 상정한 건지 좌석은 넓으며 쿠션도 두껍게 깔려 있었다. 덕분에 진동으로 몸이 아프지도 않고 야영하게 되어도 편안한 침상이 되어줄 것이다.

'뭔가 노도와도 같은 일주일이었어.'
좌석에 기대도 방해가 되지 않도록 사이드로 묶은 머리카락을 만지작거리며 미샤는 그날 이후 오늘까지를 돌아보았다.

성에 불려 간 미샤는 뺨에 흉터가 있는, 조금 무섭게 생긴 청년을 만났다.
이웃 나라 왕의 측근이라는 그는 할아버지와 통성명한 뒤 미샤 앞에 무릎을 꿇고 예를 취했다.
한쪽 무릎을 꿇고 오른손을 가슴에, 왼손을 허리 뒤에 두고 머리를 숙이는 동작은 기사의 최상급 경례였기에 할아버지가 놀란 듯 눈을 크게 떴다.
미샤는 그런 거창한 인사인 줄은 몰랐으나, 연상이 무릎을 꿇고 머리까지 숙이자 깜짝 놀라서 한 걸음 뒤로 물러나고 말았다.
"저는 당신의 일족 덕분에 목숨을 건진 사람입니다. 그때는 하지 못했던 인사를 부디, 지금 받아주십시오."
머리를 숙인 채 하는 말에 미샤의 혼란은 한층 강해졌다.
"저기, ……그게, 저는, 일족 같은 건 몰라요. 계속 이 나라에 있었고, 엄마밖에 모르고……. 그래서 당신들이 바라는 사람이 아니에요."
횡설수설 대답하는 미샤의 말에 그제야 고개를 든 지올드는 시원스레 씩 웃었다.
"죄송합니다. 이건 제 자기만족이라서요. 깜빡 본인에게 인사하는 걸 잊어버리는 바람에 계속 미련이 남았거든요. 먼 친척이라도 피가 이어진 사람을 만나서 참지 못했습니다. 용서해주세요."

"……아, 네. ……하지만 저는 진짜 엄마의 고향에 대해선 잘 몰라요. 엄마는 거의 이야기해주지 않았거든요."

선뜻 튀어나온 사과에 미샤는 우선 고개를 끄덕이면서도 모른다는 걸 강조해봤다.

그 말에 지올드는 살짝 고개를 기울였다.

"하지만 머리카락과 눈동자 색이 똑같습니다. 저는 지금까지 그 색을 또 본 적이 없어요."

그 말에 미샤는 자신의 머리카락을 한 움큼 집어서 눈앞으로 가져왔다.

옅은 금발은 확실히 이 나라에서는 드물지도 모르지만, 비슷한 금발은 흔히 있고 녹색 눈동자도 마찬가지다.

그야 어머니 말고 유일하게 교류가 있는 '숲의 백성'인 삼촌도 같은 색이었으나 가족이라서 그런 줄로만 알았다.

"숲의 백성의 특징 중 하나로 알려져 있습니다. 백금발에 녹색 눈동자. 확인된 숲의 백성은 다들 그런 색을 지니고 있다고 합니다. 이유는 알 수 없지만요."

'일족이 다 같은 색이라고? 피로 이어진 힘인가?'

좁은 환경에서 생활하는 사람이나 동물이 같은 특징을 지니는 건 흔히 볼 수 있는 현상이라고 배웠다. 인간도 동물도 환경에 더 잘 적응한 모습으로 변해간다고.

'추운 땅에선 색소가 하얘지는 경향이 강하댔던가? 그리고 녹색은? 눈동자 색이 밝아지는 건 적은 빛이라도 효율적으로 보이도록 하기 위해, 랬던가?'

무심코 지식을 뒤지며 일족이 사는 환경을 상상하는 미샤를 지올

드는 재미있다는 듯 관찰했다.

보기에는 나이보다도 어려 보이지만, 그 눈에 비치는 빛은 깊은 지혜로 반짝였다.

보이는 대로 생각했다간 낭패 볼 것이다.

"당신이 숲의 백성이 아니라면, 그래도 상관없습니다. 하지만 저희는 **당신**이 우리나라에 와 주시기를 바랍니다. 측실이라는 지위에 불만이 있다면 유학이라는 형태는 어떻습니까? 우리나라는 다양한 나라와 교류도 깊으며 왕립 도서관은 각종 지식의 보고이기도 합니다. 관심 없으십니까?"

불쑥 날아온 제안은 미샤의 심금을 건드리기에 충분했다.

"……측실 안 해도 돼?"

무심코 툭 새어나간 말에 지올드는 생긋 웃으며 고개를 끄덕였다.

"이건 비밀이지만, 사실 저희 폐하는 후궁에 별 관심이 없으십니다. 하지만 주변 중진들은 빨리 후계자를 봐야 한다며 독촉해서 지금도 감당하기 힘들어하시죠. 나이도 미샤 님과는 10살 이상 떨어져 있으니 억지로 측실이 되지 않으셔도 문제는 없습니다."

머릿속에서 사람을 불능인 것처럼 말하지 말라고 투덜거리는 주인의 얼굴을 무시한 지올드는 미샤 옆에서 수상해 하며 이쪽을 바라보는 전 공작에게 시선을 던졌다.

"이 문제에 관해서는 제가 폐하께 모든 권한을 위임받았습니다. 결코 미샤 님께 불이익이 되는 일은 하지 않겠다고, '검은 번개'의 이름에 걸고 맹세합니다."

"……자네가."

뤼시온은 놀라서 눈을 크게 뜨고 눈앞의 남자를 빤히 바라보았다.

검은 갑옷에 검게 칠한 커다란 창을 들고 전장을 종횡무진 활보하는 왕의 심복. 타고난 신분은 낮으나 그 공적을 인정받아 측근으로 중용되었다고 들었다.

오랫동안 평화가 이어졌던 이 나라에서도 그 명성을 들은 바 있다.

자신을 보는 눈이 변한 걸 보며 지올드는 내심 혀를 내밀면서도 천연덕스러운 얼굴로 살짝 고개를 끄덕였다.

자신에겐 창피하기 짝이 없는 이명이지만 이럴 때는 도움이 된다.

'뭐, 교섭에는 허세도 필요하니까.'

자신이 받은 임무는 '숲의 백성을 데리고 돌아오는 것'.

그걸 성공하기 위해서라면 다소의 내용 변경은 허락해줄 것이다.

애초에 진짜일 경우, 원하지 않는 일을 강요했다간 이쪽에서 큰 일이 난다는 걸 지올드는 잘 알고 있었다.

지금 눈앞의 노인은 자신과 자신의 말을 어디까지 믿을 수 있을지 계산하고 있을 것이다.

하지만 자신이 조사한 바에 따르면 공작가는 현재 상당히 어지러운 모양이었고, 소중한 딸을 그런 곳에 계속 두고 싶지도 않을 것이다.

그 점에서 이쪽에 보내면 자신이 방패가 되어 대국의 보호를 받을 수 있다는 소리다.

심지어 측실은 평생 가는 구속이지만 '유학'이면 불안정해도 언제든 돌아올 수 있는 신분이다.

'이걸로 낚여주지 않으면 텄다고 봐야지.'

무엇보다 미샤 본인의 마음이 크게 기울었다는 게 뻔히 보였다.

예상대로 지식욕을 자극한 게 성공한 모양이다.

지올드는 눈앞의 노신사가 결론을 내리는 걸 느긋하게 기다렸다.

그리고 왕을 포함해 어른들이 대화한 결과, 미샤는 이웃 나라에 옮기기로 결정되었다.

처음과 다른 건 측실이 아니라 손님으로서 가게 되었다는 점이다.

본래 측실이라는 제안도 이쪽에서 꺼낸 것이었는지, 이웃 나라 쪽에서도 변경해도 딱히 문제는 없다고 한다.

게다가 공작가의 이름을 등에 지고 가게 되는 셈이기도 해서 서둘러 의복과 소지품을 준비해줬다.

기본적으로 어머니가 직접 만든 것만 입었던 미샤는 사이즈 측정부터 이어진 끝없는 시착에 눈이 빙빙 돌 것 같았다.

지올드가 돌아가는 일정에 맞춰서 같이 따라가기로 했기 때문에 시간이 없었기 때문이었다.

적어도 이브닝 드레스와 데이타임 드레스는 최소 한 벌씩 오더메이드로 만들어주고 싶다는 재봉사들의 핏발 서린 눈에 미샤는 쩔쩔맸다.

"기성복을 수선해도 되는데."

"공작가로서 자존심이라는 게 있습니다."

완전히 미샤 전속이 되어버린 나이 많은 시녀가 덤덤한 얼굴로 가르쳐주었다.

"그야 이번에는 아무래도 시간이 부족하니 평소 입으실 옷은 수선해서 꾸리게 되었지만, 한 벌 정도는 제대로 맞추려는 거겠죠."

"……자존심이란 뭘까."

작게 중얼거리자 문 쪽에서 웃음을 터트리는 소리가 들렸다.

"지올드 씨!"

"실례합니다. 들렸거든요."

지올드가 쿡쿡 웃으며 가볍게 들어왔다.

그는 어째서인지 면회한 다음 날에는 저택에 찾아와 디노아크에게 인사한 후 야무지게 눌러앉았다.

그리고 시간이 남아도는 건지 공작가의 기사와 대련하거나 관광하자고 미샤를 끌고 다니며 매일 즐겁게 보내고 있다.

미샤도 끌려다니는 형태이긴 하나 마을을 둘러볼 수 있는 건 순수하게 기뻤다.

노점의 꼬치구이와 튀긴 도넛도 집에서 먹는 것과는 맛이 달라서 재미있었다.

자신이 태어난 나라인데도 눈을 반짝반짝 빛내며 주위를 신기하다는 듯 둘러보는 미샤를 보고 지올드는 웃으면서 이것저것 안겨주었다.

"수도에 가는 길에도 마을이 많이 있으니까 재미있을 겁니다. 천천히 견학하면서 이동하죠."

어린아이를 보는 듯한 눈으로 하는 말에 미샤는 조금 부끄러웠지만, 그 이상으로 가는 길이 기대됐다.

산속밖에 모르는 미샤에게는 거리를 오가는 사람들을 구경하기만 해도 즐거웠다. 이국에서는 어떤 풍경을 볼 수 있을지 상상만으로도 설렜다.

물론 아버지를 두고 가는 게 불안했으나, 다른 사람이 부축해주면 일어날 수 있을 만큼 회복된 모습으로 '괜찮아' 하고 웃으며 등을 밀어주었다.

"결혼하러 가는 것도 아니고, 많은 걸 배우고 돌아오렴. 아빠도 여기서 열심히 할 테니까."

"……응."

고개를 끄덕이고 끌어안자 어머니를 그리고 함께 울었던 그날보다 훨씬 힘이 강해진 팔이 마주 끌어안아 주었다.

그렇게 여행을 나선 지 아직 첫째 날인데도 어쩐지 마음이 조금 불안한 건, 고향 숲에서 점점 멀어지고 있기 때문인 걸까?

결국 온갖 준비에 쫓겨서 숲속의 집에는 돌아가지 못했다.

'우선 같이 가자, 엄마.'

목걸이처럼 건 부적 주머니를 옷 위로 살며시 더듬었다.

그 안에는 어머니의 머리카락과 함께 어머니가 보여준 신기한 바늘과 관을 몰래 넣어두었다. 숲에 돌려보내 주고 싶어서 준비한 것이었으나, 지금 와서는 둘 다 어머니를 추억하는 물건이 되었다.

한 번 더 창밖을 올려다보자 역시나 맑고 푸른 하늘이 끝없이 펼쳐져 있었다.

분명 숲속의 집에도, 멀리 어머니의 고향에도 이어져 있을 것이다.

그렇게 생각하니 쓸쓸함도 조금 흐려진 느낌이 들었다.

"……다녀오겠습니다."

작은 중얼거림은 끝없이 푸른 하늘 저편으로 빨려 들어갔다.

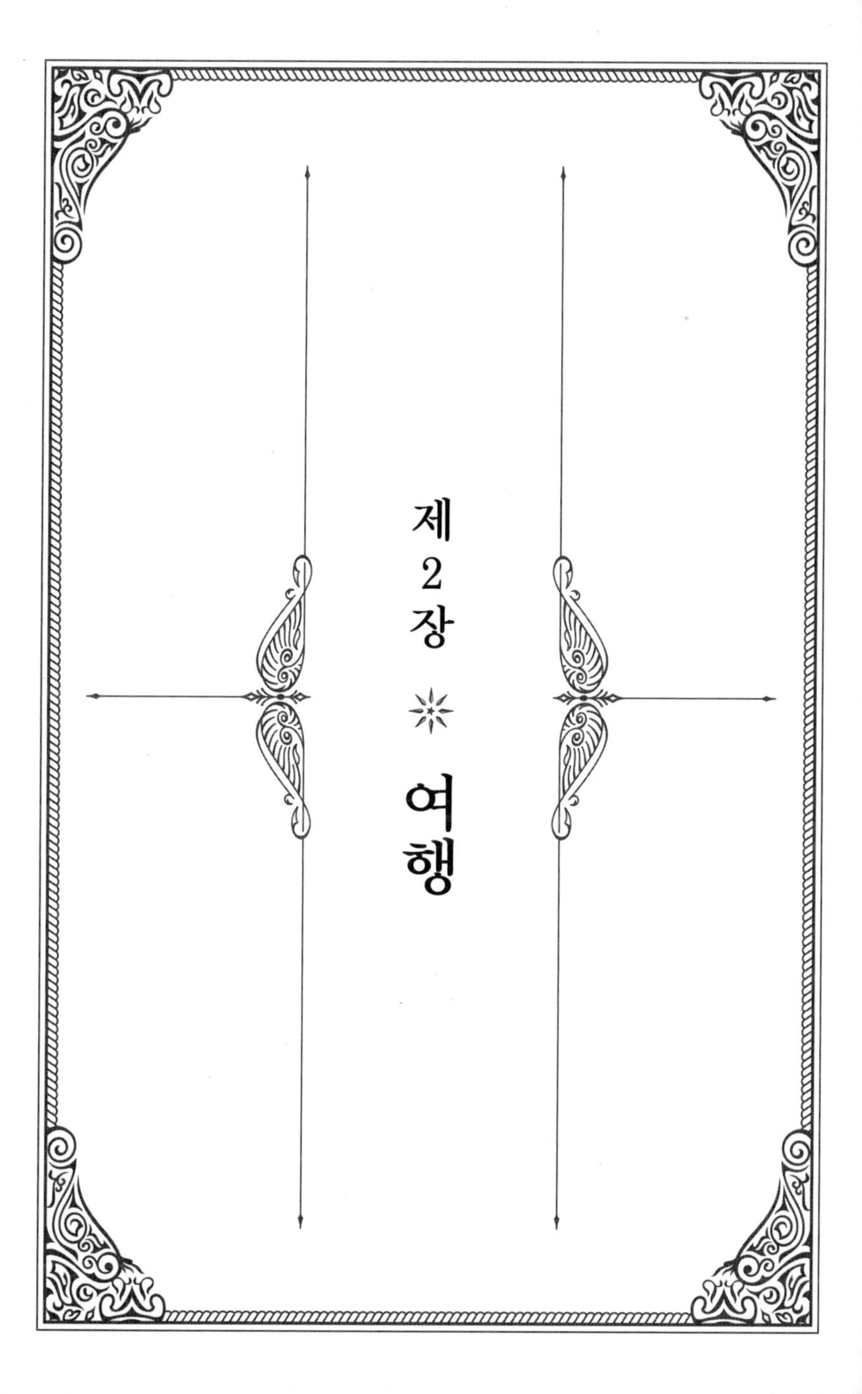

제 2 장 ✳ 여행

1 소매치기 소년과 몸이 아픈 노부인

이 세계는 크게 세 개의 대륙으로 나뉘어 있다.

남쪽 대륙 아이리스.

동쪽 대륙 설리번.

그리고 서쪽 대륙 카마인이다.

세 개의 대륙 중 가장 큰 면적을 자랑하는 카마인은 여러 개의 나라로 나뉘어 각자 패권을 다투고 있었다.

미샤가 사는 나라, 블루하이츠 왕국도 그중 하나로 국가로서는 중간 규모이지만 역사는 제법 오래되었다.

한때는 패권 싸움에 끼어들었던 시기도 있었으나 최근 200년 정도는 온건파 왕 아래에서 줄타기 외교를 하며 어떻게든 평화를 유지했다.

하지만 최근 왕이 바뀌고 힘을 키운 이웃 나라 실바 제국이 갑자기 트집을 잡더니 침공해왔다.

긴 평화 속에서 국군의 병력도 떨어져 있던 블루하이츠 왕국은 손 쓸 수도 없이 유린당했다.

그리고 수도에 쳐들어오기 일보 직전까지 왔을 때 어떻게든 대국 레드포드 왕국과 동맹을 맺어서 위기를 면했다.

앞으로 이런저런 간섭을 받을 위험은 있으나, 이웃 나라에 흡수되어 모든 걸 잃어버리는 것보다는 훨씬 낫다는 판단이었다.

레드포드 왕국도 야심이 넘치는 실바 제국이 바로 옆까지 인접하는 것보다는 자신들에게 유리한 동맹을 맺은 블루하이츠 왕국을 사이에 끼는 게 이래저래 유리하다.

선불리 영토를 합병하기보다도 국가로서 형태를 남겨두는 게 국방에 들이는 노력도 적게 들어간다.

서로 이득이 일치하여 맺은 동맹은 표면적으로는 평화롭게 체결되었고, 블루하이츠 왕국이 대국이라는 방패를 얻자 실바 제국도 마지못해 칼을 거두었다.

카마인 대륙에서 제일가는 대국인 레드포드 왕국을 적으로 돌리는 건 시기상조라며 발을 뺀 형태였다.

또 급격히 영토를 확장한 탓에 국내에서도 문제가 떠오르기 시작한 모양으로, 한동안은 내정에 매달리게 될 것이다.

그런 가운데 새로운 동맹을 맺고 한층 국교를 다지기 위해 블루하이츠 왕국 쪽에서 자국의 여성을 측실로 들여달라고 요청했다.

그런 건 필요 없다고 거절하는 것도 보기에 좋지 않고 귀찮았기에, 일단 후궁에라도 넣어두면 될 거라고 포기하며 받아들였을 때 흥미로운 정보가 들어왔다.

카마인 대륙 북쪽 끝에 있는 소국 오렌지 연합국.

여러 개의 부족이 연합하여 만든 나라로, 왕이 없고 각 부족에서 내보낸 대표가 모여 국가의 방침을 정한다는 신기한 체재다.

그중에서도 한층 신비로운 일족인 '숲의 백성'.

타의 추종을 불허하는 고도의 의료 기술을 보유했고 신출귀몰한 '전장의 구세주'.

그 일족 덕분에 목숨을 건진 사람이 많고, 많은 나라에서 자국에 오기를 바라지만 이뤄진 적이 없다. 또한 힘으로 억누르려고 한 자에게는 호된 보복이 돌아오기로 유명하다.

그런 환상의 일족의 핏줄을 이어받은 소녀가 그 나라의 공작가에 있다고 한다.

진위는 불명이지만 처음부터 측실이 온다는 건 정해진 사항이었다.

진짜라면 잘된 일이라며, 그 소녀를 보내라고 사자를 보낸 것이 대략 한 달 전.

예전에 '숲의 백성' 덕분에 목숨을 건진 적이 있다고 한 측근에게 진짜라면 어떻게든 데리고 오라고 명령했더니 오만상을 찌푸렸던 것도 기억에 생생하다.

그 측근이 파발로 보낸 편지를 읽은 레드포드 왕국의 국왕, 라이언 류 레드포드는 재미있다는 듯 눈을 휘었다.

"좋은 소식입니까? 폐하."

집무실 책상 저편에서 들린 목소리에 라이언은 히죽 웃으며 측근인 트리스 재상에게 편지를 내밀었다.

"측실을 데리러 간 지올드가 어째서인지 유학생 소녀를 한 명 데리고 오게 되었다는군. 백금발에 녹색 눈동자를 지닌 아름다운 소녀라네."

"……그건."

중얼거리면서 편지를 읽은 트리스가 반듯한 눈썹을 일그러트렸다.

"그 남자는 또 제멋대로."

못마땅한 혼잣말에 라이안은 이번에야말로 소리 내어 웃었다.

성실한 문관인 트리스와 용병 출신인 무관 지올드는 영 성격이 맞지 않는 건지 툭하면 대립한다. (정확하게는 잔소리하는 트리스에게 지올드가 귀찮아하며 대충 대답했다가 한층 더 화나게 만든다는 느낌이지만.)

“뭐, 딱히 잘못된 대응도 아니지. 측실이 되는 걸 망설이는 상대를 강제로 끌고 왔다가 진짜였다면 자칫 이쪽의 목숨이 위험해지니까.”

당장에라도 혀를 칠 것 같은 트리스에게 라이언이 쿡쿡 웃으며 중재했다.

자유를 사랑하는 ‘숲의 백성’을 억압한 사람들의 말로는 다양하지만, 경험해보고 싶은 건 하나도 없었다.

진실인지 거짓인지, 나라 하나가 멸망했다는 소문마저 있다.

“그렇다고 해도 아직 어린 소녀입니다. 어떻게든 구슬릴 수 있죠.”

이지적인 미모를 살짝 찌푸리고 중얼거리듯 라이언은 어깨를 으쓱했다.

“뭐, 이 문제는 이미 지올드에게 전권을 위임한다고 한 이상 그 녀석이 어떻게든 하겠지.”

가볍게 말한 뒤 서류를 읽기 시작한 라이언을 보고 트리스는 작게 한숨을 쉬었다.

좋게 말하면 너그럽고 나쁘게 말하면 무성의한 라이언이 이렇게 나오는 이상 이 문제는 언급해봤자 시간 낭비다.

‘실제로 만나서 진짜인지 가짜인지 직접 보고 확인하도록 하죠. 포섭할 가치가 있어 보인다면 그때 행동해도 늦지는 않을 테니까요. 일단 우리나라에는 오기로 했으니.’

자신을 설득하기 위해 마음속으로 중얼거린 뒤, 마지막 의문이라는 듯 라이언에게 물었다.

"그런데 문제의 아가씨는 언제쯤 도착하는 겁니까? 방도 그렇고 준비가 필요한데요."

'유학'이라는 이상 처음 예정대로 후궁에 보낼 수도 없으니 물어보자 라이언은 고개를 옆으로 기울였다.

"글쎄? 나는 모르겠는데."

"……무슨 말씀이시죠?"

시원스러운 부정에 트리스도 고개를 기울였다.

이웃 나라에서 가도를 따라 빠르면 7일 정도.

여행에 익숙하지 않은 소녀를 데리고 온다고 해도 대략 예측은 할 수 있다.

"하나 더. 이쪽은 지올드가 쓴 메모야."

휙 건넨 편지를 읽는 사이에 트리스의 미간에 주름이 깊게 박혔다.

"그 바보 같은 남자가~~~."

원한에 찬 목소리가 울려 퍼지는 가운데 트리스의 손바닥 안에서 편지가 와그작 구겨졌다.

거기에는 지올드다운 자유분방한 필체로, 미샤가 즐거워 보이니 관광하면서 느긋하게 돌아오겠다는 내용이 적혀있었다.

"푸헷취!"

"지올드 씨, 괜찮으세요?"

편의상 일찍 숙소를 잡은 후, 느긋하게 시장을 둘러보던 미샤는 같이 따라온 지올드가 성대한 재채기를 하자 걱정하며 눈썹을 찌푸렸다.

"어~ 괜찮아. 누군가가 내 이야기라도 하나 보지."

자신을 살펴보는 미샤에게 미소를 돌려주며 지올드는 내심 혀를 메롱 내밀었다.

슬슬 파발이 도착했을 때라는 걸 보면 자기 이야기를 하는 상대도 그 표정조차도 쉽게 떠올랐다.

분명 한 명은 재미있어하며 웃고, 다른 한 명은 사람이라도 죽일 수 있을 듯 험악한 표정을 짓고 있을 게 틀림없다.

고지식한 친구(라고 부른다는 걸 알면 한층 역정을 낼 테지만)의 곱상한 얼굴을 떠올리자 히죽히죽 웃음이 나올 것 같았다.

사실 지올드는 사소한 일로 딴죽을 걸어대는 트리스의 반응을 꽤 좋아했다.

항상 담담한 남자가 표정을 바꿔서 잔소리를 퍼붓는 모습은 상당히 재미있다.

'돌아가면 화가 나서 펄펄 뛰겠지~. 흠, 어떻게 수습할까.'

"뭔가 즐거워 보이네요?"

돌아간 뒤의 계획을 세우고 있었더니 옆을 걷는 미샤가 의아하다는 듯 고개를 갸웃거렸다.

"어. 친구에게 뭣 좀 사다 주려고. 뭐가 좋을까?"

싱긋 웃으면서 물어보자 '어떤 사람이죠?'라며 진지하게 고민하는 미샤.

뭘 봐도 먹어도 놀라서 눈이 휘둥그레지고 기뻐하며 웃는 모습은 솔직하고 아주 귀엽다.

그런 얼굴을 더 보고 싶어서 필요하지도 않은데 중간중간 쉬기도 하고 일찍 숙소를 잡아서 관광하다 보니 이동 속도가 영 느릿느릿 했다.

반면 부모와 어린 자식이 같이 있는 일행과 스쳐 지나갈 때면 당장에라도 울 것 같은 표정을 짓는 미샤를 보며 마음이 아팠다.

그리고 소녀가 어머니를 잃은 지 아직 한 달도 되지 않았다는 사실을 깨닫는다.

낮에는 밝게 행동하지만, 밤이면 혼자 몰래 운다는 것도 알고 있었다.

숨기려고 해도 여관의 벽은 의외로 얇다.

살짝 부은 눈꺼풀을 눈치채지 못한 척하며 밝게 말을 건네는 건 (지올드는 그런 섬세한 타입도 아니기 때문에) 상당히 고생이었지만, 귀찮음을 느끼진 않았다.

그런 자신의 태도에 이 기특하고 솔직한 소녀가 꽤 마음에 들었다는 걸 깨달았다.

'딸이 있다면 이런 느낌이려나.'

선물로 이런저런 것들을 집어 들고 구경하는 미샤를 관찰하며 그런 생각을 하는 지올드(26살)였다.

"꼬마야, 거기까지. 지금 잡은 거 누나에게 돌려주자."

노점의 물품을 정신없이 구경하던 미샤는 지올드의 목소리에 정신을 차리고 돌아보았다.

그곳에는 8살 정도 된 소년의 팔을 잡은 지올드가 무서운 얼굴로 서 있었다.

"시끄러워! 아저씨!! 뭐야! 놔! 놓으라고!!"

버둥거리면서 어떻게든 지올드의 손에서 도망치려는 소년을 보고 미샤는 눈을 깜빡였다.

"지올드 씨? 무슨 일이에요?"

"……이 녀석이 미샤의 지갑을 가져갔거든."

어깨를 으쓱하며 가르쳐주는 말에 미샤는 당황하며 포셰트를 뒤졌다.

"……없어."

정말로 약간의 돈을 넣은 지갑이 사라진 걸 확인한 미샤는 난처한 얼굴로 소년을 바라보았다.

"저기…… 네가 가져간 거니? 그렇다면 돌려줘."

"몰라, 바보야!"

혀를 메롱 내밀고 조롱하는 소년의 머리에 지올드가 꿀밤을 먹였다.

"이게 친절하게 대해 줘도 이러네. 빨리 돌려줘!"

그리고 아파서 끙끙거리는 소년의 주머니를 알아서 뒤진 뒤 작은 봉제 지갑을 꺼냈다. 그걸 어안이 벙벙해서 서 있는 미샤에게 던졌다.

어떻게든 받아서 확인하자 확실히 자신의 지갑이었다.

"……다행이다."

저도 모르게 중얼거린 뒤 손으로 꼭 붙들었다.

돈은 정말 약간밖에 넣지 않았지만, 지갑 자체에 강한 애착이 있었기 때문이다.

잃어버렸다면 분명 망연자실했을 것이다.

섬세한 자수가 빼곡히 들어간 그것은 어머니가 만들어준 지갑이었다.

녹색 덩굴과 색색의 꽃을 수놓은 자수는 어머니의 고향에서 전통적으로 내려오는 문양으로, 아이의 행복을 기원하는 의미가 있다고 한다.

부적이라며 건네줄 때의 미소를 떠올리고 미샤는 울상이 되어 지갑을 꼭 끌어안았다.

"뭐, 뭐야! 너희들 부자면서! 그 정도는 줄 수 있잖아."

물적 증거가 들키자 여전히 지올드에게 팔을 붙잡혀있던 소년은 적반하장처럼 소리쳤다.

"……흐음, 반성하는 기색이 없네. 그럼 어떻게 한다. 못 일어날 정도로 흠씬 두들겨줄까? 경관에게 넘길까?"

부루퉁한 소년을 향해 지올드는 차가운 눈으로 씩 웃었다.

무섭게 생긴 지올드가 그런 표정을 지으면 정말 무섭다.

약간 창백해진 소년이었지만, 그래도 입을 꾹 다물고 지올드를 노려보았다.

그 배짱에 지올드는 내심 휘파람을 불며 감탄하면서도 이 상황을 어떻게 정리할지 고민했다.

실질적 피해는 없다고 해도 이대로 무죄 방면했다간 이 아이는 똑같은 짓을 반복할지도 모른다.

'적당히 혼쭐도 나고 다시는 도둑질을 하지 못하게 만들려면 뭐가 좋을까.'

슬슬 주변의 시선이 모이기 시작했다.

너무 주목받는 건 내키지 않는다. 사정을 모르는 사람이 본다면 어린아이를 괴롭히는 어른으로 보일 것이다.

한눈에 봐도 고급스러운 옷과 허리에 찬 검이 견제해줘서 말을 거는 사람은 없지만, 의심스러운 표정을 지으며 대놓고 쳐다보고는 있다.

"저기! 그 아이가 뭔가 실례라도 저질렀나요?"

그런 가운데 한 늙은 여성이 말을 걸었다.

소란을 듣고 달려온 모양이었다.

숨이 찬 듯 헐떡이는 여성은 안색도 안 좋고 당장에라도 쓰러질 것 같았다.

낡은 옷 소매 아래로 보이는 앙상한 손목에 미샤는 눈썹을 찌푸렸다.

"할머니! 달리지 마!"

당장에라도 주저앉을 것 같은 여성을 보고 소년이 달려가려고 했다. 하지만 지올드가 팔을 잡고 있는 채라 막히고 말았다.

"당신의 손자입니까?"

어떻게든 그 손에서 벗어나려고 발버둥 치는 소년을 무시한 지올드는 여성에게 시선을 던졌다.

차갑게까지 느껴지는 시선에 순간 겁을 먹긴 했으나, 그 노부인은 등을 곧게 펴고 고개를 끄덕였다.

"네. 제 손자입니다, 기사님. 그 아이가 무슨 잘못을 저질렀을까요?"

이제는 많이도 모여든 구경꾼 사이에서 위축되지 않고 곧게 세운 등은 기품마저 느껴졌다.

잘 관찰해보니 옷도 낡기는 했지만 원래는 좋은 재질로 튼튼하게 만들어졌다는 게 보였다.

'몰락 귀족인 건가?'

머리 두 개만큼 높은 위치에서 내려다보는 지올드를 두려움 없이 똑바로 올려다보는 그 눈은 시선을 회피하려 하지 않았다. 그건 가슴속에 본인의 정의가 분명한 사람의 눈이었다.

거기까지 관찰한 뒤 지올드는 아우성치는 소년의 손을 놓았다.

이 노부인이라면 잘못된 길에 발을 들이려는 손자를 올바른 길로 되돌릴 수 있을 것이다.

"일행의 지갑에 손을 댔기에 타이르던 중이었습니다. 솜씨도 어설프고 행동을 보면 초범일 테니 경관에게 넘길 생각까지는 없었지만……."

반쯤은 자신들을 에워싼 구경꾼을 향한 말이었다.

소년을 감싸는 노부인의 출현으로 지올드를 보는 주변의 시선이 상당히 흉흉해졌기 때문이었다.

지나가던 마을이라고 해도 어린아이를 괴롭히는 무뢰배라는 오명을 쓰고 싶진 않았다.

"……세상에!"

지올드의 대답을 듣고 노부인의 안색이 확 바뀌었다. 정말이냐고 물어보는 시선에, 노부인에게 달려온 소년의 시선이 민망한 듯 돌아갔다.

그 반응에서 지올드의 말이 사실이라고 판단한 모양이었다. 소년의 머리를 누르며 본인도 무릎을 꿇고 머리를 숙였다.

"이 아이의 부모는 이미 죽어서 제가 부모 대신 키우고 있습니다. 제 힘이 부족하여 가난하게 생활하고 있지만, 나쁜 일과 착한 일은 제대로 가르쳤다고 생각했습니다. 그래도 다른 사람의 물건에 손을 대는 아이로 자란 것은 제 죄입니다. 부디 저를 벌해주십시오."

창백한 얼굴로 무릎을 꿇은 노부인을 향해 지올드는 다급히 손을 뻗어 일으키려고 했다.

그걸 뭐라고 착각한 건지 자신의 머리를 누르는 할머니의 손에서 도망친 소년이 그녀를 감싸듯 가로막고 섰다.

"할머니에게 손대지 마! 잘못한 건 나잖아! 벌은 나한테 줘!!"

노려보는 소년을 빤히 응시한 뒤 한숨을 쉰 지올드는 '알았어'라고 중얼거렸다.

욱해서 자기에게 벌을 주라고 주장하긴 했지만, 험악한 지올드의 표정을 보고 무슨 짓을 당할지 겁먹은 소년은 얼굴이 파랗게 질렸다. 그래도 미동도 하지 않고 상대를 노려보았다.

이 자리에서 물러났다간 할머니가 벌을 받는다. 그것만큼은 어떻게든 피하고 싶었다.

"잠시만……."

노부인이 자기 앞에 선 손자를 허둥지둥 끌어당기려고 한 순간, 소년의 머리에 쿵 하는 둔탁한 소리와 함께 지올드의 주먹이 떨어졌다.

무슨 일이 일어날지 군침을 삼키며 지켜보던 구경꾼들은 크게 울린 소리와 강렬한 충격에 머리를 누르고 소리 없이 웅크린 소년을 보고 어안이 벙벙해졌다.

"……우와, 아프겠다……."

당사자인데도 불구하고 너무도 전개가 빨라서 따라가지 못하던 미샤는 소리 없이 몸부림치는 소년의 모습을 보며 무심코 중얼거렸다.

'확실히…….'

소리의 크기와 소년의 반응을 보고, 주위에 있던 사람들도 다들 눈썹을 찌푸리며 동의했다.

"어린애의 못된 장난에 주는 벌은 이 정도면 됐겠지."

흥 코웃음을 친 뒤 지올드는 아직도 몸을 웅크린 소년을 억지로 일으켜 세운 뒤, 무릎을 꿇은 채 입을 멍하니 벌린 노부인을 쳐다보도록 돌려세웠다.

"잘 들어. 네가 '나쁜 짓'을 하면 네 소중한 할머니가 비난받고 책임을 져야만 해. 이 모습을 절대로 잊지 마!"

아파서 눈물이 그렁그렁하던 소년은 여전히 바닥에 무릎을 꿇고 있는 할머니를 바라보았다.

자기 때문에 소중한 사람이 무릎을 꿇었다.

그 현실이 소년의 가슴을 옥죄었다.

"……하지만, ……하지만……."

소년의 눈에서 눈물이 뚝뚝 떨어졌다.

초봄에 건강 상태가 악화된 뒤 그 후로 앓아누웠다가 회복하기를 반복하는 할머니의 모습.

의사에게 보여주고 싶어도 가난한 생활 속에선 약조차 만족스럽게 입수할 수 없다.

이대로 죽어버리는 건 아닐까. 하나뿐인 가족을 잃는다는 공포에 소년은 악행에 손을 물들이기로 결심했다.

아주 조금.

유복해 보이는 사람에게서 조금만. 그 녀석들에게는 용돈이 줄어든 정도의 금액. 큰일은 아닐 것이다.

죄책감을 변명으로 짓누르며 거리 구석에서 사냥감을 물색하던 도중 자기보다 몇 살 정도 연상인 소녀가 즐겁게 웃는 모습을 발견했다.

탐스러운 머리카락은 잘 손질되어 있고, 손끝까지 부르튼 흔적 하나 없이 매끄럽다. 옷도 화려하진 않지만 질이 좋다는 걸 어린 소년도 알 수 있었다.

"하지만 할머니가 죽는 건, 싫다고. 의사에게…… 약…… 만이라도."

무슨 이유가 있든 악행은 악행이다.

알고는 있지만, 어린 소년이 할머니를 구하고 싶다는 마음에서 저지른 일이라는 걸 알면 동정심도 샘솟는다.

그런 주변의 시선을 단호하게 끊어낸 건 조용히 일어난 노부인 본인이었다.

야윈 팔을 들어 올려 흐느끼는 손자의 뺨을 찰싹 내리쳤다.

"그렇게 훔친 돈으로 목숨을 붙여봤자 아무런 의미도 없잖니! 네가 죄를 저지르게 할 바에야 이런 목숨은 빨리 내던졌어야 했어!"

창백한 얼굴로 쏟아낸 말은 단단하게 울리며 주변을 압도했다.

울던 소년마저 뺨을 타고 흐르는 눈물을 훔치지도 못하고 그저 우두커니 서 있었다.

굳어버린 분위기를 미샤가 살며시 풀었다.

말없이 눈물을 줄줄 흘리는 소년의 얼굴에 손수건을 대어주고, 창백한 얼굴로 서 있는 노부인의 손을 살며시 감싸듯 잡았다.

"우선 장소를 옮기지 않으실래요? 안색이 안 좋아요. 앉을 수 있는 장소에……. 네?"

숲 변두리의
꼬마 마녀
Little witch
at the edge of the forest.

2 노부인 진찰과 수상한 기운

일시적인 흥분이 지나가자 원래 몸 상태가 좋지 않았다는 노부인의 안색은 한층 나빠졌다.

눕는 게 좋겠다고 재촉하는 미샤에게 '아무것도 없는 집이지만……' 하고 안내해준 곳은 마을 외곽에 있는 낡은 저택이었다.

손질할 사람도 없어서 그렇다는 혼잣말 같은 변명과 함께 반쯤 무너진 대문을 지나가자 그곳에는 영락없이 귀신의 집이라고 부르고 싶어지는 광경이 펼쳐져 있었다.

현관까지 가는 길목에 난 나무는 한때 아름답게 정돈해놓았을 테지만, 지금은 사람이 손이 닿지 않은 채 마구잡이로 자라있었다. 바닥도 가까스로 사람이 지나갈 수 있는 폭을 남기고 잡초로 뒤덮여 있다.

저택 자체도 오랫동안 손질하지 않은 건지 벽은 거무튀튀하고 지붕도 색이 바랬다. 많이 달리 유리창에 대부분 두꺼운 커튼이 쳐져 있는 것도 저택의 음산함을 한층 강화했다.

그리고 상당히 큰 저택인데도 불구하고 인기척이 보이지 않는다.

"둘이서 사는 거야?"

미샤가 문득 물어보자 얌전한 얼굴로 옆을 걷고 있던 남자아이가 고개를 끄덕였다.

"엄마랑 아빠가 있을 때는 더 많이 살았지만."

짧은 말로 대답하는 소년에게선 조금 전까지 지올드에게 대들던 패기는 보이지 않았다.

할머니에게 혼난 게 어지간히 컸던 모양이다.

녹슨 경첩 때문에 불쾌한 소리를 내는 현관으로 들어가자 아직 저녁이 되기에는 이른데도 어딘가 어둑하고 퀴퀴했다.

'몸이 안 좋은데 이런 환경은…….'

눈썹을 찌푸릴 뻔한 걸 참으며 안내받은 거실은 가구가 낡긴 했어도 깨끗하게 청소되어 있어서 안도의 숨을 내쉬었다.

이 넓은 저택을 몸이 아픈 노부인과 어린 소년 둘이서 유지할 수 없다 보니, 최소한 자기들이 쓰는 구역만 관리하며 생활하는 모양이었다.

"인사가 늦었습니다. 마리안느 카러프라고 합니다. 이 아이는 제 손자인 켄트이고요. 이번 일은 정말로 죄송했습니다."

권유하는 대로 소파에 앉자 맞은 편에 앉은 노부인이 정식으로 이름을 밝힌 뒤 머리를 숙였다.

그 옆에서는 켄트라고 불린 소년이 고분고분한 얼굴로 머리를 숙였다.

"아뇨! 고개를 들어주세요. 사과라면 조금 전에 받았으니까요."

미샤는 그런 두 사람에게 허둥지둥 고개를 들라고 요청했다.

이런 걸 위해 굳이 자택까지 따라온 게 아니다.

"저기. 제가 이래 봬도 약사이긴 하거든요? 괜찮다면 마리안느 씨의 몸을 진찰하게 해주실래요?"

갑작스러운 제안에 마리안느와 켄트는 당황한 듯 서로를 쳐다보았다.

눈앞에서 생긋 웃는 소녀는 아직 성인도 한참 남은 어린아이로 보였다. 그런데 약사? 견습생이라고 해도 옆에 있는 남자는 의사로 보이지 않았다.

아마도 좋은 집안의 아가씨와 호위일 것이다.

실제로 켄트도 그렇게 짐작하고 손을 댔다. 유복하고 사랑받으며 자란 아가씨라면 설령 잡힌다고 해도 눈물겨운 사정을 듣고 동정해 줄지도 모른다는 비겁한 계산이 있었다.

"……그게, 감사한 말씀이지만 아쉽게도 약사님께 진단을 받고 사례금을 드릴 수 있는 상황이 아니라서요."

조금 난처한 듯 사양하는 마리안느를 향해 미샤는 당황하며 목과 손을 내저었다.

"사례라니, 그런 걸 받을 마음은 없어요! 어어, 그게…… 이건 자기만족이거든요. 우연히 마주쳤을 뿐인 인연이지만 저는 병 때문에 힘들어하는 마리안느 씨를 봤고, 어쩌면 해결할 수 있을지도 몰라요. 그러니까……."

어린 소년과 할머니.

소년이 잘못된 방법을 쓰기는 했지만, 서로를 위하는 오직 둘뿐인 가족이라는 상황은 죽은 어머니를 떠올리게 해서 미샤의 가슴이 애틋해졌다.

무슨 짓을 해서라도 구하고 싶어 한 켄트의 행동도, 나쁜 짓이라는 걸 알지만 비난할 수 없을 정도로.

미샤도 그때 어머니를 구할 수 있었다면 악마와도 거래했을 테니까.

어째서인지 울 것 같은 얼굴로 입을 다문 미샤의 모습에 마리안느는 무언가를 느낀 모양이었다.

"그렇다면 봐주실 수 있겠습니까?"

그렇게 말하며 조용히 머리를 숙이자 미샤의 얼굴이 안도하며 풀어졌다.

의자에 앉은 마리안느 앞에 선 미샤는 맥을 짚고 눈과 귀, 목을 들여다본 뒤 심장 소리와 폐의 소리를 들었다.

그 후 몇 가지 질문을 하며 촉진을 진행했다.

조금 전의 조심스러운 소녀는 사라지고, 대신 그곳에는 자신감 넘치는 약사가 있었다.

그 변화에 반신반의하던 마리안느와 켄트의 표정도 바뀌었다.

"폐에서 소리가 나네요. 소화기관도 약해진 것 같고요. 식욕도 없고 열도 계속 난다고 하셨고. 다만 기침은 거의 없고 목의 염증도 적은데……. 감기라고 하기에는 조금 이상하단 말이죠."

마리안느에게 들려주면서 머릿속으로 생각을 정리하는 모양이었다.

조금 먼 곳을 보는 시선은 지식의 샘을 필사적으로 뒤지는 것처럼 보였다.

지올드는 그 광경을 한 걸음 떨어진 장소에서 바라보고 있었다.

미샤가 약사로서 행동하는 건 처음 보는 것이기 때문에 흥미진진했다.

숨기려고 했던 모양이지만, 디노아크 공작의 저택에서 자연스럽게 화제를 던져보자 확실한 실력을 지니고 있다는 건 바로 알 수 있었다.

애초에 부상자가 가득한 저택에 받아들인 시점에서 정말로 숨길 마음이 있었던 건지 의심스럽다.

아무래도 입막음도 제대로 하지 않은 건지 환자의 보호자들에게 가볍게 떠봤더니 미샤 님 덕분에 가족이 살았다는 둥, 자기 허리가 아프다는 것도 바로 알아차려 줬다는 둥 반짝반짝 눈을 빛내며 가르쳐주었다.

완전히 신자의 눈이었다.

같이 여행을 나서고 거의 바로 그 일에 관해 물어봤더니, 잠시 시선이 흔들리긴 했지만 약사였던 어머니에게 사사받았다고 가르쳐주었다.

정확하게는 처음에는 어떻게든 숨기려고 했으나 지식이 없는 사람에게 귀중한 의학서나 약 조제서를 볼 기회를 주지 않을지도 모른다고 중얼거리자 바로 태세를 전환했다.

"일단 엄마에게선 이제 독립할 수 있다고 허락은 받았어요. 아버지의 저택에서는 환자 치료도 맡겨주셨죠. 그러니까 기본적인 건 잘 이해할 수 있어요!"

애초에 대국의 도서관을 노리고 레드포드로 향하는 미샤인데 이제 와서 그걸 빼앗았다간 의미가 없다.

매달리는 듯한 눈으로 올려다보는 미샤의 반응에 지올드는 필사적으로 웃음을 참았다.

'아니, 너무 쉽잖아? 이거 괜찮아?'

물론 어른인 지올드는 그런 속마음을 들키는 일 없이 무겁게 고개를 끄덕였다.

"그래, 그런 거라면 괜찮겠지. 보통은 공개하지 않는 금서도 볼 수 있도록 교섭해볼게."

"정말인가요?! 와아!!"

쌍수를 들고 기뻐하는 미샤를 보며 지올드는 결국 참지 못하고 웃음을 터트렸다.

어느 의미 훈훈한 시간을 회상하던 지올드는 눈앞에서 척척 움직이는 미샤의 변모에 눈이 휘둥그레졌다.

'약사라기보다는 마치 의사인걸. 대체 무슨 교육을 하면 이런 아이가 되는 거지?'

그런 두 사람 옆에서 걱정되는 듯 안절부절못하는 켄트의 모습에 미소가 나왔다.

조금 전까지 부리던 위세도 의심스러워하는 모습도 사라지고, 그저 할머니의 건강만을 걱정하는 모습은 제 나이대로 보였다.

끼어들고 싶어 하면서도 꾹 참고 미샤에게 매달리는 듯한 시선을 보내고 있다.

그 눈빛에서 무의식적인 신뢰를 본 지올드는 내심 감탄했다.

그리 믿음직해 보이지 않는 외모의 소녀이지만, 현재는 환자 가족 안에서 든든한 약사로 잘 승격한 모양이었다.

"피부를 살펴봐도 괜찮을까요? 여기서는 조금 곤란하니 괜찮다면 침실에서."

이어지는 미샤의 요구에도 마리안느는 순순히 따랐다.

"이쪽입니다."

앞장서서 걷는 등을 따라가자 계단을 타고 2층으로 올라와 안쪽 방으로 안내해주었다.

주침실인 모양이다.

지올드가 뒤를 따라 커다란 문 안으로 들어가려고 하자 미샤가 험악한 얼굴로 제지했다.

"여성의 피부를 진찰할 겁니다. 기다려주세요."

탁 닫힌 문 앞에서 지올드는 한숨을 쉬었다.

미샤의 행동에 호기심이 솟은 나머지 상식이 날아가 있던 스스로에 황당해하고 있었더니 옆에서 작은 웃음소리가 들렸다.

"다 큰 어른이 바보 같아. 너 미샤에게 잡혀 사는구나?"

"……말하는 거 봐라? 어른에게 '너'가 뭐냐?"

건방진 소리를 하는 켄트의 머리를 거칠게 꾹꾹 헝클어트리자 항의가 터졌다.

교육적 지도랍시고 한바탕 소년을 괴롭혀주자 켄트는 싫어하며 그 손에서 도망친 뒤 툭 중얼거렸다.

"……근데, 미샤는 진짜 뭐야? 시장에서 봤을 때는 좋은 집 아가씨라는 느낌이었는데 저렇게……. 할머니, 괜찮을까?"

조금 불안해 보이는 켄트를 향해 다시 손을 뻗은 지올드가 이번에는 부드러운 손길로 자신이 헝클어트린 머리카락을 쓸어주었다.

"할머니가 괜찮은지는 나도 모르지. 하지만 미샤는 실력이 좋아. 그 부분만은 보장해주마."

"……응."

켄트가 고개를 끄덕인 그때, '들어와도 돼요'라며 미샤가 문을 열었다.

안으로 들어가자 발코니로 이어지는 커다란 창문 앞에 마리안느가 앉아서 기다리고 있었다.

이미 의복은 흐트러짐 하나 없었고 어쩐지 안색도 밝아 보였다.

"할머니는 괜찮아요. 피부를 살펴보면서 겸사겸사 혈을 몇 군데 자극했으니 오늘은 무리하지 말고 이대로 누워서 물을 많이 드세요. 식욕이 있다면 평범하게 식사하셔도 괜찮고. 다만 조금 전 할머니와도 이야기했는데, 오늘은 켄트의 침대에서 같이 자도 괜찮을까? 옮는 병은 아니거든.”

마리안느에게 후다닥 달려간 켄트를 향해 미샤가 정중하게 설명했다.

“약은 숙소에 있으니까 조합해서 나중에 가져다드리러 올게요. 그때까지 누워 계세요. 켄트, 할머니가 무리하지 않도록 옆에서 도와드려.”

“알았어. 하지만 왜 이 방에 있으면 안 되는 거야?”

고개를 끄덕인 뒤 켄트는 마지막으로 질문을 하나 던졌다.

그 질문에 미샤는 부드럽게 웃었다.

“방에 나쁜 게 고여있어. 나중에 약과 함께 약향(藥香)을 가져올 테니까 그때까지는 이 방에 들어오면 안 돼. 자, 아래로 내려가자.”

켄트는 순순히 그 말을 따라 마리안느와 함께 일어났다.

맨 뒤에서 따라가며 지올드는 머리를 스친 의문에 내심 고개를 갸웃거렸다.

‘옮는 병이 아닌데 방에 나쁜 게 있다고?’

하지만 조금 전 미소를 떠올리면 미샤가 이 자리에서 설명해주진 않을 테니 입을 다물었다.

하나 더, 미샤의 손에 들린 천 꾸러미에 대해 물어보고 싶은 마음도 같이 꾹 누르면서.

“……지올드 씨, 부탁이 있는데요.”

마리안느가 침대에 눕는 걸 지켜본 뒤 저택을 뒤로 한 미샤와 지올드는 서둘러 숙소로 걸어가고 있었다.

귀신의 집 일보 직전인 저택의 외관이 보이지 않게 되었을 때, 미샤는 그렇게 말하며 작은 목소리로 지올드에게 몇 가지 조사를 부탁했다.

"여기서부터라면 혼자 숙소로 돌아갈 수 있어요. 필요한 약을 조합하고 있을 테니까 그동안에 부탁할 수 있을까요?"

"알았어."

사실은 물어보고 싶은 것투성이였지만, 조금 전까지 짓던 미소가 사라진 미샤의 모습을 보고 부탁을 받아들이겠다는 대답만 했다.

"하지만 숙소까지는 같이 갈 거야. 조사는 여럿이 하는 게 좋으니까."

다만 혼자 돌아다니는 것만은 허락할 수 없다고 알리자 미샤는 마지못해 고개를 끄덕였다.

"그리고, 아마 괜찮을 테지만 만약을 위해 마리안느 씨와 켄트를 지켜줄 사람을 붙일 수 있을까요?"

"……알았어."

부탁한 '조사'와 합치자 단숨에 수상해졌다며 한숨을 쉬고 싶은 기분에 빠지면서도 지올드는 막연히 가슴이 설레는 걸 느꼈다.

한참 아래에 있는 소녀의 작은 머리를 내려다보며 지올드는 미샤의 '부탁'을 이뤄주기 위해 어떻게 해야 좋을지 생각하기 시작했다. 지올드는 자신이 아무런 위화감도 없이 미샤를 위해 움직이고 있다는 사실을 눈치채지 못했다.

숲 변두리의
꼬마 마녀
Little witch
at the edge of the forest.

3 구하고 싶은 마음

숙소로 돌아와 필요한 약초를 조합하면서도 미샤는 생각의 바다에 잠겨있었다.

마리안느를 진찰하러 갔을 때 미샤는 지울 수 없는 위화감에 시달렸다.

소견, 병이 시작된 상황 청취, 평소 모습.

얼핏 평범한 기관지염으로 보이지만 미샤의 감이 무언가 이상하다고 호소했다.

그 외 본인이 눈치채지 못한 장소에 무언가 증상이 나와 있는 게 아닌지 직접 피부를 진찰하게 해달라고 부탁했을 때는 거절한다고 해도 어쩔 수 없다고 생각했다.

성인 여성이 반려가 아닌 사람에게 목 아래의 피부를 보이는 건 그리 환영하지 않는 일이기 때문이다.

그래서 마리안느가 선뜻 승낙했을 때, 미샤는 무척 기뻤다.

만난 지 얼마 되지 않은 자신을 믿어준다는 것도 그렇지만, 이 위화감의 정체를 알 수 있을지도 모른다는 사실에 가슴이 두근거렸다.

그러나 조금 들뜬 기분으로 발을 들인 침실에서 미샤는 단숨에 냉정해졌다.

코를 찌르는 희미한 향기.

달콤한 꽃향기에 숨은 그것을 맡은 순간, 미샤의 뇌리에 '위험'이라는 글자가 맹렬하게 점멸했다.

미샤는 재빨리 마리안느 옆을 지나가 성인의 키보다 더 큰 대형 창문을 활짝 열었다. 그 옆에 있는 작은 창문도 잇달아 열어젖힌 뒤 불어오는 바람에 간신히 숨을 깊게 들이마셨다.

"……저기…… 미샤 님?"

갑작스러운 행동에 놀란 마리안느의 목소리에 정신을 차린 미샤는 혀를 차고 싶은 기분이 들었다.

반사적으로 한시라도 빨리 환기해야 한다는 생각밖에 없었다. 머릿속에서 어머니가 '환자를 불안하게 만들면 어떡해?'라며 무서운 얼굴로 혼냈다.

"그, 죄송합니다. 공기가 탁한 느낌이 들어서요. 조금 추울지도 모르지만 잠시 이대로 열어놔도 괜찮을까요?"

최대한 자연스러운 어조를 가장하면서도 미샤는 테이블과 의자를 창가로 옮겨서 마리안느에게 앉으라고 권유했다.

마리안느는 아무 말도 하지 않은 채 창가로 걸어가 의자에 앉았다.

하지만 미샤의 어설픈 연기로는 이 노령의 여인을 속이지 못했던 모양이다.

의자에 앉은 마리안느는 크게 한숨을 쉬고는 시선을 들어 미샤를 똑바로 바라보았다.

"이 방에 무언가가 있는 거군요?"

그건 질문이라기보다는 확인이었다.

맑은 시선이 꿰뚫자 미샤는 순간 망설인 뒤 각오를 다졌다.

마리안느는 당사자고, 현재 이 집의 가주다.

무엇보다 미샤의 예상이 맞는다면, 지나가던 소녀의 손으로는 도저히 감당할 수 없는 사태라는 게 뻔히 보였다.

"저는 코가 좋거든요. 약사로서 훈련받은 산물이기도 하지만, 엄마 말로는 타고난 거라서 원래 보통 사람보다 몇 배나 후각이 좋다고 해요."

마리안느는 갑작스러운 미샤의 말을 가로막지 않고 가만히 기다렸다.

"이 방에 들어선 순간 몇 개의 향기를 맡았습니다. 화초에서 추출한 향료, 옷에 사용하는 세제, 그 안에 보통은 없는 냄새가 있었죠. 아주 희귀한 광물. 반귀석으로 다뤄지기도 하는 그 광물은 사실 어떤 특별한 방법으로 가루를 내어 불순물을 제거한 뒤 불에 그을리면 독이 됩니다. 주된 증상은 몸의 나른함, 숨 막힘, 구역질, 미열."

미샤가 나열하는 증상이 전부 자신에게 해당한다는 걸 깨달은 마리안느의 안색이 안 좋아졌다.

"여러 차례에 걸쳐서 체내에 축적된 독은 서서히 대상자의 몸을 약하게 만들기 때문에 모르는 사람이 본다면 사소한 병을 오래 끌어서 죽는 것처럼 보이겠죠."

미샤는 너무나도 충격적인 사태에 떨리는 마리안느의 옷을 벗겨 등을 드러냈다.

그리고 그곳에 찾던 것을 발견하고 입술을 깨물었다.

하얀 등의 견갑골 부근에 연한 보라색의 작은 반점 같은 것이 여럿 보였기 때문이다.

미샤도 어머니가 가르쳐줘서 들었을 뿐 실제로 본 건 처음이었지만, 어째서인지 이게 그것임을 분명하게 알 수 있었다.

"아직 반점이 흐릿해요. 지금이라면 제가 아는 해독약으로 해결할 수 있습니다."

"……아아, 신이시여."

미샤의 말에 마리안느는 작게 중얼거리며 두 손으로 얼굴을 가렸다.

그 떨리는 어깨에 묵묵히 옷을 입혀준 뒤 미샤는 마리안느에게서 살며시 떨어졌다.

"……아들 부부도 저와 비슷한 증상으로 죽었습니다. 가을이 끝날 무렵에 몸 상태가 안 좋아지더니, 천천히 약해졌죠. 무슨 약도 듣지 않았고 의사 선생님도 고개를 갸웃거리기만 할 뿐. 이윽고 이 집은 저주받았다는 소문이 퍼지면서 사람들이 떠나갔습니다. 대대로 이어받았던 장사도 계속할 수가 없어서 아는 사람에게 물려주었는데……."

작은 목소리로 이어지는 독백을 들으며 미샤는 벽가에 있는 커다란 난로로 다가갔다.

이미 재가 하얗게 변해서 화기는 없지만, 만약을 위해 손수건으로 입을 틀어막고 난로 안을 살펴보았다.

"찾았다."

난로 위쪽, 실내를 향해 살짝 튀어나온 부분의 안쪽 벽 부분. 그을음에 가려져 알아보기 어려웠지만 반짝반짝 빛나는 게 보였다. 무엇보다 방에 들어왔을 때 느낀 향기가 뚜렷하게 남아 있었다.

여기에 광석 가루를 발라놓았다고 보면 틀림없을 것이다.

이곳에 독을 발라두면 추운 밤에 난로에 불을 지폈을 때 따뜻해진 독이 기화하여 창문을 꼭꼭 닫은 방 안에 차오른다.

그리고 방에 있는 사람의 몸을 야금야금 좀먹어간다.

"이번 겨울에 불을 몇 번 피우셨죠?"

험한 표정으로 난로에서 머리를 빼고 응시하는 미샤에게 마리안느는 잠시 생각에 잠기듯 고개를 기울였다.

"부끄러운 이야기지만 이 집의 재정 상태로는 이 커다란 난로에 그리 자주 불을 피우지 못해서 정말 몇 번 정도입니다. 추울 때는 거실에 불을 때고 그곳에 있는 소파에서 손자와 함께 잠들곤 했죠."

조금 부끄럽다는 듯한 마리안느의 대답에 미샤는 안도한 듯 어깨에서 힘을 뺐다.

"다행이에요. 만약 매일 같이 여기에 불을 피우고 지냈다면 손쓸 수 없어졌을 겁니다."

에둘러 죽음을 암시하자 마리안느의 얼굴이 다시 딱딱해졌다.

"……그렇다면 정말로, 누군가가 그 난로에 독을 설치했다는 말씀이로군요? 아들 부부도 그 독에 희생되었다고."

떨리는 목소리에 미샤는 생각을 정리하듯 천천히 말을 이었다.

"저는 아드님 부부를 진찰하지 못했으니 확실하게 단언하진 못합니다. 하지만 두 분의 건강이 나빠졌을 때 이 방에서 지내셨다면 가능성은 있다고 봐요. 다만 이해할 수 없는 부분이 있습니다."

난로 위에 놓인 향로를 들고 살피면서 미샤는 고개를 갸웃거렸다.

"아드님 부부가 돌아가신 지 몇 년이 지났죠?"

뜬금없게도 느껴지는 질문에 마리안느는 당황한 듯, 선반 위 장식을 집었다가 내려놓는 소녀의 가냘픈 등을 바라보았다.

"딱 5년 전이었는데…… 그건 왜죠?"

"그 5년 동안 마리안느 씨는 이 방에서 주무셨나요?"

휙 몸을 돌려 살피는 시선을 던지는 미샤를 마주 보며 마리안느는 고개를 저었다.

"아뇨. 아들 부부의 방이었던 장소라 추억이 너무 많아서 괴로워지니 사용하지 않았습니다. 다만 어떤 분이 이 방은 가주의 침실이니 제가 쓰는 게 올바른 모습이라고 말씀하셔서요. 그리고 이 방이 가장 구조가 튼튼하니 틈새 바람도 없고 따뜻하다며, 방치해서 먼지가 쌓여있던 걸 손질하고 정리해주셨습니다."

의아해하며 고개를 갸웃거리는 마리안느를 향해 미샤는 고개를 저었다.

"아뇨. ……계속 약을 흡입했던 것치고는 증상이 가벼워 보여서요. 올해 겨울에 몇 번만 사용했기 때문인 거군요."

생긋 안심시켜주듯 미소 지은 뒤 미샤는 마리안느에게 걸어갔다.

"무슨 약을 처방할지 정했습니다. 바로 숙소로 돌아가 만들어올게요. 그런데 죄송하지만, 이 향로를 빌려도 괜찮을까요? 약을 달이는 화로 대신 쓰기에 딱 좋아 보여서요."

미샤가 든 큼직한 향로는 아래에서 작은 양초에 불을 붙여 위에 올린 그릇 속 향유를 데우는 구조였다. 확실히 위에 올린 그릇을 적당한 것으로 바꾼다면 소량의 약을 달이기에 딱 좋아 보였다.

"네. 받은 물건이라 몇 번 쓰긴 했지만 그래도 괜찮다면 사용하세요."

"받았다고요? 아드님과의 추억의 물품 같은 게 아닌 거군요?"

정교하게 조각된 향로는 장식품이라는 의미도 강해 보였다.

소위 '비싸 보이는' 물건을 들고 확인하는 미샤를 향해 마리안느는 조금 쓸쓸하다는 듯 웃었다.

"네. 아들 부부는 같은 향로를 마음에 들어 해서 자주 사용했지만, 이 방을 청소할 때 실수로 떨어트려서 깨졌다더군요. 사과의 뜻으로 같은 물건을 가져다주셨지만, 향을 맡으면 아들 부부가 생각나서……."

그 후 조금이라도 빨리 약을 복용하는 게 좋다고 하고 향로를 들고 숙소로 향한 미샤는 지올드에게 몇 가지 '부탁'을 한 뒤 현재 혼자 약을 조합하고 있었다.

하지만 그럴싸한 말로 받아온 향로는 사용하지 않고 창가 쪽 테이블 위에 놓여있었다.

처방하려는 약에 달이는 과정이 필요한 건 없었으니 당연했다.

자연스럽게 가지고 나온 이유는 이 향로에도 악의 어린 함정이 설치되어 있었기 때문이다.

향로의 양초를 두는 부분 안쪽도 반짝반짝 아름답게 빛났다.

미샤는 손을 멈추고 향로에 우울한 시선을 던졌다.

이 향로를 준비한 사람에 대해 미샤는 모른다. 어쩌면 마리안느에게 이 향로를 준 사람과는 다른 누군가가 준비해서 획책한 건지도 모른다.

'그런 거라면 좋겠는데.'

그렇게 바라는 건, 마리안느가 향로를 준 사람을 적잖이 신뢰하는 게 훤히 보였기 때문이다.

호의적으로 보던 상대가 자신의 죽음을 바라고 있다니, 그런 슬픈 현실을 몰랐으면 한다.

그렇지 않아도 소중한 가족을 잃었으니까.

하지만 미샤는 악의라는 게 다양한 형태로 들이닥친다는 걸 안다.

그리고 닥쳐드는 악의를 뿌리치는 게 얼마나 힘든지도…….

욱신거리는 가슴을 살며시 누르며 미샤는 눈을 꾹 감았다.

눈꺼풀 뒤로 떠오르는 건, 살짝 다리를 끌면서도 즐겁게 숲속을 걸어 다니며 웃던 어머니의 모습.

그 뒤를 쫓아가듯 아버지도 평온한 얼굴로 다리를 움직였다.

미샤가 아는 가장 행복하고 소중한, 이제 다시는 볼 수 없는 풍경이다.

"지키고 싶어."

서로 유일하다며 애틋한 눈으로 위하는 노인과 소녀.

미샤는 작게 고개를 저은 뒤 다시 약을 만들기 위해 손을 움직이기 시작했다.

4 구원의 손

미샤를 숙소에 바래다준 다음 자신이 돌아올 때까지 절대 방에서 나오지 말라고 신신당부한 지올드는 '부탁'을 들어주기 위해 움직이기 시작했다.

기민함이 떨어져서 여럿이서 움직이는 걸 싫어했지만, 이번에는 미샤라는 호위 대상이 있기 때문에 최소한이나마 부하를 데려온 덕분에 인력은 부족하지 않았다.

타국이라 정보원은 한정적이어도, 그 부분은 경험상 어떻게든 될 것이다.

우선 부하 중에서도 체격이 작아 눈에 띄지 않는 사람 두 명을 카러프 가의 경비로 보냈다. 정원수가 그토록 울창했으니 숨을 장소는 부족하지 않을 것이다.

"그나저나 생각했단 것보다 더 재미있는 사건을 물어다 주네."

시장에서 소매치기 소년을 잡았을 때는 설마 이런 일에 휘말리게 될 줄은 생각지도 못했다.

미샤가 부탁한 건 세 개.

카러프 가의 평판과 현재 위치.

현재 카러프 가에 드나드는 인물과 그 주변 인물관계.

그리고 이곳의 사법 구조.

왜 그런 걸 알고 싶어 하는지 물어보는 지올드에게 미샤는 마리안느의 증상이 독물 중독이며, 자연스럽게 발생하는 독이 아니라 꽤 보기 드문 종류라는 걸 짧게 설명했다.

“이번 독을 몸에서 배출시키는 건 간단하지만, 근본을 해결하지 않으면 또 똑같은 일이 반복되겠지. 그런 건 싫어.”

살짝 숙인 얼굴로 중얼거린 말은 생명을 위협하는 악을 본 소녀다운 결벽함이라기에는 씁쓸함을 품고 있었다. 그리고 소녀가 부당한 악의의 결과 어머니를 잃었다는 사실을 떠올리고 혀를 차고 싶은 기분에 빠졌다.

부탁받은 대로 부하를 움직여서 조사해보자 어느 의미 전형적인 가문 탈취 음모가 두드러졌다.

원인 불명의 병으로 죽은 대상인 가주와 그 부인. 같은 시기 어디선가 퍼지기 시작한 나쁜 소문과 저주라는 뒤숭숭한 목소리.

사용인 중에도 건강이 나빠진 사람이 나타났지만, 카러프 가에서 떠나면 증상이 사라진다는 소문도 퍼지기 시작하자 주위에서는 ‘카러프 가가 무언가 악행을 저질러 누군가에게 저주받았다’는 이야기가 마치 사실인 것처럼 꼬리에 꼬리를 물기 시작했다.

신용이 가장 중요한 상인이 ‘저주’라는 간판을 짊어지고 잘 풀릴 리가 없었다. 카러프 가는 지인의 손에 장사를 맡기고 몰락 일로를 걸었다고 한다.

그리고 사용인조차 사라진 넓은 저택 안에서 마리안느와 켄트는 몰래 숨을 죽이듯이 살아왔다.

하지만 한 번은 진정된 것처럼 보였던 악의의 칼끝은 다시 두 사람을 향하게 되었다.

원인은 카러프 가가 주력 상품으로 다루던 옷감 제조원이 지금 상대로는 제대로 유통할 수 없다며, 마리안느가 장사를 맡긴 상인에게 반기를 들었기 때문이었다.

본래 지방의 작은 마을에서 근근이 만들어지던 정교한 옷감을 수십 년 전, 우연히 그곳을 지나가던 당시의 젊은 가주이자 마리안느의 남편이 마을에 들어간 것이 시작이었다.

땅이 척박하여 작물이 잘 자라지 않고, 겨울은 눈 때문에 고립당하는 한촌의 사람들이 아무것도 할 일이 없는 겨울 동안 소소하게 만들던 옷감이었다.

그걸 카러프 가에서 고액에 사들인 덕분에 마을은 굶어 죽는 사람이 나오거나, 입을 줄이기 위해 아이들을 팔아버리거나 솎아내야 했던 슬픈 역사에서도 벗어날 수 있었다.

아름다운 옷감으로서 유통망이 만들어지는 동안에도 전전대 가주는 이렇게 돈을 썼다간 적자가 난다며 눈살을 찌푸리는 주변 사람들에게 선행 투자라며 웃고는 마을 사람들이 생활할 수 있을 만한 돈을 계속 융통해왔다.

돈 이상의 은혜를 느끼던 마을 사람들은 도중에 내던지게 되어서 미안하다며 머리를 숙이는 마리안느를 위해 새로 오게 된 상인의 고압적인 태도에도 계속 참았다.

그러나 끝내는 정해진 금액을 내지 않는 데다 심지어 상인의 수하가 마을의 젊은 여성들에게 몹쓸 짓을 저지르려고 하자 인내심의 한계를 넘어버렸다.

문을 걸어 잠그고 납품을 거부하며 카러프 가의 핏줄이 돌아오지 않는다면 거래하지 않겠다는 마을의 주장에 상인들은 조급해진 모양이었다.

그렇다고 이제 와서 카러프 가에 머리를 숙이는 것도 못마땅하고 수입이 줄어든다.

그렇다면 은혜를 느끼는 대상을 철저하게 짓밟아버리면 된다.

옷감을 팔지 못하게 되어서 곤란해지는 건 마을 사람들이라는 오만한 생각에서 나올 수 있는 행동이었다.

조금만 침착하게 상황을 살펴본다면 실제로는 그리 잘 풀리지 않으리라는 걸 알 수 있었겠지만.

십수 년에 걸쳐 질 좋은 옷감을 제공하며 때로는 왕족에게 헌상품으로 바쳐지기까지 하는 장인 마을이 과거의 가난한 마을 그대로일 리가 없다.

마을 자체도, 마을 사람 개개인도 부를 축적했다.

더욱이 카러프 가의 추천과 원조 덕분에 장래성이 있는 아이들에게 고등교육을 실시하여 장사 노하우를 배우게 했다.

마음만 먹는다면 마을 사람만으로도 충분히 새로운 장사를 시작할 수 있는 저력을 이미 갖고 있었다.

그래도 카러프 가와 거래했던 건 금전만의 문제는 아니라는, 전전대에서부터 이어진 깊은 은혜에 보답하기 위해서였다.

만약 마리안느와 켄트에게 불행한 일이 일어나면 바로 손을 끊을 것이다.

물론 제 욕망을 위해 은혜를 입은 상대를 해치는 인간에게 의리와 인정의 세계를 이야기해봤자 쇠귀에 경 읽기다. 이해하지 못하고 코웃음 칠 것이다.

"결론적으로 난로를 세공한 것도 그 향로를 선물한 것도 같은 사람이야. 남쪽의 수상한 상인과 연관 고리도 나왔으니, 미샤가 말했던 독은 그 루트로 손에 넣은 거겠지. 아들 부부가 좋아해서 사용하던 향로도 같은 사람이 선물했다는 모양이야. 아들 부부는 향로의 독에 당한 거겠지."

두 시간이 지나자 원하는 정보는 대강 모였다.

카러프 가의 장사가 꼬이면서 가장 이득을 본 인간이자, 그게 부자연스럽지 않은 위치에 있던 인물.

일부 사람들에게는 표리부동한 성격이라며 백안시당하고, 실제로 의심스러운 눈으로 보는 사람도 있다고 한다.

하지만 선대 부부의 죽음은 병사로밖에 보이지 않았기 때문에 어떻게 할 수가 없었다.

"선선대 밑에서 일하던 사환, 이라고요……."

"선선대가 은퇴할 때 분점까진 아니지만 일부 원조를 받아서 가게를 차렸다고 해. 선대와 교류도 많았고, 친구라고 말했던 모양이지만."

최악의 결과에 미샤의 얼굴이 어두워졌다.

'마리안느 씨에게 뭐라고 전해야 하지.'

어린 10대 시절부터 돌봐주고 장사 노하우를 가르치며 키워낸 상대가 소중한 아들 부부를 죽이고, 심지어 자신과 손자까지 해치려고 했다.

그 진실은 마리안느에게 얼마나 큰 상처를 줄까.

눈썹을 찌푸리며 한숨 쉬는 미샤의 머리를 커다란 손이 토닥토닥 쓰다듬었다.

"힘들면 이쪽에서 처리할까?"

염려하는 목소리에 기대고 싶어지는 마음을 참으며 미샤는 고개를 저었다.

"제 환자예요. 제대로 제가 설명하겠습니다. 약도 가져가야 하니까요."

어딜 봐도 허세가 8할이었지만, 지올드는 아무 말도 하지 않고 그저 미샤의 작은 머리를 쓰다듬은 뒤 입꼬리를 끌어올렸다.

"그럼 가자. 분명 건방진 꼬마가 목이 빠져라 기다리고 있을걸."

히죽 웃으며 재촉하자 미샤도 약을 담은 꾸러미를 들고 일어났다.

정보는 모았다.

다음은 '어떻게 할지', '어떻게 하고 싶은지'를 당사자에게 확인하고 움직일 뿐이다.

각오가 굳어지자 가볍다고는 할 수 없는 발걸음이긴 해도 앞으로 내디딜 수는 있다.

미샤는 지올드와 함께 조금 전에 왔던 길을 걷기 시작했다.

"……그래. 그 아이가."

독 이야기를 듣고, 미샤가 그 향로를 가지고 돌아갔기에 어렴풋하게 눈치채고 있었다는 마리안느는 걱정했던 것처럼 혼란스러워하지는 않았다.

다만 침통한 얼굴로 입을 다물 뿐이었다.

고개 숙인 얼굴. 무릎 위에 가지런히 모은 주먹이 가늘게 떨렸다.

자식처럼 귀여워했었다.

그런 상대의 배신을 알고 인정하고 싶지 않은 현실과 갈등하는 게 드러난 건지도 모른다.

미샤와 지올드는 그저 말없이 그 모습을 지켜보았다.

얼마나 시간이 지났을까.

마리안느가 고개를 들었다.

"마을 사람들에게 사과해야겠군요. 노하우를 가지고 있다고 해도 산전수전을 겪은 상인들 사이에서 새로 판로를 개척하는 건 아주 힘들 거라고 괜한 배려를 해놓고는. 결국, 걱정거리를 늘려놨을 뿐이라니. 아니, 배려라는 이름으로 완전히 이 손에서 떠나가는 게 쓸쓸했던 건지도 몰라. 그 옷감은 그 사람의 인생이나 마찬가지였으니까. 내 시시한 감상 때문에 정말로 면목이 없어. ……제대로 카러프가의 문제에서 떼어줘야지."

그 눈동자에는 눈물이 맺혀있긴 했으나, 이미 슬픔에 잠겨있지는 않았다.

미샤는 그 강인함을 동경했다.

이런 식으로 자신도 강해지고 싶다.

"그 남자가 저지른 짓은 범죄입니다. 내버려 두시는 건가요?"

지올드의 질문에 마리안느의 표정이 어두워졌다.

"확실히 원통하지만, 그가 했다는 증거가 향로와 난로의 흔적뿐이니 고소하는 건 어려울 테죠. 둘 다 몰랐다고 밀어붙일 수 있으니까요. 지금 그에게는 그만한 힘이 있습니다. 반면 이쪽은 몰락 직전의 옛 상가에 불과합니다. 오히려 괜한 소란을 피웠다간 명예가 훼손되었다며 저희를 고소해버릴지도 몰라요."

"……세상에."

너무나 부당한 대답에 미샤는 숨을 삼켰다.

소중한 사람의 목숨을 빼앗기고 자신의 목숨도 노려졌는데, 그래도 포기할 수밖에 없다니.

"어떻게 할 수 없는 건가요?"

소녀다운 의분에 찬 미샤가 매달리듯 지올드를 돌아보았을 때, 창문 밖에서 무언가 싸우는 목소리가 들렸다.

"무슨 일이 있었던 모양이야."

재빠른 몸놀림으로 창문으로 달려가며 손으로는 미샤와 마리안느에게 그 자리에서 움직이지 말라고 지시했다.

그리고 지올드가 창문으로 밖을 내다보았을 때는 전부 끝난 뒤였다.

호위를 위해 정원에 숨어있게 한 두 명의 부하가 다섯 명의 남자를 포박하고 있었다.

"무슨 일이지?"

"네! 이 자들이 저택 부지에 침입하여 불을 지르려는 것을 보고 제압했습니다. 어떻게 할까요?"

단순한 강도라면 갑자기 방화라는 극단적 수단을 쓸 리가 없다.

심지어 지금은 아직 저녁이라 흉행에도 적절하지 않은 시간대다.

무언가 급한 이유가 있다는 건 일목요연했다. 지올드는 사악하게 씨익 웃었다.

"기뻐해, 미샤. 아무래도 저쪽에서 증거가 찾아온 모양이다."

즐거워 보이는 지올드의 말에 미샤와 마리안느는 고개를 갸웃거렸다.

거기서부터는 말 그대로 노도와도 같은 전개였다.

방화 미수범들은 자신이 위험에 처하자 냉큼 자백했고, 거기서부터 문제의 상인에 도달하는 것도 순식간이었다.

아무래도 마을의 대표자가 마리안느를 직접 찾아오려고 하자 조급해져서 강행 수단에 나선 모양이었다.

지금까지도 마을의 대표들은 마리안느에게 여러 번 편지를 보냈다.

그걸 우편 배달원을 포섭하여 가로챘었다고 한다.

하지만 직접 찾아오는 건 어떻게 할 수가 없다.

'좋은 사람'이라는 가면이 벗겨지면 숨겨왔던 악행이 만천하에 드러나게 될지도 모른다. 그것을 두려워해서 저지른 폭거였던 모양이다.

미샤 일행이 그 자리에 있었던 것도 불운이었다.

비밀 여행이라고는 해도 지올드는 이웃 나라의 높으신 분이고, 미샤는 자국 공작의 딸이자 나라의 대표로 이웃 나라에 초대받은 국빈이다.

뇌물을 받은 말단 관리가 덮어버릴 수 있는 범위를 한참 넘어버렸다.

그 땅을 다스리는 영주가 직접 나서자 숨겨졌던 악행이 순식간에 만천하에 드러났다.

아무래도 상인이 마리안느의 목숨을 노린 것은 빙산의 일각에 불과했던 모양으로, 많은 사람이 줄줄이 체포되었지만 그건 여기서는 생략한다.

다만 영지 내의 고름을 짜낼 좋은 기회가 되었다며 영주가 직접 마리안느에게 사례했고, 불명예스러운 소문으로 몰락했던 카러프가의 명예 회복에 한몫하게 되었다는 점은 기쁜 덤이었다.

그 소란 속에서 문제의 마을 대표도 도착했고, 어째서 힘들 때 말해주지 않았던 거냐며 엉엉 우는 바람에 마리안느가 당혹스러워하는 모습도 볼 수 있었다.

그리고.

마리안느가 드디어 일련의 소동도 끝이 보이기 시작했다며 미샤를 초대했고, 미샤는 이 기회에 마리안느를 진찰하겠다며 저택으로 찾아갔다.

저택은 처음 미샤가 방문했을 때와는 많이 달라져 있었다.

여러 명의 사용인이 오가고 정원도 저택도 깨끗하게 손질된 모습은 마치 다른 장소 같았다.

은인의 궁지를 알고 잇달아 쳐들어온 마을 사람들의 솜씨라며 마리안느는 조금 난처하다는 듯 웃었다.

차라도 마시자며 깔끔하게 정비된 응접실로 안내받았을 때, 마리안느와 지올드가 뒤처리 최종 확인을 위해 온 관리의 부름을 받았다.

남은 어린이 두 사람은 서로를 쳐다본 뒤 함께 간식을 먹으며 느긋하게 시간을 보내기로 하고 소파에 앉았다.

벽 근처에 대기하고 있던 메이드가 즉각 봉사해주었다.

원래 카러프 가에서 메이드로 일하던 그녀는 그 인연으로 마을에 시집갔었다가 사정을 알고 급히 돌아왔다. 그 외에도 청소와 빨래라면 할 수 있다며 여러 명의 여성이 찾아왔다고 한다.

"뭔가, 갑자기 도련님이라고 하니까 불편해."

철들었을 때는 이미 저택에 사람이 없어 자기 일은 스스로 하는 생활을 하던 켄트는 다른 사람이 시중을 드는 상황에 통 적응하지 못한 건지 난감해하며 어깨를 움츠렸다.

아버지의 저택에서 같은 기분을 맛보았던 미샤는 켄트의 심정에 맹렬하게 동의하며 함께 웃었다.

“아마 할머니와 레이란 마을에 이사 가게 될 것 같아.”

“레이란 마을이라니, 이 옷감을 만드는 곳?”

켄트의 말에 미샤는 발치를 보았다.

너무 아무렇지도 않게 쓰고 있어서 아무도 눈치채지 못했지만, 거기에는 훌륭한 양탄자가 깔려 있었다. 마을에서 만드는 직물 중 하나라고 한다.

“그래. 마을 사람들이 소중한 은인을 이런 곳에 두고 갈 수 없다며 할머니 설득 대회를 열고 있거든. 아마 조만간 할머니가 질 것 같아.”

키득키득 웃으며 쿠키를 먹는 켄트를 보며 미샤는 차를 한 모금 마시고 미소 지었다.

그 모습이 상상이 간 모양이었다.

“그렇구나. 켄트는 가본 적 있어?”

“부모님이 살아있을 때 몇 번 정도. 엄청 산골이라서 아무것도 없지만 좋은 곳이야. 다들 착하고.”

미소에 살짝 그늘이 진 건 죽은 부모를 떠올렸기 때문이겠지.

원인 불명의 병으로 죽은 부모가 실은 독살당한 것이었다.

심지어 그 범인은 켄트도 아는 사람.

어린 시절 품에 안긴 적도 있고, 만나면 항상 맛있는 과자나 소소한 장난감을 선물로 가져다주었다.

부모님이 돌아가신 뒤로는 빈도가 줄었지만 1년에 몇 번은 만나는 사람이다.

소년의 마음에 복잡한 그늘을 드리울 수밖에 없었다.

그래도 켄트는 앞을 보며 웃기로 결심했다.

그건 역경에 맞서라는, 죽은 아버지의 가르침이기도 했다.

좋은 상인이란 불굴의 정신과 끝없는 탐구심을 지녀야 한다고 입버릇처럼 말하곤 했다.

"있잖아. 나 조금 더 크면 할머니가 아는 상인 밑에서 일하러 갈 예정이거든."

한층 갑작스러운 소식에 미샤는 눈을 깜빡였다.

"마리안느 씨와 마을에 가는 거 아니었어?"

놀라는 미샤를 향해 켄트는 '가긴 할 건데'라며 쑥스러운 듯 뺨을 긁적였다.

"나는 훌륭한 상인이 되고 싶어. 그러기 위해서는 공부를 많이 해야 해. 학교에 가기보단 현장에서 단련하는 게 적성에 맞을 것 같고."

켄트의 눈은 반짝반짝 빛나 보였다.

그 눈동자에는 희망으로 가득한 미래가 비치고 있을 것이다.

자신보다 어린 소년이 부모의 죽음을 단단히 극복해서 앞으로 나아가려고 한다.

그건 미샤에게 강한 충격을 주었다.

"……고마워. 미샤를 만난 게 내 행운이야. 덕분에 할머니도 살았고, 부모님의 진상도 알 수 있었어. 이 은혜는 언젠가 반드시 갚을게."

멍하니 바라보는 미샤에게서 무엇을 느낀 건지 켄트는 빠르게 말을 쏟아낸 뒤 마지막 쿠키를 입에 넣고 일어났다.

"할머니가 늦네. 보고 올게!"

그렇게 말하고 바람처럼 뛰쳐나간 켄트의 귀가 살짝 붉게 물들어 있었다는 건, 아쉽게도 어안이 벙벙해져 있던 미샤는 눈치채지 못했다.

"강하구나. ……본받아야지."

혼자 남은 미샤는 멍하니 켄트의 말을 반추한 뒤 그렇게 중얼거리고 입술을 깨물었다.

아직 지금은 저런 식으로 밝게 웃지 못하고, 앞을 보며 나아가는 건 무척 힘들지만.

"응. 힘내자."

스스로를 다독이듯 목소리를 낸 미샤는 의식적으로 고개를 들고 입꼬리도 위로 올려보았다.

"약사가 될 거라면 허세든 허풍이든 괜찮으니 항상 여유로운 얼굴로 웃으렴. 의지의 대상인 약사가 망설이는 얼굴을 보면 환자는 한층 더 불안해지거든. 그렇지 않아도 아프고 힘들어서 괴로운 상태인데 마음만이라도 편하게 만들어줘야지."

그렇게 말하며 머리를 쓰다듬어준 어머니는 항상 아름답게 웃고 있었다.

아무리 힘들 때도 미샤는 그 미소를 보면 괜찮다고 안심할 수 있었다.

불현듯 떠오른 어머니의 말과 미소에 미샤는 일그러지려는 미소를 필사적으로 유지했다.

'그래, 엄마. 허세든 허풍이든 아무튼 웃을게. 그러면 언젠가 진짜가 될 테니까.'

훗날 카마인 대륙만이 아닌 전 세계에 이름을 떨치는 대상인으로 성장한 켄트 카러프는 평생 '숲의 백성'을 친구로 여기며 경애를 바쳤다고 전해진다.

그 헌신의 이유를 물어보았을 때, 그는 자랑스러워하는 미소를 지으며 대답했다고 한다.

'어린 시절에 갚을 수 없을 만큼 큰 은혜를 입었기 때문이지'라고.

5 작은 목숨과 붉은색과 하얀색의 추억

천천히 달리는 마차 안에서 미샤는 문득 팔을 들어 창문으로 들어오는 햇빛에 비춰 보았다.

거기에는 예쁜 실과 유리구슬로 꿰어 만든 매듭 끈 같은 것이 묶여있었다.

"그거 아까 켄트에게 받은 거야?"

정면에 앉은 지올드가 반짝 빛을 반사한 유리구슬을 보며 눈을 가늘게 떴다.

"네. 옷감을 만드는 실을 꼬아서 만들었다고 했어요."

여러 종류의 색이 어우러진 매듭 끈은 예쁜 무늬를 그리고 있었다.

"흐응. 여행 선물로 좋아 보이네."

무심한 말에 미샤는 눈을 크게 뜨고 쿡쿡 웃었다.

"그거, 켄트가 했던 말과 똑같네요. 마을 사람들은 자투리 실로 심심풀이 삼아 만드는 거라 그런 생각은 하지도 못했던 건지 놀라워했지만요. 그때 반응을 보면 아마 상품화되지 않을까요?"

켄트가 마을 남자 중 한 명이 손목에 묶고 있는 매듭 끈을 보고 만드는 법을 물어보았다고 한다.

남자의 어린 딸이 만든 그 매듭 끈은 더 단순한 형태였지만, 만드는 법을 들은 뒤 색의 종류를 늘리고 유리구슬을 넣어 어레인지했다고 말했다.

'테스트 1호야'라고 했으니 앞으로 더 종류도 늘어날 것이다.

“새로운 것에 주목하고 그걸 더 쉽게 받아들이도록 진화시킨 건가. 정말 상인 적성이 있나 본데.”

지올드는 조금 황당하다는 듯 중얼거린 뒤 어깨를 으쓱했다.

어린아이의 발상과 행동력은 방심할 수 없다.

“굉장하죠. 저도 질 수 없어요.”

미샤는 매듭 끈의 유리구슬을 쓰다듬으며 미소 지었다.

“잠시 저쪽 근방을 걷고 와도 괜찮을까요?”

휴식을 위해 마차를 세우고 점심을 차리려 간단한 가마를 만드는 지올드와 기사들에게 미샤가 말을 걸었다.

평소에는 소소하게나마 도와주겠다고 나서는 미샤의 드문 부탁에 지올드는 손을 멈추고 고개를 들었다.

“너무 멀리 가지 않으면 괜찮은데, 무슨 일이야?”

“갖고 있는 약초가 많이 줄어들어서 조금 찾아오려고요. 숲의 느낌이 몇몇 약초의 육성 환경에 맞는 것 같아서요.”

등 뒤의 수풀을 힐끔힐끔 쳐다보는 미샤의 얼굴은 기대로 반짝거렸다.

“산길에 들어선 뒤로 유난히 창밖을 의식하더라니, 그런 생각을 했었어?”

길이 안 좋아서 멀미라도 한 건지 조금 걱정했던 지올드는 놀라서 눈을 크게 떴다.

인내심이 강한 아이니까 설령 몸이 안 좋아도 우는소리를 하지 않을 테니 신경 써서 일찍 휴식했더니.

“안 따라가도 돼?”

명백하게 신이 난 미샤에게 물어보자 미샤는 고개를 저었다.

"숲속은 익숙하니까 괜찮아요. 위험해 보이는 것에는 가까이 가지 않거든요. 우선 30분 정도면 돌아올게요!"

"일찍 휴식에 들어간 거니까 더 천천히 봐도 괜찮아."

지올드의 말에 기뻐하며 고개를 끄덕인 뒤 발걸음도 가볍게 숲속으로 사라져갔다. 폴짝거릴 듯한 그 작은 등을 바라보며, 그러고 보면 미샤는 원래 숲에서 살았었다는 걸 떠올렸다.

장소는 달라도 숲은 숲. 어떻게 다녀야 하는지는 잘 알고 있을 것이다.

순식간에 사라진 등에는 망설임이 없어서 흡사 물 만난 고기 같았다.

미샤는 콧노래를 흥얼거리며 순조롭게 발견한 약초를 캤다.

마차 안은 넓으니까 끈으로 묶어서 걸어두면 딱 적절하게 말릴 수 있을 것이다.

예상했던 약초들을 발견하고는 작게 환호성을 지르는 미샤는 마치 장난감을 받은 어린아이 같았다.

"아, 사사야가 있잖아. 하지만 바로 달이지 않으면 안 된단 말이지. 잠시 시간을 받을 수 없을까?"

보기 드문 약초를 발견하고 조금 망설인 뒤 채집했다. 지금이 제철인 시기이며 새싹이 가장 효과가 뛰어나므로 어디에나 잘 듣는 진통제를 만들 수 있다.

연고로 만들어서 상처에 발라도 좋고, 환약으로 만들어서 두통이나 복통이 있을 때 먹어도 좋아서 범용성이 탁월하다.

가능하면 가져가고 싶다.

"지올드 씨나 부하분들은 기사라서 자주 다칠 테니까 딱 좋겠지."

혼잣말을 중얼거리며 넉넉하게 모았다.

어느새 바구니 안은 여러 종류의 약초로 가득해졌고 약속했던 시간도 지나려 하고 있었다.

슬슬 점심 준비도 다 되었을 것이다.

"야숙이라도 좋으니까 산에서 자고 가지 않으려나~."

미샤에게는 보물창고 같은 곳이라서 미련이 뚝뚝 흘렀지만 약속한 시간은 지켜야만 한다.

조금 정도라면 모를까 너무 지각했다간 걱정 끼칠 것이다.

"점심 먹고 다시 와도 될까? 아, 하지만 사사야도 처리해야 하는데……."

중얼거리면서 걷던 미샤가 그 기척을 깨달은 것은 우연이었다.

도움을 구하는 듯한 작고 가느다란 목소리.

아직 앳된 느낌이 남아 있는 높은 목소리는 뚝뚝 끊어지는 데다 당장에라도 사라질 것처럼 작았다.

"……강아지?"

끼잉끼잉 들리는 소리에 망설인 것도 한순간.

미샤는 소리가 들리는 쪽으로 달렸다.

"……미샤?"

미샤가 떠난 지 한 시간 가까이 지나서 지올드가 슬슬 찾으러 가려고 한 그때, 미샤가 빠른 걸음으로 돌아왔다.

한쪽 손에는 약초가 산더미처럼 담긴 바구니. 그리고 반대쪽 손에는 숄로 감싼 무언가를 들고.

"늦어져서 죄송합니다. 나중에 혼날 테니까 지금은 이 아이를 치료하게 해주세요."

숄로 둘둘 감은 무언가의 정체는 하얀 강아지인 모양이었다.

눈을 감고 축 늘어진 강아지는 낯선 냄새를 맡은 듯 눈을 뜨고 작게 신음했다.

버둥거릴 만한 기운은 없는 듯했지만 지올드를 노려보며 경계하는 눈동자는 평범한 강아지에게는 없는 야생성이 깃들어 있었다.

"……이거, 털은 하얗지만, 늑대 새끼 아니야?"

불 옆으로 다가가 작은 냄비에 방금 채집해온 약초를 달이기 시작하는 미샤와 그 옆에 달라붙어 있는 작은 덩어리를 바라보았다.

그 털은 흙과 피로 더러워져 있었지만, 확실히 하얀색이었다.

"아마도. 버려진 건지 부모가 죽은 건지는 모르겠지만 구덩이에 떨어져서 움직이지 못하고 있었어. 부모가 있다면 구해줬을 테니까 둘 중 하나겠지만."

늑대의 털 색은 대체로 검은색이나 회색이고 하얀색이 없다. 잘 보자 눈도 붉은색인 것 같으니 알비노인 모양이다.

숲의 풍경에 녹아들지 못하는 눈에 띄는 색은 동료에게서 미움받으니까 버려진 건지도 모른다.

"착하지. 상처 보여줘."

안심시키듯 낮은 목소리로 말을 건네며 미샤는 새끼 늑대의 상처에 재빨리 약을 바르고 핥지 못하도록 붕대를 감았다.

얌전히 손길을 받고 있지만 불쾌한 모양이었다. 코를 찡그리고 못마땅한 듯 그르렁거리고 있다.

하지만 그 작은 이빨도 발톱도 미샤를 향하지는 않았다.

신기해하며 미샤가 치료하는 광경을 바라보던 지올드는 고개를 갸웃거렸다.
아무리 새끼라고는 해도 야생 늑대가 인간에게 이빨을 드러내지 않고 몸을 건드리게 둔다는 게 신기했다.
다리도 다친 것 같으니 도망치지 못할 테지만, 그래도 몸을 건드리면 물어뜯을 법은 한데.
"뭔가 짐승을 얌전하게 만드는 약이라도 있어?"
하얀 새끼 늑대는 수프에 넣었던 고기를 잘게 찢어주자 얌전히 받아먹고, 지금은 배불러서 그런지 미샤 옆에서 눈을 감고 있다.
마치 잘 길든 강아지 같다.
"그런 약은 안 썼어요. 옛날부터 신기하게 동물들이 잘 따르더라고요."
드디어 본인 몫의 음식에 손을 대기 시작한 미샤는 빵을 씹으면서 그렇게 웃었다.
"아니, 하지만 야생 늑대잖아?"
아무렇지도 않다는 듯이 말하고 있지만 상당히 희귀한 광경이다.
아니, 보통은 말이 안 된다.
자신도 수프를 마시며 한층 신기하다는 듯 고개를 갸우뚱거리는 지올드를 보고 미샤는 난처한 듯 웃었다. 정말로 무언가 특별한 걸 하지는 않았기 때문이다.
이유를 물어봐도 미샤도 모르니 대답할 수가 없다.
"다쳐서 약해져 있기 때문이 아닐까요? 아마 이 아이도 제가 치료해준다는 걸 아는 거겠죠. 마음을 연 것까진 아닌지 필요 이상으로 만지게 해주진 않고요."

힐끔 옆에 있는 늑대에게 시선을 주자 눈을 뜨더니 빤히 쳐다보았다.

이런 식으로, 경계하지 않는 건 아닌 모양이었다.

"그렇다고 해도 좀. 야생 동물은 약해졌을 때 경계심이 더 강해지는 법이잖아?"

"으음~. 아마 제게 적의가 없기 때문이겠죠? 진지하게 잡아먹어야겠다고 생각하면 냅다 도망칠걸요."

미샤는 숲에서 살 때 기본 자급자족으로 고기를 얻기 위해 함정을 치고 토끼와 새를 잡아먹었다.

물론 직접 해체하고 요리도 했다.

육식동물은 고기에서 잡내가 나고 너무 큰 건 잡아도 처리하기 곤란하기 때문에 기본적으로는 작은 초식동물뿐이었지만.

뒤숭숭한 대화에 무언가를 느낀 건지 새끼 늑대가 작은 소리로 울었다.

그 울음에 미샤는 쿡쿡 웃었다.

"괜찮아. 잡아먹을 생각이었다면 굳이 치료도 안 했어."

그릇 안에서 고기를 건져 코앞에 떨어트려 주자 새끼 늑대는 냄새를 확인한 뒤 넙죽 받아먹었다.

화해 완료다.

"이 산을 넘으면 다음 마을인가요?"

다시 꾸벅꾸벅 졸기 시작한 새끼 늑대를 곁눈질로 확인하며 미샤는 조용한 목소리로 이후 일정을 물어보았다.

"맞아. 실은 국경선을 넘는 데 두 가지 방법이 있어. 이대로 산을 넘어가는 것과 조금 돌아가지만 해로를 쓰는 건데, 어느 게 좋아?"

식후 차를 마시면서 지올드는 씩 웃었다.

"해로라면, 바다인 건가요?"

미샤는 말을 곱씹으며 고개를 갸우뚱 기울였다.

산에서 자란 미샤에게 바다는 지식으로만 존재하는 미지의 장소였다.

숲에 있던 호수보다 몇 배는 더 넓고 물이 짜며 소금을 채취할 수 있다.

말린 것밖에 못 먹어봤지만, 바다에서 잡았다는 생선은 강이나 호수에서 잡은 것과는 또 다른 맛으로 맛있었다.

『물의 깊이나 장소에 따라서 색이 달라져.

바람이 불면 물결이 일면서 수면이 크게 요동치지.

생선 말고도 신기한 생물이 많이 살아.

무엇보다 바다로 저무는 태양이 보여주는 광경은 무척 환상적이고 아름답단다.』

옛날에 책을 읽으며 이야기해준 어머니의 말을 떠올렸다.

추억 속 풍경을 이야기하는 어머니는 무척 즐겁다는 듯 웃었다.

"바다, 가보고 싶어요."

이대로 산을 넘으며 약초를 모으는 것도 매력적이지만, 미지에 대한 호기심은 그보다 더 컸다.

무엇보다 어머니가 그런 식으로 황홀해하며 이야기해준 풍경을 실제로 보고 싶다.

반짝반짝 빛나는 눈으로 쳐다보자 지올드는 흔쾌히 고개를 끄덕였다.

"알았어. 미샤는 처음이니까 뱃멀미하지 않도록 큰 배를 타야겠네~. 아직 물놀이하기에는 춥지만 발을 담그는 정도는 괜찮을 테니까 기대해."

웃으면서 말해주는 즐거워 보이는 일정에 미샤는 오랜만에 천진난만한 환호성을 질렀다.

덜컹덜컹 산길을 나아가는 마차 안에서 미샤는 조금 전에 캐온 약초를 선별하고 있었다.

혼자 타기에는 넓은 마차 내부는 현재 약초로 점령되어 있었다.

마차 안에 가득한 약초 향기는 익숙하지 않은 사람에게는 고통이겠지만, 미샤에게는 친숙하고 마음이 차분해지는 향이었다.

문득 시선을 내리자 하얀 덩어리가 보였다.

마차 구석에 깔아놓은 천 위에서 새끼 늑대가 눈을 감고 쉬고 있었다.

하지만 뾰족하게 솟은 귀가 잠든 게 아니라는 걸 알려주고 있었다.

주워 온 지 아직 몇 시간.

거리감이 느껴지는 그 태도는 야생 동물로서는 올바르다.

설령 조그만 미샤가 두 손으로 쉽게 안아 들 수 있을 만큼 작다고 해도, 예쁜 붉는 눈이 동그랗고 어린 얼굴이라고 해도.

사실은 그 털에 묻은 흙과 피를 닦아주고 싶었지만 새끼 늑대가 거절해서 포기했다.

그루밍은 친애의 정이 필요하다.

'언젠가는 허락해주려나?'

약초를 나누는 손을 멈추지 않으며 멍하니 생각하는 미샤의 뇌리에 문득 하얀 그림자가 스쳤다.

그와 거의 동시에 자신을 물끄러미 바라보는 붉은색이 떠올라서 미샤는 약초를 든 손을 멈췄다.

'그래, 어쩐지 반갑다 싶더라니. 이 애는 그 아이와 같은 색이구나. 그 아이가 더 붉은색이었지만.'

한 번 떠올리자 왜 지금까지 눈치채지 못했던 건지 신기할 정도로 추억이 선명하게 되살아났다.

미샤는 귀를 꼿꼿하게 세우고 이쪽을 살피는 작은 늑대를 바라보며 은밀하게 미소 지었다.

'색도 그렇지만, 저 경계심이 넘치는 모습도 꼭 닮았어.'

새끼 늑대가 놀라지 않도록 작게 쿡쿡 웃으며 미샤는 그날 일을 떠올렸다.

5살 생일을 맞은 뒤 미샤는 숲속을 혼자 탐험할 수 있는 권리를 받았다.

그날부터 집 주변에서부터 조금씩 탐사 범위를 넓혔고, 1년이 지나자 어머니와 함께 간 적이 없는 장소까지 행동 범위가 넓어졌다.

다리가 안 좋은 어머니는 가지 못하는 불편한 장소나 급경사라고 해도 몸이 가벼운 미샤에게는 즐거운 놀이터에 불과했다.

한층 탐험한 곳에서 찾아낸, 처음 보는 꽃과 풀을 선물로 가지고 돌아가면 상당한 확률로 어머니에게 '대단해', '잘했어'라며 칭찬을 들었다. 그건 어린아이가 기뻐하며 매일 같이 숲속을 휘젓고 다니는 어엿한 이유가 되었다.

그 결과 어린 소녀의 행동 범위라기에는 놀라울 만큼 먼 곳까지 확장되었는데, 다행인지 불행인지 그걸 혼내는 어른은 어디에도 없었다.

그래서 그날도 미샤는 콧노래를 흥얼거리며 숲속 깊은 곳으로 들어갔는데…….

'……뭐지? 왠지 평소와 다른데?'

짐승이 땅을 다진 좁은 길을 걸어가며 미샤는 당황한 듯 고개를 갸웃거렸다.

말로 잘 표현할 수는 없다. 하지만 어쩐지 숲이 평소와 다르다고 느껴졌다.

그건 늘 떠들썩한 새들의 지저귐이 잘 들리지 않고 돌아다니는 동물들의 모습이 보이지 않기 때문이었지만 미샤는 그게 무엇을 의미하는지 잘 몰랐다.

그래서 호기심이 시키는 대로 위화감의 정체를 찾아 살그머니 발을 놀렸고…… 그렇게 숲속에 '있을 리가 없는 것'을 발견하고 말았다.

커다란 고목의 울퉁불퉁한 뿌리 사이에 처박히듯 쓰러진 작은 인영.

"……어린아이?"

미샤는 자신과 몸집이 거의 비슷한 인영을 나무 그늘 뒤에서 물끄러미 바라보았다.

새하얀 머리카락은 목덜미를 덮을 정도의 길이에서 가지런히 잘려있었다. 머리카락이 덮고 있어서 미샤의 위치에서는 이목구비가 보이지 않았지만, 살짝 보이는 얼굴 외곽은 어린아이처럼 둥그스름한 걸 보니 머리가 하얗긴 해도 노인은 아닌 모양이었다.

물론 평소 어머니와 단둘이 살면서 다른 사람이라고는 가끔 찾아오는 아버지와 그 친구들밖에 모르는 미샤에게는 '어린아이'도 '노인'도 이야기 속에서나 봤던 존재였지만.

옷은 아무런 장식도 없는 긴 소매 통 원피스 같은 디자인이었는데, 그건 미샤가 잠잘 때 입는 옷과 무척 흡사했다.

옷자락 속에 다리를 숨기듯 작게 웅크린 모습은 누군가로부터 몸을 보호하려는 것처럼 보였다.

산속 깊은 숲에 잠옷을 입은 어린아이 한 명.

나무뿌리 사이로 몸을 숨기듯이 둥글게 만 모습은 세상 물정을 잘 모르는 미샤가 봐도 이상했다.

잠시 관찰해보고 달리 사람이 없어 보인다는 점과 꼼짝도 하지 않는 그 모습에 불안을 느낀 미샤는 조심조심 발을 내디뎠다.

천천히 거리를 좁혀 두 사람의 거리가 2미터 정도까지 가까워졌을 때, 미샤의 발 아래에서 나뭇가지 조각이 작게 뚝 소리를 냈다.

그 순간 지금까지 꼼작도 하지 않았던 인영이 홱 몸을 일으켰다.

'아, 새빨간 눈.'

그리고 자신을 향한 눈동자의 색에 미샤는 시선을 빼앗겼다.

잘 익은 사과처럼 새빨간 눈동자.

희미한 두려움과 강한 경계심을 품은 그 눈이 미샤를 똑바로 꿰뚫었다.

"……예쁜 색."

무심코 툭 중얼거린 목소리가 긴장으로 팽팽해진 분위기를 흔들었다.

붉은 눈동자에 당황한 듯한 기색이 일렁거렸다.

"……누구야. 왜 어린아이가 이런 곳에 있지?"

조금 갈라진 높은 목소리는 딱딱하고 고압적이었는데, 아이가 소년이라는 걸 알려주었다.

타인을 거부하는 목소리가 더없이 차갑게 울렸다.

하지만 미샤는 그 질문에 고개를 갸웃거렸다.

"그야 이 숲은 우리 집인걸. 너야말로 누구야?"

신기해하는 얼굴로 당연하다는 듯 되묻자 소년의 붉은 눈동자에 당혹스러운 기색이 짙어졌다. 무의식중에 미샤에게서 조금이라도 거리를 벌리려고 몸을 움찔거린 소년은 눈썹을 찡그리고 이를 꾹 깨물었다.

소년의 가느다란 손이 반대쪽 팔 부근을 감싸듯 누르고 있었는데, 거기서 눈동자와 같은 색을 발견한 미샤는 놀라서 눈을 크게 떴다.

"너 다쳤어?"

그리고 아파서 신음하는 상대가 도망칠 새도 주지 않게 재빨리 다가가 상처를 살폈다.

갑자기 거리가 가까워져서 놀란 얼굴로 도망치려는 소년의 몸을 붙잡고 소매를 걷자 위팔에 10㎝ 정도 베인 상처가 있었다. 그리 깊지는 않았던 건지 이미 피는 멎었지만 아무런 치료도 받지 않고 훤히 드러난 상처에 미샤는 눈썹을 찌푸렸다.

"나 엄마 불러올게!"

하지만 일어나려는 미샤의 팔을 작은 손이 붙잡아서 막았다.

갑자기 움직이는 바람에 상처에 자극이 간 건지 조금 전보다 더 성대히 얼굴을 찡그린 소년이 고개를 저었다.

"사람은, 부르면 안 돼."

"하지만……."

도움을 거절하는 소년의 태도에 이번에는 미샤가 당황해서 눈썹을 찌푸렸다.

움직인 충격으로 상처가 벌어진 건지 다시 피가 흐르기 시작했다. 도저히 내버려 두면 안 될 것 같았다.

"사람을 부를 거라면, 어차피 네가 떠난 뒤에 나는 여기서 도망칠 거야."

명확한 위협에 미샤의 미간 주름이 깊어졌다.

그대로 소년을 바라보자 붉은 눈동자가 가만히 마주 바라보았다.

'그래, 다친 동물이랑 똑같구나.'

계속 쳐다보자 조금 전 소년에게서 느낀 기시감의 답이 나왔다.

숲에서 살며 종종 마주치는 다친 짐승들과 같은 눈빛이었다.

두려움과 경계. 그리고 삶에 집착하는 강한 마음.

붉은 눈동자에서 그런 감정을 읽어내자 미샤의 몸에서 쑥 힘이 빠졌다.

확실히 이런 눈의 주인이라면 자기 뜻에 반하는 일을 한 시점에서 모습을 감춰버릴 것이라는 상상이 갔다. 설령 그 선택으로 죽음에 가까워진다고 해도.

숲에서 사는 미샤는 야생 동물이 원래 그렇다는 걸 누구보다 잘 알고 있었다.

그렇다고 해도 상대는 인간이다. 이대로 내버려 둘 수도 없어서 미샤는 어린 지혜를 쥐어짰다.

'이 아이는 무언가에 겁을 먹고 다른 사람을 만나기 싫은 거야. 하

지만 우선 나와는 대화하고 있어. 같은 어린아이라서? 그럼…….'

소년의 정면에 털썩 주저앉은 뒤 미샤는 붉은 눈을 물끄러미 바라보았다.

"내가 치료하는 건 괜찮아?"

"……네가?"

소년이 놀라서 눈을 크게 떴다.

등에 멘 가방 안에는 오늘의 점심과 물이 들어간 수통, 큼직한 보자기가 하나 들어 있었다.

그리고 어머니에게 받은 찰과상용 연고와 깨끗한 손수건. 그것들을 꺼낸 미샤는 잠시 생각에 잠겼다.

"넘어져서 다치면 먼저 물로 깨끗하게 씻고 약을 바르기."

툭하면 자잘한 상처를 달고 돌아오는 미샤에게 어머니가 그런 잔소리와 함께 챙겨준 약이 이런 식으로 도움이 될 줄이야. 약을 준 어머니 본인조차 생각지도 못했을 것이다.

미샤가 심심하면 만들어오는 상처에 비하면 소년의 상처는 훨씬 심하지만, 아무것도 안 하는 것보다는 나을 것이다.

"조금 아플지도 몰라. 미안해."

미샤는 긴장한 얼굴로 소년의 상처에 수통을 기울였다. 다행히 상처에 흙이나 더러운 건 들어가지 않은 모양이었지만, 만약을 위해 손끝으로 문질러 반쯤 응고되었던 피도 제거했다.

아플 텐데도 소년은 입술을 깨물고 몸에 힘을 주면서 견뎠다.

여기서 울며 버둥거렸다간 첫 치료에 내심 흠칫거리던 미샤까지 놀라서 울어버렸을 테니까 소년의 판단은 정확했다.

물론 입술을 깨문 건 그런 이유가 아니라, 그 나이대의 소년다운 고집과 자존심 때문이었지만.

수통에 든 물을 모조리 쓴 미샤는 상처에 연고를 듬뿍 바른 뒤 손수건으로 덮고, 큼직한 보자기를 찢어서 만든 즉석 붕대로 둘둘 감았다. 다소 어설프기는 하지만 지금의 미샤가 할 수 있는 최선의 치료를 마친 뒤 크게 안도의 숨을 내쉬었다.

"……고마워."

그런 미샤에게 작은 목소리가 들렸다.

놀라서 고개를 들자 어딘가 복잡해 보이는 붉은 눈동자와 코앞에서 마주 보게 되었다.

미샤는 가슴속에서 슬금슬금 신기한 감정이 치솟아 오르는 걸 느꼈다. 자신의 행위가 받아들여지고 감사받는 건 무척 기쁘고 뿌듯했다.

조금 간지러운 듯한 그 느낌대로 미소 짓자 붉은 눈이 놀라서 휘둥그레졌다.

그게 어쩐지 재미있어서 미샤는 쿡쿡 소리 내어 웃었다.

"천만에. 있지, 내 이름은 미샤라고 해. 이 숲에 엄마랑 둘이서 살아. 네 이름은?"

"……렌."

웃으면서 물어보자 잠시 침묵이 흐른 뒤 짧은 대답이 돌아왔다.

퉁명스러운 태도에는 아랑곳하지 않고 이름을 외우듯 몇 번 작게 되뇐 미샤는 도시락을 들어 보였다.

"렌, 배 안 고파? 이거 같이 먹자. 나는 물 떠올 테니까 먼저 먹고 있어."

소년의 무릎 위에 샌드위치 꾸러미를 내려놓은 뒤 빈 수통을 들고 달려나간 미샤는 심장이 두근거리는 걸 느꼈다.
처음으로 다른 사람을 치료했다는 고양감과 자신이 없는 사이에 소년이 사라져버릴지도 모른다는 불안.
그런 감정에 등을 떠밀리듯 가장 가까운 시내로 달린 미샤는 그 기세 그대로 시냇물 속에 머리를 파묻고 그 김에 물도 마셨다.
산의 물줄기는 차갑다.
그 냉기에 흥분했던 머리가 조금 개운해진 미샤는 마치 강아지처럼 고개를 푸르르 도리질해서 물기를 털고 서둘러 수통에 물을 채웠다.
그 후 왔던 길을 서둘러 돌아가자, 렌은 샌드위치 꾸러미를 풀지 않고 그대로 둔 채 미샤가 돌아오는 걸 기다리고 있었다.
그리고 숨을 헉헉거리며 앞에 선 미샤를 의아한 듯 올려다보았다.
보자기는 사용해버렸으니 강물에 머리를 처박은 미샤의 앞머리는 흥건하게 젖은 채 아직 물이 뚝뚝 떨어졌다.
"……물. 나는 마시고 왔으니까."
치밀어오르는 감정을 뭐라고 표현해야 할지 알 수 없어서 결국 미샤는 렌에게 수통을 떠넘긴 뒤 샌드위치를 꺼내 먹었다.
의아한 얼굴인 렌은 촉촉함을 넘어서 축축하게 젖은 미샤의 앞머리를 조금 난처한 듯 쳐다보았다.
'물을 뜨러 가놓고 왜 저렇게 젖은 거지?'
조금 더 닦는 게 좋을 테지만, 렌은 아쉽게도 옷밖에 가진 게 없었다.

미샤도 신경 쓰지 않고 그대로 두고 있지만, 분명 물기를 닦을 보자기를 자기에게 써버린 거라고 추측한 렌은 조금 민망한 기분으로 팔을 바라보았다.

팔에 감겨있는 그것은 미샤가 가방에서 꺼내 단도로 가늘게 찢어서 감아준 것이었다.

'날씨가 좋으니까 금방 마르겠지.'

결국 렌은 아무 말도 하지 않고 자시 몫이라고 받은 샌드위치를 입에 넣었다.

무언가의 고기와 부드러운 이파리를 끼웠을 뿐인 소박한 샌드위치였지만, 굶주림 덕인지 신기할 정도로 맛있었다.

"정말 혼자 괜찮아?"

아무리 권해도 자기와 같이 가 주지 않겠다는 렌에게 미샤는 난처해하며 한 번 더 물었다.

"끈질기긴. 여기라면 동물도 안 오고 어젯밤보다는 훨씬 안전해. 어두워지기 전에 빨리 집으로 돌아가."

그런 미샤에게 귀찮다는 표정을 숨기지도 않고 단언한 렌은 나무에 등을 기댔다.

"……하지만."

그래도 떠나려고 하지 않는 미샤를 보고 렌은 한숨을 한 번 내쉰 뒤 어쩔 수 없다는 듯 웃었다.

"정말 괜찮아. 미샤가 여기까지 데려다준 덕분에 오늘 밤은 안심하고 잘 수 있어."

그렇게 말하며 렌은 주변을 슥 둘러보았다.

그곳은 커다란 나무를 2미터 정도 올라온 곳에 있는 공동이었다.

어린아이 두 명이 들어가도 여유로울 정도로 큰 공간인데, 혼자 숲을 탐사하기 시작한 초반에 발견한 장소다.

미샤는 여기를 비밀기지로 쓰려고 조금씩 바닥을 평평하게 깎아 나뭇잎을 채워 넣은 뒤 낡은 모포를 가져다 놓았다.

어느 정도 높이가 있어서 네발짐승은 올라오지 못하고, 아래쪽에서 올려다봐도 우거진 나뭇잎이 적절히 시야를 막아준다.

"그럼 갈게. 내일 아침에 올 거야. 밥도 가져올 테니까 기다려."

"……알았다고."

고개를 끄덕이는 렌을 두고 미샤는 미련을 뚝뚝 흘리며 집으로 돌아갔다.

여느 때보다 늦은 귀가에 어머니가 눈썹을 찌푸리며 잔소리를 했지만, 미샤는 그런 것보다 숲에 두고 온 렌이 마음에 걸려서 반쯤 흘려들었다.

식사한 뒤 이불 속으로 들어가도 혼자 나무 구멍에서 자는 렌이 떠올라 조마조마한 바람에 좀처럼 잠이 오지 않았다.

'렌, 괜찮을까? 외롭진 않을까? ……어디로 가 버리진 않을까?'

가만히 귀를 기울이자 집 밖에서 숲속 생물들의 소리가 들렸다. 미샤는 이 집 밖에서 밤을 새운 적이 없다. 그런데 심지어 혼자라니.

'부디 렌이 무서워하지 않기를.'

예쁜 붉은 눈동자를 떠올리며 미샤는 살며시 기도했다.

그리고 다음 날 아침.

어머니에게 의심받지 않는 선에서 최대한 식량과 약을 챙긴 미샤는 중간에 과일을 따며 렌이 기다리는 비밀기지로 서둘렀다.
그리고 그곳에서 렌의 모습을 발견하고 안도의 숨을 내쉰 것도 잠시.
부자연스럽게 붉은 얼굴을 본 미샤는 눈을 부릅떴다.
"열 나?!"
미샤의 목소리에 머리가 울린 건지 오만상을 찌푸리는 렌의 이마를 만지자 불타는 것처럼 뜨거웠다.
"잠깐 기다려!"
서둘러 시내로 달려가 차가운 물로 수건을 적셔서 가져왔다.
이마에 올려놓자 뜨끈뜨끈하던 몸에 시원함이 기분 좋았던 건지 렌의 눈이 가늘어졌다.
"역시 모포 하나로는 추웠던 거야. 어쩌지."
"……진정해. 괜찮으니까. 열은 익숙해."
쩔쩔매는 미샤와는 대조적으로 렌은 냉정했다. 그 차갑게 맑은 붉은 눈이 바라보자 미샤의 흥분이 조금씩 가라앉았다.
'열…… 날 때, 엄마가 어떻게 해줬더라?'
비 오는 날이면 미샤는 어머니가 약을 만드는 모습을 옆에서 바라보며 시간을 보냈다.
다양한 약초를 다루는 어머니는 항상 혼잣말처럼 작은 목소리로 각각 효과와 다루는 법을 가르쳐주었다.
'엄마에게 약을 받아올 순 없어. 렌이 들키니까. 지금 시기에 캘 수 있는 약초 중에 열을 내려주는 효과가 있는 건…….'
어머니의 말을 더 진지하게 들을 걸 그랬다며 미샤는 진심으로 반성했다. 그랬다면 지금 눈앞에서 괴로워하는 렌을 구해줄 수 있었는데.

힘들어하는 렌을 보면서 동요하고 불성실했던 과거의 자신을 돌아보며 후회하느라 혼란스러운 머릿속을 헤집으며 어떻게든 도움이 될 만한 지식을 끄집어낸 뒤 미샤는 숲으로 뛰쳐나갔다.

그리고 해열 효과가 있는 열매를 발견해 평평한 돌 위에 놓고 찧었다.

비밀기지에 놓아둔 울퉁불퉁한 수제 나무 컵에 잔해가 된 열매와 물을 넣고 휘저었다.

"마셔."

상당히 징그러운 녹색 액체를 본 렌의 얼굴이 일그러졌다.

"열을 내려주는 효과가 있어. 엄마에게 배운 거니까 진짜야."

자신 있게 설득해도 수상해하며 쳐다보는 렌의 시선에 난감해진 미샤는 내밀고 있던 컵을 거두고 대신 자신이 한 모금 입에 넣었다.

쓴맛이 꽤 강하고 풀 비린내가 나지만 약이라고 생각하면 아슬아슬하게 견딜 수 있는 맛이 입안 가득 퍼졌다.

살짝 울상이 되면서도 액체를 삼킨 미샤는 반으로 줄어든 컵을 렌에게 다시 내밀었다.

"마셔. 독 아니니까."

그래도 잠시 망설인 뒤, 렌은 간신히 컵을 입으로 가져갔다.

곧바로 미간에 깊은 주름이 파였다.

생긴 대로이긴 했지만, 렌의 상상보다 더 맛없었다.

구체적으로 말하자면 쓴맛과 아린 맛이 동시에 밀어닥치는 데다, 돌로 어중간하게 찧었기 때문에 목에 무언가가 걸려서 뭐라 말할 수 없는 풀 맛이 계속 남았다.

자기도 눈물을 매달고 있으면서 미샤는 입가심으로 작은 사탕을 건넸다.

며칠 전 아버지가 가져다준 선물 중 하나이자 미샤가 좋아하는 간식이다.

설탕이 아닌 꽃꿀을 뭉쳐서 만든 사탕은 진하면서도 뒷맛이 깔끔해 무척 맛있다.

몇 개 없어서 하루에 하나씩으로 정해놓고 아껴가며 먹던 사탕이지만, 렌에게 주는 건 어쩐지 조금도 아깝지 않았다.

둘이 함께 사탕을 먹으며 미샤는 묵묵히 렌의 팔을 치료했다. 상처 주변이 조금 붉어지긴 했지만 곪지는 않은 걸 보고 미샤는 안도의 숨을 내쉬었다.

이 상태에서 상처가 곪아버렸다면 정말로 미샤가 감당할 수 없게 되기 때문이다.

상처와 발열로 인한 소모와 해열제의 부작용으로 강한 졸음이 밀어닥친 렌이 꾸벅꾸벅 졸기 시작한 가운데, 미샤는 재빨리 약을 바르고 붕대를 갈아주었다.

반나절 정도 잠들자 렌의 열은 조금씩 내려갔다. 미샤는 가슴을 쓸어내리면서도 물을 먹이고, 과일을 먹기 좋은 크기로 자르는 등 자잘한 간병을 이어갔다.

열 때문에 조금 몽롱한 렌은 어제의 퉁명스러운 태도가 약해져서 무척 귀여웠다.

그렇게 둘째 날이 지나고, 저녁이 되자 렌의 열도 많이 내려갔다.

"맛없는 약 덕분에 많이 좋아진 것 같아."

"그렇게 심술부리는 렌에게 밤에 먹을 약을 선물하겠습니다."

얄밉게 놀릴 정도로는 회복한 렌을 향해 미샤는 생긋 웃으며 컵을 내밀었다.

물론 그 안은 풀 냄새로 진동하는 녹색 액체가 가득했다.

"……아침보다 많아지지 않았어?"

"효과가 좋은 것 같길래 두 배로 늘렸어!"

"적정량을 줘야지. 많이 마신다고 좋은 게 아니잖아!"

와악 소리치며 서로를 노려본 뒤, 백기를 든 사람은 렌 쪽이었다.

약의 효과는 체험해봤다. 오히려 지금까지 먹었던 어떤 약보다 효과가 빨랐다.

'죽도록 맛없지만…….'

한숨을 쉬고 결연히 컵을 비운 다음 입을 틀어막고 견디는 렌을 보며 묘한 자애의 미소를 지은 미샤는 살며시 사탕을 내밀었다.

다시 찾아온 저녁 무렵에는 어제와 똑같은 실랑이가 반복되었다.

혼자 두고 가는 걸 망설이는 미샤와 질린다는 얼굴로 돌아가라고 재촉하는 렌.

"누구 씨 특제 맛없는 약 덕분에 열도 거의 다 내렸으니까 괜찮아. 애초에 팔의 상처 때문에 난 열이니까 어느 정도는 어쩔 수 없어. 안 아프게 해주는 약초도 추가해줬잖아?"

저녁에 먹은 약이 괜한 심술로 두 배가 된 게 아니라는 걸 눈치채고 있던 렌이 어깨를 으쓱했다.

들켰을 줄은 생각지 못했던 미샤는 살며시 고개를 숙였다. 아침에는 열 때문에 몽롱했었으니 괜찮을 줄 알았다. 다시 경계해서 자기도 먹게 되는 건 피하고 싶다는 얍삽한 생각도 있었기에 시선을 맞추기 껄끄러웠다.

"아니, 아침과는 색이 확 달랐고 맛도 한층 흉악했거든? 남에게 먹일 거면 제대로 설명해야지."

"미안해. 먹어줘서 고마워."

황당하다는 듯 웃는 렌을 향해 미샤는 사과의 마음을 담아 사탕을 하나 더 건넸다.

뭐가 들어있는지 모르는 것을 그래도 먹어준 렌의 신뢰가 무척 기뻤다.

"그럼 갈게. 푹 자야 한다? 배고프면 저기 있는 과일 먹고."

마지못해 나무에서 내려간 미샤를 렌이 불러세웠다.

"진짜 감사하고 있어. 고마워."

나무 위에서 떨어진 솔직한 인사와 미소에 미샤는 멍하니 입을 벌렸다.

붉은 눈동자에 경계하는 기색은 없고, 대신 무척 부드럽게 풀어져 있었다.

'마치 꽃이 핀 것 같아.'

넋을 놓고 올려다보는 미샤에게 '멍청한 표정이잖아'라며 웃는 얼굴조차 역시 예뻐서, 미샤는 화를 내는 것도 잊고 한참을 바라보았다.

그런 자신이 어쩐지 쑥스러워서 미샤는 얼버무리듯 헤헤 웃었다.

"또 봐!"

손을 흔들고 달려나간 미샤를 렌이 어떤 얼굴로 배웅했는지, 뒤를 돌아보지 않았던 미샤는 눈치채지 못했다.

그리고 다음 날 아침.

식량을 잔뜩 안고 달려온 미샤가 본 건 텅 빈 비밀기지였다.

반듯하게 개어진 낡은 모포 위에 남아 있던, 렌의 눈동자 같은 붉은 피어스. 그게 없었다면 미샤는 지난 이틀이 꿈이었다고 생각했을지도 모른다.

그건 렌이 귀에 걸고 있었던 것이다. 미샤는 한쪽뿐인 그 피어스를 손바닥에 꼭 쥐고 조금 울었다.

쓸쓸한 것과는 다르다. 하지만 가슴이 조여드는 것 같은 괴로움이 무엇인지, 그때의 미샤는 몰랐다.

덜컹 마차가 크게 흔들리며 미샤는 정신을 차렸다.

약초를 들고 상당히 오래 넋을 놓고 있었던 건지, 미샤의 손에서 열을 흡수한 약초가 조금 시들시들해졌다.

당황하며 약초를 모아 창틀에 매단 뒤 미샤는 문득 떠올리고 부적 주머니 안을 뒤졌다.

그리고 작은 물방울 모양의 액세서리를 꺼냈다.

손톱만큼 작은 피어스를 햇빛에 비추자 선명한 붉은빛을 흩뿌렸다.

붉은 돌을 물방울 모양으로 깎아서 금속을 달았을 뿐인 심플한 피어스는 그날 렌이라는 소년이 남기고 간 것이었다.

결국, 아무에게도 그 존재를 말한 적이 없었던 인물이 남긴 것을 몸에 달 수도 없어서, 또 한쪽뿐인 그걸 다는 것도 이상한 느낌이 들어서 몰래 넣어둔 채 간직하기만 했다.

처음으로 치료했고, 고맙다는 인사를 받았다.
너무도 어설픈 행위를 떠올리면 부끄러워지지만, 그날의 경험이 미샤가 '약사'의 길을 선택하게 된 계기였다고 할 수 있다.
아무에게도 말할 수 없는, 미샤만의 소중한 추억이다.
"잘 지내고 있을까……."
작은 중얼거림에 대답하는 목소리는 없었다. 그저 작은 피어스만이 미샤의 손 안에서 선명한 붉은 빛을 흘렸다.

"이거 참. 재미있어 보이네."
부하가 보낸 보고서라는 이름의 편지를 읽은 라이언은 큭큭큭 웃었다.
그 모습을 트리스가 몹시 못마땅하다는 얼굴로 쳐다보았다.
"그 멍청이는 이번엔 무슨 짓을 저지른 겁니까."
그래도 입장 상 확인하지 않을 수도 없어서 마지못해 입을 여는 트리스에게 라이언은 가벼운 동작으로 들고 있던 종이 다발을 던졌다.
"예법 어디 갔습니까."
그 행동에 잔소리를 하면서도 편지를 받아 읽어나가던 트리스의 미간 주름이 점점 깊어졌다.
"그 남자는 타국에서 뭘 하는 겁니까?!"
지나가던 마을에서 가문 문제에 끼어든 결과, 그 영지를 뒤흔들어 놓을 만큼 큰 사건으로 발전했다.
협력해줘서 고맙다는 영주의 인장이 찍힌 정식 서류까지 동봉되어 있었던 탓에 트리스의 얼굴은 미간의 주름만으로 끝나지 않고 안색까지 굉장해졌다.

"야무지게 영주를 아군으로 끌어들인 점이 지올드다워. 이거 틀림없이 너한테 마음대로 굴었다고 혼날 테니까 대비한 거잖아?"

반면 왕인 라이언은 즐겁다는 듯 폭소했다.

"웃을 일이 아닙니다. 타국 영지의 문제에 이렇게 관여하다니, 이 뒤처리를 누가 한다고……."

"그야 너지."

투덜거리는 트리스에게 라이언이 시원스럽게 쐐기를 박았다.

"아아, 휴가가 또 날아간다."

트리스가 고개를 푹 떨구자 이쯤 되니 조금 불쌍해진 라이언은 위로인 듯 아닌 듯한 말을 입에 담았다.

"뭐, 나쁜 짓을 한 것도 아니고 실제로 고마워하고 있으니까, 그렇게까지 큰일이 되진 않겠지."

"……그렇다면 라이언 님께서 처리해주시겠습니까?"

"어? 귀찮아."

하지만 자신에게 넘어올 것 같자 칼같이 차단해버리니, 말뿐인 위로 같은 건 아무런 의미도 없다.

"……그래서, 언제쯤 돌아온답니까?"

이렇게 된 이상 돌아오면 화풀이든 뭐든 철저하게 쥐어짜 줘야겠다고 흉흉한 생각을 하며 음산하게 미소 짓는 트리스. 그런 트리스를 보고 내심 마음의 거리를 벌리면서도 라이언은 또 다른 종이를 한 장 건넸다.

그리고.

"미샤가 바다를 본 적이 없다고 해서 배를 타고 돌아오겠다? 겸사

겸사 이, 삼일 정도 항구 마을에서 놀다 오겠다? ……아니, 무슨 생각인 겁니까 이 멍청이는?! 이 이상 문제를 일으킬 생각인가요!!"

일단은 일국의 국왕이 사용하는 집무실에 비통한 비명이 울려 퍼졌다.

6 처음 보는 바다

덜컹덜컹 산길을 따라 약 이틀.

내리막에서 샛길로 빠져 산맥을 따라가듯 중턱 부근을 달리는 길을 한층 달려간 셋째 날.

“미샤, 일어나. 곧 보일 거야.”

꾸벅꾸벅 노를 젓고 있던 미샤는 마차 밖에서 들린 지올드의 목소리에 정신을 차렸다.

‘보인다고……? 뭐가?’

제대로 돌아가지 않는 몽롱한 머리로 생각하고 있을 때, 밖에서 마차 창문을 똑똑 두드렸다.

“여보세요, 바다 보인다~.”

“……바다!”

그 단어가 귀에 파고든 순간 미샤는 목제 창문을 힘껏 열어젖혔다.

마차 안으로 쏟아지는, 익숙한 짙은 숲의 향기.

하지만 아래로 내려가기 시작하는 산길 저편에 작게 마을 풍경이 보이고, 그 뒤에 하늘과는 다른 파란색이 보였다.

“저게 바다…….”

아직 너무 멀어서 실감은 흐릿하지만, 보고 싶었던 풍경이 눈앞에 펼쳐져 있었다.

끓어오르는 감동에 눈을 떼지 못하고 있었더니 무릎에 가볍게 툭 하는 느낌이 났다.

시선을 내리자 '왜 그래?'라고 물어보는 듯한 붉은 눈동자가 미샤를 빤히 올려다보고 있었다.

그날 구조한 새끼 늑대는 결국 미샤의 친구로서 함께 데려가게 되었다.

다리의 상처는 바로 달릴 수 있게 될 정도로 가볍지 않았고, 그렇다고 완전히 낫는 걸 기다리며 여행을 쉴 수도 없었다.

그렇다면 다 나은 뒤에 방사하면 되지 않냐는 아이디어도 나왔으나, 이렇게 어린 새끼가 지금까지 있던 장소에서 멀리 떨어진 땅에 풀어준다고 잘 살 수 있을지 미묘한 부분이었다.

깜빡 다른 동물의 영역에 침입해서 제재당하는 미래가 뻔히 보였다.

한 번 손을 내민 대상을 사지에 풀어주는 것도 꿈자리가 사납다.

야생의 세계는 혹독하다.

자기 자신과 주변 사람들에게 각종 변명을 거듭한 끝에 미샤는 그 작은 새끼 늑대를 곁에 두기로 했다.

수건으로 감싸서 마차에 탄 새끼 늑대도 처음에는 경계하며 구석에서 몸을 말고 있었지만, 이윽고 이래저래 돌봐주는 미샤를 보호자로 인정한 모양이었다.

본래 늑대는 사회성이 있는 동물이다.

익숙해지면 인간 사회에 적응하는 것도 가능하다는 전례도 있다.

'렌'이라는 이름을 받고 어느새 미샤의 허벅지 위에서 편하게 엎드리게 된 새끼 늑대의 뻔뻔함을 보고 주변의 눈은 황당함 반, 안도 반이었지만 대충 호의적으로 받아들여 주었다.

무엇보다 렌과 함께 노는 미샤의 표정은 평화롭고 제 나이에 맞는 천진함이 보였다.

미샤에게 자각은 없었으나 소녀가 어머니를 잃은 경위는 주지의 사실이었고, 이따금 그 눈에 어두운 그림자가 스치는 걸 알아채고서 다들 걱정하고 있었다.

괜한 짐이긴 하지만, 그 존재가 미샤를 조금이라도 위로해준다면 괜찮다며 주위 어른들은 지켜보기로 결심했다.

"바닷물은 짜대! 같이 먹어 보자."

매일 열심히 브러싱한 덕분에 보들보들하고 찰랑찰랑해진 하얀 털을 부드럽게 쓰다듬으며 미샤는 기대에 반짝이는 눈빛으로 생긋 웃었다.

"앙!"

뭔지는 잘 모르지만 아무래도 제 주인이 기분이 좋다는 걸 느낀 렌은 꼬리를 파닥파닥 흔들면서 씩씩하게 동의했다.

바닷가의 마을은 활기로 가득했다.

타국의 배도 출입하는 커다란 항구를 지닌 이 마을은 미샤가 사는 블루하이츠 왕국의 무역 요충지이기도 하다.

처음 보는 피부색이나 이목구비를 지닌 사람이 여기저기 가득했고, 귀를 조금 기울이자 들어본 적 없는 언어가 오가는 걸 알 수 있었다.

가게 앞에 진열된 것들도 신기한 형태의 과일과 이국의 정취가 넘쳐나는 장신구 등 낯선 것들로 가득했다.

마차 창문으로 밖을 바라보며 미샤는 어서 저 안으로 들어가고 싶어서 설레는 마음을 억누르지 못하고 있었다.

"마치 축제 같아!"

여태까지 지나온 마을도 저마다 활기가 있었지만 여기는 한층 떠들썩한 것처럼 보였다.

당장에라도 몸이 튀어 나가려는 미샤를 향해 지올드가 쿡쿡 웃으며 주의를 줬다.

"숙소에 도착하면 어디든 데려가 줄 테니까 진정해. 창문에서 떨어지겠다."

그 말에 미샤는 창문 밖으로 내밀었던 머리를 허둥지둥 집어넣었다.

조금 전까지 흥분했던 것과는 다른 이유로 미샤의 얼굴이 빨개졌다.

지올드의 지적에 마치 자신이 어린아이처럼 행동했다는 걸 그제야 깨달은 모양이다.

조금 전의 행동은 착각이라는 듯 자세를 바로잡고 얌전한 자태로 좌석에 앉은 미샤는 천연덕스러운 표정으로 턱을 살짝 들었다.

물론 호기심을 채 억누르지 못한 맑은 녹색 눈동자는 창밖을 힐끔힐끔 쳐다보고 있어서 조금도 숨겨지지 않았다.

지올드는 귀여워서 터져 나오려는 웃음을 간신히 참은 뒤 미샤의 시선을 따라가며 어디에 데려갈지 오늘의 관광 코스를 계획했다.

"굉장해! 넓어~!!"

처음 온 곳은 해안이었다.

바닷가에 있는 숙소 창문에서 해안이 보이자 미샤의 시선이 거기에 못 박혔기 때문이었다.

끝없이 펼쳐진 푸른 바다는 하늘과의 경계선이 애매모호하게 흐릿해져 있었다.
숨을 크게 들이마시자 처음 맡는 신기한 냄새가 났다.
"맞다! 맛! 물맛을 확인해야지!"
바다의 넓음을 충분히 만끽한 뒤 미샤는 다음 목적을 떠올리고 슬금슬금 물가로 향했다.
하얀 모래가 발아래에서 푸스스 무너지는 감각이 재미있다.
무심코 주저앉아 손으로 건져보자 입자가 작은 모래는 손바닥 사이로 줄줄 흘러내렸다. 그 안에서 작은 조개를 발견한 미샤는 방긋 웃었다.
"지올드 씨! 신발 벗어도 돼요?"
뒤에서 미샤를 지켜보던 지올드는 손을 들어 승낙했다.
그 김에 같이 와 있던 또 다른 호위에게 적당한 샌들을 사 오라고 지시했다.
긴 여행에 적합한 레이스업 부츠는 이 마을에서는 무척 이질적으로 보이기 때문이었다.
어른들이 뭘 하는지는 눈치채지 못한 채 미샤는 서둘러 신발을 벗고 다시 천천히 걷기 시작했다.
모래에 발이 파묻혀 발가락 사이로 파고드는 감각에 미샤는 키득키득 웃었다.
초여름의 태양으로 달궈진 모래는 따뜻하고 기분 좋다.
이윽고 물가가 가까워지자 부슬부슬하던 모래가 물기를 머금고 촉촉한 감촉으로 바뀌었다.
그 변화조차 신기해서 미샤는 천천히, 신중하게 발을 움직였다.

그렇게 도착한 물가.

미샤는 밀려들었다가 멀어지는 파도와 모래가 그리는 무늬에 숨을 삼켰다.

"너무 아름다워……."

반짝반짝 빛을 반사하며 파도가 춤을 추자 거기에 맞춰서 모래도 다양한 형태를 남긴다.

하지만 그 아름다운 파문은 다음 파도에 휩쓸려서 순식간에 다른 모양으로 덧씌워진다.

너무도 찰나적인 한순간, 그렇기에 아름다운 파도와 모래의 예술.

움직임도 잊어버리고 넋을 놓고 있던 미샤 옆에 어느새 다가온 지올드가 서 있었다.

"발 담가보지 않을래?"

목소리를 듣고 정신을 차린 미샤가 고개를 들어 지올드를 올려다보았다.

녹색 눈동자가 바라보자 지올드는 무의식중에 숨을 삼켰다.

살짝 상기된 뺨과 조금 젖어있는 눈동자는 반짝반짝 빛이 났다. 그 눈에 비친 황홀한 기운은 미샤의 얼굴을 어른스럽게 보여주었다.

"……응. 들어갈래."

속삭임 같은 목소리와 함께 시선이 돌아가자 지올드는 자신이 숨을 죽이고 굳어있었다는 걸 깨달았다.

크게 숨을 들이마시자 심장의 움직임이 유난히 빠르고 크게 느껴졌다. 은근하게 맺히는 땀은 초여름의 태양 때문만이 아니다. 착각이라고 하기에는 지올드는 너무 어른이었고, 그 충동을 너무 잘 알았다.

"와, ……내가 미쳤나."

무심코 주저앉아 고개를 푹 숙인 지올드를 뒤로 미샤는 신중하게 파도로 다가갔다.

발끝에 파도가 닿았다.

조금 차가운 느낌이지만 바로 아무렇지도 않아졌다.

그보다 미샤는 다가왔다가 멀어지는 파도와 노는 데 열중했다.

물이 흔들릴 때마다 발치의 모래가 흘러와서 발끝부터 조금씩 모래에 파묻힌다.

살며시 발가락을 움직이자 모래가 춤을 추며 파도와 함께 떠나가고 다시 발이 드러났다.

미샤는 하염없이 반복했다.

들리는 건 파도 소리뿐.

파도 소리는 처음 듣는 것이지만, 어째서인지 감싸 안아주는 듯한 안심감과 편안함을 주었다.

문득 그 소리에 섞이듯 무언가 목소리가 들린 듯한 느낌에 미샤의 의식이 무아지경에서 벗어났다.

발을 향하던 고개를 들었을 때 파도 사이로 무언가가 반짝 빛나는 걸 발견했다.

물이 반사한 것과는 다른 빛을 향해 미샤는 문득 손을 뻗었다.

그렇게 손끝에 닿은 딱딱한 무언가를 집어 들었다.

"……파란…… 돌?"

그건 파랗게 빛나는, 손톱만 한 크기의 둥근 돌이었다.

마치 바다의 색을 옮겨놓은 듯한 짙은 파란색은 빛에 비추자 반짝반짝 푸른 빛을 흩뿌렸다.

그 아름다움에 숨을 삼켰을 때, 다시 파도 소리에 섞이듯 작은 목소리가 들린 것 같았다.

미샤는 주위를 둘러봤지만, 옆에 있는 건 모래 위에 주저앉아 이쪽을 바라보는 지올드와 그보다 더 뒤쪽 제방에 서 있는 호위 기사뿐이었다.

둘 중 누구의 목소리도 아닌 것 같아 미샤는 다시 한번 귀를 기울여봤지만, 철썩거리는 파도 소리만 들릴 뿐이었다.

"……착각인가?"

고개를 갸웃거리는 미샤는 '슬슬 시장에 가보지 않을래?' 하고 부르는 지올드의 목소리에 부리나케 바다에서 나왔다.

주운 돌을 무의식중에 주머니 안에 넣으면서…….

"그 김에 점심도 시장에서 적당히 먹을 예정인데 괜찮겠어?"

"네! 아까 무척 맛있을 것 같은 냄새가 나서 궁금했어요."

수건으로 발을 닦고 시원해 보이는 샌들을 신으며 신나게 대답한 미샤는 지올드의 안내를 받아 춤추는 듯한 발걸음으로 시장의 소음을 향해 걸어갔다.

미샤의 머릿속은 맛있는 식사를 기대하는 마음으로 가득해져서, 조금 전에 들은 신기한 목소리는 완전히 날아가 버렸다.

그런 미샤의 주머니 안에서 파란 돌이 희미하게 일렁이며 은은한 빛을 뿌렸다.

『……쓸쓸…… 해…….』

7 '숲의 백성'과의 만남

시장 입구에 해당하는 장소에서 미샤는 놀라운 나머지 멈춰 섰다.

마차 창문에서 봤으니 조금은 안다고 생각했는데, 그 인식이 안이했다고 말할 수밖에 없었다.

가까이서 오가는 수많은 사람.

귀를 파고드는 다양한 언어.

컬러풀한 색상의 천에는 신기한 무늬가 들어가 있었고, 그 외에도 처음 보는 도구며 특이한 모양의 항아리가 빼곡하게 쌓여있었다. 물론 채소와 과일도 대량으로 늘어놓아 구경하기 즐거웠다.

게다가 미샤의 민감한 후각은 식욕을 자극하는 요리 냄새며 이국의 정취가 가득한 향수의 향기까지, 온갖 것들을 민감하게 포착했다.

오감을 넘치도록 자극당하자 과도한 정보량에 미샤는 어질어질해졌다.

하지만 압도당했던 것도 잠시.

그보다 미샤의 타고난 호기심이 압승했다.

흥분해서 뺨을 붉히며 눈을 반짝반짝 빛내는 소녀의 모습에 함께 따라온 어른들은 흐뭇하게 웃었다.

"자, 그럼 아가씨. 어디부터 돌아볼까요?"

그 필두인 지올드는 일부러 멋들어진 동작으로 공손히 팔을 내밀었다.

깜짝 놀란 듯 눈을 몇 번 깜빡인 뒤, 미샤는 생긋 웃으며 그 팔에 매달렸다.

"밥! 밥 먹고 싶어요. 이 마을의 명물이 있다면 그걸로!"

"하하, 명 받들겠습니다."

열정적인 주장에 지올드는 무심코 웃음을 터트린 뒤 미샤를 음식 노점이 모여있는 구역으로 에스코트했다.

해산물을 꼬치에 꿰어 소스와 향신료를 발라 노릇하게 구워낸 것이나 곡물과 함께 지은 밥.

새빨간 국물에 하얀 경단이 떠 있거나 살짝 구운 반죽으로 채소와 고기를 둘둘 감은 것 등 처음 보는 요리도 많이 있었다.

한바탕 둘러본 뒤 미샤는 처음에 봤던 '찐 만쥬'에 도전하기로 했다.

미샤의 손바닥만 한 크기의 그것은 빵보다 부드러운 하얀 속살에 따끈따끈했다.

두 손으로 들고 와앙 물자, 안에는 새우와 생선 등을 잘게 다져서 채소와 함께 섞은 것이 가득 담겨 있었다.

해산물의 진수가 가득한 만쥬가 너무 맛있어서 미샤는 어린아이처럼 다리를 동동거렸다.

그 모습에 쿡쿡 웃으며 지올드가 음료를 내밀었다.

차갑게 식힌 과즙을 여러 종류 섞은 그 음료는 개운한 맛이 나서 맛이 진한 만쥬와 잘 어울렸다.

"자, 이것도 먹어봐. 맛있어."

지올드가 내민 접시 위에는 노릇하게 구운 생선 꼬치구이가 올라가 있었다.

한입 뜯어먹어 보자 여러 종류의 향신료와 소금으로 간을 내어 구운 모양이었다. 기름이 반지르르한 생선은 향신료의 임팩트에도 묻히지 않고 훌륭한 하모니를 만들어냈다.

"이것도 맛있어!"

미샤는 저도 모르게 감탄하며 생긋 웃었다.

그 순수한 미소에 지올드만이 아니라 같이 따라온 호위 기사들까지 '이것도 맛있습니다', '아니, 이것도 제법……' 하면서 잇달아 요리를 가져다주었다.

미샤는 기사들이 주는 접시를 조금씩 맛보다가 순식간에 배가 가득 차버렸다.

"아아, 디저트까지 가지 못했어."

무심코 아쉬워하는 눈으로 디저트를 판매하는 노점을 쳐다보는 미샤를 보고 주위에서 웃음이 터졌다.

"뭐, 시장을 돌아다니는 사이에 배가 꺼지겠지."

웃으며 위로해주듯 머리를 쓰다듬는 지올드의 손을 웃는 얼굴로 받아들인 미샤는 그럼 바로 출발하자며 일어났다.

이국의 물건을 다루는 잡화점, 특이한 과일이 산더미처럼 쌓인 노점 등 여기저기 둘러보며 걸어 다니던 미샤가 문득 무언가를 알아차린 듯 멈춰 선 것을 보고 지올드도 발을 멈췄다.

"약초?"

하얀 텐트 앞에는 말린 잎사귀나 나무 열매 같은 것을 바구니에 가득 담아두었고, 위에도 말린 풀 같은 것이 다발로 묶여서 매달려 있었다.

안쪽으로 깊은 텐트는 어둑해서 밖에서는 내부 모습까진 잘 보이지 않았다.

"약방인 것 같아. 저거랑 이건 본 적 있는 약초니까. 하지만 이건 모르는데. 지레 열매와 비슷하지만……."

"그건 레이반 열매야. 복통약이 되지."

몇몇 잎사귀와 열매를 가리키며 생각에 잠기는 미샤를 향해 가게 안쪽에서 쉰 목소리가 불쑥 날아왔다.

"지레 열매와 많이 비슷해서 초보 약사는 보통 헷갈리는데, 너는 용케 간파했구나."

재미있어하는 듯한 목소리와 함께 텐트 안쪽에서 나온 사람은 체구가 작은 백발의 노파였다.

허리는 굽었고 작은 얼굴엔 주름이 가득해서 그녀가 살아온 긴 세월을 알려주었지만, 주름 사이로 보이는 눈만큼은 마치 젊은이처럼 반짝반짝 빛났다.

"오오. 예쁜 머리카락과 눈동자야. 오랜만에 봤어."

미샤를 바라보며 씩 웃은 노파는 불쑥 무릎을 굽히고 인사했다.

"숲의 은혜에 감사를."

갑작스러운 말에 미샤는 헉 숨을 삼켰다.

그건 어린 시절, 집에 놀러 온 삼촌이 가르쳐준 '비밀 인사'였다.

만약 어딘가에서 이 인사를 들으면 대답해보라며 웃었다.

'제대로 인사를 돌려주면 친구가 되어줄 테니까 잘 기억해'라면서.

하지만 이 인사를 배웠다는 건 어머니에게도 비밀이라고 약속시켰다. 어머니에게 비밀을 만든 적이 없었기 때문에 두근거렸던 걸 기억한다.

물론 레이어스는 딸의 수상한 태도를 바로 알아차렸고, 미샤가 모르는 곳에서 라인에게 호된 잔소리를 쏟아냈지만.

설마 자신이 이렇게 빨리 곁에 있지 못하게 될 줄은 레이어스도 생각지도 못했을 것이다.

이번에 '숲의 백성'의 존재를 알게 된 미샤는 그 인사가 일족을 이어주는 것인지도 모른다고 짐작했다.

본래 미샤가 알면 안 되는 인사였겠지만, 변덕을 부린 라인의 행동이 지금 개화하려 하고 있었다.

미샤는 서둘러 노파처럼 무릎을 굽히고 빠르게 손가락을 접었다가, 폈다가, 맞물렸다.

옆에서 보는 것만으로는 뭘 하는 건지 알 수 없을 만큼 빠르고 복잡한 움직임은 기억하느라 무척 고생이었다.

그 후 마지막으로 두 손을 심장 앞에 포개고 시선을 내렸다.

"대지의 자애에 감사를."

잠시 침묵이 흘렀다.

'……어? 뭔가 틀린 건가? 아니면 내 착각?'

미샤의 심장이 쿵쿵 소리를 냈다. 치미는 긴장감에 견디지 못하고 살그머니 시선을 들자 노파가 즐겁다는 듯 눈을 휘고 있었다.

노파의 왼손이 약지와 엄지로 동그라미를 만들고 옆으로 두 번 흔들었다.

"맑은 물에 생명을. 만나서 반가워, 녹음에 사랑받은 아가씨."

"……네. 만나서 반갑습니다!"

그건 미샤의 예상대로 예로부터 전해지는 '숲의 백성'의 인사였다.

고향에서 떠나 생활하는 일족을 이어주는 비밀스러운 암호와 동작.

그 모든 걸 정확하게 주고받는 것으로 그들은 '동료'를 인식한다. 어머니와 삼촌을 제외하면 처음 만나는 '숲의 백성'에게 미샤는 설레는 마음으로 시선을 던졌다.

그리고…….

"……눈이, 녹색이 아니네요?"

머리카락이 하얀 건 어쩔 수 없다고 해도, 주름으로 가득한 눈은 짙은 회색이었다.

'지올드 씨는 '숲의 백성'의 특징이 백금발과 녹색 눈이라고 했는데…….'

아무리 쳐다봐도 그 눈동자는 역시나 회색이라서 미샤는 당황한 나머지 입을 다물고 말았다.

"내 남편이었거든. 이미 오래전에 죽어버렸지만."

그런 미샤를 물끄러미 관찰하던 노파는 얄미운 미소를 지으며 진실을 밝혔다.

그리고는 미샤의 뒤에 서 있는 지올드에게 힐끔 시선을 던졌다.

"그래서 나는 약초를 조금 잘 알고 있을 뿐인 평범한 할머니지. 신비로운 기술 같은 것도 모르고, 이용 가치 같은 건 하나도 없단다."

꿰뚫어 보는 듯한 눈동자로 이쪽을 바라보는 노파를 보며 지올드는 쓴웃음을 짓고는 자기도 모르게 몸에 들어갔던 힘을 뺐다.

갑자기 시작된 미샤와 노파의 불가사의한 행동에 어안이 벙벙해지면서도 무언가가 일어날 것 같아 긴장했던 걸 놀림당하자 영 독기가 빠져버렸다.

여기에 와서 세 명째 '숲의 백성'인 거냐며 조금 기대했던 건 맞았다.

'뭐, 착각이었던 모양이지만.'

그렇게 시작된 약초 강의를 듣는 둥 마는 둥 흘리며 지올드는 완전히 긴장을 풀고 편안해졌다.

반면 미샤는.

"이건 무슨 이름인가요? 어떤 효능이 있죠?"

가게 안에 있는 낯선 약초를 가리키며 노파에게 질문 공세를 퍼부었다.

커다란 항구마을답게 국내외의 희귀한 약초가 넘쳐났다. 미샤가 지닌 약사의 본능이 폭주해도 어쩔 수 없었다.

노파는 그런 소녀의 폭주를 마치 흐뭇한 상대를 바라보는 듯한 얼굴로 쏟아지는 질문에 대답해주었다.

그렇게 관심이 자극당해 점점 가게 안쪽으로 들어가는 미샤도, 그걸 바라보는 지올드도 그게 노파의 자연스러운 유도라는 건 눈치채지 못했다.

좁은 가게 안.

입구에 서서 안으로 들어오는 기색이 없는 지올드를 자연스럽게 곁눈질로 확인한 노파는 산더미처럼 쌓인 약초로 자신들의 모습이 대부분 가려지는 사각으로 미샤를 밀었다.

미샤의 등 절반 정도는 보일 테니까 지올드가 경계하며 살펴보러 오지도 않을 것이다.

"조용히 들어. 너의 부모는 어디 갔니? 억지로 납치당한 건 아니지?"

표정은 온화하지만, 갑자기 진지한 어조로 캐묻는 노파의 말에 미샤의 눈이 휘둥그레졌다.

그러나 노파의 눈에서 자신을 염려하는 기색을 읽어내고 순순히 고개를 끄덕였다.

"엄마는 돌아가셨지만, 아빠는 있어요. 이웃 나라로 공부하러 가는 중이에요."

고분고분 대답하는 미샤가 거짓말을 하는 게 아닌지 살피던 노파는 살짝 고개를 끄덕였다.

협박당해서 강제로 끌려다니는 기색도 없고, 옷도 깨끗하며 건강 상태에도 이상은 보이지 않았다.

소녀의 말에 거짓말은 없어 보였다.

가게 앞에 소녀가 나타났을 때 노파는 눈을 의심했다.

이렇게 어린 동포가 고향에서 나오는 일은 드물었기 때문이다.

노파의 눈에는 소녀가 아직 마을에서 애지중지 보호받을 나이로 보였다.

게다가 소녀는 너무나 무방비하게 자신을 드러내고 있었다. 몸을 보호하는 수단이 있어 보이지도 않았다.

눈매가 날카로운 남자를 필두로 여러 명의 호위가 붙어있는 듯했지만 '숲의 백성'의 규정을 생각하면 너무나 이상한 상태였다.

"그래. 네 부모는 몸을 감추는 방법은 가르쳐주지 않은 거지? 그 머리카락도 눈동자도 드러내놓고 다니기에는 위험을 부를 우려가 있는데……."

노파는 미샤의 말에서 죽은 어머니가 동포였으리라 짐작했다.

그리고 그 죽음이 너무 갑작스럽고, 생각지도 못한 방식이었으리라고.

그렇지 않다면 이런 어린 딸을 동포가 아닌 타인에게 맡길 리가 없다.

노파는 살며시 장송의 손짓을 그어 이름 모를 동포의 죽음을 애도했다.

고향을 나와 방랑을 선택한 동포가 아무도 모르게 죽는 일은 그리 드문 일도 아니다.

죽음도 삶도 자기 책임.

자유를 선택한 대가는 자신이 짊어질 수밖에 없다.

하지만 어린 딸을 남겨두고 가 버린 어머니의 원통함은 분명 절절했을 것이다.

"어머니 말고 다른 동포는 누구 아는 사람 있니? 누군가 안다면, 확실하지는 않지만 연락할 수 있도록 연결해주마."

적당한 약초를 들고 보여주면서 노파가 살며시 속삭였다.

멀리서 본다면 그건 약초를 설명하는 것처럼 보였을 것이다.

미샤는 노파의 말에 눈을 빛냈다.

어머니 말고 다른 동포라고 했을 때 떠오르는 사람은 딱 한 명. 가끔 찾아오는 삼촌뿐이었다.

여느 때처럼 찾아온 삼촌은 텅 비어버린 숲속의 집을 보고 분명 걱정할 것이라는 건 알았지만, 미샤는 삼촌에게 연락할 방법이 없었다.

숲속의 집에 편지를 두고 오는 것도 생각했으나 사람이 없는 장소에 중요한 내용을 적은 편지를 남기는 건 망설여졌다.

무엇보다 자신에게는 미지의 존재인 '숲의 백성'으로 이어질지도 모르는 정보를 섣불리 남기는 건 그리 좋지 않을 것 같았다.

말 구석구석에서 아버지도 할아버지도 삼촌이 찾아온다는 걸 모르는 것 같다고 느꼈기 때문이기도 했다.

"외삼촌이 있어요. 혼자서 다양한 곳을 돌아다니고 있죠. 정기적으로 찾아와줬어요."

"이름은 알고?"

"정식 이름은 잘……. 저는 라인 삼촌이라고 불렀는데요."

미샤의 말에 노파의 눈이 놀라움에 휘둥그레졌다.

"뭐? 그럼 너 혹시, 레이어스의 딸인 거야?!"

"엄마를 아세요?!"

노파의 억누른 외침에 미샤의 눈도 동그래졌다.

설마 이런 곳에서 어머니의 이름을 듣게 될 줄은 생각지도 못했다.

"그래, 알고말고……."

노파의 눈에 눈물이 맺혔다.

어느새 미샤의 팔을 잡고 있던 손은 아플 정도로 힘이 들어갔지만, 미샤는 그 손을 뿌리치지 않고 눈가가 촉촉해진 노파를 물끄러미 바라보고 있었다.

잠시 침묵한 노파는 작게 고개를 젓더니 정신을 차린 듯 손을 놓고 자신이 잡았던 장소를 살며시 쓰다듬었다.

"미안하구나. 반가운 이름을 듣고 깜짝 놀랐어. 하고 싶은 말도 많지만, 그런 여유는 없어 보이는구나."

힐끗 움직인 노파의 시선을 곁눈질로 따라가자 한참이 지나도 나오지 않는 미샤의 상태를 살피는 지올드의 모습이 보였다.

"내일 오전에 또 오렴. 그때까지 준비해둘 테니까. 호위에게는 필요한 약초가 있다고 적당히 둘러대면 돼. 어차피 모를 거다."

히죽 웃는 노파의 눈동자에는 이미 눈물의 흔적이 보이지 않았다.

재촉하듯 살며시 등을 떠밀린 미샤는 이것만큼은 알고 싶어서 질문을 던졌다.

"엄마하고는……."

"친구였어. 항상 같이 있었지. 그날 그 애가 고향을 버리고 떠날 때까지……."

간신히 들을 수 있을 만큼 희미한 목소리에는 그리움과 쓸쓸함이 묻어났다.

그 말에서 다시 의문이 떠올랐지만, 미샤의 입 밖으로 나오지는 못했다.

부드럽게, 하지만 결코 저항할 수 없는 힘이 가게 입구를 향해 떠밀었기 때문이었다.

"되게 열심히 빠져있었던 모양이네."

입구에서 들어오는 빛이 눈부셔서 얼굴을 찡그리는 미샤를 향해 놀리는 듯한 목소리가 날아왔다.

"……보기 드문 게 많이 있어서……. 기다리게 해서 죄송해요."

우물쭈물 대답하며 미샤는 빛이 환해서 다행이라고 생각했다.

얼굴이 이상해도 눈부셔서 일그러졌다고 생각할 테니까.

"그럼 주문한 건 내일 들여놓을 테니까 시간이 날 때 오려무나."

등 뒤에서 노파의 쉰 목소리가 날아왔다.

"네! 부탁드립니다."
다급히 돌아보고 꾸벅 머리를 숙였다.
"이런, 깜빡했네. 잠깐만."
한번 가게로 돌아갔던 노파가 커다란 천을 가져왔다.
"이걸 줄 테니까 쓰고 가렴."
길게 늘어트린 미샤의 머리카락을 솜씨 좋게 땋은 뒤 천을 머리에 씌운 뒤 예쁘게 감았다.
그 후 노파는 갑작스러운 행동에 어안이 벙벙해진 지올드를 향해 시선을 던졌다.
"괜한 것을 불러들일 위험이 없는 건 아니니까. 너희들도 조심하거라."
뜻밖에 날카로운 시선에 지올드는 저도 모르게 등이 꼿꼿해졌다.
"눈동자 색은 어떻게 할 수 없지만, 머리카락은 가릴 수 있잖니? 조금은 머리를 써야지."
명백하게 언짢아하는 목소리로 하는 말에 찍소리도 낼 수 없었다.
확실히 자신이 알고 있다면 그 외에도 '숲의 백성'의 특징을 하는 사람이 있어도 이상하지 않다.
노파의 말대로 위험해지는 걸 걱정한다면 가리는 것도 방법이다.
그런 간단한 것조차 떠올리지 못했던 걸 깨닫고 어깨를 축 떨궜다.
"감사합니다."
머리를 숙이는 미샤에게 노파는 어깨를 으쓱했다.
"남편이 고생했었거든. 그 사람은 귀찮다고 머리카락을 밀어버렸지만, 여자아이가 그럴 수는 없잖니? 그건 임시로 씌운 거니까 시장에서 예쁜 모자라도 사달라고 하렴."

어서 가라는 듯한 손짓에 미샤는 그 자리를 뒤로했다.

물어보고 싶은 것도 알고 싶은 것도 산더미같이 많았지만, 그 모습으로 보아 더는 상대해주지 않을 것 같았다.

아쉽긴 해도, 내일 또 오라고 했으니까 이야기를 들을 기회는 있을 것이다.

미샤는 마음을 다잡고 걸어가며 시장을 스윽 둘러보았다.

아직 반도 못 돌아봤다.

관심이 가는 게 아직 많이 있으니까 이 시간을 제대로 즐기지 않는 건 손해다.

그렇게 생각을 전환한 미샤는 미지와의 만남을 위해 발걸음을 조금 빠르게 놀렸다.

인파 속으로 섞이는 작은 뒷모습을 배웅하며 노파는 한숨을 쉬었다.

설마 이런 곳에서 이런 만남을 이룰 줄은 생각지도 못했다.

느릿한 동작으로 가게 안쪽으로 들어간 뒤 약초 더미 뒤에 놓인 의자에 앉았다.

"……그래. 레이……. 너 죽었구나……."

중얼거리는 목소리는 조금 전의 쉰 목소리와는 전혀 다른 맑은 음성이었다.

주름진 손이 살며시 얼굴을 덮었다.

손가락 사이로 눈물이 뚝뚝 흘러내렸다.

뇌리에 떠오르는, 행복하다는 듯 웃는 소녀의 모습.
"후회 안 해."
그렇게 말하며 사랑하는 남자와 함께 떠나버린 친구는 당시 아직 16살이었다.
산속 깊은 고향에서 함께 자라고 함께 배우며 언젠가 함께 세상을 여행하자고 미래를 이야기했었지만, 다친 남자를 주워온 일로 그 미래는 꿈이 되어 사라져버렸다.
"행복했어? ……열심히, 살았어?"
몇 번이나 찾아가고 싶었다.
그래도 어딘가에서 배신당한 것 같은 분노를 느끼고 솔직해지지 못했다.
언젠가 자신도 사랑에 빠지면, 사랑을 알게 되면 레이어스의 마음을 이해하고 순순히 만나러 갈 수 있지 않을까 생각했다.
그런데 어느새 10년이 넘는 세월이 지났고, 친구는 만나지 못한 채 세상을 떠나버렸다.
후회만이 가슴을 덮쳤다.
"치사하잖아, 라인. 자기만."
또 다른 연상의 소꿉친구를 생각하자 원망이 입 밖으로 튀어나왔다.
반대하는 사람들 속에서 웃는 얼굴로 동생을 떠나보낸 오빠는 마지막까지 동생의 아군으로서 곁에 있었을 것이다.
한바탕 눈물을 흘린 뒤에야 **노파**는 고개를 들었다.
눈물로 젖은 눈동자는 어느새 색이 바뀌어 어두운 텐트 속에 비취색 빛을 흘리고 있었다.

"그래. 준비, 해줘야지."

그렇게 말하며 일어난 **노파**는 조금 전까지 90도에 가깝게 굽어있던 허리를 똑바로 펴고 있었다.

"……이런, 눈 색이 지워졌잖아. 역시 아직 개량이 필요한가 보네. 연구부를 쪼아야겠어."

문득 옆에 있던 거울을 들여다보고 중얼거리는 말은 험악한 울림으로 가득했다.

"그래도 화장은 이 정도로는 안 지워졌나 봐. 뭐, 이런 일로 일일이 지워졌다간 문제가 크니까."

한숨을 쉬며 텐트 안쪽으로 걸어가는 **노파**는 눈물과 함께 감상적인 기분도 흘려버린 모양이었다.

성큼성큼 걸어가는 발걸음은 **본래**의 나이가 느껴질 만큼 기민했다.

이윽고 가게 안쪽에서 부스럭부스럭 소리가 나더니 갈색 머리카락과 눈동자의 젊은 여자가 나왔다.

텐트 앞에 진열했던 약초를 가게 안으로 들이고 현수막을 늘어트려 간단히 가게를 닫은 뒤 안쪽으로 말을 던졌다.

"그럼 할머니, 다녀올게~~."

위풍당당하게 걷기 시작한 여자는 시장 안쪽으로 사라졌다.

숲 변두리의
꼬마 마녀
Little witch
at the edge of the forest.

8 용신에게 바치는 춤

그 소리가 귀에 파고든 것은 우연이었다.

신나게 시장을 돌아다녀서 지쳐버린 다리를 쉬어주기 위해 건물 뒤편에 숨어 노점에서 산 음료를 마시는 중이었다.

그러자 시장의 소음에 섞여 멀리서 북소리와 피리 소리 같은 것이 들렸다.

"무슨 소리지?"

무의식중에 나온 미샤의 중얼거림을 들은 지올드는 의아해하며 마찬가지로 귀를 기울였다.

"궁금하면 가볼래?"

원래 별다른 계획도 없는 시장 산책이다.

호기심이 동해서 조금 옆길로 샌다고 해도 문제될 건 없었다.

"가 보고 싶어요!"

미샤는 기뻐하며 고개를 끄덕인 뒤 소리를 따라 걷기 시작했다.

시장에서 옆길로 빠져 점점 걸어간다.

밀집한 주택가 사이로 복잡하게 난 길을 그저 소리에만 의지하며 이리저리 걸어가다가 불쑥 제방으로 나왔다.

갑자기 눈앞에 나타난 바다에 미샤는 눈이 휘둥그레져서 달려갔다.

제방 너머로 몸을 내밀듯 기대자 바로 앞에 바다가 있었다.

아무래도 선착장도 겸하는 듯한 제방은 크고 작은 어선이 잡다하게 정박해 있었다.

"미샤, 저쪽이야."

바다에 정신이 팔린 미샤를 지올드가 재촉했다.

제방을 따라 조금 걸어가다 보면 넓게 트인 공간이 나오는데, 거기에 무대가 설치되어 있었다.

그곳에는 10명 정도 되는 인영이 있고, 소리는 거기에서 나고 있었다.

"뭘 하는 걸까?"

미샤는 고개를 갸웃거리며 물끄러미 무대 쪽을 바라보았다.

자기보다 어린아이들이 무대 위에서 무언가를 하는 모양이었다.

북과 피리도 아이들이 연주하는 것 같았는데, 제법 그럴싸했다.

중앙에서는 두 명이 손바닥에 팔랑팔랑 나부끼는 천을 들고 춤추고 있었다.

"아, 그런 시기구나."

마찬가지로 옆에서 바라보던 지올드가 불쑥 이해했다는 듯 중얼거렸기 때문에 미샤는 놀라서 그를 올려다보았다.

"시기?"

"여름이 시작되기 전에 풍어와 바다 사고가 일어나지 않도록 용신님에게 춤을 바치는 거야. 그 해에 10살~12살이 되는 아이들이 음악과 춤을 담당하는 거였던가?"

기억을 뒤지듯 조금 시선을 내리며 대답하는 지올드의 설명에 미샤는 다시 무대로 시선을 돌렸다.

"아직 10살 정도구나. 하지만 잘하네?"

"그렇지?! 올해는 특히 평판이 좋아~."

갑자기 뒤에서 날아온 목소리에 미샤의 몸이 작게 튀어 올랐다.

앞쪽에 너무 열중하는 바람에 누군가가 가까이 왔다는 걸 전혀 눈치채지 못했다.

당황하며 돌아보자 자기보다 머리 하나는 낮은 높이에서 생글생글 웃는 남자아이의 모습이 있었다.

"이렇게 멀리 있지 말고 가까이서 보고 가. 오늘은 본무대 전에 하는 리허설이니까 의상도 입고 풀코스로 하거든."

붙임성 있는 미소를 지으며 무대를 향해 미샤의 등을 꾹꾹 밀었다.

"구경꾼 데려왔어~."

순식간에 광장까지 끌려온 미샤가 눈이 휘둥그레진 사이에 어째서인지 환영하는 분위기에서 무대 바로 앞에 자리가 만들어졌다.

"괜찮은 건가?"

바쁘게 움직이는 사람들 속에서 지올드와 함께 사람들이 준비해 준 의자에 앉은 미샤는 당황하면서도 주위를 둘러보았다.

명백한 외부인이라 영 민망했다.

"당일엔 더 많은 사람에게 둘러싸이니까 모르는 사람의 시선에 익숙해지는 건 좋은 일이야. 그래서 보러 와 주는 사람이 있다면 대환영이지!"

미샤가 무심코 중얼거리자 미샤를 끌고 온 소년이 옆에 앉으며 웃는 얼굴로 단언했다.

어린 소년의 입에서 나온 것 같지 않은 어른스러운 말에 미샤는 눈을 깜빡였다.

"……라고 선생님들이 그랬으니까 괜찮아."

그래서 혀를 빼꼼 내밀며 덧붙인 소년의 말에 미샤는 저도 모르게 쿡쿡 웃어버렸다.
여하간, 그런 이유라면 괜찮을 거라며 편안해졌다.
"나는 아직 어리니까 참가하지 못하지만, 다음 봉납 때는 반드시 춤을 출 거야~. 지금부터 춤 공부도 하고 있어."
미샤가 긴장을 풀거나 말거나, 소년은 동경에 차서 반짝이는 눈으로 무대 위를 바라보고 있었다.
무대 위에서는 악기를 든 아이들이 가장자리에 앉아 준비하기 시작했다.
다들 하얀색으로 통일된 수수하고 심플한 셔츠와 바지를 입고 있었다.
살짝 고개를 숙인 머리에 하얀 천을 뒤집어쓰고 표정도 반 정도 가려져 있지만, 얼핏 보이는 얼굴은 다들 몹시 진지했다.
'그렇구나. 저 무대에 서는 건 이 근방 아이들에게는 아주 자랑스러운 일인 거야…….'
미샤는 그 모습을 보고 그런 결론에 도달해 희미하게 미소 지었다.
"그럼 잘 구경할게."
"응. 아주 예뻐."
그 순간 둥! 하고 북이 하나가 되었다.
그러자 웅성거리던 분위기가 확 조여들었다.
일정한 리듬으로 둥, 둥, 북소리가 울린다.
어느새 정적이 지배하는 자리에 북소리만이 울려 퍼졌다.
불현듯 그 위로 피리 소리가 올라왔다.
이어서 실로폰 같은 악기가.

쏴아, 쏴아 하고 마치 파도 소리를 본뜬 소리가 겹쳐진다.
어딘가 장엄한 음악이 울리는 가운데 무대의 양쪽 끝에서 한 명씩 사람이 미끄러져 들어왔다.
심플한 하얀 옷에 파란 오건디 같은 얇은 천을 팔랑팔랑 여러 겹으로 두른 남자아이와 조금 오래된 양식의 드레스를 입은 여자아이.
드레스라고 해도 움직이기 쉽게 한 건지 얇은 옷감을 여러 겹으로 겹친 그 옷은 턴할 때마다 하늘하늘 펼쳐지며 꽃잎이나 요정의 날개처럼 아름다운 궤도를 그렸다.
두 명의 무용수가 빙글빙글 돈다.
숨을 삼키고 그 광경에 넋을 놓고 있던 미샤는 잠시 후 그 춤에 스토리가 있다는 걸 깨달았다.
만남, 사랑에 빠지고, 그 후…….
올해는 평판이 좋다던 이유는 그 무대를 보자 일목요연했다.
도저히 10살 전후의 아이들이 연주하고 춤추는 것으로는 보이지 않을 정도로 완성도가 뛰어났다.
특히 무용수, 주인공을 연기하는 소녀의 표현력은 탁월했다.
대사 하나 없는 춤인데도 오가는 시선이, 뻗는 손끝이, 몸의 움직임 하나하나가 의미를 지니며 무언가를 호소한다.
그 소녀의 열이 전체를 휘어잡아 무대의 수준을 올려주는 것처럼 보였다.
"……굉장해."
"대단한데……."
미샤와 지올드의 입에서 무심코 감탄이 흘러나왔다.

그걸 들은 소년이 자랑스럽게 웃었다.

“저 사람, 우리 누나야. 장래에 무용수가 되고 싶다면서 어릴 때부터 선생님에게 배우고 있어. 나도 누나처럼 되고 싶어서 같이 배우는 중이고.”

무대에서 눈을 떼지 않고 그렇게 말하는 소년의 눈동자는 반짝반짝 빛이 났다. 그가 정말로 누나를 존경한다는 게 전해졌다.

이런 식으로 동경의 대상이 된 누나는 행복하겠다고 미샤는 생각했다.

그리고 얼핏 자신과 피가 절반 이어진 이복 자매를 떠올렸다가 황급히 지웠다.

비교하는 게 우습다. 아니, 허무함밖에 느껴지지 않는다.

한 번 만난 게 고작인 상대를, 그것도 그런 태도였던 상대를 자매로 여길 수 없었다.

미샤에게 두 사람은 피가 이어져 있을 뿐, 남보다도 먼 존재였다.

언니 쪽은 특히…….

어두운 사고에 사로잡힐 뻔한 미샤는 서둘러 생각을 멈추고 무대 위로 의식을 집중했다.

아름다운 이야기에 몰두해버리자 머리를 스쳤던 질척질척한 것이 천천히 멀어졌다.

그 사실에 마음속 어딘가에서 안도하며 미샤는 무대 위의 환상 이야기에 빠져들었다.

“……대단해. 뭐라고 말해야 좋을지 모르겠지만 정말 대단해!”

“그래. 나도 많은 무대를 봤지만, 그중에서도 상위권에 들어가. 이대로 순회공연도 가능한 수준 같아.”

미샤와 지올드의 극찬에 아이들은 서로를 쳐다보며 간지러운 듯 웃었다.

지금까지 많이 연습했고, 가르쳐준 어른들이나 부모에게는 잘했다고 칭찬받긴 했지만 역시 처음 보는 사람들이 해주는 칭찬과는 다르다.

그 기쁨은 괜찮다고는 생각했어도 어딘가 불안했던 본무대에 대한 자신감이 되었다.

"그 춤은 뭔가 기반이 되는 이야기가 있는 거야?"

미샤는 궁금했던 걸 물어보았다.

아이들은 서로를 쳐다본 뒤 저마다 대답해주었다.

"용신님의 사랑 이야기야."

"지상으로 놀러 온 용신님이 마을 아가씨랑 사랑에 빠졌어."

"아가씨도 좋아했는데 다들 반대해."

"슬픈 이야기야."

"안 슬퍼! 아가씨랑 같이 바다로 돌아가는걸."

각자 재잘거리는 바람에 미샤는 제대로 알아듣지 못해서 무심결에 지올드를 돌아보았다.

아이들끼리 교류하는 걸 방해하는 것도 눈치 없는 짓이라며 조금 떨어진 장소에서 어른들과 대화하던 지올드는 그 시선을 알아차리고 쓴웃음을 지으며 미샤에게 다가왔다.

"한꺼번에 말하면 못 알아듣지~. 누구 제일 잘 아는 사람이 가르쳐줘."

불쑥 끼어든 어른의 말에 아이들은 서로를 살핀 뒤 무용수 소녀가 앞으로 나왔다.

"이 근방에 전해지는 전설을 소재로 삼았어요."

조금 부끄러운 듯 작은 목소리로 이야기하는 소녀의 모습에선 무대 위에서 춤출 때의 당당한 아우라는 조금도 보이지 않았다.

아직 의상을 입고 있지 않았다면 본인인 줄 눈치채지 못했을 것이다.

하지만 그렇게까지 훌륭하게 춤을 추었다는 건, 누구보다 이야기를 잘 숙지하고 해석했다는 뜻이다.

이야기를 들려주는 어린 소녀의 목소리는 또렷했고, 다시 조금 소란스러워졌던 아이들까지 어느새 조용히 소녀의 이야기에 귀를 기울이고 있었다.

『옛날 옛날, 아직 이 마을이 작은 어촌이었을 때.

마을에 무척 아름다운 여자아이가 있었습니다.

외모는 물론이고 마음도 아름다웠던 소녀는 마을 모두에게 사랑받으며 고이고이 자랐습니다.

이윽고 소녀가 아가씨가 되었을 때, 해안에 한 젊은이가 떠밀려 왔습니다.

무척 아름다운 청년이었고, 그를 발견한 아가씨는 첫눈에 사랑에 빠졌습니다.

눈을 뜬 청년은 다쳐서 기억을 잃어버렸습니다.

아마 얼마 전 폭풍에 난파된 배에 타고 있었을 거라며, 안쓰러워한 마을 사람들은 청년을 도와주기로 했습니다.

처음 청년을 발견한 아가씨도 열심히 간병했습니다.

그런 아가씨에게 청년도 사랑에 빠졌습니다.

처음에는 어디의 누구인지도 모르는 청년을 조금 경계하던 마을 사람들도 상처가 낫자 도와준 보답이라며 열심히 일하는 청년에게 마음을 열었습니다.

그렇게 두 사람의 사랑을 지켜보기로 했습니다.

두 사람은 착한 마을 사람들의 따뜻한 시선을 받으며 천천히 사랑을 키웠습니다.

행복한 시간이 흐르고 두 사람은 이윽고 결혼하기로 약속했습니다. 마을 사람들은 다들 기뻐하며 축하해줬습니다.

다음 보름달이 뜨는 날에 결혼식을 올리자.

그런데 그때 아름다운 아가씨의 소문을 듣고 영주님의 아들이 왔습니다.

그리고 아가씨의 아름다움에 바로 포로가 되었습니다.

영주님의 아들은 어떻게든 아가씨를 손에 넣으려고 청년에게 짓지도 않은 죄를 씌워서 감옥에 넣었습니다.

그리고는 아가씨에게 자기와 결혼한다면 청년을 풀어주겠다고 했습니다.

아가씨는 울고, 울고 또 울었습니다.

사랑하는 청년 말고 다른 사람과 결혼하고 싶지 않았습니다.

하지만 이대로는 청년은 누명으로 죽어버릴 겁니다.

청년을 구하고 싶어서 아가씨는 눈물을 머금고 영주님의 아들이 시키는 대로 받아들였습니다.

영주님의 아들은 기뻐하며 아가씨에게 청년을 감옥에서 꺼내준다고 약속했습니다.

하지만 의심이 많은 영주님의 아들은 감옥에서 나온 청년이 아가씨를 되찾으러 올 것을 두려워해서, 부하에게 명령해 청년을 밧줄로 꽁꽁 묶어 절벽 위에서 바다로 던져버렸습니다.

그런 줄도 모르는 아가씨는 청년이 무사히 살아있다는 것만을 위안으로 삼으며 울면서 신부 의상을 바느질했습니다.

눈물이 맺힌 눈으로는 제대로 바느질을 할 수 없어서 하얀 의상에는 붉은 피가 많이 얼룩졌습니다.

그렇게 약속했던 보름달이 뜨는 밤.

영주님의 아들과 결혼식을 올린 아가씨는 도저히 자신의 마음을 거스르지 못하고 신부님의 말에 고개를 끄덕이지 못했습니다.

아무 말도 못 하는 아가씨에게 분노한 영주님의 아들은 청년을 바다에 빠트려 죽였다는 걸 아가씨에게 밝혔습니다.

네가 사랑하는 남자는 이미 죽었다고.

너무나 큰 충격에 놀란 아가씨는 신전에서 뛰쳐나가 청년을 빠트린 절벽으로 달려가더니, 그대로 몸을 던졌습니다.

쫓아온 사람들은 떨어지는 아가씨를 보고 슬퍼하며 소리쳤습니다.

그렇게 아가씨의 모습이 파도 사이로 사라진 순간 기적이 일어났습니다.

파란 바다가 반짝이며 아가씨를 안은 청년이 바다 위로 떠올랐습니다.

사실 그 청년은 아가씨를 사랑한 용신님이 인간으로 변신한 모습이었습니다.

용신님은 처음에는 바다로 데려가려고 했지만, 마을 사람들과 아가씨가 서로 소중히 대하는 모습을 보고 떼어놓는 건 불쌍하다고 여겨 자신이 육지로 올라오기로 결심한 것이었습니다.

마을 사람들은 죽은 줄 알았던 두 사람이 살아있다는 사실에 기뻐하며 두 사람을 축복했습니다.

용신님은 거짓 죄로 자신을 죽이려고 한 영주님의 아들에게 벌을 내리고, 아가씨는 용신님의 신부가 되었습니다.

그리고 용신님은 신부와 함께 바다로 돌아가 착한 마을 사람들을 바다에서 지켜보기로 했습니다.』

"그렇게 마을 사람들은 용신님의 수호에 감사를 바치며 두 사람의 행복을 기원하기 위한 봉납무를 추게 되었습니다."

살짝 시선을 내리뜨고 이야기를 마친 소녀는 부드러운 미소를 지었다.

미샤는 그 미소에 넋을 놓으며 가늘게 한숨을 쉬었다.

"그러면 이 마을은 용신님에게 사랑받는 마을이구나."

미샤의 말에 소녀는 기뻐하며 고개를 끄덕였다.

"그런, 거라면 좋겠어요. 저는 이 이야기를 아주 좋아해서 계속 춤추고 싶어 했으니까."

살며시 가슴 앞에서 두 손을 모으고 이야기하는 소녀의 반짝반짝 빛나는 눈동자는 무척 아름다웠다.

그 눈빛이 자신을 여기로 데려온 소년과 똑같아서, 미샤는 '남매구나……' 하며 눈을 휘었다.

'이렇게 동경이 이어지는구나.'

시간이 허락한다면 모레 열리는 축제도 꼭 보러 와 달라는 부탁에 미샤는 지올드를 돌아보았다.

여행 도중에 들렀을 뿐인 몸이니, 이후 일정이 어떻게 되는지는 지올드에게 달려있기 때문이다.

"괜찮지 않아? 급한 여행도 아니니까."

어딘가에서 비명이 터질 소리를 아무렇지도 않게 던지는 지올드의 대답에, 그런 뒷사정은 알 리가 없는 미샤는 환하게 웃었다.

"그럼 꼭 보러 올게!"

미샤의 선언에 아이들이 환호했다.

내일도 연습하니까 놀러 오라고 조르는 아이들을 향해 미샤는 무언가 선물을 가져와야겠다고 생각하며 고개를 끄덕였다.

시장에서 어린아이가 좋아할 법한 것을 사 오려고 계획을 세우자 마음이 들뜨는 게 느껴졌다.

그런 미샤의 미소를 지올드는 '역시 애는 애와 같이 있는 게 제일이지~' 같은 생각을 하며 느긋하게 바라보고 있었다.

9 새벽 햇살 속에서

그곳은 파란색으로 가득한 세계였다.

흔들, 흔들, 빛을 투과하며 흔들리는 시야가 그곳이 물밑이라는 걸 알려주었다.

하지만 신기하게도 숨이 막히지 않았다. 미샤는 조금 몽롱한 머리로 여기가 꿈속 세계라는 걸 어렴풋이 눈치챘다.

어디선가 희미하게 들리는 흐느낌에 미샤는 천천히 고개를 돌려 목소리의 주인을 찾았다.

그러자 물 밑바닥, 모래 위에 앉아있는 등을 발견했다.

하얗고 품이 넉넉한 옷을 입고 있었다.

긴 머리카락은 바닷속으로 녹아드는 짙은 파란색 그라데이션.

얼굴은 보이지 않지만, 분위기로 남자라는 걸 알아차렸다.

그리고 그 품에는 하얀 무언가를 안고 있다.

아름다운 레이스로 장식된 하얀 드레스와 베일.

그건 신부 의상인 것 같았다.

베일로 감싼 머리를 가슴에 꾹 누르고 지키듯이 끌어안으며 울고 있었다.

듣는 사람의 가슴이 아플 정도로 슬픈 목소리.

울음에 섞여 희미하게 이름 같은 것이 들렸지만 잘 알아들을 수 없었다.

아아, 그는 사랑하는 사람을 잃었구나.

그 사실을 깨달은 건, 그 울음소리에 담긴 애수가 최근에 들은 적이 있는 것이었기 때문이었다.

《울지 마.》

그렇게 말했지만, 목소리로 나오지는 않았다.

다가가서 등을 쓰다듬고 위로해주고 싶은데, 조금 전까지는 자유롭게 움직이던 몸이 지금은 신기하게도 꼼짝도 하지 않았다.

그저 그 자리에 서서 희미하게 떨리는 등을 바라볼 수밖에 없다.

가슴이 괴로워서…… 그 사람의 슬픔이 옮아버린 것처럼 괴롭고 슬퍼서, 미샤의 뺨을 타고 흐른 눈물이 바닷속으로 사라졌다.

'울지 마…… 울지 마…….'

꼼짝도 하지 않는 몸에 답답함을 느끼며, 미샤는 그의 눈물을 멈추게 할 수 있다면 뭐든 하겠다는 생각마저 들었다.

'나는 저 슬픔을 아는걸. 혼자서 극복하는 건 너무 괴롭다는 것도…….'

하지만 역시 미샤의 몸은 움직이지 않아서, '쓸쓸해', '슬퍼' 하고 우는 등을 그저 계속 바라볼 수밖에 없었다.

팟, 미샤는 불현듯 눈을 떴다.

잠에서 막 깨어나 굼뜬 몸으로 천천히 목을 움직이자 옆 테이블 위에 놓여있던 파란 돌이 희미하게 빛나는 게 보였다.

부드러운 파란 빛이 무척 아름답고…… 슬퍼 보였다.

완만한 움직임으로 몸을 일으킨 미샤는 파란 돌을 살며시 집었다.

미샤의 손바닥 위에서 한두 번 깜빡인 뒤 그 빛은 사라졌다.

'그건 네 기억이야?'

빛이 사라진 돌을 물끄러미 바라보며 미샤는 마음속으로 물어보았다.

답이 돌아오지는 않았지만, 미샤는 그게 진실에 가까울 것이라 느꼈다.

꿈속에서 본 파란 머리카락의 남자.

빛이 흔들리는 물 밑바닥의 슬픈 목소리.

"……그건, 누구지?"

돌은 침묵을 지키며 아무런 대답도 하지 않았다.

결국 그대로 눈이 떠버린 미샤는 살그머니 숙소에서 빠져나와 아직 해가 뜨지 않은 해안선을 천천히 걸었다.

수평선이 희미하게 색이 바뀌는 걸 보면 곧 해가 뜰 모양이다.

같이 잠에서 깨어 따라온 렌이 물가에서 파도와 놀며 뛰어다니고 있다. 어제는 아직 다리의 상처가 좋지 않아서 종일 숙소에서 쉬게 했기 때문에 기쁨도 한층 큰 모양이었다. 신이 난 렌의 모습에 미샤의 눈이 휘어졌다.

미샤의 손에는 그 파란 돌이 들려 있었다.

별생각 없이 주운 거지만, 이건 바다에 돌려줘야 하는 건지도 모른다고 느꼈기 때문이다.

그러나 막상 바다를 보고 있으니 도저히 파도 속으로 던질 수가 없어서 망설이며 해안선을 걷는 중이었다.

'나 뭐 하는 걸까.'

그냥 꿈이라고 치워버리면 간단하다.

어제 들은 옛날이야기가 마음에 남아서 꿈에 나왔을 뿐. 그렇게 생각하면 그게 정답인 느낌도 드는데…….

느릿느릿 걷고 있었더니 전방에 누군가가 있는 게 보였다.
바다를 향해 우두커니 선 인영과 가까워지자 그건 자신과 나이가 비슷한 소녀였다.
"……아이리스?"
살며시 입 밖으로 나온 이름은 어제 만난 소녀의 이름.
무내 뒤에서 훌륭한 춤을 추었던 그 아이였다.
"아, 미샤 언니."
바다를 보고 있던 시선을 이쪽으로 돌린 아이리스는 부드럽게 웃었다.
온화한 그 미소는 보는 사람의 마음을 포근하게 만들어주는, 그런 미소였다.
"무슨 일이세요? 이런 이른 아침에."
"……어쩐지 눈이 떠져서. 아이리스는?"
"저는 일과 같은 거예요. 좋아하거든요. 해가 뜨기 직전인 이 시간을."
다시 시선을 바다로 돌리고 중얼거린 옆얼굴은 무척 어른스러워 보였다.
"그렇구나……."
어쩐지 할 말이 떠오르지 않아 미샤는 그저 말없이 옆에 서서 조금씩 밝아지는 수평선을 함께 바라보았다.
"그 옛날이야기. 어떻게 생각하세요?"
그 중얼거림은 파도 소리에 지워질 것처럼 희미한 목소리였다.
"용신님은 행복해졌을까요?"
불현듯 신비한 꿈속에서 본, 울고 있는 누군가의 뒷모습이 떠올랐다가 사라졌다.

"글…… 쎄. 이야기대로라면 행복하지 않았을까?"

애매모호하게 대답하자 아이리스는 희미하게 웃었다.

"마을 아가씨의 이름은 전해지지 않았어요. 어디의 누구였는지도. 마치 누군가가 일부러 숨겨버린 것처럼. 저는 그 이야기를 들을 때마다 어째서인지 가슴이 아프고 울 것 같아요. 어릴 때부터 계속."

아이리스의 눈에 눈물은 없었지만, 미샤에게는 어째서인지 아이리스가 우는 것처럼 보였다.

"조금 나이를 먹고 알았죠. 너무 한결같이 아가씨를 사랑하는 용신님이 애절하고…… 애틋한 거예요. ……신에게 무엄하죠?"

눈을 아주 조금 가늘게 뜨는 아이리스의 옆얼굴이 무척 어른스러워 보여서 미샤는 눈을 깜빡였다.

순간 다른 사람의 모습이 아이리스와 겹쳐 보였기 때문이었다.

"전하고 싶어요. '아가씨'는 용신님을 만나고 사랑받아서 행복했다고. 제 춤에 실어서, 조금이라도. ……봐주실지는 모르겠지만요."

아이리스가 입술을 다물자 그 자리를 침묵이 지배했다.

미샤는 역시 무슨 말을 해야 할지 잘 알 수 없었다.

그래서 자기보다 연하지만 신기하게도 어른스러워 보이는 소녀의 옆얼굴을 그저 말없이 바라보았다.

침묵 속에서 천천히 아침해가 떠오른다.

어딘가 장엄한 그 광경에 미샤는 숨 쉬는 것도 잊고 넋을 놓았다.

……밤이 멀어져간다.

불현듯 아이리스가 두 팔을 들고 크게 기지개를 켰다.

그리고는 미샤를 돌아보며 생긋 웃었다.

"이상한 이야기 해서 죄송해요. 어째서지? 엄마에게도 말한 적 없는데."

조금 쑥스러운 듯 웃는 아이리스에게서는 조금 전까지 보이던, 신기할 정도로 어른스러워 보이는 기색은 없었다.

아침 식사 준비를 도우러 가야 한다는 아이리스와 오늘도 연습을 보러 간다는 약속을 하고 헤어진 미샤는 렌을 불러서 천천히 숙소까지 가는 길을 돌아갔다.

'어째서지. 가슴이 답답해…….'

발치에서 얼쩡거리는 렌을 적당히 피하며 미샤는 생각의 바다로 빠져들었다.

옛날이야기. 새벽에 꾼 꿈. 아이리스의 말.

전부 어지럽게 뒤섞여서 한 덩어리로 가라앉는다.

제대로 정리한다면 답이 보일 텐데, 부족한 조각을 찾을 수 없다.

"미샤, 어디 갔었던 거야!"

그런 미샤의 답답함은 무시무시한 얼굴로 숙소 문 앞에 서 있던 지올드를 본 순간 날아가 버렸지만.

너무 이른 아침이라 여관 직원도 일어나지 않았기 때문에 전언을 부탁하지도 못했다.

아니, 다른 사람들이 일어나기 전에 몰래 돌아올 예정이었기 때문에 그리 신경 쓰지 않았다는 게 정확하다.

"……죄송해요. 눈이 떠져서 해가 뜨는 걸 보러 갔어요……."

이런 표정인 사람에게 괜한 변명을 했다간 불에 기름을 붓는 꼴이 된다는 걸 경험으로 아는 미샤는 풀이 죽은 얼굴로 머리를 숙였다.

머리 위에서 깊디깊은 한숨이 내려왔다.

"다음부터는 어디 갈 때는 반드시 말해. 미샤에게 무슨 일이 생기면 믿고 맡겨준 공작 각하께 면목이 없으니까."

분명 하고 싶은 말이 많이 있었을 텐데, 전부 삼키고 한마디로 끝내버리는 지올드를 미샤는 놀란 눈으로 쳐다보았다.

지금까지 경험상 설교 1시간 코스를 각오했던 만큼 어쩐지 맥이 풀렸다.

동시에 오히려 설교를 듣는 것보다 더 크게 치미는 죄책감에 말만이 아니라 진심으로 반성했다.

"네. 죄송합니다. 알았어요."

이번에야말로 진심에서 우러난 사과를 입에 담자 지올드는 쓴웃음과 함께 머리를 쓰다듬어주었다.

"알면 됐어. 아침 먹자. 여기서 조식으로 주는 빵이 맛있어."

가벼운 재촉과 함께 식당으로 에스코트를 받았다.

그 후 자기를 찾으러 나갔던 다른 기사들에게도 제대로 사과한 뒤 미샤는 그제야 아침을 입에 넣었다.

아침을 먹고 한숨 돌리자 어제 노파와 한 약속이 떠올랐다.

창문으로 태양의 위치를 확인하니 아직 그리 높게 떠 있진 않았다.

"……시장의 가게는 언제쯤 열릴까?"

"아침을 먹으러 가는 사람도 있으니까 일찍 여는 가게라면 이미 열고 있을걸?"

미샤가 들뜬 모습으로 확인하자 식후 차를 마시던 지올드가 의아한 듯 대답했다.

그 대답에 미샤는 어깨를 축 떨궜다.

'너무 이르겠구나.'

아무리 노인은 아침잠이 없다고 하지만 이른 아침부터 가게를 열지는 않을 것이다.

하물며 그곳은 약초를 판매하는 가게이지 식사를 제공하는 가게가 아니다. 더 늦게 가게를 연다고 생각하는 게 자연스럽다.

'방문 시간을 제대로 정할 걸 그랬어. ……마음이 들떠서…….'

미샤는 '숲의 백성'에 대해 거의 아무것도 모른다.

어머니는 약사였고, 가끔 찾아오는 삼촌도 그랬지만 두 사람의 입에서 '숲의 백성'이라는 단어를 들은 적은 없었다.

미샤가 아는 '숲의 백성' 이야기는 전부 지올드가 가르쳐준 것이다.

그래서 이번에 진짜 '숲의 백성'과 가까웠던 사람에게서 이야기를 들을 수 있다고 생각하자 마음이 자꾸만 들뜨고 차분해질 수가 없었다.

'그러고 보면 엄마가 아빠와 만난 건 다친 아빠를 치료해준 게 계기라고 했었지. 어제 할머니는 엄마가 마을을 떠났다고 했었는데, 아빠에게 물어보면 더 자세한 이야기를 알 수 있었을까?'

문득 떠올린 미샤는 한숨과 함께 그 생각을 털어버렸다.

헤어질 때 아버지의 얼굴을 생각하면 의도한 바는 아니나 상처를 후벼파는 것 같아서 내키지 않았다.

평온한 마음으로 추억을 이야기하기에는 조금 더 시간이 필요할 것이다.
아버지에게도, 자신에게도.
들떠있다 싶더니 가라앉은 표정으로 고개를 숙이고 손안에서 컵을 굴리는 미샤를 지올드는 안쓰러운 얼굴로 쳐다보았다.
이 자그마한 소녀는 문뜩 이런 표정을 짓고 입을 다물어버린다.
그건 별것 없는 대화 도중이기도 했고, 별것 없는 풍경을 시야에 담은 순간이기도 하는 등 다양했지만 전부 죽은 사람을 떠올리고 있다는 건 쉽게 상상할 수 있었다.
지올드 본인도 많은 전장을 헤치며 친한 친구나 고락을 함께한 부하를 떠나보낸 적이 있었다. 그건 무척 괴롭고 힘든 경험이었다.
하지만 죽음을 각오하고 항상 죽음을 가까이에서 느끼던 전장의 자신과 이번 미샤의 경험을 겹쳐보지는 못한다.
각오도 없이 유일무이한 존재를 갑자기 빼앗겨버린 고통은 가늠할 수 없었다.
그렇게 생각하면 지올드는 미샤에게 뭐라고 말을 걸어야 할지도 알 수 없어진다. 그래서 그냥 미샤가 자기 힘으로 생각의 바다에서 빠져나오는 걸 살며시 지켜볼 수밖에 없다.
같은 마음인 건지 지올드의 심복인 다른 기사들도 힐긋힐긋 신경은 쓰는 모양이지만 말을 거는 사람은 없었다.
곁눈질로 살피면서도 직전까지 하던 대화를 자연스럽게 이어가는 부하들을 보며 지올드는 다 큰 어른이 하나같이 뭘 하는 거냐며 조금 어이없는 기분이 들었다.
뭐, 그 어른 중에는 자기도 포함이지만.
"딱히 할 일도 없다면 시장에 또 가볼래? 아침 시장은 관광객보다는 지역 주민을 위한 가게가 많으니까 어제와는 다른 활기가 느껴져서 재미있을걸?"

살며시 말을 걸자 미샤의 눈동자에 의지가 깃들었다.

"지역 주민?"

"그래, 채소나 과일, 생선 같은 거지. 아침은 신선식품 중심이거든."

관심을 보이는 미샤를 향해 지올드가 웃는 얼굴로 대답했다.

"응. 가보고 싶어요. 어차피 숙소에 틀어박혀 있어도 할 일도 없고."

미샤는 싱긋 웃으며 고개를 끄덕였다.

새로운 것을 아는 것도 보는 것도 좋아한다.

밖에는 숲에서 살 때는 몰랐던 것이 많이 있다.

"그럼 우선 방에 한 번 돌아가서 준비한 뒤에 출발하자."

지올드의 말에 미샤는 서둘러 일어났다.

오늘은 어떤 것과 만날 수 있을지 생각하자 가슴이 설렜다.

조금 전의 우울한 기분을 구석으로 획 밀어버린 미샤는 이른 아침의 산책으로 피곤해서 꾸벅꾸벅 조는 렌을 안아 들고 자기가 받은 방으로 후다닥 돌아갔다.

10 길동무 지원자

아침 시장도 활기로 넘쳐났다.

색색의 채소와 과일이 곱게 진열되어 있고, 여기저기에서 주부인 듯한 여성과 가게 주인의 할인 실랑이가 이뤄지고 있었다.

음식을 파는 노점에서는 곡물을 끓인 죽 같은 것이나 빵에 채소와 햄을 끼운 것 등 낮에 비하면 양은 적지만 담백한 종류가 주류인 모양이었다.

어제와는 또 다른 모습을 보여주는 시장에 미샤는 커다란 눈을 동그랗게 뜨고 둘러보았다.

어제는 건어물이 중심이었던 해산물도 지금은 갓 잡아서 신선하다는 듯 윤기가 흐르는 생선이 진열되어 있었다.

개중에는 아직 살아서 펄떡거리는 것도 있어서, 별생각 없이 들여다보면 미샤는 놀라서 작게 비명을 질러 주위의 웃음을 불렀다.

"소금을 뿌려서 삶아 먹으면 맛있어. 사 갈래?"

작은 통 안에서 꿈틀꿈틀 움직이는 대량의 게에 시선을 빼앗기자 주인아저씨가 반쯤 놀리는 얼굴로 말을 걸었다.

"으음~~ 먹어 보고 싶지만, 저 지금 여관에 머물고 있어서 요리하지 못해요."

하지만 딱 봐도 관광객인 아이에게서 예상치 못한 대답이 돌아오자 주인아저씨는 어안이 벙벙해졌다.

'산 채로 삶다니!'라는 귀여운 반론과 그걸 보고 흐뭇해하는 분위기를 예상했지, 결코 이런 침착한 대답이 올 줄은 몰랐다.

그러나 미샤에겐 먹기 위해 생명을 빼앗는 건 자신이 살아가기 위해서는 필연적인 행위이므로 거기에 잔인함이라는 감각은 없었다.

사냥한 이상은 맛있게 먹는 게 예의라고 생각한다.

"이 새우도 크다~. 강에서 잡는 새우와는 전혀 달라."

생글생글 웃는 얼굴로 신선하게 펄떡거리는 커다란 새우를 가리키는 미샤를 향해 주인아저씨는 한 방 먹었다는 듯 웃었다.

"저기 가게에 가져가서 나한테 산 거라고 말하면 구워줄 거야. 싸게 해줄게, 어때?"

"네? 정말요?"

웃으면서 대각선 맞은편에 있는 노점을 가리키는 아저씨의 말에 미샤는 눈을 빛내며 자신의 위장과 상담했다.

'아침을 먹은 지 얼마 안 됐지만 새우 한 마리 정도라면……. 그래도 한 마리는 미안하니까 지올드 씨랑 다른 사람들에게도 먹자고 하고…….'

'좋아, 오케이!' 하고 판단한 미샤는 생글거리는 얼굴로 아저씨와 새우 가격을 교섭하기 시작했다.

그리고.

"맛있어~~!! 어제도 먹었는데 맛이 다른 것 같아!"

미샤는 눈앞에서 구워진 뜨끈뜨끈한 새우를 입에 넣은 순간 놀라서 탄성을 질렀다.

살이 탱글탱글하고, 씹으면 안에서 육즙이 터진다. 새우 자체의 맛도 또렷하고 감칠맛이 있다.

게다가 절묘한 소금간과 불 조절이 새우의 단맛을 돋보여주었다.

"탱글탱글 추르릅……."

새우를 꿴 꼬치를 단단히 쥔 손과는 반대쪽 손으로 뺨을 감싸고 황홀하게 눈을 휘는 미샤는 무척 행복해 보여서, 그 모습이 시야에 들어온 주변 사람들이 '그렇게 맛있다면……' 하고 낚인 듯 생선가게로 향했다.

갑자기 여러 명의 손님이 밀려든 덕분에 생선가게 주인아저씨와 연계해서 바빠진 새우구이 노점 젊은이는 기쁨의 비명을 지르게 되었다.

하지만 자기도 모르는 사이에 매상에 공헌한 당사자인 미샤는 새우에 푹 빠져서 조금도 눈치채지 못했다.

지올드는 자기도 갓 구운 생선을 뜯어 먹으며 그 광경을 웃는 얼굴로 보고 있었다.

그 후 새우를 다 먹은 미샤에게 어째서인지 기분이 좋아 보이는 생선가게 주인아저씨가 갓 삶은 게를 가져다주었다.

갑작스러운 선물에 놀라서 고사하려는 미샤에게 아저씨는 '아가씨가 마음에 들어서 그래. 먹어줘!'라며 웃는 얼굴로 떠넘겼다.

지올드도 중재해줬고, 너무 거절하는 것도 미안해서 받은 게도 뜨겁고 맛있었다.

미샤가 껍질을 잘 벗기지 못하자 아저씨가 대신 벗겨주었는데, 딱딱한 껍질을 마법처럼 순식간에 벗기는 솜씨가 대단해서 저도 모르게 환호성을 지르고 말았다.

어느새 주변에는 사람들이 잔뜩 모여서 다들 새우나 게를 먹고 있었다. 역시 그곳은 인기 있는 가게였던 모양이다.

그런 식으로 생각하면서 미샤는 살며시 자신의 배를 문질렀다.

"……너무 먹었어."

새우 한 마리만 먹을 생각이었는데 그만 흥에 겨웠던 건지 위가 무겁고 더부룩하다.

"할머니네 가야지. 위장약 나눠달라고 할래."

중얼거리면서 걷는 미샤의 뒤를 지올드가 쿡쿡 웃으며 따라갔다.

지올드는 일단 말렸지만, 게가 너무 맛있어서 멈추지 못하고 폭주한 결과였으니 웃는다고 해도 미샤는 항의할 권리가 없었다.

하지만 뒤에서 조용히 키득거리는 것도 제법 신경이 거슬렸다.

그래서 목적지인 텐트 앞에서 '약사끼리 비밀이야기 할 거니까 안에까지 따라오지 마세요!' 하고 거부해본 건 반쯤 복수를 위해서였다.

물론, 약사의 지식 중에는 악용되지 않도록 문외불출인 것도 있으니 그리 부자연스러운 주장도 아니었기 때문에 지올드와 기사들은 미묘한 표정을 지으면서도 가게 앞에서 기다리는 걸 받아들여 주었다.

'다행이다. 이제 거리낌 없이 대화할 수 있어.'

조금 죄책감을 느끼면서 미샤는 천장에 매달린 약초 다발을 피해 가게 안으로 들어갔다.

"할머니, 계세요?"

빛을 싫어하는 약도 많다 보니 어둑한 가게 안은 여기저기에 약초가 쌓여있어서 시야가 안 좋다.

가까스로 사람이 한 명 지나갈 수 있는 넓이의 통로를 걸어가며 미샤는 안쪽을 향해 살며시 말을 걸었다.

"이쪽이야. 잘 왔어."

바로 돌아온 목소리를 따라 한층 커다란 약초 더미 뒤를 살펴보자 그곳에는 작은 테이블과 의자가 두 개 놓여있었다.
그리고 어째서인지 검은 로브를 머리까지 뒤집어쓴 노파가 앉아 있었다.
"호위들은 밖에 있지?"
몸짓으로 맞은편 의자에 앉으라는 권유를 받아 미샤는 순순히 앉으며 고개를 끄덕였다.
"약사끼리 할 이야기가 있다고 기다리라고 했어요."
미샤의 말에 노파는 큭큭 웃었다.
"그거 좋네. 평범한 약사나 의사라도 다른 사람에게 알리고 싶지 않은 비밀이 산더미처럼 있으니까."
미샤는 흡족해하며 웃는 노파를 물끄러미 바라보았다.
후드를 깊게 눌러썼기 때문에 살짝 보이는 턱 말고는 그 얼굴을 볼 수가 없었다.
확실히 조금 쉰 목소리는 어제 들은 노파의 목소리였지만, 미샤는 어딘가 위화감을 느끼고 있었다.
같은 사람이긴 한 것 같다. 하지만 무언가가 다르다.
탐색하는 듯한 시선에 노파의 움직임이 멈췄다.
"감이 좋은 건 좋은 일이야. 오래 살 수 있거든."
그렇게 중얼거린 목소리는 조금 전까지 들린 노파의 목소리와는 다른 젊은 여성의 목소리였다.
갑작스러운 변화에 놀라서 숨을 삼킨 미샤 앞에서 후드가 천천히 벗겨졌다.
백금색 머리카락이 사르르 흘러내린다.
똑바로 마주친 눈동자는 신비로운 숲의 색상을 머금고 있었다.

미샤는 자신과 같은 색채를 지닌 노파를 멍하니 응시했다.

어머니와 삼촌 말고는 처음 만난, 자신과 같은 색을 지닌 인물.

하지만 미샤 안에서는 그 사람과 만났다는 기쁨보다도 놀라움이 더 컸다.

"왜? 어제는……."

경악하는 미샤를 보며 노파는 젊은 목소리로 쿡쿡 웃었다.

"변장한 거야. 이 색은 눈에 많이 띄는 데다 너무 알려져 있으니까. 봐, 이것도."

그렇게 말하고 노파의 손이 얼굴로 향하더니…….

"힉?!"

투둑투둑 벗겨지는 피부를 보고 미샤는 눈을 부릅뜨며 날카롭게 숨을 삼켰다.

가까스로 비명을 지르지 않았던 건, 이성 어딘가에서는 여기서 큰 소리를 내 지올드와 기사들을 불러들일 수는 없다고 판단했기 때문이었다.

그렇게 얼굴에서 살색의 무언가를 뜯어낸 뒤에는 매끄러운 피부를 지닌 젊은 여성의 얼굴이 나타났다.

"다시 인사할게. 내 이름은 미란다. 네 엄마와는 소꿉친구로 같이 자란 사이였어."

부드러운 미소는 어딘가 어머니 레이어스를 닮은 구석이 있었다.

레이어스도 자주 미샤를 놀라게 하고는 이런 식으로 웃었다.

"……아, 네. 잘 부탁드립니다."

인간은 너무 놀라면 오히려 반응이 둔감해진다는 것을 미샤는 처음 알았다.

어제와는 완전히 다른 사람이 되어버린 상대방을 멍하니 바라보았다.

"그거, 어떻게 된 거예요?"

우선 궁금했던 걸 질문한 것은 거의 반사 같은 행동이었다.

미샤의 호기심은 아주 투철해서, 아무래도 본인의 의식과는 별개인 모양이었다.

"어떤 식물의 뿌리를 달여서 가공한 거야. 그걸 얼굴에 직접 발라서 다른 얼굴을 만드는 거지. 잘 만든 가면 같은 셈이야. 마르면 진짜 피부 같은 질감이 되는 데다 이렇게 잡아당기지 않는 한 그리 쉽게 벗겨지지 않아. 단점은 땀을 내보내지 못하니까 오랫동안 쓰고 있으면 습기가 차서 문드러진다는 거지. 앞으로 해결해야 하는 과제야."

간결하게 설명한 미란다는 벗긴 조각을 펼쳐서 미샤에게 건넸다.

그건 어제 만난 주름진 노파의 얼굴로, 손바닥 위에 납작하게 올라간 모습은 제법 징그러웠다.

"머리카락은 염색이나 가발이라고 쳐도, 눈은? 눈은 어떻게 한 거예요?"

어제는 분명히 회색이었다.

상반신을 앞으로 불쑥 내미는 미샤에게 미란다는 테이블 아래를 뒤적인 후 작은 유리병을 몇 개 꺼냈다.

"이걸 눈에 떨어트리면 홍채가 같은 색으로 물들어. 그리고 이걸 한 번 더 떨어트리면 정착시킬 수 있지. 단 이쪽은 쉽게 색이 빠져서, 물로 헹구면 금방 지워져. ……눈물도 안 돼. 흐르거든."

살며시 들어서 램프 불빛에 비춰 보자 갈색에 파란색, 그리고 어제 노파와 같은 회색도 있었다.

"……이것도 '숲의 백성'이 만든 건가요?"

눈동자 색을 바꾼다니 들어본 적도 없다. 게다가 이런 얇은 막 같은 것으로 얼굴을 바꾸는 것도 처음 들었다.

이런 것까지 만들어내다니, 완전히 '약사'의 영역을 넘어섰다고 생각하며 미샤는 손안에 있는 것을 물끄러미 바라보았다.

'왕이나 귀족이 원할 만도 해. 이런 지식을 손에 넣는다면 나라의 방향까지 바꿔버릴 것 같아.'

"우리의 정체를 숨기기 위해 만들어낸 거야. 아무리 외부의 피를 들여와도 어째서인지 이 색상은 사라지지 않았거든. 검은 머리카락의 인간과 아이를 만들어도 네 명 중 세 명은 이 색이 나왔어. 마치 저주처럼."

미샤의 얼굴 근육이 움찔거리는 걸 보고 미란다가 난처하다는 듯 일족의 놀라운 고민을 가르쳐주었다.

"어째서인지 우리 일족에겐 유전 법칙이 적용되지 않았어. 혹은 우리의 피가 그만큼 강한 건지도 모르지. 자세한 건 아직 몰라. 그렇다고 드러내놓고 다니면 지식을 원하는 자들에게 사냥당하더라. 예전에 새로운 지식을 얻으려고 마을을 뛰쳐나간 사람들이 많이 희생당했어. 우리는 그냥 병이나 상처를 극복할 방법을 알고 싶었던 것뿐인데……."

눈을 내리뜬 미란다의 표정이 일족이 걸어온 역사를 여실히 말해주고 있었다.

미샤는 고난의 길을 걸었을 과거의 선조들을 상상했다.

그럼에도 포기하지 못했던 선인들이 머리를 맞댄 지혜의 결정이 이것이라면, 무섭다고 두려워하는 건 실례일 것이다.

생각해 보면 일족에서 뛰쳐나온 어머니가 미샤에게 그 존재를 절대 말하지 않았던 것도 어린아이의 순진한 입에서 정보가 새어나가는 걸 두려워했기 때문일 것이다.

숨어 사는 마을의 정확한 위치가 알려진다면 어떤 비극이 일어날지 상상만으로도 무시무시하다.

"하지만 그만큼 훌륭하게 의태할 수 있다는 건, 눈치채지 못했을 뿐 '숲의 백성'과 스쳐 지나갔을지도 모른다는 건가요?"

문득 생각나서 물어보자 미란다는 고개를 저었다.

"다른 누군가는 몰라도 미샤는 스쳐 간 적이 없을 거야. 너는 딱히 숨기지도 않고 그 모습 그대로 여행하고 있잖아? 누군가가 봤다면 나처럼 어떻게든 접촉했겠지. 도저히 자기가 접촉하지 못하는 상황이어도 정보를 뿌려서 지켜보는 체제를 만들었을 거고."

"지켜보는 체제…… 라고요?"

미샤는 어쩐지 신기한 기분이 들었다.

'그동안 존재도 몰랐던 상대를, 그저 같은 색을 지녔다는 이유만으로 그렇게까지 신경 쓰는 거야? 생판 타인인데?'

"일족의 결속을 강화하면서 살아남았으니까. 조금 귀찮을 때도 있지만 돌아갈 장소가 있으니 밖을 유유자적 돌아다닐 수 있다는 느낌인 건지도."

미란다의 자상한 미소에 미샤는 어쩐지 애달파졌다.

이야기로도 들어본 적 없는 '고향'.

그곳을 뛰쳐나온 어머니는 돌아가고 싶다고 생각하지 않았던 걸까?

"뭐, 일족의 정보망에서도 빠져나가는 못난 놈은 어느 시대든 있었지만, 사실 네 삼촌도 그중 하나란 말이지~."

착 가라앉은 분위기를 바꿔버리듯 미란다가 불쑥 삼촌의 이야기를 꺼내자 미샤는 어리둥절해져 눈을 동그랗게 떴다.

"라인은 지금 일족 내에서도 특출나게 자유로운 영혼이야. 본래는 20살을 넘지 않으면 혼자 마을에서 나가지 못하는데, 여기서 배울 건 이미 아무것도 없다며 15살 때 뛰쳐나갔지. 레이어스가 마을을 나간 뒤로는 특히 심해져서 마음이 가는 대로 여기저기 돌아다니면서 연락도 제대로 안 해. 하지만 몇 년에 한 번씩 돌아와서 놀라운 신지식을 보여주니까, 아무도 막지 못하고 있어."

조금 난처한 듯 이야기해주는 모습은 변덕스럽게 찾아오는 삼촌의 인상과도 딱 맞아떨어져서, 미샤는 저도 모르게 웃음을 터트리고 말았다.

"웃을 일이 아니거든? 덕분에 이런 긴급사태에도 연락할 방법이 없으니까. 아무튼, 보면 네 이야기를 알리라고 정보를 뿌렸는데, 언제가 될지 정말 짐작도 안 가. 미안해."

면목 없다는 듯 어깨를 축 떨구는 미란다를 향해 미샤는 다급히 고개를 저었다.

"신경 쓰지 마세요. 원래 연락할 수 있을 거라고 생각도 안 했으니까요! 하지만 언젠가는, 전해지면 좋겠어요."

"그래? 그렇게 말해주면 고맙지."

아직 조금 난처한 얼굴로 미란다는 싱긋 웃었다.

그리고는 웃는 얼굴로 불쑥 떨어트린 폭탄 발언에 미샤는 이번에야말로 큰소리를 지르고 말았다.

“그래서 본론인데, 라인과 연락이 될 때까지 내가 보호자 대리로서 널 따라가려고 하는데 어떻게 생각해?”

11 '숲의 백성' 미란다

약초 가게 앞에서 느긋하게 동료와 담소를 나누던 지올드는 갑자기 가게 안에서 터진 미샤의 목소리에 순식간에 몸을 돌려 가게 안으로 뛰어들었다.

가득 쌓인 약초 더미에 부딪혀 무너지는 것도 아랑곳하지 않고 최단 거리로 가게 안쪽으로 달려갔다.

그리고 의자에 앉은 미샤를 발견하자 안아 들어서 등 뒤로 보내고, 맞은 편에 앉은 검은 로브의 상대와 대치했다.

그 모든 게 미샤가 놀라서 소리친 뒤로 눈 깜짝할 사이에 일어났다. 어느새 지올드의 등 뒤에 감싸진 상태가 된 미샤는 상황을 이해하지 못하고 눈을 깜빡일 수밖에 없었다.

직후 뒤에서 기사 두 명이 잇달아 달려왔다.

앞은 지올드가, 뒤는 기사 두 명이 에워싸자 미샤는 그제야 상황을 파악하고 허둥지둥 지올드의 등을 때렸다.

"지올드 씨, 아니야. 미란다 씨는 적도 아니고, 아무런 짓도 안 당했으니까."

그렇게 말하며 고개를 내밀려고 했지만, 뒤에 있던 기사 한 명이 살며시 어깨를 눌러서 제지했다. 그 행동에 미샤가 한층 당황하는 가운데 시원스러운 웃음소리가 울렸다.

"오, 좋네. 제법 반사신경이 훌륭해. 호위 합격이야."

지올드는 눈앞에서 쿡쿡 웃는 여자를 말없이 노려보았다.

백금색 머리카락에 녹색 눈동자.

너무도 선명한 그 특징은 착각할 여지도 없이 눈앞의 여자가 '숲의 백성'이라는 걸 알려주었다.

놀리는 듯 웃는 여자의 수려한 얼굴은 어딘가 미샤와 비슷한 점이 있었다.

하지만 '숲의 백성'이 확실하다고 해도 지올드에게는 낯선 여자다. 섣불리 호위 대상에 접근하게 둘 수는 없다.

좁은 가게 안에서 장검은 방해만 될 뿐이라며 대신 빼든 단검을 빈틈없이 거머쥐었다.

"그렇게 경계하지 마. 미샤의 말대로 나에게 이 아이를 해칠 마음은 없어. '숲의 백성'의 결속은 들어본 적 있지? 나는 이 가게 주인이 '숲의 백성' 아이를 봤다고 해서 달려온 것뿐이야."

부드러운 미소를 지으며 아무것도 들고 있지 않다고 말하듯 두 손을 벌리는 여자를 보고 지올드는 짧게 망설인 뒤 단검을 내렸다.

한편 미샤는 미란다의 말을 듣고 '노파'와는 다른 사람인 척한다는 걸 깨닫고서 몰래 어깨를 축 떨궜다.

대체 미란다는 몇 개의 신분을 나눠서 생활하는 걸까?

아니, 그보다 '노파'를 불러오라고 하면 어떻게 할 생각인 걸까?

그런 미샤의 의문을 뒤로 미란다는 미소를 머금은 채 자기소개를 시작했다.

"조금 늦었지만 만나서 반갑습니다. 미샤의 기사님들. 저는 미란다. 이번에 할머니에게서 연락을 받고 '숲의 백성' 대표로서 어린 일족 아이를 보호하러 왔습니다."

우아하게 무릎을 굽히며 숙녀의 예를 취하는 미란다를 향해 지올드는 당혹스러운 시선을 보냈다.

"보호라고 해도……. 이쪽도 그녀의 아버지에게서 정식으로 요청을 받아 이웃 나라까지 호위하는 중입니다. 아무리 당신이 '일족의 아이'임을 주장해도 양보할 수는 없습니다."

난처한 표정을 지으면서도 '친부의 의뢰'라는 방패를 내세워 고개를 젓는 지올드를 보고 미란다는 천천히 고개를 끄덕였다.

"미샤에게 간단한 경위는 들었습니다. 우리에게 보내주지 않아도 괜찮습니다. 대신 당신들의 여정에 저도 끼워주지 않으시겠어요?"

갑작스러운 요청에 그 자리에 동요가 퍼졌다.

한번 만나기도 힘들다는 '숲의 백성'이 둘이나 모인 사실에 어떻게 대응해야 좋을지, 아무리 지올드라고 해도 당황한 모양이었다.

이대로 자국에 데려가면 왕은 확실히 기뻐할 테지만, 그렇다고 그녀가 아군이 되어준다는 보장은 없다.

아무튼 '숲의 백성'의 본질은 자유롭기로 널리 알려져 있으니까.

물론 여기서 거절한다고 해도 마음대로 따라오리라는 건 쉽게 상상이 갔다. 지올드는 내심 한숨을 쉬었다.

보이지 않는 곳에서 어슬렁거릴 바에야 차라리 눈앞에 있는 게 낫다.

"저기, 미란다 씨는 좋은 사람이에요!"

입을 열려고 한 지올드를 가로막듯 미샤가 끼어들었다.

지올드의 침묵을 나쁜 방향으로 해석하고 불안해진 모양이었다.

어떻게든 허락을 받고자 미샤는 변호를 시도했다.

"미란다 씨는 엄마의 소꿉친구였대요. 어릴 때부터 같이 자랐다고. 저는 엄마 이야기를 듣고 싶어요!"

등 뒤에서 앞으로 돌아 나와 지올드를 올려다보며 호소하는 미샤는 필사적이었다.

죽은 어머니의 추억을 이야기할 수 있는 사람을 놓치고 싶지 않다.

그런 절실한 마음이 전해져서 지올드는 난감한 얼굴로 미샤의 작은 머리를 살며시 쓰다듬었다.

"알았으니까, 그렇게 필사적으로 안 해도 돼. 거절할 마음 없어."

어린아이를 달래듯 머리를 쓰다듬으며 그렇게 말하자 미샤의 뺨이 빨개졌다.

하지만 바로 부끄러움보다는 미란다가 같이 와 준다는 현실이 기뻐서 방긋 웃었다.

"미란다 씨, 감사합니다."

그렇게 깊이 머리를 숙이자 미란다가 웃었다.

"그건 허락해준 그에게 인사해야 할 일이 아닐까?"

쿡쿡 웃으면서도 헝클어진 미샤의 머리카락을 부드러운 손길로 빗겨주었다.

그 손길이 기분 좋아 눈을 휜 뒤 미샤는 지올드에게로 몸을 빙글 돌렸다.

"지올드 씨도, 허락해주셔서 감사합니다."

"천만에요."

꾸벅 머리를 숙이는 미샤에게 지올드도 웃으며 대답했다.

"대화도 일단락됐으니 여행 일정을 물어봐도 될까?"

내일 봉납무를 본 뒤에 출발한다고 이야기하자 미란다는 조금 더 출발 준비를 한 뒤 저녁에 숙소로 찾아오겠다고 약속한 뒤 어딘가로 가버렸다.

멀어져가는 검은 로브를 아쉬운 듯 바라보는 미샤를 보고 지올드는 웃으며 그 어깨에 손을 올렸다.

"저녁에 다시 만날 수 있으니까 그런 표정 짓지 마. 가고 싶은 곳은 없어? 내일 봉납무가 끝나면 이 마을과도 안녕이잖아?"

밝게 하는 말에 미샤는 잠시 생각에 잠겼다.

"어제 들은 이야기에 나온 아가씨가 뛰어내렸다는 절벽이 진짜로 있다고 해요. 경치가 아주 좋다던데 가보고 싶어요."

문득 오늘 아침에 만났던 아이리스가 가르쳐준 이야기를 떠올린 미샤의 말에 지올드는 고개를 갸웃거렸다.

"그런 장소가 있던가?"

"마을의 오래된 신전 뒷길을 따라 산을 향해 가다 보면 나온다고 들었어요. 명확한 기록이 있는 건 아니지만 정황상 거기일 거라고."

"……우선 가볼까."

마을 외곽에 있는 그 신전은 오래되고 장엄한 석조 건물이었다.

안으로 들어가자 입구에서 정면에 파란색을 베이스로 한 아름다운 스테인드글라스가 보였다.

기하학적인 무늬를 그리는 그것이 무슨 의미인 건지는 명확하게 알 수 없었지만, 햇빛이 투과된 파란 유리들이 빛나며 전부 부드러운 파란색으로 물들여주고 있었다.

"마치 바닷속에 있는 것 같아."

너무 아름다워서 한숨이 흘러나왔다.

살며시 손을 들어 빛을 가리자 손바닥까지 파랗게 물드는 것 같았다.

"말 그대로, 바다를 묘사한 겁니다."

몽롱하게 취한 미샤에게 불현듯 목소리가 날아왔다.

화들짝 돌아보자 검은 법복을 입은 늙은 신부가 제단 옆 입구에서 들어오는 중이었다.

"놀라게 해서 죄송합니다. 오랜만에 손님이 와서 그만 나오고 말았습니다."

부드럽게 미소 짓는 신부의 얼굴에는 한가득 파인 깊은 주름이 그가 보낸 세월의 길이를 드러내고 있었다.

주름에 파묻히듯 가느다란 눈이 자상하게 풀어지는 걸 보고 미샤는 놀라서 굳어있던 몸에서 힘을 뺀 뒤 서둘러 무릎을 꿇었다.

"마음대로 들어와서 죄송합니다."

사과하는 미샤에게 노신부는 온화한 몸짓으로 미샤의 손을 잡아 일으켜 세웠다.

"신의 집은 언제든 누군가를 위해 문을 열어놓고 있습니다. 사양하지 않으셔도 됩니다."

그렇게 말하며 미샤의 손을 잡은 채 제단 앞으로 데려갔다.

"이 마을의 전설을 알고 계십니까? 그 일에 감명을 받은 장인이 훗날 이것을 만들어서 봉납했다고 전해지고 있습니다."

가까이서 올려다보자 농담이 제각각인 파란 유리가 복잡한 무늬를 그리며 붙어있는 걸 알 수 있었다.

"바다, 인가요?"

"네. 신의 모습을 본뜨는 건 황공하기 때문이라면서요. 바다는 그분 자체이니 바다를 표현하려고 생각했다고 합니다."

미샤는 다시금 스테인드글라스를 바라보았다.

확실히 일부는 파도가 치는 것처럼 보이기도 했고 소용돌이가 치는 것처럼 보이기도 했다.

"그럼 여기가 전설의 무대가 되었던 신전인가요?"

미샤의 질문에 노신부는 아쉽다는 듯 고개를 저었다.

"아뇨. 본래 있던 신전은 해일에 쓸려가고 말았습니다. 그때 귀중한 문헌과 자료도 바다에 많이 삼켜지고 말았다더군요. 이 건물은 그 후에 지어진 것이니, 무대가 된 신전과는 다른 건물입니다."

"……이렇게 오래된 것 같은데."

고개를 갸웃거리는 미샤를 보고 노신부는 쿡쿡 웃었다.

"네. 곧 300년이 되니 오래된 건물이라는 건 틀림없겠죠."

"300년!"

그 아득한 숫자에 미샤는 놀라서 소리쳤다.

사람이 태어나고 죽는 것보다 더 긴 세월, 이 신전은 이 장소에서 마을과 바다를 지켜보았다.

그건 어떤 시간이었을까.

상상에 빠진 미샤 대신 지올드가 절벽에 가는 길을 물어보았다.

신전 뒤쪽 산길을 올라가면 나온다는데, 친절한 노신부는 산길 입구까지 안내해주었다.

상당한 급경사를 묵묵히 걸었다.

그곳은 사람 한 명이 걷는 게 고작인 좁은 길이었다.

연인의 죽음을 안 신부는 어떤 마음으로 이 길을 달렸을까.

그런 생각을 하며 걷던 미샤는 하얀 드레스를 나부끼며 달려가는 뒷모습의 환각을 본 느낌이 들었다.

갑자기 시야가 트였다.

튀어나온 가지를 옆으로 밀어내며 빠져나온 곳은 작은 광장처럼 트여 있었고, 그 너머에 가득 펼쳐진 푸른빛.

"우와아아~~."

무심코 벼랑 아슬아슬한 곳까지 걸어가자 당황한 지올드가 어깨를 붙잡았다.

그 당황한 모습에 호들갑이라고 생각하면서도 문득 발아래를 내려다본 미샤는 숨을 삼켰다.

한참 아래쪽에서 바위에 부딪혀 부서진 파도가 하얀 거품을 내면서 물러가고 있었다.

확실히 여기서 떨어졌다간 무사하지 못할 것이다.

"이건 확실히 신의 손이라도 빌리지 않는 한 끝장이겠어……."

불어닥치는 바닷바람보다 더 큰 오한을 느낀 미샤는 한 걸음 뒤로 물러났다.

미샤의 손으로 구할 수 있는 생명은 적어도 살아있는 인간에 한정된다. 죽어버린 상대에게 약은 듣지 않는다.

"하지만 여기서 보는 풍경은 굉장히 예뻐."

단단히 붙잡아주는 지올드의 손에 기대며 미샤는 황홀하게 바다를 바라보았다.

왼쪽으로 마을도 작게 보인다는 걸 깨달은 미샤가 손가락질했다.

"신전이 해일에 삼켜졌다면 마을도 같이 해일 피해를 입었던 걸까? 그런 이야기는 아무도 하지 않았는데."

나무 사이에 파묻혀 신전은 보이지 않았지만, 위치상 신전만 피해를 봤다고 보기는 어렵다.

아니면 굳이 말할 정도로 해일 피해를 자주 입는 걸까?

문득 떠오른 의문에 대답해주는 목소리는 없었다.

숲 변두리의
꼬마 마녀
Little witch
at the edge of the forest.

12 미란다와 교류

절벽에서 보는 광경을 즐긴 뒤 조금 늦어진 점심을 먹고 항구에 만들어진 무대로 향했다.

어제와는 다르게 무대가 다양한 장식으로 치장되어 장엄한 분위기를 조성했다.

무대 앞에도 자리가 만들어져서 귀빈석처럼 구역을 나눈 공간까지 있었다.

놀랍게도 이 땅의 영주님도 보러 온다고 한다. 미샤의 예상보다 더 큰 축제였던 모양이다.

'축제라기보다는 제사에 가까운가?'

미샤는 회의 중인 어른들 사이에서 조금 전 신전에서 만난 노신부를 발견했다.

눈이 마주친 미샤는 작게 목을 꾸벅여서 인사했다.

"미샤 누나."

뒤에서 가벼운 충격이 닥쳐서 휘청거린 미샤는 발에 힘을 주고 간신히 버텼다.

돌아보자 어제 리허설을 구경하라고 데려갔던 소년이 허리에 달라붙어 반짝거리는 미소로 올려다보고 있었다.

"토이."

이름을 부르자 기쁘다는 듯 폴짝거리는 솔직한 반응이 귀엽다.

"진짜로 또 와 줬구나!"

"응. 또 실례할게. 오늘은 간식을 가져왔는데, 다들 시간 있을까?”

손에 든 봉지를 들어서 보여주자 주위에서 환호성이 터졌다.

부리나케 다가온 여러 명의 친근한 손이 이쪽이라면서 데려간 곳은 아이들의 대기실인 모양이었다.

관객석 옆에 설치한 천막 중 하나로 끌려갔다.

“어제보다 아이들이 많은 것 같은데?”

복작복작한 아이들을 보고 놀란 미샤가 옆에서 손을 잡고 있던 토이에게 물어보자 토이는 고개를 끄덕였다.

“어제는 주요 멤버만 맞춘 거니까. 오늘은 뒤에서 춤을 추거나 코러스를 부르는 아이들도 있어. 나도 코러스에 참가해.”

어제의 두 배 가까이 되는 아이들을 보며 과자가 충분할지 걱정하면서도 미샤는 토이가 손을 잡아끄는 대로 안쪽으로 들어갔다.

“아, 어제 그 언니다.”

그러자 한구석에 낯익은 아이들이 모여있는 게 보였다.

주요 멤버는 역시 연습으로 오랫동안 시간을 함께하면서 특별한 단결력이 생긴 모양이었다.

“안녕. 또 놀러 왔어.”

웃는 얼굴로 선물도 있다고 종이봉투를 보여주면서 미샤는 한 명이 부족하다는 걸 깨달았다.

“아이리스는?”

미샤의 가벼운 질문에 아이들의 얼굴이 확 어두워졌다.

그 반응에 미샤의 손을 잡고 있던 토이의 손에 힘이 꽉 들어갔다.

놀란 미샤가 토이를 내려다보자 조금 전까지 웃고 있던 얼굴이 분하다는 듯 구겨져 있었다.

"그 녀석들, 또……."

작은 중얼거림과 함께 아이들 바로 뒤쪽에 있는, 조금에 들어온 곳과는 다른 출구로 뛰쳐나간 토이를 미샤는 반사적으로 쫓아갔다.

출구라기보다는 천막의 틈새였기 때문에 어린아이라면 쉽게 빠져나갈 수 있지만 어른에게는 좁았던 건지 몸이 걸려버린 지올드를 시야 구석으로 인지하면서도 미샤는 달려가는 작은 등을 쫓아가는 걸 우선했다.

토이 본인도 짐작 가는 곳이 있었던 건 아닌 건지 건물 뒤, 덤불 뒤 등 사람들의 눈에 띄지 않는 곳을 살펴보며 돌아다니는 것 같았다.

그렇게 몇 군데의 건물 사이를 살펴봤을 때 여러 명의 인영을 발견했다.

길이 막힌 작고 좁은 길. 아니, 건물과 건물의 틈새.

벽을 등지고 선 아이리스 앞에 조금 나이가 많은 듯한 소녀 세 명이 가로막듯 서 있었다.

마침 선두에 서 있는, 한층 눈에 띄는 화려한 붉은 원피스의 소녀가 아이리스의 어깨를 밀친 참이었다.

"너희들 뭐 하는 거야!"

소녀들을 밀치고 들어간 토이가 아이리스와 소녀들 사이에 서서 누나를 감싸듯 두 팔을 벌렸다.

"어머나, 작은 기사님 등장이네."

무시하듯 코웃음을 치는 붉은 원피스의 소녀 옆에서 다른 소녀들도 심술궂은 비웃음을 흘렸다.

"아이리스, 찾았어. 신부님이 부르셔."

그때 아무 일도 없었다는 듯 끼어든 낯선 목소리에 소녀들은 뒤를 돌아보았다.

그리고 처음 보는 얼굴을 발견하고는 재빨리 시선을 교환했다.

결국 비슷한 나이의 소녀라고는 해도 제삼자의 개입은 환영할 수 없다고 판단한 건지, 도도하게 턱을 들고 아이리스 앞에서 발걸음을 돌렸다.

"알았지? 명심해!"

마지막으로 못을 박고 떠나가는 소녀들의 등을 미샤는 어안이 벙벙해서 쳐다보았다.

상대방을 내려다보는 모습이 아주 익숙해서, 비슷한 나이로는 보이지 않는 '어른'의 얼굴이었다.

"누나, 괜찮아? 안 다쳤어?"

고개를 숙이고 우두커니 서 있는 아이리스의 얼굴을 토이가 걱정하며 살펴보았다.

울 것 같은 동생을 보고 아이리스는 힘이 없긴 하지만 어떻게든 미소를 지었다.

"괜찮아. 조금 뭐라고 말을 들은 것뿐이니까. 고마워."

그렇게 말하고 살며시 동생을 끌어안는 아이리스의 몸은 조금 떨고 있었다.

"결국 저 애들은 뭐 하러 온 거야?"

부둥켜안고 서로를 위로하는 남매를 향해 미샤는 질문을 부딪쳐 보았다.

정말로 이해할 수 없었기 때문이다.

그 순간 토이의 얼굴이 불쾌하다는 듯 일그러졌다.

“재 진짜 짜증 나. 평소엔 이 마을에 없는데, 10살이 되었을 때부터 봉납무 한 달 전에 이 마을에 와서는 매년 억지로 아가씨역을 했어.”

“억지로?”

뒤숭숭한 단어에 미샤는 한층 고개를 갸웃거렸다.

“이 마을에 사는 아이들에게 아가씨 역할과 용신님 역할은 동경의 대상이에요. 물론 어떤 역할도 소중하지만 역시 특별하죠. 그 아이는 어머니가 이 마을 출신이고, 귀족의 눈에 들어서 다른 마을로 시집갔다고 해요. 어머니의 바람도 있어서 아가씨 역할에 집착하는 모양이에요.”

“원래는 그해 가장 춤을 잘 추는 아이가 맡아야 해. 그런 애보다 누나가 훨씬 더 잘 추는데…….”

어깨를 떨구는 아이리스와 억울해하는 토이.

두 사람의 모습을 보면 무슨 일이 있었는지는 대충 눈치챌 수 있었다.

“하지만 올해는 재도 13살이라서 무대에 못 서. 다들 안심했어. 드디어 제대로 된 무대를 용신님께 바칠 수 있다고. 그런데 재는 누나에게 트집을 잡아서 아가씨 역할을 포기하라는 거야. 올해에도 자기가 하겠다고.”

토이의 말에서 나온, 너무나 제멋대로인 행동에 미샤는 눈을 크게 떴다.

“그런 게 가능해?”

미샤의 말에 아이리스가 고개를 저었다.

“이 무대는 용신님께 바치는 제사이기도 해요. 먼 옛날부터 10살에서 12살 난 아이가 춤을 춘다고 정해져 있죠. 아무리 그래도 예외를 둘 수 없다고 어른들도 거부했어요. 하지만 그 아이는 포기하지 않았거든요."

아이리스의 입에서 한숨이 나왔다.

하지만 시선을 들어 올린 아이리스는 싱긋 웃었다.

"그래도 올해는 저도 양보할 마음이 없어요. 저는 올해 12살이니까 저에게도 마지막 기회거든요. 어릴 때부터 동경하면서 계속 노력했어요. 용신님께 바치는 춤을 추고 싶다는 마음은 지지 않아요."

반짝반짝 강하게 빛나는 눈동자는 무척 예뻐서 미샤는 역시나 넋을 잃고 바라보았다.

무언가 목표를 열렬하게 바라보는 마음은 이 얼마나 아름다운지.

하지만 순수한 아이들은 아직 모른다.

세상에는 아주 추악한 악의가 존재한다는 것을.

그리고 악의는 순수한 것을 망가트리는 것에서 기쁨을 찾아낸다는 것을.

"리허설 시작하겠다. 가자."

"네!"

미샤의 재촉에 걷기 시작한 세 사람의 등을 바라보는 탁한 눈동자가 있다는 걸 깨달았다면, 어쩌면 이야기는 조금 바뀌었을지도 모른다.

약속한 대로 저녁 식사 전에 여관에 찾아온 미란다는 머리카락과 눈동자를 갈색으로 물들이고 있었다.

색이 바뀌기만 해도 사람의 인상은 많이 달라진다.

미샤는 색을 바꾸는 방법에 대해 들었기 때문에 바로 눈치챌 수 있었지만, 머리카락 색은 바꿀 수 있어도 눈동자 색은 바꾸지 못한다는 선입관이 있는 지올드와 기사들은 좀처럼 눈치채지 못해서 한바탕 소란이 있었다.

결국 미샤의 애원으로 방에 들여보낸 뒤 물로 눈을 씻어서 원래 색으로 돌아간 걸 보여줘야만 했다.

"하지만 눈 색을 바꿀 수 있다는 걸 밝혀도 괜찮았던 거예요?"

아무리 그래도 색을 바꾸는 과정까지는 보여줄 수 없다며 다른 사람들을 쫓아낸 방 안에서 미샤는 미란다에게 물었다.

다시 눈 색을 바꾸기 위해 준비하던 미란다가 쾌활하게 웃었다.

"뭐, 알아봤자 흉내 내진 못할 테니 괜찮아. 그래도 마스크의 존재까지는 알려줄 수 없지만."

"……그거, 말이군요."

약제를 섞는 미란다의 손을 진지하게 들여다보며 미샤는 쓰게 웃었다.

확실히 노파의 얼굴이 벗겨지는 순간은 조금 무서웠다.

"머리카락 색만이 아니라 얼굴 자체를 바꾸는 기술이 있다는 걸 알면 그 기술을 얻어내려고 또 소란이 일어날 것 같으니까."

작은 흡입봉으로 신중히 약을 눈에 떨어트린 미란다는 색이 정착될 때까지 최대한 눈을 깜빡이지 않으려고 얼굴을 찡그리며 견디고 있었다.

"이 과정이 제일 힘들어. 조금 더 빠르게 정착되도록 빨리 개량하면 좋겠는데."

"눈을 깜빡이면 안 되는 건가요?"

손거울을 노려보는 미란다를 보고 미샤는 고개를 갸우뚱 기울였다.

"약제의 표면을 말리지 않으면 안 되거든. 안 그러면 색이 번져."

"……말린다……."

미샤는 중얼거린 뒤 잠시 진지한 표정으로 생각에 잠겼다.

갑자기 조용해져서 자기 세계로 들어가 버린 미샤를 미란다는 힐끗 곁눈질했다.

무의식인 모양이었다. 손끝으로 입술을 만지는 동작이 생각에 잠길 때의 레이어스와 똑같아서 그리움에 눈이 촉촉해질 뻔했다.

'안 돼, 여기서 울었다간 또 처음부터 해야 한다고.'

조금만 더 참아야 한다고 견디던 미란다의 귀에 미샤의 작은 중얼거림이 파고들었다.

"세라 수액을 섞으면?"

"어? 세라?"

갑작스러운 이름에 미란다는 놀라서 거울에서 미샤에게로 시선을 옮겼다.

세라는 이 근방의 숲에서 쉽게 채집할 수 있는 덩굴 식물로, 어린 잎은 데쳐서 먹을 수 있고 덩굴은 말려서 바구니를 짜기도 한다.

약사만이 아니라 일반인도 자주 채집하는 식물이지만 약사에게는 약사의 용도가 있는데…….

"세라 덩굴의 수액은 상처에 바르면 빨리 마르게 하는 작용이 있잖아요? ……그걸 응용할 수 없을까…… 했는…… 데."

자신을 바라보는 미란다의 눈이 점점 진지해져서 미샤는 어쩐지 민망해 자신감이 없어졌다.

어머니와 약을 개량할 때의 습관으로 생각난 걸 그냥 입 밖으로 내버리긴 했지만, 역시 엉뚱한 소리를 해버린 걸까.

조용해진 미란다를 불안한 마음으로 바라보고 있었더니 갑자기 와락 끌어안겼다.

"굉장해! 미샤. 아무도 그 약초를 떠올리지 못했는데. 그래, 아마 잘될 거야! 바로 연구부에 시도해보라고 편지 보내야겠어!!"

신이 나서 미샤를 끌어안고 붕붕 돌리는 미란다 때문에 미샤는 눈이 빙글빙글 도는 걸 느끼면서도 자기도 기뻐져서 웃어버렸다.

"그게, 다 자라서 덩굴이 갈색이 되면 채취량은 줄어들지만 수액이 투명하고 점성도 없어져. 액체에 섞는다면 그게 더 적절할 거야."

싱글벙글 이야기하는 미샤의 머리를 미란다가 쓰다듬으며 놀라워했다.

"미샤는 관찰력이 좋구나. 대단하네."

덜 자랐을 때는 덩굴이 녹색이라 싱그럽고 수액도 많이 채취할 수 있으니 그쪽을 채취하는 게 일반적이다.

굳이 조금밖에 채취하지 못하는 다 자란 덩굴을 모으는 인간은 없었고, 하물며 그 차이를 비교하다니.

'직감과 관찰력. 라인과 레이어스의 장점을 그대로 이어받은 모양이야.'

소꿉친구 남매를 떠올린 미란다의 가슴이 또 살짝 욱신거렸다.

"그것도 잘 적어 보낼게. 고향 부근엔 세라가 그리 자생하지 않으니까, 온실에서 처음부터 재배해야 할지도 모르지만."

미샤의 찰랑찰랑한 머리를 쓰다듬으며 미란다는 희미하게 웃었다.

색은 같아도 미란다의 머리카락은 부드러운 곱슬기가 돌아서 이런 매끄러움은 없다.

부러워하는 미란다에게 레이어스는 미란다의 곱슬이 더 귀엽다고 대꾸했었다.

그렇게 남의 떡이 더 커 보인다면서 함께 웃어버리곤 했다.

"머리, 묶어줄게. 나 잘 묶어."

"감사합니다! 그야 머릿결은 좋지만, 너무 직모라 혼자서는 잘 묶지 못했어요! 땋는 건 아예 못해서 중간에 머리카락이 자꾸 도망가고. 미란다 씨의 머리카락은 부드럽게 출렁거리는 게 공주님 같아서 부러워요."

옛날을 떠올리고 조금 애틋한 기분에 잠기며 문득 던진 말에 기쁘다는 듯 앞에 앉은 미샤가 입술을 삐죽이며 자기 머리카락을 한 움큼 쥐고 투덜거렸다.

그 동작도 말의 내용도 마침 머릿속에 떠올렸던 광경 그대로라, 미란다는 무심코 웃음을 터트리고 말았다.

"레이어스도 똑같은 소릴 했어. 나는 너희 같은 머리카락이 더 예쁘다고 생각하는데."

쿡쿡 웃는 미란다가 어쩐지 행복해 보여서 미샤도 머리카락을 묶어주는 손길을 받으며 어쩐지 행복한 기분이 들었다.

자신이 모르는 어머니의 이야기를 해주는 미란다는 미샤 안에서 무척 소중한 사람이 되어있었다.

"어? 이건……."

미샤의 머리카락을 다 묶은 미란다가 문득 바라본 방 안에서 반작 빛나는 파란색 돌을 발견하고 집어 들었다.

"바다에서 주웠어요. 예뻐서 가져왔는데……."

혼자서 빛나는 게 왠지 무서워서 두고 다닌다고는 차마 말하지 못하는 미샤의 표정이 미묘해졌다. 하지만 그런 건 눈치채지 못한 듯 미란다는 파란 돌을 빛에 비춰도 보고 손바닥 위에서 굴려도 보는 등 관찰에 여념이 없었다.

"바다의 물방울인가? 내가 봤던 것보다 더 투명하고 딱딱해 보이지만."

"바다의 물방울?"

처음 듣는 단어에 미샤는 목을 갸웃거렸다.

미란다는 고개를 끄덕였다.

"드물게 바닷가에서 발견되는데, 소금이 굳어서 결정화한 거야. 어떤 조건에서 결정화하는지 아직 판명되지 않은 모양이지만. 깎아서 핥으면 짠맛이 날걸?"

"……소금이라고요?"

"그래. 암염의 일종이라고 해. 깎아볼래?"

예상치 못한 타이밍에 돌의 정체가 밝혀지자 미샤는 얼떨떨했다.

물론 그런 거라면 빛이 난 걸 설명할 수 없지만, 어쩐지 그 이야기를 하는 건 껄끄러워서 말을 삼켜버렸다.

"……바다의 물방울…… 이라……."

손바닥 위에 돌려준 파란 돌을 굴리며 미샤는 작게 중얼거렸다.

13 사라진 아이리스

'아, 또 이 세계에 와 버렸어…….'

빛이 흔들리는 파란 세계.

미샤는 그곳이 물 밑바닥이라는 걸 이미 알고 있었다.

다만 지난번과 다른 건 거기에서 울고 있는 사람의 모습이 없다는 점이다.

'그 사람이 부른 줄 알았는데, 아니었나?'

미샤는 의아해서 주위를 두리번거렸다.

하지만 그곳에는 그저 파란 정적의 세계가 펼쳐져 있을 뿐이었다.

'그러고 보면 바닷속인 것 같은데 물고기 한 마리도 없다니 이상하지…….'

생선은커녕 해초 하나도 보이지 않는다.

지면은 하얗고 고운 모래로 뒤덮여있었다.

발끝으로 살며시 모래를 파헤치자 바로 발등까지 파묻혔다. 그러나 첫날 물가에서 놀 때와는 다르게 어딘가 감각이 먼 느낌이다.

"너무 고독하고 쓸쓸한 장소야."

툭 중얼거리자 불현듯 귓가에서 쓰게 웃는 기척이 느껴졌다.

『갑자기 나타나서 참 실례되는 말을 하는구나.』

귀로 듣는다기보다는, 머리에 직접 울리는 신기한 목소리에 놀란 미샤는 다시 주위를 둘러보았다. 그러나 역시 어디에도 사람의 모습은 보이지 않았다.

『내 모습은 보이지 않는다. 바다에 녹아있으니까. 꿈길을 지나가는 소녀야, 그보다 그대는 어째서 여기에 온 것이지?』
다시 머릿속에 목소리가 울리자 미샤는 그 간지러운 감각에 얼굴을 찌푸렸다.
『어제도 왔었지? 환상에 필사적으로 말을 거는 통에 시끄러워서 눈이 떠졌구나.』
"환상?"
의미가 없다는 걸 알면서도 영 위화감을 지울 수 없어 미샤는 자신의 귀를 손가락으로 북북 문지르며 고개를 갸웃거렸다.
『그래. 그건 내 꿈에서 나온 환상이다. 과거의 기억이라고도 할 수 있지.』
"당신이 그 남자인 건가요?"
『그렇다고도 할 수 있고 아니라고도 할 수 있군. 그건 나에게서 떨어진 일부다. 오랜 시간에 지루하여 유희로 만들어낸 것이지. 폭풍이 치는 밤에 바람의 장난으로 육지로 흘러가 인간 여자에게 마음을 빼앗긴 불쌍한 나의 일부.』
그 목소리의 주인이 이야기한 내용은 아이리스에게서 들은 용신님 전설과 겹쳐졌다.
"그럼 당신이 용신님이신가요?"
미샤의 말에 쿡쿡 즐겁다는 웃음소리가 돌아왔다.
『음, 틀리진 않구나. 그 이름 또한 나의 일부다. 인간들이 나에게 붙인 이름 중 하나이니.』
"그렇다면 당신은 어떤 분이시죠?"
『그대는 궁금한 게 많구나, 녹음의 대지에 사랑받은 소녀야. 좋다. 친구와의 인연을 봐서 대답해주마. 나는 바다에 깃든 자. 이 바다 전체를 다스리는 자.』

너무도 막연한 대답에 미샤는 오히려 영문을 알 수 없었다. 그건 용신과는 또 다른 것일까?

『자, 나는 대답했다. 이번에는 그대가 대답하라. 어떻게 여기에 왔지?』

질문이 돌아오자 미샤는 난처해서 고개를 저었다.

"오려고 해서 온 게 아니라 그 질문에 대답할 방법이 없어요. 저야말로 무언가가 불러서 오게 된 줄 알았을 정도니까요."

미샤의 대답에 잠시 침묵이 돌아왔다.

미샤는 어디에 시선을 두어야 할지 알 수 없어서 다소 껄끄러움을 느꼈다.

'《바다에 녹아 있다》고 했고, 《바다를 다스리는 자》라고 했지. 그렇다면 나는 지금 이 목소리의 주인 안에 있다는 건가?'

어떻게든 상황을 파악하려고 애쓰는 미샤의 뇌리에 다시 목소리가 울렸다.

『그대에게서는 바다의 기척이 난다. 하지만 나의 가호와는 또 다르구나. 무언가 주웠느냐?』

"……파란 돌을, 파도 사이에서 발견했어요."

미샤가 순순히 대답하자 무언가 한숨 같은 기척이 느껴졌다.

『그것이로군. 아마도 녀석이 내 안으로 돌아오기 전에 떨어트린 것이겠지. 그걸 매개로 여기에 불려 왔는가…….』

무언가 어이없다는 듯한 기척에 미샤는 신기한 기분이 들었다.

목소리의 주인이 '녀석'이라고 부른 존재가 이야기 속의 '용신님'

이라면 왜 쓸쓸하다고 울었던 걸까. 아가씨는 어딘가로 가 버린 걸까?

『인간은 제 잘못을 숨기기 위해 거짓말을 하지. 여자는 신부가 되기 전에 윤회의 고리로 돌아가 버렸다. 홀로 남은 녀석은 슬피 울며 내 안으로 돌아왔지만, 포기하지 못하고 마음이 여자를 찾아 배회하고 있다. 한 번 갈라져서 마음을 가져버리니 온전히 원래대로 돌아오지는 않는구나. 녀석이 내 안에서 슬프다고 울어대는 통에 귀찮아서 지난 100년 정도 잠들어있었거늘…….』

미샤의 얼굴에 의문이 드러났던 건지 목소리의 주인이 자세한 대답을 돌려주었다.

"제가 여기에 오는 바람에 깨워버린 거군요. 죄송합니다."

미샤가 반사적으로 사과하자 쿡쿡 웃는 기척이 났다.

『되었다. 그대야말로 휘말린 피해자일 뿐. 게다가 내일은 봉납무가 있는 날이지. 들뜬 공기와 신앙심으로 물이 술렁거리는구나. 오랜만에 인간 세계를 살펴보는 것도 여흥이겠군.』

기분이 좋은 듯한 기척을 느끼고 미샤는 어쩐지 안도했다.

어릴 때부터 사람들과 떨어져 숲속에서 살았던 미샤는 평범한 사람보다 신비한 존재를 가까이 느껴왔다.

신, 혹은 그에 가까운 존재의 기분을 상하게 했다간 큰일이 난다는 건 경험으로 알고 있었다.

그들은 다들 변덕스럽고 때로는 장난을 좋아한다.

숲을 돌아다니는 어린아이는 절호의 장난 대상이었던 건지 미샤는 몇 번이나 호되게 당했고, 그 두 배는 도움을 받았다.

'물론 이렇게까지 확실하게 대화한 건 처음이지만.'

바다는 넓다.

그 바다를 다스리는 자라고 할 정도이니 숲에서 스쳐 지나간 존재들보다 훨씬 강력한 거라고, 미샤는 알아서 해석하고 이해했다.

『여기에 너무 오래 있으면 그대의 몸도 상한다. 이제 슬슬 몸으로 돌아가는 게 좋겠구나.』

"네……. 하지만 돌아가는 방법이……."

정신을 차린 미샤가 난처해하며 웅얼거렸다.

어느새 여기에 와 버린 몸으로서는 돌아갈 방법을 알 수 없었다.

『저런. 손이 많이 가는군.』

조금 기가 막힌 듯한 목소리가 느껴진 뒤, 자신을 휘감는 물의 기척이 바뀌었다.

무언가 따뜻한 것이 감싼 것 같은.

마치 어머니의 품에 끌어안긴 듯한 안심감에 미샤는 무의식중에 숨을 내뱉었다.

『조금 어지러울지도 모르니 눈을 감고 있거라. 그러면 숲의 아이야. 오랜만에 즐거웠다. 숲에게 인사 전해 다오.』

그런 목소리를 끝으로 미샤는 자신의 몸이 둥실 떠올라 빙글빙글 돌면서 어딘가로 빨려 들어가는 것을 느꼈고, 이어서 의식을 잃어버렸다.

눈을 뜨자 여관의 침대 위였다.

몸을 일으키려다가 아찔한 현기증이 느껴진 미샤는 무리하지 않고 다시 누웠다.

가만히 눈을 감은 채로 조금 전의 기억을 반추했다.

꿈이라고 부르기에는 너무나 선명한 기억이라는 건 지난밤과 마찬가지였지만, 미샤는 어제엔 없었던 나른함을 느꼈다.

대화를 나눴기에 몸에 부담이 갔다고 생각하면 조금 거추장스럽다.

살며시 옆 테이블을 보자 그 파란 돌이 떡하니 자리하고 있었다.

미란다가 한 건지, 아래에 새하얀 손수건이 깔려 있어서 어쩐지 그럴싸해 보였다.

미샤는 어제와 마찬가지로 새벽 어스름 속에서 희미하게 빛나는 돌을 집어 들었다.

전설 속 용신님이었던 조각이 떨어트린 무언가.

미샤는 그게 눈물처럼 보였다.

목소리의 주인이 이야기했던 것을 떠올렸다.

'윤회의 고리로 돌아갔다는 건, 아가씨는 죽어버렸다는 소리지? 홀로 남겨졌다고 했으니 실제로는 용신님이 제때 나타나지 못했고 바다로 몸을 던진 아가씨는 그대로 죽어버렸던 걸까? 그렇다면 하얀 드레스를 안고 울던 모습도 설명이 돼. 어쩌면 용신님은 아가씨를 잃은 슬픔에 마을을 부숴던 걸까? 신전은 해일에 휩쓸렸다고 했으니까. 용신님의 분노를 두려워한 마을의 생존자들이 마을을 재건하면서 이야기를 바꿨다……?'

은은하게 빛나는 돌을 손끝으로 굴리며 미샤는 멍하니 생각했다.

이 상상이 맞다면 그동안 느꼈던 이런저런 위화감도 개운해진다. 썩 틀린 추측은 아닐 것이다.

인간은 자신들의 지혜를 넘어선 힘이나 존재를 두려워하는 법.

"……너는 왜 나한테 온 거니? 왜 그 장소로 데려간 거야?"

미샤의 질문에 돌은 그저 조용히 희미한 빛을 돌려줄 뿐이었다.

갑자기 토이가 쳐들어왔다.

그 후 다시 잠들어버린 미샤는 늦은 아침 식사를 마치고 식후의 차를 마시던 도중이었다.

마치 화살처럼 튀어 들어온 작은 그림자를 보고 눈을 깜빡였다.

"누나 못 봤어? 사라졌어!"

소리치는 목소리에 미샤는 반사적으로 토이에게 달려갔다.

계속 달렸던 건지 호흡은 거친데 안색은 놀라울 정도로 창백하다.

미샤는 부들거리는 어깨를 달래듯 부드럽게 쓰다듬으며 토이의 입술에 컵을 가져가 물을 마시도록 재촉했다.

이대로면 어린 소년의 몸과 마음의 균형이 무너져서 쓰러져버릴 것처럼 보였기 때문이었다.

목도 말랐던 모양이다.

반사적으로 물을 들이켰다가 사레들린 건지 콜록거리는 토이의 등을 적절한 힘으로 두들겨주었다.

"괜찮아, 토이. 그러니까 진정해. 아이리스가 사라진 전후 상황을 자세히 가르쳐줄래?"

온화한 목소리에 전염된 듯 몇 번 심호흡을 한 토이는 미샤에게 매달리는 듯한 시선을 보냈다.

"오늘 무대는 제사이기도 하니까 누나하고 용신님을 맡은 진은 아침 일찍 목욕재계를 해야 해. 그래서 마중 온 사람과 함께 아침 해가 뜨기 전에 신전에 갔어. 그 뒤엔 자세한 건 모르지만, 정화의 샘에 들어갈 때는 혼자여야 하는데, 근데 아무리 시간이 지나도 누나가 나오지 않아서 이상하다고 신부님이 보러 갔더니 아무도 없었대. 신전을 여기저기 뒤져도 없어서…… 그래서…….”

끝내 말을 잇지 못하고 눈물을 뚝뚝 흘리는 토이를 미샤가 다정하게 끌어안았다.

“……어디를, 찾아도…… 없어. 그 여자가, 겁먹고 도망친 거라고……. 그럴 리가, 없는데…… 누나가 얼마나 열심히 했는지, 나는, 안단 말이야.”

흐느끼면서도 호소하는 토이를 끌어안으며 미샤는 거듭 고개를 끄덕였다.

아이리스의 빛나는 눈을 본 사람이라면 다들 토이의 말에 동의할 것이다.

“무슨 일이, 있었던 거야. 누나가 원해서 사라졌을 리가, 없어. 도와줘, 미샤 누나. 누나를 구해줘!”

토이의 비통한 목소리가 식당 내에 울려 퍼졌다.

그 외침에 미샤는 슬쩍 지올드와 시선을 교환한 뒤 고개를 끄덕였다.

“물론이야. 같이 누나를 찾자. 괜찮아. 꼭 찾을 수 있어.”

눈물에 젖은 토이의 눈과 똑바로 시선을 맞추며 미샤는 재차 고개를 끄덕였다.

“우선 무작정 찾아봐도 혼란스러울 뿐이야. 신전에 가보자. 무언가 알 수 있을지도 몰라. 응?”

살며시 다독이듯 등을 쓰다듬자 토이의 고개가 끄덕 움직였다.

그 후 일어나려고 했는데, 신전에서 누나가 사라졌다는 이야기를 들은 뒤로 혼란스러워서 마구잡이로 누나를 찾으러 달렸던 몸은 상당한 피로가 쌓였던 모양이다.

토이는 다리가 떨려서 일어날 수 없었다.

제대로 힘이 들어가지 않는 다리에 당황하고 있었더니 갑자기 몸이 허공으로 들려 올라갔다.

“데려가 줄 테니까 얌전히 있어.”

놀라서 굳은 토이를 향해 지올드가 자상하게 웃었다.

“……감사합니다.”

이 나이에 아기처럼 번쩍 안기는 부끄러움과 고집을 부려서 쓸데없이 소모되는 시간을 천칭에 올린 토이는 얌전히 안겨있기를 선택했다.

‘지금은 누나를 조금이라도 빨리 찾아야 해. 나중에 다른 애들이 놀리는 것쯤은 상관없어!’

토이는 이 나이대의 소년에게는 무엇보다 중요한 자존심을 비장한 결심과 함께 내던지고 입술을 꾹 물었다.

하지만 마음 한구석에서는 가능하면 친구들이 이 모습을 보지 않으면 좋겠다는 생각이 드는 건 어쩔 수 없는 일이었다.

어린 소년의 갈등을 정확하게 간파한 지올드는 괜한 소리는 하지 않고 재빨리 신전으로 향했다.

어쩐지 그 속도가 빠른 것은 사태의 긴급성 때문만은 아닐 것이다

그렇게 서둘러 달려온 신전 안은 몹시 소란스러웠다.

제사가 시작되는 건 정오 정각.

그런데 무대의 중심이 되는 소녀의 모습은 아직도 못 찾았기 때문

이다.

"그러니까~ 대신 내가 춤춰준다고 했잖아! 도망친 겁쟁이는 찾아봤자 헛수고야!"

그 소란 한복판에서 소리 높여 주장하는 소녀를 보고 미샤는 눈썹을 찌푸렸다.

어제 아이리스를 위협하던 소녀가 타이밍 좋게 여기에 있는 건 아무리 생각해도 부자연스러웠다.

"시끄러워! 외부인은 나가! 너 같은 건 이 마을의 인간도 아닌 주제에!!"

지올드의 품에서 토이가 못 참겠다는 듯 소리쳤다.

누나를 거듭 방해했던 걸 가장 가까이서 지켜봤던 토이에게 그 소녀의 태도는 무엇보다도 속이 뒤틀렸던 모양이다.

"어차피 자기가 무용수가 되고 싶다고 네가 뭔가 한 거잖아! 누나를 돌려줘!"

높은 위치에서 노려보는 토이의 기세에 순간 겁을 먹은 듯한 기색을 보이긴 했으나, 소녀는 바로 본래의 당당한 표정을 되찾고는 무시하듯 턱을 획 돌렸다.

"뭐야, 내가 했다는 증거라도 있어? 트집 잡지 마. 바보 같기는!"

하지만 미샤는 소녀가 그렇게 말하면서도 순간 눈동자가 흔들렸다는 걸 눈치챘다.

그 안에 보이는 동요와 초조함은 소녀에게는 무척 안 어울리는 감정이라, 미샤는 이 사건에 소녀가 관여했다는 걸 확신했다.

자존심이 강해 보이는 이 소녀가 정말로 아무것도 모른다면 더 불같이 화내며 반박했을 것이다.

"어라? 그럼 너는 왜 여기에 있는 거야?"

그렇기에 미샤는 일부러 부드러운 목소리로 소녀에게 말을 걸었다.

"왜냐니……."

갑작스러운 난입에 소녀가 당황한 듯 말꼬리를 흐렸다.

"그야 너는 외부인이잖아. 신전 관계자도 아이리스의 가족도 아닌데? 그런데 왜 여기에 있어? 누가 너에게 아이리스가 없어졌다는 걸 알려줬는데?"

어디까지나 담담하고 침착한 시선으로 바라보며 물어보는 미샤의 말에 소란스럽던 주변이 무언가에 삼켜진 듯 서서히 조용해졌다.

"그…… 그건, 신전이 왠지 시끄럽길래……."

어떻게든 반박하려는 소녀에게 미샤는 천천히 걸어갔다.

"이른 아침에 목욕재계 의식이 있었다고 들었어. 그럴 때면 외부인은 접근하지 않잖아? 실제로 가족인 토이조차 신전이 아니라 집에 있었지. ……이 신전은 마을 외곽에 있어. 왜 너는 눈치챌 수 있었는데?"

그렇게 바로 코앞에서 걸음을 멈춘 뒤 소녀의 얼굴을 빤히 들여다보았다.

"……마치 아이리스가 사라진다는 걸 알고 있었던 것처럼."

녹색 눈동자가 응시하자 소녀는 숨을 삼켰다.

그 색에 삼켜져 버린 것처럼 몸이 굳어 움직이지 않는다.

무섭다고, 본능이 외치고 있다.

이유는 알 수 없다.

그저 이 녹색 눈동자가 쳐다보면 마치 자신을 모조리 꿰뚫어 보는 것 같아서 무척 무서웠다.

"나…… 나는, 정말로 몰라! 그냥 이상한 남자들이 그 애를 궁금해하길래 정화의 샘에서는 혼자가 된다고……!!"

무심코 말해버린 소녀는 허둥지둥 입을 틀어막았지만 늦어버렸다.

녹색 눈동자가 스윽 멀어진다.

"그래. 즉 누가 아이리스를 노렸다는 거네. 너 말고 다른 누군가도 아이리스의 존재를 노렸던 거야."

차갑게 가늘어지는 눈동자 속에서 소녀는 비틀비틀 주저앉았다. 눈이 멀어지자마자 굳어있던 몸에서 힘이 빠져나가 서 있을 수가 없었다.

"일단 확인하는 건데, 토이네 집은 부자니? 몸값을 뜯어낼 수 있을 정도로."

"우리 집은 그냥 어부야. 그런 돈 없어!"

필사적으로 도리질하는 토이의 모습을 보고 미샤는 작게 고개를 끄덕였다.

"그렇겠지. 애초에 이 타이밍에 납치하는 시점에서 이해가 안 가. 평범한 유괴라면 더 눈에 띄지 않는 시기에 할 텐데."

작게 고개를 갸우뚱거리며 중얼거린 미샤는 눈을 감았다.

"그럼 역시 이 제사와 관련된 이유로 납치되었다고 생각하는 게 타당하겠지. 그렇다면 왜?"

눈을 감은 채로 작게 중얼거리는 미샤를 주위 사람들은 아무 말도 하지 못하고 그저 지켜보았다.

어째서인지 그럴 수밖에 없는 분위기가 깔려 있었기 때문이다.

하지만 생각에 푹 빠진 미샤는 그 특이한 분위기를 눈치채지 못했다.

몇 년 만에 실력으로 선발된 무용수.

제삿날 아침.

신전이 새로 세워진 지 곧 300년이 된다고 했던 노신부의 말.

신화는 사실이었지만 실제로는 왜곡된 부분이 있다고 가르쳐준, 신기한 장소에서 만난 '바다를 다스리는 자'의 이야기.

"……신부님. 신전을 왜 새로 지은 거죠?"

갑자기 툭 굴러나온 중얼거림에 그 자리에 있던 노신부는 당황한 듯 대답했다.

"마을에 해일이 닥쳤을 때 무너졌다고 전해지고 있습니다. 그걸…… 왜 물어보시는 거죠?"

"그 해일, 언제 일어났는지는 기록에 없나요?"

거듭 날아온 질문에 노신부는 고개를 저었다.

"죄송합니다. 저는 중앙에서 파견된 사람이라 자세한 건 모릅니다. 다만 마을의 절반을 휩쓴 해일이었다고 들었습니다. 그래서 큰 혼란에 빠졌고, 그 몇 년간의 기록은 아주 애매모호하죠."

난처하다는 듯 말하는 노신부의 대답을 들은 미샤는 곧바로 주변에 있던 나이 많은 남성에게 시선을 딱 고정했다.

"당신은 알고 계신가요?"

녹색 눈동자가 응시하자 중년에 들어간 남자가 어색해하며 대답했다.

"워낙 옛날 일이라 정확하진 않지만, 효월 956년이었다고 들은 적이 있어. 그게 왜 궁금하니?"

"……역시. 딱 300년. 정확해."

작게 중얼거린 미샤의 시선이 날카로워졌다. 그리고는 말없이 등 뒤에 서 있던 지올드를 휙 돌아보았다.

"아이리스, 진짜 위험할지도 몰라."

진지한 목소리에 조용해졌던 주변이 확 소란스러워졌다.

숲 변두리의
꼬마 마녀
Little witch
at the edge of the forest.

14 단서를 찾아서

"어째서인지 물어봐도 될까?"

불길한 말에 굳어버린 토이를 염려하면서도 지올드는 진지한 표정인 미샤에게 물었다.

"……확실한 증거가 있는 건 아니야. 하지만 타이밍이……. 이 의식은 용신께 바치는 거잖아. 위기를 극복하고 행복한 결말을 맞는 이야기. 그걸 춤으로 춰서 바치는 거지. 감사와 기도를 담아서. 하지만 그 이야기는 사실이었을까?"

이 마을 번영의 기원이기도 한 전설을 부정하는 말에 주위 사람들의 표정이 날카로워졌다.

미샤는 거기에는 시선도 주지 않고 말을 이어갔다.

"이상하잖아? 이 마을은 마을의 절반이 삼켜질 정도로 커다란 해일이 왔었어. 그래서 기록이 불분명해졌지. 하지만 용신의 가호가 있다면 왜 해일이 왔을까? 해일이 온 뒤에 일어난 일이라고 하지는 말고. 신부님이 해일은 '전설' 이후였다고 알려주셨으니까."

신부님의 이야기를 들었을 때 느낀 위화감의 정체는 이것이었다.

'결혼식'은 여기서 올렸다.

하지만 원래 있던 건물은 해일로 무너져서, 이 신전은 그 후에 새로 지은 건물이라고 했다.

'용신의 가호'를 받는 마을을 '해일이 덮쳤다'는 건 모순적이다.

"어떤 사람이 가르쳐줬어. 전설은 만들어낸 이야기라고. 아가씨는 '윤회의 고리로 돌아가 버렸다'고. 그게 사실이라면 앞뒤가 맞

아. 사랑하는 사람을 잃은 용신이 슬퍼한 나머지 해일을 일으킨 거지. 두려워한 생존자들은 이 이상 용신의 분노를 사지 않도록 성난 신을 달래기 위한 제사를 올린 거야. 행복한 이야기를 만들어내고 반복해서 그게 사실로써 조금이라도 신의 위안이 되도록…….”

침묵이 그 자리를 점령했다.

자세한 자료가 사라져버린 이상 그 가설이 사실인지 아닌지는 영원히 알 수 없다. 그 정도로 이 시대의 300년이라는 시간의 흐름은 길고 무거웠다.

하지만 미샤의 말은 마치 진실인 양 사람들의 마음에 울려 퍼졌다.

“……만약 그게 사실이라면, 왜 그런 옛날 일로 누나가 위험해지는 건데?!”

그 침묵을 깬 것은 소년의 비통한 목소리였다.

지올드의 품에서 몸을 비틀듯이 빠져나온 토이는 미샤를 추궁했다.

“어떤 종교든 일부 ‘광신자’가 생기기 마련이래. 아가씨의 재래로 보일 만큼 아름답게 춤추는 소녀. 게다가 300이라는 깔끔한 숫자. 폭주하게 만들기에는 충분하지 않을까.”

“그럴 수가, 하지만 누나는…….”

말문이 막힌 토이.

그런 소년의 반응은 눈치채지 못한 채 미샤는 어딘가 먼 곳을 보는 눈으로 말을 이어갔다. 그 얼굴에는 평소의 쾌활한 표정은 어디에도 없고, 이목구비가 반듯한 만큼 어딘가 가면 같은 위압감이 느껴졌다.

"애초에 이상했어. 사랑 이야기로 무대를 만드는데 왜 성인이 되지 않은 어린아이에게 그 권리가 넘어갔는지. 어쩌면 먼 옛날에는 무용수를 산 제물로 바쳤던 게 아닐까? 신의 신부라고. 그걸 그만두게 하려고 신부가 될 수 없는 어린 소녀로 무용수를 바꾼……."

담담하게 이야기하는 미샤의 목소리가 갑자기 커다란 손뼉 소리에 가로막혔다.

짝, 하고 울린 그 큰 소리에 미샤의 눈에 퍼뜩 빛이 돌아왔다.

어리둥절한 듯 몇 번 눈꺼풀을 깜빡이는 미샤의 표정은 조금 전까지 보였던, 어딘가 신이 들린 듯한 무표정이 아니라 평소의 모습으로 돌아와 있었다.

"그래서? 즉 그 광신자가 아이리스를 납치했을지도 모른다는 소리지?"

울상인 토이를 껴안은 지올드의 얼굴을 어딘가 어리둥절한 얼굴로 마주 바라보던 미샤는 고개를 끄덕였다.

"처음 리허설을 봤을 때 눈빛이 안 좋던 어른들이 있었어. 겉보기에는 평범한 사람들인데다 잠깐뿐이었고, 우리를 보던 것도 아니라서 별로 신경 쓰지 않았지만."

조금 자신감이 없는 듯 이야기하는 모습은 평소의 미샤라서 안심하면서도, 불길한 내용에 지올드는 눈썹을 찡그렸다.

"왜 그때 말하지 않은 거야."

"그야 정말 잠깐이었는걸. 다음 날에는 없었고……. 뭐, 사람이 많이 보러 왔으니까 놓친 것뿐일지도 모르지만……."

자연스럽게 날카로워지는 지올드의 목소리에 미샤는 풀이 죽어 어깨를 떨궜다.

그 모습에 성난 감정을 한숨 한 번에 어떻게든 억누른 지올드는 노신부에게 시선을 돌렸다.

"그런 젊은이로 짐작 가는 사람이 있습니까?"

"……그건…… 없다고는 단언하지 못하지만요……."

망설이듯 머뭇거리는 노신부와 불안해하는 얼굴로 서로를 쳐다보는 어른들을 보고 마침내 불안을 견디지 못하게 된 토이가 훌쩍훌쩍 울기 시작했다.

이 이상은 가혹할 것이라며 근처에 있던 수녀에게 소년을 맡긴 지올드는 그 자리에 모여있는 사람들을 휙 둘러보았다.

"……아무튼, 미샤가 말하는 광신자인지는 모르지만 저기 아가씨가 대화한 남자가 있는 이상 아이리스를 노린 사람이 있다는 건 확실합니다. 한 번 더 수상한 사람을 본 사람이 없는지 확인해주세요. 그리고 정화의 샘이라는 곳을 보여주실 수 있을까요? 데려간 경로를 추측해보고 싶습니다. 저희는 이런 조사에 익숙하거든요. 아이리스를 무사히 구출하고 싶다면 협력해주세요."

자신감 넘치는 지올드의 지시에 당황하던 어른들도 웅성웅성 움직이기 시작했다.

외부인이 참견하지 말라는 거절이 나올 기색은 없었다.

원래 사건이라고 해 봤자 술에 취해 싸우거나 이웃집에 뭘 빌려주냐 마냐로 실랑이하는 수준의 평화로운 마을이다.

'광신자'라는 둥, '산 제물'이라는 둥 무시무시한 말에 완전히 겁에 질려 어떻게 해야 할지 알 수 없었다.

그런 와중에 익숙해 보이는 사람이 지시를 내리면 제대로 이해는 못 하면서도 매달리고 싶어지는 법이리라.

"이쪽입니다."

이 자리의 리더인 노신부도 그건 마찬가지였던 건지, 순순히 지올드를 샘으로 안내해주었다.

동료 중 한 명에게 정보수집을 맡기고 일행은 빠르게 걸어가는 노신부의 뒤를 따라갔다.

사람들이 모여있던 넓은 홀을 나와 모퉁이를 몇 번 돌아서 지하로 가는 계단을 내려갔다.

그렇게 안내받은 곳은 천장 주변에 채광창이 몇 개 있을 뿐인 살풍경한 방이었다.

바닥까지 돌이 깔린 방 중앙에 음각식으로 만든 네모난 구덩이가 있고 그 안에 물이 가득 채워져 있었다.

넘치지 않고 고여있는 물은 맑았지만, 이 마을에 와서 완전히 익숙해진 소금 냄새가 났다.

"……이건 바닷물?"

미샤가 살며시 손끝을 담가 핥아보자 짠맛이 났다.

안을 들여다보자 사방의 벽에 손바닥만 한 작은 구멍이 뚫려있는 게 보였다.

"맞습니다. 근처의 바다에서 물을 끌어오고 있죠. 저는 구조를 잘 모르기에 설명할 수 없지만, 매일 끊임없이 신선한 바닷물이 순환하며 채워집니다. 제사를 올릴 때는 여기서 목욕재계를 하는 게 관습으로 내려오고 있습니다."

노신부의 말을 배경으로 지올드와 기사들은 벽과 바닥을 확인하느라 여념이 없었다.

"이 방에서 준비하는 건가요?"

구석에 있는 작은 문을 열자 대기실인 건지 반듯하게 개인 수건과 옷가지가 놓여있었다.

"맞습니다. 아가씨 역할을 맡은 아이는 이 방으로 안내받아서 사전에 설명한 순서를 따라 혼자 목욕재계를 합니다. 무사히 목욕재계를 마치면 홀이 있는 곳으로 와야 하는데, 예정 시각이 지나도 아이리스가 모습을 보이지 않아서 무슨 일이 있는지 살펴보러 왔더니……."

"사라졌다……."

뒷말을 이어서 중얼거린 미샤는 흥미로운 듯 물속을 들여다보고 있었다.

"용신 역할을 맡은 아이도 여기서 목욕재계를 하나요?"

"아뇨. 용신 역할의 아이가 목욕재계하는 장소는 밖에 있습니다."

"……그럼 아이리스는 정말로 혼자 있었던 거네. 이 방에는 밖으로 나가는 길이 없나요?"

조사하는 지올드와 기사들을 바라보며 미샤는 노신부의 눈을 들여다보았다.

"적어도 저는 모릅니다. 이 방에 오는 통로도 지하로 내려가는 계단은 하나뿐이고, 계단 위에서 기다리던 수녀에게도 수상한 사람은 출입하지 않았다고 들었습니다."

노신부는 곤혹스러워하면서도 담담하게 대답했다. 그 눈동자에 거짓말이 없다는 걸 확인하며 미샤는 물 주변을 따라 걸어보았다.

그러다 문득 신경 쓰이는 걸 발견하고 그 자리에 주저앉아 눈에 힘을 줬다.

돌이 깔린 바닥의 일부가 조금 움푹해 보였다. 물이 흔들려서 잘 보이지 않지만 무언가 문양을 그린 것처럼 보였다.

“이 물을 뺀 적은 있나요?”

“아뇨. 청소할 때도 그대로 두고 문질러서 때를 흘려보냅니다. 이곳의 물이 마르면 나쁜 일이 일어난다는 전승이 있어서 물을 빼지 않습니다.”

“……그렇구나.”

노신부의 대답에 고개를 끄덕인 뒤 미샤는 불쑥 물속으로 뛰어들었다. 생각보다 수심이 깊어서 순간 머리까지 물에 잠겨버렸다.

당황하며 얼굴을 내밀어 똑바로 서자 물의 깊이는 미샤의 어깨 부근까지 올라왔다.

“미샤?!”

갑자기 들린 물소리에 놀란 일행이 달려오는 가운데 미샤는 조금 전 위화감을 느낀 장소를 발끝으로 신중하게 더듬었다.

그리고 잠깐 망설인 뒤 크게 숨을 들이마신 뒤 잠수했다.

물이 맑아서 시야도 깨끗하다.

바로 아래에 도착한 미샤는 눈에 힘을 주고 바닥의 일부를 관찰했다.

그리고 많이 흐릿해지긴 했지만 역시 무언가 그림을 그려놓았다는 걸 확인했다.

하지만 조금 이상하다.

마치 어린아이의 낙서처럼 어설프긴 하지만, 아마도 용신을 그려놓았다는 건 알 수 있다.

하지만 머리와 꼬리의 위치가 명백하게 어긋나 있었다.
거기서 숨이 찬 미샤는 일단 수면 위로 머리를 들었다. 한계까지 버텼던 탓에 숨이 가빴다.
“너 뭐 하는 거야?”
“……아…… 잠깐…….”
그리고는 당황한 듯 건지려고 하는 지올드의 손에서 도망치며 숨을 골랐다.
거친 호흡을 가다듬은 뒤 미샤는 가장자리에 무릎을 꿇고 손을 내민 채 굳어있는 지올드를 올려다보았다.
“바닥에 뭔가 무늬가 있어. 한 번 더 보고 올 테니까 기다려주세요.”
“그럼 내가.”
들어오려는 지올드를 향해 미샤는 고개를 도리질했다.
“지올드 씨까지 젖을 필요 없어. 다녀올게!”
그 후 대답을 듣기도 전에 다시 물속으로 잠수했다.
아래에 도착한 미샤는 다시 그림을 관찰했다. 그러자 그림이 그려진 돌의 한 곳이 조금 떠 있는 게 보였다.
살며시 만져보자 가로세로 2센티미터 정도 크기의 석판이 빠져있었다.
‘혹시…….’
손끝으로 그림을 눌러보자 빠진 석판 부분으로 그림의 일부가 움직였다.
‘역시! 이거 퍼즐이야!’
거기서 다시 숨이 차 급하게 고개를 내민 미샤는 흥분해서 숨도 고르는 둥 마는 둥 다시 잠수했다.

몇 개의 블록을 움직여 용의 머리와 꼬리를 올바른 위치로 재배열했다.

마지막으로 빼냈던 작은 석판을 원래대로 돌려놨다.

그건 동그란 무언가를 소중히 안고 있는 용의 그림이었다.

막연히 그림 속 동그란 무언가를 손가락으로 눌렀을 때 변화가 일어났다.

그림 옆의 벽이 옆으로 스윽 움직인 것이다.

천천히 벌어지는 틈새로 바닷물이 콸콸 흘러 나갔다.

'이크!'

물살에 휘말릴 것 같아 미샤는 서둘러 바닥을 박찼다.

그러나 물살에 져버릴 뻔했을 때, 머리 위로 올렸던 손을 누군가가 잡고 당겨주었다.

곧바로 강한 품속에 안긴 미샤는 당황해서 삼켰던 물을 콜록콜록 뱉었다.

"뭐 하는 거야, 너는?!"

그런 미샤의 머리 위에서 가차 없는 노성이 내려왔다.

기침이 치밀어서 고개를 들지도 못하고 가까스로 한쪽 손을 들어 미안하다는 사인을 보내는 미샤를 지올드가 한숨을 쉬며 끌어안았다.

"……심장 떨어질 뻔했네."

바닥에서 뭘 하고 있길래 관찰하고 있었더니 갑자기 희미한 소리와 함께 벽의 일부가 열렸을 때는 당황했다.

물살에 휘말려 그대로 사라져버릴 뻔한 미샤의 손을 반사적으로 잡은 자신을 칭찬해주고 싶다.

미샤의 기침이 진정될 무렵에는 가득 차 있던 바닷물이 사라지고 벽에는 사람 한 명이 몸을 웅크려서 지나갈 수 있는 크기의 구멍이 열려있었다.

"……이런 장치가……."

노신부는 정말로 아무것도 몰랐던 건지 어안이 벙벙한 얼굴로 중얼거리며 입을 떡 벌린 검은 구멍을 바라보고 있었다.

"……여기로 데려간 거라면 수녀가 눈치채지 못했을 만도 해. 돌이 움직이는 소리도 물이 빠지는 소리도 어째서인지 거의 안 들렸으니까."

안으로 뛰어 내려가 구멍을 살펴본 지올드는 고개를 찌푸렸다.

"……이게 뭘 위해 만든 건지는 알 수 없지만, 신전 관계자에게도 전해지지 않은 샛길이라니……. 진짜로 수상해졌는데."

한숨과 함께 얼굴을 든 지올드는 아직도 얼이 빠져있는 노신부와 시선을 마주쳤다.

"죄송하지만 뭔가 불빛을 빌려주실래요? 안쪽은 넓은 것 같은데, 어디로 이어져 있는지 가보겠습니다."

"나도!"

같이 가겠다고 손을 드는 미샤를 지올드가 날카롭게 노려보았다.

"안 돼. 무슨 일이 있을지도 모르고, 우선 미샤는 갈아입을 옷을 빌린 뒤에 얌전히 기다려. 그대로는 감기 걸린다."

엄한 얼굴로 단언하자 미샤는 어깨를 추욱 늘어트렸다.

확실히 옷을 입은 채로 뛰어들어서 전신이 축축했고 물이 깨끗하다고는 해도 바닷물이다.

바로 소금기에 끈적해질 것이다.

“그리고 제사는 대역을 세우거나 날짜를 바꾸는 게 나을 겁니다. 이만큼 성대한 짓을 저지르는 상대이니까요. 바로 발견될 가능성은 낮을 테죠.”

지올드가 램프를 받으며 노신부에게 말하자 신부는 어두운 얼굴로 고개를 끄덕였다.

“용신님께선 자비로우신 분. 제사보다 어린 소녀의 목숨을 우선한다고 분노하진 않으실 겁니다. 여러분도 부디 조심하시길.”

미샤의 호위로 기사를 한 명 남긴 뒤 지올드는 다른 두 명을 데리고 구멍으로 들어갔다.

그 뒷모습을 불만 어린 얼굴로 배웅한 미샤는 중년 수녀의 재촉을 받아 욕실로 안내받았다.

따뜻한 물로 소금을 헹궈내자 하얀 옷감으로 만든 간소한 원피스를 받았다.

리허설 때 아이리스와 아이들이 입었던 것과 같은 옷으로, 매끄러운 옷감이라 의외로 착용감이 나쁘지 않았다.

그 후 안내받은 방에는 침대에 누워 있는 토이와, 어느새 나타난 건지 미란다가 있었다.

방 안을 떠도는 약초 향기에 흥분한 토이를 달래기 위해 미란다가 진정 효과가 있는 향을 피운 거라고 짐작했다.

“……괜찮아?”

창백한 얼굴로 잠든 토이를 살며시 살펴본 미샤의 물음에 미란다는 고개를 끄덕이며 침대에서 떨어진 장소에 놓인 테이블로 미샤를 데려갔다.

"내가 왔을 때는 심한 착란 상태라 약을 먹여서 재웠어. 가족들은 수색하러 돌아다니는 중이래."

작게 죽인 목소리로 상황을 설명하며 미샤에게도 차를 끓여주었다.

"마셔. 지올드가 돌아올 때까지 네가 할 수 있는 일은 아무것도 없어."

고개를 끄덕인 미샤는 차를 마셨다.

부드러운 허브 향기가 불안해서 어지러운 마음을 달래주었다.

"……그들은 그 나라에서도 실력 좋은 기사잖아. 괜찮아."

아직 젖은 머리카락을 달래듯이 부드러운 손길로 닦아주며 미란다가 느릿한 어조로 이야기했다.

미샤는 머리카락을 빗기는 손길에 눈을 가늘게 뜨고 있다가 문득 생각나서 입을 열었다.

"란, 레드나, 유스…… 그리고 이름은 모르는 박하 같은 향기. 조금 이국풍의 신기한 향기였어. 알아?"

"향수? 그게 왜?"

갑작스러운 말에 미란다가 고개를 갸웃거렸다.

"아까 정화의 샘에서 희미하게 냄새가 났어. 바닷물 냄새로 많이 흐릿했지만, 어딘가에서 맡은 적이 있었는데. 아마 리허설 때……."

"범인이 갖고 있던 물건이라는 거야? 그런데…… 그 세 개에 박하 계통의 향기라면……."

미란다의 얼굴이 험악해졌다.

"알아?"

불안해하는 미샤를 보고 잠시 망설인 뒤 미란다는 고개를 끄덕였다.

"내 감이 맞다면, 오래된 문헌에 실려있던 약향의 일종일 거야. 냄새를 맡은 사람에게 만취감을 주고 사고회로를 둔하게 만들지. 지속적으로 맡게 하면 암시를 걸 수도 있다고 해."

"……암시?"

"그래. 상대의 말을 진실이라고 믿게 하거나, 간단한 명령을 실행시킬 수 있지."

미샤는 한동안 생각에 잠긴 뒤 미란다를 바라보았다.

"신전 관계자 중에 그 냄새가 나는 사람이 없는지 찾아봐 줄래? 샘의 장치는 안에서 여는 방식이었어. 아이리스가 들어간 뒤에는 아무도 그 지하에 내려가지 않았다면, 그 전에 누군가가 그 방에 숨어있었을 거야. 도와준 사람이 있을 테지."

미샤의 말에 미란다는 잠시 생각한 뒤 고개를 끄덕였다.

"같은 건 무리지만, 비슷한 향기를 재현할게. 그걸 사용해서 찾아보자."

짐 안에서 몇 가지 환약을 꺼내 조합하기 시작한 미란다를 멍하니 바라보며 미샤는 컵에 남은 차를 비웠다.

조금 미지근해진 액체가 목을 타고 넘어가는 걸 느끼며 창밖으로 시선을 주었다.

신전 안에 펼쳐진 뒤숭숭한 분위기 같은 건 모른다는 듯 창밖에는 새파란 하늘이 펼쳐져 있었다.

"……아이리스. 제발 무사해……."

숲 변두리의
꼬마 마녀
Little witch
at the edge of the forest.

15 푸른빛 세계

파도 소리가 들린다.

태어났을 때부터…… 아니, 태어나기 전부터 계속 함께 있던 그 소리 사이로 누군가의 목소리가 섞이는 것 같은 느낌이 든 게 언제부터였더라.

항상 그런 건 아니고, 정말 이따금. 환청처럼 희미하게 들린다.

그건 울음이기도 했고, 누군가를 부르는 목소리이기도 했고, 다양하지만.

공통적으로 항상 슬픈 느낌이었다.

내 이름을 불러준다면 좋을 텐데.

그러면 무엇을 희생해서라도 분명 뛰어들어 끌어안아 줄 텐데.

울지 마…….

내 이름을, 불러줘…….

구멍을 조사하러 간 지올드 일행은 한 시간 정도 뒤에 돌아왔다.

구멍은 안쪽으로 갈수록 점점 넓어져서 5미터 정도 가자 서서 걸을 수 있게 되었다고 한다.

전부 바위로 된 길은 보강되긴 했지만 중간부터 천연 동굴로 이어졌다.

길이 여러 개로 갈라져 있었으나 우선 물이 흘러간 흔적을 쫓아가자 바다에 도착했다.

"정확하게는 벼랑 아래에 뚫린 동굴이었어. 썰물 때라서 바다까지 조금 거리가 있었지만, 밀물일 때는 입구가 바닷속으로 잠기지 않을까? 그리고 중간에 여기저기 갈림길이 있었으니 다른 출구도 있을 거야."

보고하는 내용에 누구의 입에서일지 모를 한숨이 흘러나왔다.

"……즉 아이리스가 어디로 끌려갔는지 찾아내는 건 어렵다는 거구나……."

미샤의 중얼거림에 중년 여성이 울음을 터트렸다. 주변 사람들이 다급히 위로했는데, 아무래도 아이리스의 어머니인 모양이다.

"……미샤."

혼내는 듯한 지올드의 시선에 그럴 의도는 아니었던 미샤는 겸연쩍어하며 어깨를 움츠렸다.

"……그러니까, 지올드 씨가 없는 동안 하나 더 생각난 게 있는데……."

어두워진 분위기에 짓눌려버릴 것 같은 기분을 느끼면서도 미샤는 모여있는 사람들에게 작은 도자기 그릇을 스윽 내밀었다.

"누구 이 향기를 맡아본 적 있는 사람 계세요? 이 향기 그대로는 아니고, 비슷한 향기어도 되는데요."

그릇 안에는 소량의 연고 같은 게 들어있었다. 탁한 녹색의 덩어리에서 달착지근하면서도 어딘가 코가 싸한 독특한 냄새가 났다.

"이건 뭐야?"

그릇을 받아 냄새를 맡은 지올드가 살짝 고개를 갸웃거리며 옆에서 있는 사람에게 넘겼다.

"……아마 아이리스를 납치한 사람에게서 나는 냄새요. 미란다 씨가 재현해줬어요."

차례차례 다음 사람에게 넘어가는 그릇을 눈으로 좇아가며 미샤가 소곤소곤 대답했다.

"어라? 이거……."

몇 번째인지 모를 순서로 넘어갔을 때 작은 중얼거림이 들렸다. 그건 울고 있던 아이리스의 어머니였다.

아직 눈물이 남아 있는 얼굴로 그릇을 붙잡고 한 번 코를 힘차게 푼 뒤 다시 냄새를 맡았다.

그리고는 잠시 눈을 감고 냄새를 음미하나 싶더니 벌떡 고개를 들었다.

"아침에 아이리스를 마중 나온 젊은 수녀에게서 나던 향기와 똑같아. 성직자가 쓰기에는 꽤 강렬한 향기라서 인상에 남아 있었어. 너도 그때 같이 있었지? 기억 안 나?"

옆에 서서 등을 부축해주던 여자에게 아이리스의 어머니가 매달리듯 물었다.

아이리스의 어머니가 내민 그릇의 냄새를 맡은 여자가 동의하며 고개를 끄덕였다.

"그러네. 하지만 이 향기, 수녀라기보다는 수녀가 탔던 마차에서도 났었어. 구충제나 말 냄새를 잡기 위해서 쓰나? 도시 사람은 멋쟁이구나 했지."

"……마차?"

여자의 말에 노신부가 의아하다는 얼굴이 되었다.

"맞아, 나 아이리스를 배웅하려고 아침 일찍 찾아갔었는데, 가는 도중에 집보다 조금 앞에서 멈춘 마차에서 수녀가 내리더니 거기 서서 마부와 뭔가 대화하는 걸 봤거든. 올해부터 마차로 이동하는 줄 알았더니 아이리스를 데려갈 때는 걸어서 가길래 신기하다 생각했는데……."

여자의 말에 노신부의 얼굴이 점점 험악해졌다. 그 표정 변화에 겁을 먹은 여자의 목소리가 점점 작아졌다.

"……왜 그러세요? 신부님."

"저는 마차를 준비하지 않았습니다. 수녀도 분명히 걸어서 여기를 나갔죠."

"그 수녀, 지금 어디에 있어요?!"

미샤의 외침에 중년의 수녀가 조심조심 앞으로 나왔다.

"시스터 로제타는 아이리스의 보조로 붙여주었던 아이로, 일이 이렇게 되어 면목이 없다고 방에 틀어박혀 무사하길 기원하겠다고 했는데요……."

"실례지만 확인하고 싶으니 방으로 안내해주시겠어요?"

지올드의 말에 기사 중 한 명이 재빨리 움직여 중년의 수녀와 함께 잰걸음으로 사라졌다.

그후 몇 분 정도 뒤에 돌아왔다.

"방에는 아무도 없습니다. 하지만 실내에 같은 향기 진하게 남아 있었습니다. 확실해 보입니다."

"세상에, 설마 시스터 로제타가?!"

기사의 말이 끝나기도 전에 신부의 놀란 목소리가 울려 퍼졌다.

"그녀는 최근에 이 마을에 온 참인데다 아직 어린 수녀지만 무척 성실하고 착한 사람입니다. 누군가를 함정에 빠트리거나 상처 줄 수 있는 아이가 아닙니다."

진지한 눈으로 주장하는 노신부를 향해 미샤는 조금 난처한 얼굴로 고개를 끄덕였다.

“증거는 없지만, 여러분께 맡아보도록 했던 향기의 진짜 버전은 사용하기에 따라서는 암시를 걸어 상대를 조종할 수 있다고 해요. 그러니 어쩌면 그 수녀님도 이용당한 건지도 모르죠.”

“그렇다면…….”

미샤의 말에서 희망을 찾았다는 듯 눈을 빛냈던 노신부는 이어서 날아온 지올드의 말에 안색이 새파래졌다.

“즉 이용 가치가 끝난 수녀도 위험에 처했을 가능성이 크다는 거네.”

“지올드 씨. 아까는 나한테 화냈으면서…….”

무신경한 발언을 혼내듯 노려보자 지올드는 입을 다물고 어깨를 으쓱했다.

“수녀의 단서를 찾았어.”

그때 미란다가 빠르게 걸어왔다.

“신전 밖에서 우연히 놀고 있던 아이들이 뒷문으로 나가는 수녀를 봤대. 산으로 갔다는데.”

미란다의 말에 미샤와 지올드가 서로를 쳐다보았다.

“……전설 속 아가씨가 몸을 던진 장소는?”

“아쉽지만 확인했어. 아무도 없었지.”

고개를 젓는 지올드에게 노신부가 창백한 얼굴로 매달렸다.

“확인한 장소가, 어제 말씀드렸던 장소인가요?”

“맞는데요.”

“그럼 틀렸어!”

비명 같은 목소리에 다들 숨을 삼켰다.

"그 장소는 호기심 많은 관광객에게 알려주는 대외적인 관광지야. 실제 장소는 성역으로 지정해서 비밀로 관리하니까……."

"거기가 어디죠?!"

젊은 견습 신부를 선두에 세워서 달린 일행이었지만, 험준한 산길에 한두 명씩 탈락했다.

신전에 모여있던 건 기본적으로 높으신 분과 신전 관계자. 움직일 수 있는 젊은이는 밖을 수색하러 나가 있었다.

급경사를 계속 달리는 건 연장자나 여성에게는 가혹했다.

하지만 사태는 1분 1초를 다툰다.

발을 멈추는 사람들을 배려할 여유도 없었고, 결국 길 안내를 맡은 신부 뒤를 딱 붙어서 달리는 기사 군단과 조금 뒤에서 산길에 익숙한 미샤가 쫓아가는 형태가 되었다.

그렇게 도착한 장소는 어제 바다를 바라보았던 절벽을 지나쳐 더 높은 위치까지 올라간 곳에 있었다.

아마도 뒷산 꼭대기일 듯한 그 장소는 울퉁불퉁한 바위가 바다를 향해 튀어나와 있는 듯한 장소였다.

그리고 그 벼랑 끝 부근에…….

"아이리스!"

하얀색의 호화로운 신부 의상을 입은 소녀가 바다를 향해 서 있었다.

그 조금 앞에 있는 제단에는 공물인 듯한 갖가지 물품이 놓여있었다.

그리고 파란 로브를 입은 20명 정도의 집단이 입을 모아 무언가

주문 같은 노래를 부르고 있다.
바닷바람과 휘감기듯 울리는 여러 개의 목소리.
바다에서 불어오는 바람에 실려 특징적인 향의 냄새가 흘러왔는데, 하도 지독해서 미샤는 얼굴을 찌푸렸다.
달려가려는 지올드와 기사들을 가로막듯이 리더인 듯한 인물과 그 좌우를 지키는 두 사람을 제외한 다른 파란 로브 집단이 검을 들고 섰다.
"신성한 혼례를 방해하지 마라. 용신님 앞에서 무엄하다!"
그 외침에 지올드가 코웃음 쳤다.
"뭐가 신성한 혼례냐? 용신이 어디에 있다고. 너희가 하는 짓은 유괴 및 살인미수거든. 어엿한 범죄야."
냉정한 목소리에 파란 로브 집단의 얼굴이 불쾌하다는 듯 일그러졌다.
"의식을 방해하는 자는 누구든 용서치 않으리!!"
일제히 달려드는 파란 로브 집단에 혀를 찬 지올드가 검을 빼 들었다.
"최대한 죽이지 마! 뒷일이 귀찮으니까."
동료에게 지시를 날린다.
검을 든 건 지올드를 포함한 세 명.
젊은 신부는 비명을 지르며 뒤로 물러났다.
그래도 무서워하면서도 자기보다 약자인 미샤를 등 뒤로 감싸려고 하는 건 성직자로서 칭찬받아 마땅한 행동이나, 떨리는 몸은 제대로 움직일 수 있을 것 같지 않았다.
자기 앞에서 움츠러든 등 옆으로 고개를 내민 미샤는 주위를 살폈다.
검으로 싸우는 지올드와 기사들은 수적 열세이면서도 위험하다는 느낌 없이 대치하고 있다.
잠시 지나면 상처 하나 없이 진압할 수 있으리라는 건 문외한인 미샤의 눈으로 봐도 명백했다.
하지만 그러는 사이에도 의식은 착실하게 진행되고 있었다.
주문 같은 노래는 억양을 살리면서도 점점 기세가 강해졌다.
거기에 맞춰서 가만히 서 있던 아이리스가 휘청휘청 춤추기 시작했다.
느릿한 움직임은 우아하면서도 평소의 절도가 없어 어딘가 불안정했다.
당장에라도 균형이 무너져 절벽에서 떨어질 것 같아 미샤는 속이 타들어 갔다.
'어딘가, 저기에 갈 길은…….'
주변을 둘러보며 어떻게든 아이리스에게 다가갈 수 있을 법한 길을 찾았다.
다행히 크게 난동을 부리는 지올드와 기사들 덕분에 이쪽을 주목할 여유가 있는 인간은 없어 보였다.
미샤는 굳어버린 채 꼼짝도 하지 못하는 신부 뒤에서 살그머니 이동했다.
옛날부터 사냥을 했다보니 기척을 죽이고 이동하는 건 특기였다.
먼저 뒤쪽 수풀로 뛰어들어 싸우는 집단을 우회하듯 달렸다.
그리고 제단 바로 옆으로 뛰쳐나오는 데 성공했다.
하지만 미샤가 수풀에서 뛰쳐나온 순간, 낭랑히 울리던 주문이 끝났다.

한순간의 정적.

소녀는 긴 드레스 자락을 나부끼며 절벽에서 발을 내디뎠다.

"아이리스!"

달려가서 뻗은 손가락 사이로 드레스 자락이 빠져나간다.

눈을 감은 아이리스의 얼굴은 웃고 있는 것처럼 보였다.

모든 것은 한순간의 일이었다.

그때 어째서 그런 짓을 했는지 미샤도 알 수 없다.

어느새 손바닥에 쥐고 있었던 파란 돌.

떨어지는 아이리스를 향해 그 돌을 집어 던졌다.

"이번에야말로 지켜줘!"

미샤의 외침에 아이리스의 눈꺼풀이 올라갔다.

그리고 아직 어딘가 몽롱한 시선으로 자신을 향해 떨어지는 작고 파란 돌을 발견하더니 손을 뻗었다.

작은 손이 파란 돌을 움켜쥔 순간, 돌이 빛났다.

미샤가 그렇게 인식한 순간, 아이리스의 몸이 바다에 **안겨서** 사라졌다.

화려한 물보라도 물소리도 없이, 오히려 순간적으로 바닷물이 쑤욱 솟아오른 것처럼 보이기도 했다.

"기적이다! 용신님께서 무사히 신부를 맞으셨다!"

별안간 바로 옆에서 쉰 목소리가 들렸다.

어느새 파란 로브를 입은 노인이 옆에 와서 무릎을 꿇고 기도를 바치고 있었다.

그 눈이 징그러워 미샤는 뒷걸음질 쳤다.

"미샤! 그 아이는!"

그곳으로 지올드가 달려왔다.

어느새 파란 로브 집단은 전부 쓰러져서, 한 명씩 밧줄 대신 덩굴로 묶이는 중이었다.

"모르겠어. 바다에 빠진 건 확실해. 빨리 구하러 가야 해!"

미샤의 말에 뒤늦게 간신히 도착한 사람들이 배를 수배하기 위해 발걸음을 돌렸다.

하지만 그 눈은 절망에 물들어있었다.

절벽의 높이는 30미터가 너끈히 넘었다.

살아있다면 그야말로 기적이다.

미샤 옆에서 아이리스의 어머니가 비틀비틀 주저앉아 절벽 아래를 내려다보며 딸의 이름을 불렀다. 계속. 계속…….

자기마저 떨어질 것처럼 몸을 내밀려는 어머니의 몸을 지올드가 다급히 붙잡았다.

어머니의 통곡이 파도 소리마저 삼키며 주변으로 울려 퍼졌다.

부드러운 물에 안긴 아이리스는 꿈결을 헤매고 있었다.

물속에 있을 텐데 조금도 숨이 막히지 않는 게 신기해서 고개를 갸웃거렸다.

'여기는 천국일까? 무척 기분 좋아…….'

바다에 떠 있는 듯한, 누군가의 품에 포근히 안겨있는 듯한, 아주 신비한 감각에 아이리스는 가늘게 한숨을 내쉬었다.

봉납무를 바치는 아침.

마중 나온 수녀와 함께 신전에 도착하자 아이리스는 가르쳐준 대로 목욕재계를 개시했다.

옷을 벗고, 신전에서 준 하얀 원피스만 입고 차가운 바닷물에 몸을 담갔다. 그리고 용신님에게 바치는 기도문을 읊었다.

아이리스는 틀릴지도 모른다는 불안과 긴장에 희미하게 떨리는 손을 모아쥐며 마음을 담아 기도문을 읊었다. 독특한 리듬감이 있는 기도문이 맑은 소녀의 목소리로 조용한 실내에 울리는 광경은 무척이나 아름다웠다.

폐쇄된 공간에 울리는 자신의 목소리를 들으며 조금씩 집중하던 아이리스는 어느새 방 안에 달콤한 냄새가 차오르는 걸 눈치채지 못했다.

그저 긴장이 조금씩 풀리면서 기분이 아주 좋아지고, ……그리고 아무것도 알 수 없어졌다.

그 후에도 마치 꿈을 꾸는 것 같았다.

어느새 낯선 남자들이 에워싸더니 아이리스를 전설 속 아가씨가 뛰어내린 장소로 데려갔다.

"이제부터 너는 용신의 신부가 되는 거다."

아이리스는 그 말을 듣고 아름다운 하얀 드레스를 입고는 어쩐지 행복한 기분이 들었다. 기도문이 끝나면 바다에 뛰어들라고 해도 신기하게도 무섭지 않고, 그게 당연한 것처럼 느껴졌다.

'그래. 나는 그 사람의 신부가 되는 거야. 무섭지 않아…….'

그리고 바다에 뛰어들었을 때, 불현듯 자신의 이름을 부르는 목소리가 들려 반사적으로 눈을 떴다.

그러자 파란 돌이 내려왔다.

이건 무척 소중한 것.

어째서인지 그렇게 느낀 아이리스는 손을 뻗어 돌을 받아냈을 때, 드디어 만났다며 안도했다.

'나의 소중한, 외로움 타는 용신님.'

『이번에야말로 늦지 않았어…….』

머릿속에 자상한 목소리가 울린다.

아이리스는 무의식중에 그 목소리에 대답했다.

"드디어 만났어. 두고 가서 미안해."

그에 미소 짓는 기척을 느꼈을 때, 마치 안개가 걷히는 것처럼 몽롱하고 흐릿하던 아이리스의 의식이 맑아졌다.

아이리스는 눈을 한 번 깜빡였다.

"여기는…… 바닷속?"

하얀 베일에 감싸여 누워 있던 아이리스는 몸을 일으켰다.

느릿하게 물이 움직이는 기척. 빛이 일렁이며 파문을 만든다.

바닷가 마을에서 자란 아이리스에게 물 아래에서 하늘을 올려다보는 그 광경은 익숙했다.

다만 어째서인지 숨이 막히지 않는다는 것만 제외하면.

그리고 끝없이 이어지는 새하얀 모래사장에는 해조류나 생물의 기척이 없고, 헤엄치는 물고기의 모습도 보이지 않는다는 게 아이리스가 아는 바다와는 결정적으로 달랐다.

"아름다운데…… 어쩐지 쓸쓸한 장소……."

아이리스의 작은 중얼거림이 물을 흔들었을 때, 누군가가 쿡쿡 웃는 기척이 느껴졌다.

"여기에는 아무것도 없으니까."

낮은 속삭임. 그러나 감싸 안아주는 듯한 부드러움을 지녔다.

아이리스의 심장이 쿵 하고 크게 뛰었다. 그 목소리를 알고 있다고, 아이리스의 마음이 말하고 있다. 계속 찾았던 소중한 사람의 목소리라고…….

두근두근 크게 뛰는 고동을 누르며 아이리스는 천천히 돌아보았다.

그곳에는 늘씬한 인영이 있었다.

물에 부드럽게 일렁이는 긴 머리카락은 바다와 같은 색이었다. 같은 색의 눈을 가늘게 휘며, 조금 난처한 듯 기쁜 듯 웃는 그 얼굴이 무엇보다도 좋았다.

어째서 잊을 수 있었을까.

누구보다 무엇보다 소중하고 사랑했던 사람.

아이리스는 그 품속으로 뛰어들었다.

숲 변두리의
꼬마 마녀
Little witch
at the edge of the forest.

16 작별에서 이어지는 미래

"미샤 누나~ 바이바이~!!"

"또 놀러 와~."

"바이바이~!!"

부두에서 손을 흔드는 아이들을 향해 배 위에 있는 미샤도 웃으며 마주 손을 흔들었다.

아이들의 목소리가 떠밀어주듯 배가 천천히 항구를 떠났다.

예정보다 이틀 늦은 출발은 놀라울 정도로 많은 사람의 배웅을 받게 되었다.

배 안에서 먹으라고, 심심할 때 놀라고 먹을 것이며 수제 카드 게임, 보드 게임을 선물 받은 미샤의 손이 금방 가득해졌다.

그대로 꽉 끌어안더니 꼭 또 놀러 오라며 약속하게 했다.

집에 돌아갈 때 같은 길로 오면 될 거라며 가볍게 고개를 끄덕인 미샤가 다시 이 마을에 올 수 있었던 건 예상했던 것보다 한참 나중 일이었지만…… 그걸 아는 건 운명의 신밖에 없으리라.

부두에 서 있는 사람들의 얼굴이 구별할 수 없을 만큼 작아지더니 항구를 떠난 배에서는 모습조차 보이지 않게 되자, 계속 손을 흔들던 미샤는 가슴을 찌르는 적막감에 한숨을 쉬며 난간에 팔꿈치를 올리고 턱을 괴었다.

하지만 쓸쓸함 이상으로 따스함이 느껴져서 어쩐지 신기한 기분이다.

'아이리스, 건강해져서 다행이야…….'

미샤의 손가락이 무의식중에 목에 건 목걸이를 매만졌다.

조금 서늘한 그것은 파란 돌이 달린 수제 목걸이로, 아이리스가 만들어준 것이었다.

배에 타기 직전에 웃으며 목에 걸어주었는데, 놀라서 눈이 휘둥그레진 미샤에게 아이리스는 조금 쑥스러운 듯 웃었다.

"그거, 제게 주신 돌을 반으로 쪼개서 만들었어요. 용신님의 돌이니까 뱃길의 부적이 될 것 같아서요."

귓가에서 살그머니 속삭인 말에 눈을 한층 더 크게 뜨는 미샤를 보고 아이리스는 '제 거는 여기요.' 하고 똑같은 목걸이를 옷 속에서 꺼내 보여주었다.

행복해 보이는 미소에 미샤는 그저 고맙다고만 하고 자기보다 조금 작은 몸을 꼭 끌어안았다.

그 후.

절망적인 분위기 속에서 남자들은 배를 띄워 절벽 아래 부근을 중심으로 소녀의 모습을 찾았다.

다만 그 부근은 해류의 흐름이 복잡해서 어디로 흘러갈지 예측조차 하기 어렵다 보니 한 시간, 두 시간 허무하게 시간만이 흘러갔다.

함께 배를 타는 건 허락해주지 않아 미샤는 신전에서 대기했다.

지올드는 광신자들을 구속하고 그 사후 처리에 쫓겨서 옆에는 없었다.

그렇기도 해서 절대 혼자 밖을 돌아다니지 말라고 신신당부를 받았다.

할 일도 없었기에 아직 눈을 뜨지 않는 토이 옆에 앉아 소년이 잠든 모습을 멍하니 관찰했다.

무슨 향을 피운 건지 토이가 일어날 기색이 없다.

물론 약 때문만이 아니라, 누나에게 닥친 불행에 마음이 견디지 못한 거겠지만.

뇌리에서 아이리스가 떨어지는 모습이 자꾸만 반복된다.

분명히 돌이 빛났고 바다가 이상하게 움직인 것처럼 보였다.

그게 무엇이었는지 미샤도 모른다.

하지만 아이리스가 무사하기를 바란다.

가족을 잃고 몸이 뜯겨나간 듯한 괴로움.

이런 어린 소년이 그런 기분을 맛보지 않았으면 한다.

그때 불현듯 아무 전조 없이 토이가 불쑥 일어났다.

"왜 그래? 토이. 어디 아파?"

미샤가 말을 걸거나 말거나 토이는 침대에서 내려가 성큼성큼 걸어갔다.

"토이?"

"누나가 돌아와."

토이는 당황하며 뒤를 쫓아가는 미샤를 돌아보지 않은 채 툭 중얼거렸다.

그 목소리는 담담하고, 눈도 마치 아직 꿈을 꾸는 것처럼 몽롱했다.

몽유병 환자 같은 움직임이지만 어쩐지 막는 게 망설여진 미샤는 우선 토이의 뒤를 따라갔다.

신전 안은 신기하게도 인기척이 없었다. 토이는 서늘한 공기 속을 주저 없이 걸어갔다.

이윽고 건물에서 나오자 눈앞에는 바다가 펼쳐져 있었다.

신전은 바닷가에 세워져 있으며, 직접 해안선으로 내려갈 수 있는 돌 포장길이 있다.

느릿한 걸음으로 그 길을 따라 내려간 토이는 발목까지 바다에 담갔다.

그리고는 앞바다를 향해 손가락질했다.

그때.

파도 사이로 무언가가 둥실 떠올랐다.

무언가에 떠밀리듯 이쪽으로 다가온다. 그건…….

"아이리스!"

미샤는 우두커니 선 토이 옆을 지나쳐 바다로 뛰어들었다.

물을 가르듯이 나아가는 미샤를 향해 아이리스의 몸이 천천히 다가왔다.

정신을 잃은 듯한 아이리스는 하늘을 보며 누운 자세로 떠 있었다.

파도에 밀려오고 있다기에는 부자연스러울 정도로 이쪽을 향해 다가오는 몸에 미샤는 앞바다로 향하던 걸 멈추고 그저 두 팔을 벌리고 기다렸다.

그리고 미샤의 팔에 아이리스의 몸이 닿은 순간, 지금까지 신기할 정도로 똑바로 떠 있던 아이리스의 몸이 스윽 가라앉으려고 했다.

미샤는 다급히 아이리스를 끌어안고 뭍으로 돌아왔다.

물의 부력이 있을 때는 그리 힘든 작업이 아니었으나, 물 밖으로 나오자 자기와 몸집이 비슷한데다 정신까지 잃은 소녀를 혼자 나르는 건 불가능했다.

더욱이 해안가로 돌아와 보자 어째서인지 조금 전까지 알아서 걷던 토이까지 기절한 채 쓰러져 있었다.

우선 두 사람을 바다에서 끌어내 눕힌 뒤 간단히 상태를 관찰했다.

맥박과 호흡이 정상인 걸 확인한 뒤 미샤는 사람을 불러오기 위해 서둘러 신전 안으로 달려갔다.

그 후 아이리스도 토이도 무사히 눈을 떴다.

아이리스는 납치된 뒤의 기억은 애매호호했으나, 몸에는 상처 하나 없었고 눈을 뜬 뒤의 의식도 또렷했다.

아이리스의 무사한 모습에 절망하던 사람들은 기적이 일어났다며 환호했다.

울면서 제 아이를 끌어안고 무사함을 기뻐하는 어머니의 모습에 미샤는 안도하며 가슴을 쓸어내렸다.

울면서 자신을 끌어안는 가족에게 난처한 듯 웃으며 마주 끌어안는 아이리스는 어쩐지 행복해 보여서 조금 부러웠다.

그 후.

아이리스의 강력한 희망에 따라, 중단하기로 했던 봉납무를 시간만 늦춰 개최하게 되었다.

본래 정오부터 할 예정이었지만 저녁놀이 바다를 붉게 물들이는 시간에 개최해서 제사의 메인인 봉납무는 횃불을 피운 가운데 진행되었다.

때마침 떠오른 보름달이 바다를 은빛으로 빛내어 엄숙하게 춤추는 아름다운 무희의 모습을 한층 신비롭게 연출해주었다.

다들 아무 말도 못 하고 넋을 놓은 가운데 무대의 막이 내렸다. 마지막으로 파란 꽃으로 만든 화환을 바다에 바쳤다.

아이리스의 손을 떠나 허공으로 날아간 화환은 바다에 떨어진 순간, 마치 무게추라도 달린 것처럼 소리 없이 바다에 삼켜졌다.

그런가 하면 아득히 앞바다 쪽에서 쑤욱 떠오르더니…….

멀리서 봐도 알 수 있는 커다란 그림자가 바닷속을 스윽 지나가자, 한순간 바다 위로 고개를 내민 무언가가 화환을 입에 물고는 다시 가라앉았다.

기나긴 그림자가 바다를 지나가 사라질 때까지 사람들은 꼼짝도 하지 못하고 굳어있었다.

저건…… 혹시…….

누군가가 어떠한 말을 입에 담으려고 한 순간, 아이리스의 낭랑한 목소리가 울려 퍼졌다.

"춤은 무사히 바쳐지고, 용신님께서는 우리의 마음을 흔쾌히 받아주셨습니다. 분명 올해도 풍어가, 무사한 항해가 약속될 것입니다."

그것은 매년 반복해온 무녀의 선언.

그 말은 그 자리에 모여있던 사람들의 가슴에 신기하리만치 자연스럽게 침투했다.

그렇구나. 올해도 무사히 감사를 전했구나. 잘 됐다.

아이들은 신속히 무대에서 철수하고, 신부가 바치는 기도문이 시작되었다.

아무 일도 없었다는 듯 흘러가기 시작하는 제사에 사람들은 조금 전에 본 신기한 그림자에 대해서 언급할 타이밍을 잃어버렸다.

그렇게 바닷가 마을에 전해지는 전설이 하나 늘어나게 되었다.

아직 해가 뜨지 않은 어스름 속.

미샤는 어쩐지 예감을 느끼고 언젠가처럼 해안선을 산책하고 있었다.

물론 지난번 설교로 크게 반성했기 때문에 오늘은 얌전히 호위를 데려왔다.

"……안녕."

그리고 상상했던 대로 바다를 바라보는 인영을 발견하고 살며시 옆에 가 섰다.

"안녕하세요."

미샤에게 힐끗 시선을 준 아이리스가 부드럽게 웃었다.

그대로 두 사람은 말없이 바다를 바라보았다. 수평선이 천천히 밝아진다.

"……바닷속에서 용신님을 만났는데, 이번에는 살렸다면서 우셨어요."

시선은 바다를 향한 채 아이리스가 작게 중얼거렸다.

입술은 미소를 그리고, 눈동자는 무척 따뜻하게 휘어져 있었다.

그 표정이 무척 아름다워서 아이리스를 아주 어른스럽게 보여주었다.

"……전설 속 아가씨와 제 영혼이 같은 형상을 하고 있다고 해요. 환생이래요. 그런 말을 들어도 난감한데 말이죠. 확실히 용신님 이야기를 들으면 가슴이 아리거나 화가 나기도 했지만 저는 저인 걸요. 하지만 모른다고 딱 자르기에는 묘하게 그리운 느낌도 들어서 부정도 못 했어요…….”

조금 난감한 듯한 말과는 반대로 표정은 여전히 따스해서, 미샤는 아무 말도 못한 채 그 옆얼굴에 넋을 놓았다.

“다 큰 어른이 우는 건 굉장히 난감한 일이더라고요……. 어떻게 해야 할지 모르니까요. 어쩔 수 없이 울음을 그칠 때까지 토이에게 하던 것처럼 계속 머리를 쓰다듬었어요, 제가.”

쿡쿡 웃는 아이리스. 그러고 보면 미샤가 처음 만났을 때도 울고 있었다는 걸 떠올렸다.

“……제 옆에 있고 싶다고 했는데, 받아들이진 못했어요. 저에게도 꿈이 있고 가족도 걱정되니까요. 게다가 전설 속 아가씨처럼 모든 것을 내던져서라도 손에 넣고 싶은 정도의 감정은 아직 잘 모르겠고.”

“……그, 렇겠지. 나도 잘 모르겠어.”

미샤의 뇌리에 어머니의 모습이 떠올랐다.

아버지와 같이 살기 위해서 고향과 함께 그동안의 모든 것을 버리고 낯선 땅에서 생활하기 시작한 어머니.

숲속에서 미샤와 함께 항상 웃으며 살았으나, 미란다를 만난 지금은 사실은 다른 삶도 있었던 게 아니냐는 생각이 들었다.

만약 그 미래를 선택했다면 자신은 존재하지 않았겠지만, 적어도 그런 식으로 목숨을 잃지는 않았을 것이다.

“그러자 또 다른 용신님이 귀찮다는 얼굴로, 그렇게 그립다면 네가 뭍으로 쫓아가면 되지 않냐고 하시는 거예요. 다만 혼자서 뭍에서 살 수 있게 하려면 시간이 좀 걸린다나요. 준비가 다 되면 만나러 간다고, 그래서 저 혼자 돌아오게 되었어요."

"……그 말은."

순간 자신의 생각에 빠져버릴 뻔했던 미샤는 이어서 들린 충격적인 내용에 단숨에 현실로 돌아왔다.

'자기 안으로 돌아왔다고 했던 것 같은데, 그렇게 쉽게 붙였다 뗐다 할 수 있는 거야?'

미샤는 '바다를 다스리는 자'라고 했던 존재가 전설 속 청년은 본인의 일부를 떼어 만든 인형 같은 것이라고 말했던 걸 떠올렸다. 그리고 아가씨가 죽은 뒤 회수해서 다시 자기 안으로 돌려놨지만, 시끄러워서 귀찮다고 했던 것도…….

'틀림없이 시끄러우니까 내보내기로 한 거야. 귀찮아 보였으니까.'

표현은 좀 그렇지만, 울음소리가 번잡스럽다며 잠들어버렸을 정도다.

독립시킬 기회가 있다면 놓치지 않을 테지.

오히려 지금이라면 떠넘길 곳도 있는 셈이다.

신인지 정령인지는 알 수 없으나, 할 수 있다고 하니 가능할 것이다.

문제는 그게 아니라.

"용신님, 찾아오는 거구나?"

"……아마도요."

그제야 바다에서 미샤에게로 시선을 돌린 아이리스는 난처한 얼굴로 고개를 까딱였다.

"연인이 되지 못해도, 곁에 있기만 해도 충분하다고 해서요. 황공해서 거절하려고 했더니 또 울상이 되어서……."

"눈물 공격이었어?!"

놀란 나머지 입을 떡 벌린 미샤의 반응에 아이리스는 뭐라 말할 수 없는 얼굴로 다시 바다에 시선을 되돌렸다.

"사랑 같은 건 잘 모르겠지만…… 조금 기뻤던 것도 사실이라서요."

"……불쌍해서 넘어갔구나."

"……뭐, 아직 시간도 있으니까 저도 여러모로 생각해 보려고요."

아무튼 아이리스에게도 전설 속 인물이 갑자기 눈앞에 튀어나온 셈이니까 혼란스러울 만도 하다.

게다가 자신도 그 전설의 당사자라고 하지만 거의 기억도 없으니 실감도 없다.

"애초에 꿈일지도 모르고, 정말로 올지도 모르고요……."

'아니, 300년이나 간 사랑이라면 굉장히 집요할 것 같은데. 오지 않을 일은 없을걸. 마음이 너무 무거워서 흡수한 본체 쪽에서 귀찮아하며 잠들어버렸을 정도니까…….'

작게 중얼거리는 말에 내심 딴죽을 걸면서도 미샤는 그게 입 밖으로 튀어 나가지 않도록 애썼다.

그렇지 않아도 혼란스러운 아이리스를 한층 혼란에 빠트리는 말을 하는 건 불쌍했기 때문이었으나…….

"우선 평소처럼 지내려고 해요. 춤 선생님에게도 보장받았고, 성인이 되면 극단을 소개해주신다고 했어요."

"대단하잖아! 프로 무용수가 되는 거네."
화제를 돌리듯 웃는 아이리스를 향해 미샤도 미소를 돌려주었다.
"네. 어딘가에서 발견하면 인사해주세요!"
"응. 그때는 꼭 보러 갈게."
두 명의 소녀는 아침 해가 떠오르는 가운데 새끼손가락을 단단히 걸고 약속을 나눴다.

"날씨 좋다."
갑판의 난간에 기댄 미샤는 하늘을 향해 손을 뻗었다.
평온한 바닷바람이 돛을 가득 밀어주는 게 보였다.
처음 하는 배 여행은 이박 삼일.
파도는 잔잔하고 커다란 배는 수면 위로 미끄러지듯 나아간다. 이대로라면 예정대로 도착할 수 있을 것 같다.
"……환생이라."
만약 정말 그런 게 있다면 언젠가 다른 시대에서 다시 한 번 어머니를 만날 수 있을까?
그런 상상을 하며 미샤는 눈을 감았다.
'음, 하지만 기억이 없다면 만약 만난다고 해도 알 수 없겠지.'
그래도 그 상상은 미샤의 마음을 조금 따뜻하게 해주었다.
만약 이뤄진다면 다음 시대에서도 어머니의 아이로 태어나고 싶다. 그리고 이번에야말로.
눈을 번쩍 뜨자 탁 트인 파란 하늘과 파란 바다.
끝없이 펼쳐진 것처럼 보이는 그 저편에는 분명 무언가가 존재하고 있을 것이다.

당장 우선은 첫 목적지에.

폐부 깊숙이 바닷바람을 들이마신 미샤는 크게 기지개를 켰다.

◇◇◇

지올드는 파도 소리를 들으며 여유롭게 나이트캡을 즐기고 있었다.

이대로 아무 일도 없다면 내일 오후에는 고국의 항구에 도착한다.

거기서부터는 왕성까지 마차를 타고 세 시간.

실컷 딴 길로 새면서 유유자적했다는 자각은 있기에 이 이상 연장할 수는 없을 것이다.

오히려 머리끝까지 화가 난 고지식한 재상님이 직접 항구까지 마중 인력을 보냈을 가능성이 더 크다.

'으음, 어떻게 트리스의 눈을 다른 곳으로 돌릴까~.'

느긋하게 잔을 기울이고 있었더니 불현듯 노크 소리가 들렸다.

무언가 문제라도 생긴 건지 의아해하며 문을 열자, 그곳에는 머리카락과 눈동자를 갈색으로 물들인 미란다가 서 있었다.

특징적인 색채를 숨기자 어디에나 있는 흔한 마을 처녀로밖에 보이지 않는다. 아니, 잘 보면 이목구비는 반듯하긴 한데 어째서인지 기척이 흐릿하다.

모르고 스쳐 지나갔다면 인상에 남지도 않을 것이다.

"미안해. 잠시 할 말이 있는데, 지금 시간 될까?"

배 위에서는 알기 어렵지만 시각으로 따지면 벌써 심야에 가깝다.

묘령의 여성을 방에 들이는 건 조금 문제가 있으나 시끄러운 양반들이 있는 사교계도 아니니 괜찮을 거라며 지올드는 방 안으로 손짓했다.

좁은 선실 안에 딱 하나 있는 의자를 양보하고 자기는 침대에 앉았다.

미란다의 시선이 마시다 만 잔을 슬쩍 쳐다보았다.

"실례. 자기 전의 습관이라서."

어깨를 으쓱하는 지올드를 보고 미란다는 부드럽게 웃었다.

"사생활에 뭘 하든 자유지. 적절한 음주는 긴장 완화에 최적이고."

"당신도 마실래?"

그 미소에 어쩐지 동족의 냄새를 느끼고 권하자 미란다는 기뻐하며 고개를 끄덕였다.

조금 독특한 증류주는 지올드가 좋아하는 술로, 익숙하지 않은 사람이 마신다면 목의 자극에 콜록거릴 정도로 독하다.

미란다는 먼저 가볍게 향을 즐긴 뒤 홀짝이듯 입에 머금었다가 삼켰다.

"향이 좋은데. 그쪽 나라의 술이야?"

"그래. 고향에서 소소히 만들고 있지. 얼음을 띄워도 맛있어."

그 후 두 사람 모두 입을 다물고 조용히 술을 즐겼다.

잔이 반쯤 비었을 때 미란다가 먼저 입을 열었다.

"미샤를 데려가서 뭘 시킬 생각이었어?"

너무도 갑작스럽고 직설적인 질문에 지올드는 익숙한 술인데도 자칫 사레들릴 뻔했다.

조용한데도 거북함이 느껴지지 않는 신기한 공간을 즐기고 있었던 만큼 방심했다.

미란다가 계산적으로 이 타이밍을 노린 거라면 대단하다고 감탄했다.

"미안한데 나는 몰라. 그냥 심부름꾼…… 이니까."

지올드는 정신을 차리고 다시 잔에 입을 대며 짧게 대답했다.

"다만 제 목을 조르는 짓을 할 정도로 내 주인은 어리석지 않아."

"……그래."

짧은 문장 속에서 주군에 대한 깊은 신뢰를 느끼고 미란다는 생각에 잠긴 얼굴이 되어 고개를 끄덕였다.

"레드포드의 국왕이라면 지난 전쟁에서 일족이 개입했었지. 그렇다면 괜찮을지도."

잔에 사분의 일 정도 남은 호박색 액체를 빙글빙글 돌리며 미란다는 흐릿하게 중얼거렸다.

"그 애는 아직 어려. 그리고 여러모로 위태롭지. 본래대로라면 이대로 데리고 돌아가고 싶지만……."

"하다못해 왕과 면회 정도는 하게 해줬으면 좋겠는데."

반쯤 진심인 목소리에 지올드는 슬쩍 끼어들었다.

실컷 놀다가 온 끝에 놓쳐버린다면 지올드의 목이 위험하다.

주로 트리스의 분노가 무섭다.

"……미샤는 당신을 신뢰해. 분하지만 나보다 더."

"아~~ 한 달 넘게 같이 여행하고 있으니까."

조금 서운한 듯한 미란다를 보고 어쩐지 민망해진 지올드는 얼버무리듯 잔을 기울였다.

"당장 악의는 없다고 판단하겠어. 그 후엔 내 눈으로 직접 살펴볼게. 미안하지만 당신 나라는 이번 일로 '숲의 백성'의 주목을 받게 되었어. 그걸 잊지 마."

입술에 미소를 그린 채 미란다는 잔에 남아 있던 액체를 쭉 들이마셨다.

"잘 먹었어. 맛있었어."

그렇게 말하고 상쾌한 윙크를 남긴 미란다는 마치 고양이처럼 문 사이로 스르륵 나가버렸다.

탁, 작은 소리와 함께 닫힌 문을 바라보며 지올드는 어느새 멈췄던 숨을 살며시 내쉬었다.

마지막 미소와 윙크는 평소 기억에 남지 않는 흐릿한 그림자가 거짓말인 것처럼 선명했다.

역시 모습을 바꾸는 것과 마찬가지로 의도적으로 표정과 몸짓을 바꿔서 수수한 인상으로 조작하는 모양이다.

"……강렬하네."

더불어 완전히 협박이라고 외치고 싶어졌던 마지막 말.

자칫 잘못했다간 적으로 돌아선다는 선언이었다.

여기서 오간 대화를 고스란히 국왕에게 보고할 것을 내다보고 한 언동이었겠지.

지올드보다 몇 살 연상일 뿐일 텐데 저 화술과 관록.

"음, 나에게는 짐이 무거워. 트리스에게 맡겨야지."

지올드는 본래 사교술도 교섭도 특기가 아니다.

결국은 현장에서 구르는 육체노동자라는 자각이 있다.

이건 두뇌 노동이 특기인 동료에게 모조리 떠넘겨야겠다고 다짐했다.

트리스가 들으면 또 눈에 쌍심지를 켤 법한 소릴 중얼거리며 지올드는 마지막 한 방울까지 다 마신 잔을 이미 깨끗하게 비워진 잔 옆에 나란히 놓았다. 그리고 그대로 침대에 벌렁 누웠다.

눈을 감자 바로 졸음이 밀려왔다.

먹기, 자기.

살아남기 위해 그 두 가지는 챙길 수 있을 때 잘 챙기자는 주의였다.

지올드가 잠들기 직전에 떠올린 광경이 누구의 모습이었는지, 그걸 아는 사람은 아무도 없다.

자신이 받은 방은 미샤와 같은 방이었다.

배 안이라는 한정된 공간을 생각하면 말도 안 될 만큼 넓은 방.

그걸 배정한 호화로움을 생각하면 그 나라가 미샤에게 얼마나 공을 들이는지 알 수 있었다.

나란히 놓인 두 개의 침대 중 한쪽을 살며시 살피자 하얀 털 뭉치를 끌어안은 미샤가 쿨쿨 잠들어있었다.

그 머리카락을 쓰다듬고 싶은 유혹을 참은 미란다는 조용히 자신이 쓰는 침대에 누웠다.

생각했던 것보다 술기운이 많이 돌았던 건지, 바로 몽롱한 졸음이 쏟아졌다.

거기에 저항하지 않고 몸을 맡기며 헤어질 때의 레이어스를 떠올렸다.

'너 대신, 조금만 미샤 옆에 있게 해줘. 절대 나쁜 일이 생기지 않게 하겠다고 맹세할 테니까.'

기억 속 모습을 향해 살며시 속삭인 미란다는 천천히 의식을 놓았다.

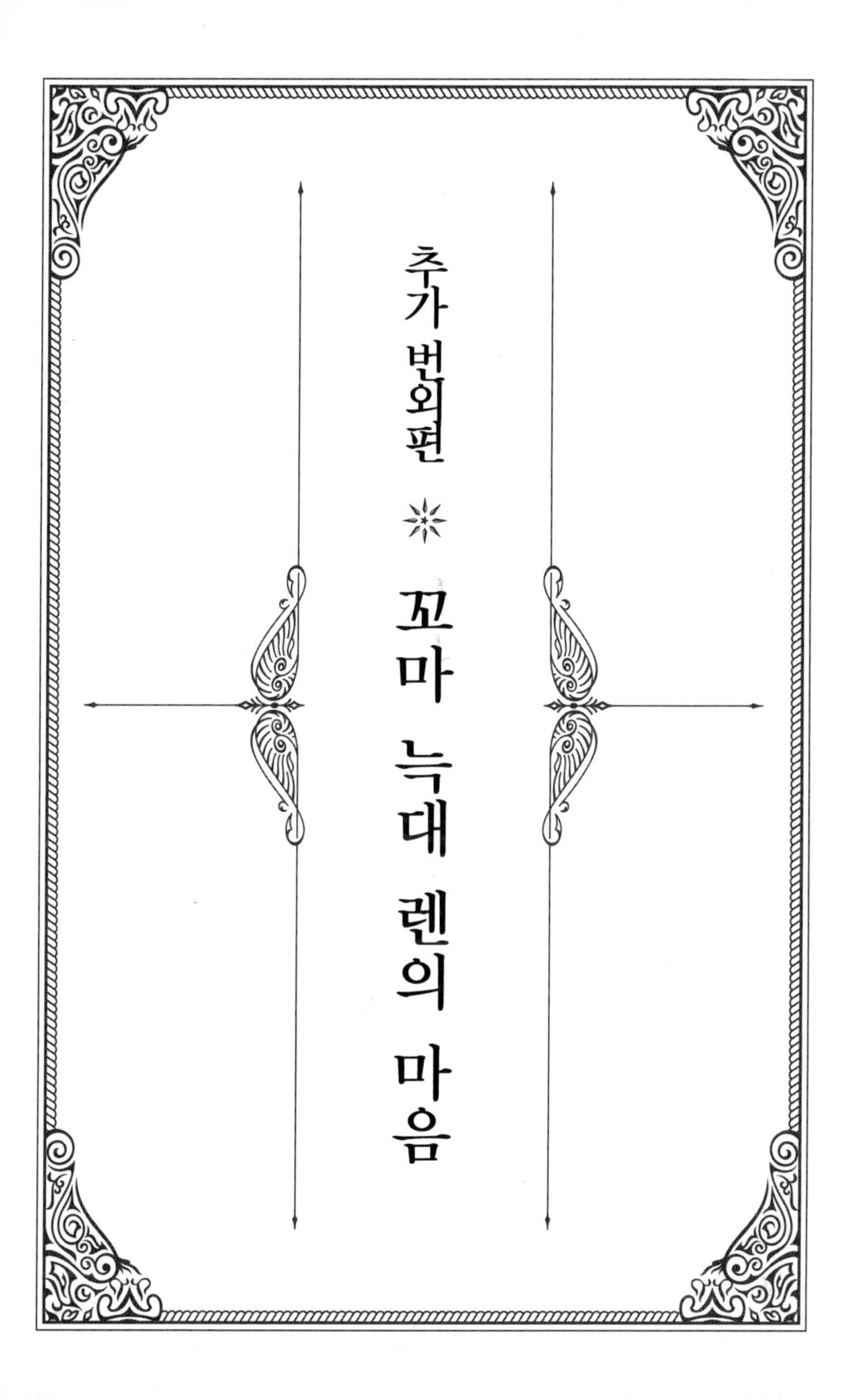

추가 번외편

꼬마 늑대 렌의 마음

내 이름은 렌.

너무 좋아하는 미샤가 나에게 붙여줬어.

나는 유서 깊은 연회(鳶灰) 늑대야.

털 색이 조금 하얘서 이상하지만, 엄마도 형제들도 다들 그랬으니까 누가 뭐라고 하든 연회 늑대야.

하지만 무리의 늑대들은 내 색을 싫어해서 항상 괴롭혔어.

그리고 쫓겨 다니는 사이에 구멍에 떨어졌는데, 다들 두고 가버렸지.

엄마는 구해주려고 노력했거든?

근데 나를 도저히 구멍에서 꺼내지 못해서, 다른 늑대들이 데리고 가 버린 거야.

다리가 아프고 혼자인 게 슬퍼서 살려달라고 울고 있었는데, 미샤가 구해줬어.

처음에는 무서웠지.

다들 인간은 나쁘다고 했으니까.

인간에게 잡히면 털가죽이 된다고 했거든.

그래서 손이 다가올 때 나도 모르게 으르렁거렸어.

근데 미샤가 무섭지 않다면서 웃었어.

숲의 색 같은 눈을 봤더니 왠지 흐물흐물해졌어.

이 애는 무섭지 않다는 걸 알았지.

그리고 미샤는 내 다리를 고쳐주고 고기를 나눠줬어.

나는 미샤의 무리에 들어갔어.

주변이 다 인간이라 처음에는 언제 털가죽이 될지 몰라서 가슴이 콩콩 뛰었지만, 나는 금방 미샤가 너무 좋아져서 옆에 있으려고 노력했어.

무리는 다들 어른인데, 어린애는 미샤랑 나밖에 없으니까 우리는 항상 같이 있었어.

무리의 보스는 엄청 크고 털이 빨간 수컷인데 되게 강해 보이더라.

하지만 미샤를 아주 아껴주고 나에게도 자기 고기를 자주 나눠주는 좋은 녀석이었지.

지금은 미샤 다음 정도로 좋아해.

근데 가끔 내 자랑스러운 꼬리를 잡아당기더라. 역시 조금 나쁜 녀석일지도 몰라.

어느 날 미샤랑 평소처럼 자고 있었더니 아주 슬픈 목소리가 들려서 눈을 떴어.

그건 미샤의 목소리였는데, 살며시 살펴보니까 미샤는 잠을 자면서 울고 있었지 뭐야.

그건 동료를 부르는 목소리였어.

나도 구멍에 떨어졌을 때 많이 울었으니까 알아.

어쩌면 미샤도 나처럼 엄마가 두고 가 버린 걸까?

미샤는 똑똑하고 아주 착한 아이인데, 왜 두고 가 버린 걸까?

인간은 다양한 털 색끼리 모여서 사니까, 나처럼 다른 동료들과 색이 다르다고 두고 가지는 않을 텐데…….

미샤의 뺨을 살짝 핥아봤더니 어쩐지 짰어.

미샤가 동료를 부르는 목소리가 너무 슬퍼서 왠지 나도 슬퍼졌어.

그래서 미샤의 품으로 파고들어서 찰싹 달라붙었어.

낮에 아무리 슬픈 일이 있어도 형제끼리 이렇게 하고 자면 괜찮아졌거든.

미샤도 조금 슬픔이 날아가면 좋겠어.

따뜻하지?

미샤가 털을 많이 골라줘서 나 지금 새하얗고 포근포근하거든?

내 털 색을 싫어했는데, 미샤가 귀엽다면서 털을 골라주니까 지금은 그렇게 싫지 않아졌어.

미샤, 울지 마.

나는 아직 어리고 그 빨간 털 수컷처럼 미샤를 지키지 못하지만, 금방 커질 거야.

연회 늑대는 아주 강한 늑대거든.

진짜야!

그렇게 딱 붙어있었더니 미샤의 울음소리가 멈추고 조용해졌어.

아직 뺨에 눈물이 남아 있길래 핥아서 닦아주고, 나도 그대로 눈을 감았어.

아침에 일어나자 미샤는 자기가 울었다는 걸 잊어버렸더라.

내가 품속에 있는 걸 보고 놀랐어.

하지만 그런 슬픈 마음은 기억하지 않아도 되니까, 나는 혼자서 외로웠냐고 물어보는 미샤의 착각을 얌전히 넘어가 주기로 했어.

근데 빨간 털 수컷이 아직 아기라고 놀려댔을 때는 이빨을 잘 보여주면서 항의했지.

확실히 어리지만, 아기라고 하는 건 용서 못 해!

싸우자!!

그러자 잠시 후 미샤가 없을 때 놀려서 미안하다고, 미샤를 잘 부탁한다고 사과해서 용서해주기로 했어.

절대 그 말을 하면서 같이 준 말린 고기가 맛있었기 때문이 아니야.

뭐, 준다면 또 받아줄 수도 있지만.

애초에 미샤가 울 때 잠자는 곳 밖에서 안절부절못했던 걸 나는 알아.

잘 위로해주지도 못하는 바보라니까.

하긴 빨간 털은 강하지만, 나처럼 포근포근한 털이 없으니까 어쩔 수 없지.

부탁하지 않아도 미샤가 외로워할 때는 항상 같이 있을 거야.

나와 미샤는 동료니까.

잠시 지나자 커다란 호수가 나타났어.

그건 '바다'라고 하는데, 물을 마셨더니 짜서 깜짝 놀랐어.

미샤가 말했던 대로야.

'모래사장'은 발이 파묻혀서 간지럽고 '파도'는 나한테 달려들었어.

방심하면 축축하게 젖어서 큰일이야.

거의 다 멋지게 피했지만, 몇 번은 실패했지.

어느새 푹 젖어서 모래투성이가 되고 말았어.

언제 이렇게 된 거냐고 깜짝 놀라는 나를 미샤가 알아채고 웃으면서 목욕시켜줬어. 근데 너무 달려서 모처럼 안 아파졌던 다리가 또 아파진 건 반성이야.

덕분에 거의 여관에 틀어 박혀있게 되었거든.

공이나 깨물면 소리가 나는 이상한 인형 같은 걸 선물로 받았으니까 참았지만, 미샤나 빨간 털은 놀러 나가는데 혼자 있는 건 심심했어.

게다가 미샤가 가져온 돌이 이상한 돌이라서 밤에 빛나는 거야.

눈이 부셔서 받침대 위에서 침대 아래로 옮겨놔도 어느새 책상 위에 돌아가 있질 않나.

기분 나빠서 안 보려고 애썼더니 어느새 돌이 사라졌더라.

그리고 미샤가 내가 없는 동안 있었던 일을 가르쳐줬어.

그 돌이 파랗게 빛냈던 건 바다의 색이었대.

……나는 숲의 생물이니까 바다의 기척에는 둔감하거든. 응. 어쩔 수 없지.

숲에 사는 무언가의 기척이라면 알 수 있어.

진짜거든?

내가 미샤를 만났을 때 무섭지 않다고 느낀 건 미샤에게서 숲의 기척이 났기 때문이니까.

오늘 나는 처음으로 배를 탔어.

마차는 땅 위를 달리지만 배는 바다 위를 달린대. 알고 있었어?

근데 마차는 말이 끌잖아. 배는 뭐가 끄는 걸까?

밖에서 봐도 무언가랑 이어져 있는 건 없어 보였는데, 바닷속에 있는 걸까?

"떨어지겠다."

신기해서 바닷속을 들여다보고 있었더니 미샤가 안아 들었어.

그렇게 굼뜨지 않거든?

안아주는 건 좋아하니까 불평하지 않을 거지만.

"미샤, 승선하자."

"네!"

저쪽에서 미란다가 손을 흔들자 미샤는 나를 안은 채로 달렸어.

안겨서 달리면 몸이 위아래로 흔들려서 어지럽지만!

어떻게든 어깨에 발을 짚어서 자세를 잡은 뒤 나는 다시 배 아래쪽을 쳐다봤어.

힐끗 지나가는 긴 그림자.

어라? 돌이랑 같은 기척이 나는데.

미샤, 눈치채지 못한 것 같아…….

아무래도 적은 아닌 것 같으니까, 괜찮겠지.

연회 늑대는 나쁜 느낌을 느낄 수 있어.

엄마가 직감을 믿고 행동하라고 했었고, 지금까지 내 직감은 틀린 적이 없으니까 괜찮아.

배에 걸린 판자를 미샤가 사뿐사뿐 달려갔어.

그대로 갑판에 올라가자 저 멀리까지 바다가 보이더라.

지난번에는 다쳐서 별로 활약하지 못했지만, 여관에서 얌전히 있었으니까 이제 나았어.

이번에야말로 미샤랑 같이 모험할 거야.

미샤는 앞으로 이웃 나라의 왕을 만나러 간대.

왕은 나라에서 제일 대단한 사람이야.

그런 사람을 만나러 가다니, 미샤는 대단해!

지올드가 뭔가 종이를 보면서 웃더니 '공주님의 건강 개선 의뢰라. 써먹을 수 있을지 시도해볼 마음이 넘쳐나서 웃기네.'라고 했는데, 무슨 소리일까?

미란다는 미란다대로 심각한 얼굴로 '안 좋은 예감이야.'라고 중얼거렸는데, 미란다도 연회 늑대 같은 직감이 있는 걸까?

배가 큰 소리를 내며 천천히 움직이기 시작했어.

"또 만나~!"

미샤가 갑판 난간에서 몸을 앞으로 내밀고 손을 흔들었어.

친구가 생겼대.

몸을 너무 내밀길래 떨어지지 않도록 치맛자락을 살짝 입에 물었어.

"아까와는 반대네."

그걸 보고 미란다가 쿡쿡 웃었는데, 손을 흔드느라 정신이 팔린 미샤는 눈치채지 못했나봐.

친해진 친구라고 해도 여기서 바이바이.

하지만 나는 미샤랑 같이 갈 수 있어.

왜냐면 나랑 미샤는 같은 무리의 동료니까.

내 털 색이 회색이 아니어도, 미샤의 눈동자가 숲의 색이어도 상관없어.

우리는 앞으로도 항상 같이 있을 거야.

그리고 내가 자라면 이번에는 내가 미샤를 지켜줄게!

후기

안녕하세요. 「숲 변두리의 꼬마 마녀」를 읽어주셔서 감사합니다. 작가인 야나기라고 합니다.

인터넷 소설 세계 구석에서 조용히 살고 있었는데, 무슨 기적이 일어난 건지 친절한 요정님이 주워주셔서 이렇게 분에 넘치는 곳까지 와 버렸습니다.

이 이야기는 어느 날 꿈에서 본 '숲속을 달리는 소녀'의 모습에서 태어난 이야기입니다.

너무 즐겁게, 너무 가뿐하게 달리는 그 모습이 눈을 뜬 뒤에도 무척 기분 좋은 여운을 남겼고, 그 아이는 어떤 아이일 지 막연히 생각하는 사이에 어느새 또렷한 윤곽이 만들어지며 생생하게 움직이기 시작했습니다.

그렇게 만들어진 이야기가 이번에 제안받은 덕분에 단행본이라는 형태가 되었고, 놀랍게도 제 머릿속에만 존재했던 미샤와 일행의 모습을 멋진 삽화로 재현해주셨습니다.

솔직히 손이 느린 야나기에게는 일을 하면서 퇴고한다는 게 상당한 부담이라 몇 번이나 징징거렸는데요, 그게! 미샤 일행의 러프를 받고서 의욕 폭발!

과분하든 뭐든 제안을 받아들이길 잘했다고 춤을 췄습니다.

야나기의 어설픈 문장력으로는 온전히 전달할 수 없었던 미샤의 귀여움이 작렬했습니다.

히하라 님, 멋진 일러스트를 그려주셔서 정말 감사합니다. (넙죽)

기분이 업된 상태로 묘사가 부족했던 부분을 상당히 추가했습니다.

소설 투고 사이트에는 수정하지 않고 그대로 두었으니 비교해 보시면서 차이점을 찾는 것도 어느 의미 즐겁지 않을까요.

참고로 흥에 겨워 추가해댄 결과 초고와 비교했을 때 글자 수가 3만자 정도 늘어나서 담당 편집자님을 조금 당황하게 만든 것도 좋은 추억입니다. (웃음)

마지막으로, 어설픈 야나기를 버리지 않고 친절하게 이끌어 주신 담당 편집자님과 끝이 안 난다고 징징거리면서 한도 끝도 없이 땅을 파며 폭주하려 드는 유리 멘탈 야나기를 붙잡아준 가족에게 진심에서 우러난 감사를 보냅니다.

그리고 여기까지 읽어주신 독자 여러분.
미샤의 이야기에 함께 따라와 주셔서 감사합니다.
또 만나 뵐 수 있기를 기도하며…….

캐릭터 인터뷰

CHARACTER INTERVIEWS

방금 막 일어나서 미샤는 반쯤 잠든 것 같아…….

기회다! 내가 이것저것 물어봐야지!

Q1 있잖아, 미샤는 뭘 하고 있을 때가 제일 재밌어?

으으…… 응…. 뭐…라고…? 숲속…… 산책… 좋아….

많이… 있어….

맛있는… 과일… 그리고…… 고기……. 우후후…….

Q2 좋아하는 음식은 뭐야?

엄마… 만든… 버섯 수프. 맛있어~~.

(행복해 보이는 미소로 입을 우물거린다)

Q3 미샤의 무리는 어디에 가는 거야? 어디에 가고 싶어?

응……. 레드포드… 에, 가…….

책이, 많이 있대….

그담엔…… 엄마가 자란 마을…… 가보고 싶어….

Q4 성체? 가 되면 뭘 하고 싶어?

성체? 후후… 성인 말이야~? 으… 음.

역시 엄마처럼 훌륭한 약사.

그러려면… 더, 열심히 해야 돼…. 그리고, 다른 대륙에도… 가보고 싶어….

Q5 소원이 하나 이뤄진다면 어떤 걸 빌 거야?

………엄마, 만나고 싶어. 한 번 더…… 꼬옥, 안기고 싶어…….

(미샤, 눈썹을 찡그리고 슬픈 얼굴. 렌이 허둥지둥 뺨을 핥자 쿡쿡 웃는다)

……왜애? 렌. 간지러워어.

Q6 마지막! 그럼!
내 어디가 좋아? 가르쳐줘!
렌 말이야?
털이 매끈매끈 기분 좋아서 좋아.
부드러운 꼬리도.
새빨간 눈도 루비 같아서 예뻐.
열심히 하는 것도 좋아.
무엇보다 항상 같이 있어 줘.
너무 좋아.
(손을 뻗어 렌을 붙잡고
꽉 끌어안더니 얼굴을 부비부비)
앗…… 슬슬 진짜 잠에서
깰 것 같아!
오늘의 아침은
뭘까?
배고프네.
——미샤, 계속
같이 있자.

MORI NO HASHIKKO NO CHIBIMAJOSAN by Yanagi

Copyright © 2023 Yanagi
Original Japanese edition published by TO Books, Inc.
Korean translation rights arranged with TO Books, Inc.
Korean translation rights © 2024 by Somy Media, Inc.

숲 변두리의 꼬마 마녀 1

2024년 6월 15일 1판 1쇄 발행

저 자 야나기
일 러 스 트 히하라 요우
옮 긴 이 현노을
발 행 인 유재옥
담 당 편 집 정영길

부 사 장 이왕호
이 사 조병권
출판본부장 박광운
편 집 1 팀 박광운 최서영
편 집 2 팀 정영길 조찬희 박치우 정지원
편 집 3 팀 오준영 이소의 권진영
디자인랩팀 김보라 박민솔
디지털사업팀 박상섭 김지연 윤희진
라이츠사업팀 김정미 맹미영 이윤서
영업마케팅팀 최원석 박수진 이다은
물 류 팀 허석용 백철기
경영지원팀 최정연
인쇄제작처 ㈜코리아피엔피
발 행 처 ㈜소미미디어
등 록 제2015-000008호
주 소 서울시 마포구 토정로222, 502호 (신수동, 한국출판콘텐츠센터)
판매 및 마케팅 (070) 8822-2301

ISBN 979-11-384-2759-3 04830
ISBN 979-11-384-2758-6 (세트)